【臺灣現當代作家
研究資料彙編】25

楊　喚

國立台灣文學館
出版

主委序

　　近年來，臺灣文學創作與出版的旺盛能量，可說是國內讀者與華人文化圈有目共睹的事實；然而，文學之花要開得繁麗燦爛，除了借助作家們豐沛文思的澆灌，亦需仰賴評論者的慧眼與文學史料的積累。是以，國立臺灣文學館「臺灣現當代作家研究資料彙編計畫」第二輯的出版，格外令人振奮。

　　為具體展現臺灣現當代文學的發展與既有研究成果，奠定詳實、深入的臺灣文學史料基礎，國立臺灣文學館於 2010 年規劃並執行「臺灣現當代作家研究資料彙編計畫」，秉持堅毅而勤懇的馬拉松精神，在卷帙繁浩的文獻史料中梳理 50 位臺灣現當代重要作家的生平資料、年表、評論文章，各自彙編成冊，以期呈現作家完整的存在樣貌、歷史地位與影響。此計畫首先在 2011 年完成第一階段，包括賴和等 15 位作家的研究資料彙編，歷經將近一年的悉心耕耘，在眾人引頸期盼中，於 2012 年春天再度推出 12 位臺灣文學前輩作家：張我軍、潘人木、周夢蝶、柏楊、陳千武、姚一葦、林亨泰、聶華苓、朱西甯、楊喚、鄭清文、李喬的研究資料彙編。

　　這群主要出生於 1920 年代的作家，雖然時間座標相近，然因歷史軌跡、時代局勢與身處地域的殊異，而演繹出不同的生命敘事；無論成長於日治時期的臺灣，或是在 1949 年前後由中國大陸渡海來臺者，他／她們窮畢生之力，筆耕不輟，在詩、散文、小說、戲劇、兒童文學、文學評論等方面作出貢獻，共同形塑出臺灣文學紛繁多姿的面貌。

　　由於有執行團隊地毯式蒐羅及嚴謹考證，加上多位專家學者的戮力協助，我們才能懷抱欣喜之情，向讀者推介這一套深具實用價值的臺灣文學工具書，提供國內外關心、研究臺灣文學發展者參考使用；我們期待以此為基礎，滋養臺灣文學綻放出更為璀璨亮麗的花朵。

行政院文化建設委員會主任委員　龍應台

館長序

　　作家是文學的創作主體，他在哪些主客觀因素的影響下，走上了寫作之路？寫出了什麼樣的作品？而這些作品，究竟對應著什麼樣的心靈狀態以及變動中的客觀環境？一般所說的作家研究，即是要解答這些問題。進一步說，他和同時代，或同世代的其他作家之所作，存有什麼樣的異同？和前行代的作家之所作，又有什麼樣的繼承與創新？這些則是有關文學史性質的討論。著名的、重要的作家，從其自身的文學表現，到文壇地位，到文學史的評價，是一個值得全方位開挖的寶庫。

　　現當代臺灣文學的討論，原本只在文壇發生，特別是在文藝性質的傳媒上，以書評、詩話、筆記、專訪等方式出現；隨著這個文學傳統形成且日愈豐厚，出版市場日漸活絡，媒體編輯也專業化了，於是我們看到了各種形式的作家專（特）輯，介紹、報導且評論他的人和文學，而如何介紹？如何報導？如何評論？所形成的諸多篇章形式，竟也逐漸規範化：包括小傳、年表、著譯書目（提要）；人和作品的總論、分期和分類的作品群論、單一作品集和個別獨立文本的個論；其他更有比較分析，或與他人合論等，都有相對比較嚴謹的學術要求。

　　將臺灣現當代作家的研究資料加以彙編，應是文壇及學界很多人的期待。2010 年，在《臺灣現當代作家評論資料目錄》（16 開，8冊）的基礎上，國立臺灣文學館再度委託臺灣文學發展基金會組成

顧問群及工作小組，進行《臺灣現當代作家研究資料彙編》的工作，準備出版 50 位作家的研究資料彙編（一人一冊），第一批計 15 冊於 2011 年 3 月出版，包含賴和、吳濁流、梁實秋、楊逵、楊熾昌、張文環、龍瑛宗、覃子豪、紀弦、呂赫若、鍾理和、琦君、林海音、鍾肇政、葉石濤。我仔細看過承辦單位的期中、期末報告書，從其中的工作手冊、顧問會議的紀錄等，可以看出承辦諸君是如何的敬謹任事。

　　現在，第二批 12 冊也將出版，他們是：張我軍、潘人木、周夢蝶、柏楊、陳千武、姚一葦、林亨泰、聶華苓、朱西甯、楊喚、鄭清文、李喬。由於有工作小組執行資料的蒐集整理，且又由對該作家嫻熟者主編，各書都相當完整，所選刊的評論文章皆極富參考價值；我個人特別喜歡包含影像、手稿、文物的輯一「圖片集」，以及輯三的「研究綜述」，前者頗有一些珍品，後者概括性強，值得參考。這是臺灣文學研究界的大事，相信有助於這個學科的擴大和深化。

國立臺灣文學館館長　李瑞騰

編序

◎封德屏

緣起

1995 年 10 月 25 日，在臺灣師範大學教育大樓的 201 室，一場以「面對臺灣文學」為題的座談會，在座諸位學者分別就臺灣文學的定義、發展、研究，以及文學史的寫法等，提出宏文高論，而時任國家圖書館編纂張錦郎的「臺灣文學需要什麼樣的工具書」，輕鬆幽默的言詞，鞭辟入裡的思維，更贏得在座者的共鳴。

張先生以一個圖書館工作人員自謙，認真專業地為臺灣這幾十年來究竟出版了多少有關臺灣文學的工具書，做地毯式的調查和多方面的訪問。同時條理分明地針對研究者、學生，列出了十項工具書的類型，哪些是現在亟需的，哪些是現在就可以做的，哪些是未來一步一步累積可以達成的，分別做了專業的建議及討論。

當時的文建會二處科長游淑靜，參與了整個座談會，會後她劍及履及的開始了文學工具書的委託工作，從 1996 年的《臺灣文學年鑑》起始，一年一本的編下去，一直到現在，保存延續了臺灣文學發展的基本樣貌。接著是《中華民國作家作品目錄》的新編，《臺灣文壇大事紀要》的續編，補助國家圖書館「當代文學史料影像全文系統」的建置，這些工具書、資料庫的接續完成，至少在當時對臺灣文學的研究，做到一些輔助的功能。

2003 年 10 月，籌備多年的「台灣文學館」正式開幕運轉。同年五月《文訊》改隸「財團法人台灣文學發展基金會」，為了發揮更大的動能，開

始更積極、更有效率地將過去累積至今持續在做的文學史料整理出來，讓豐厚的文藝資源與更多人共享。

於是再次的請教張錦郎先生，張先生認爲文學書目、作家作品目錄、文學年鑑、文學辭典皆已完成或正在進行，現在重點應該放在有關「臺灣現當代作家評論資料目錄」的編輯工作上。

很幸運的，這個計畫的發想得到當時臺灣文學館林瑞明館長的支持，於是緊鑼密鼓的展開一切準備工作：籌組編輯團隊、召開顧問會議、擬定工作手冊、撰寫計畫書等等。

張錦郎先生花了許多時間編訂工作手冊，每一位作家的評論資料目錄分爲：

（一）生平資料：可分作者自述，旁人論述及訪談，文學獎的紀錄。

（二）作品評論資料：可分作品綜論，單行本作品評論，其他作品（包括單篇作品）評論，與其他作家比較等。

此外，對重要評論加以摘要解說，譬如專書、專輯、學術會議論文集或學位論文等，凡臺灣以外地區之報刊及出版社，於書名或報刊後加註，如中國大陸、香港、新加坡等。此外，資料蒐集範圍除臺灣外，也兼及中國大陸、香港、新加坡、日本、韓國及歐美等地資料，除利用國內蒐集管道外，同時委託當地學者或研究者，擔任資料蒐集工作。

清楚記得，時任顧問的學者專家們，都十分高興這個專案的啓動，但確定收錄哪些作家名單時，也有不同的思考及看法。經過充分的討論後，終於取得基本的共識：除以一般的「文學成就」爲觀察及考量作家的標準外，並以研究的迫切性與資料獲得之難易度爲綜合考量。譬如說，在第一階段時，作家的選擇除文學成就外，先考量迫切性及研究性，迫切性是指已故又是日治時期臺籍作家爲優先，研究性是指作品已出土或已譯成中文爲優先。若是作品不少而評論少，或作品評論皆少，可暫時不考慮。此外，還要稍微顧及文類的均衡等等。基本的共識達成後，顧問群共同挑選出 310 位作家，從鄭坤五、賴和、陳虛谷以降，一直到吳錦發、陳黎、蘇

偉貞，共分三個階段進行。

　　張錦郎先生修訂的編輯體例，從事學術研究的顧問們，一方面讚嘆「此目錄必然能成為類似文獻工作的範例」，但又深恐「費力耗時，恐拖延了結案時間」，要如何克服「有限時間，高度理想」的編輯方式，對工作團隊確實是一大挑戰。於是顧問們群策群力，除了每人依研究領域、研究專長認領部分作家外（可交叉認領），每個顧問亦推薦或召集研究生襄助，以期能在教學研究工作外，為此目錄盡一份心力。

　　「臺灣現當代作家評論資料目錄」專案計畫，自 2004 年 4 月開始，至 2009 年 10 月結束，分三個階段歷時五年六個月，共發現、搜尋、記錄了十餘萬筆作家評論資料。共經歷了三位專職研究助理，近三十位兼任研究助理。這些研究助理從開始熟悉體例，到學習如何尋找資料，是一條漫長卻實用的學習過程。

接續

　　「臺灣現當代作家評論資料目錄」的專案完成，當代重要作家的研究，更可以在這個基礎上，開出亮麗的花朵。於是就有了「臺灣現當代作家研究資料彙編暨資料庫建置計畫」的誕生。為了便於查詢與應用，資料庫的完成勢在必行，而除了資料庫的建置外，這個計畫再從 310 位作家中精選 50 位，每人彙編一本研究資料，內容有作家圖片集，包括生平重要影像、文學活動照片、手稿及文物，小傳、作品目錄及提要、文學年表。另外每本書分別聘請一位最適當的學者或研究者負責編選，除了負責撰寫五千至一萬字的作家研究綜述外，再從龐雜的評論資料中挑選具有代表性的評論文章，全文刊載，平均 12～14 萬字，最後再附該作家的評論資料目錄，以期完整呈現該作家的生平、創作、研究概況，其歷史地位與影響。

　　由於經費及時間因素，除了資料庫的建置，資料彙編方面，50 位作家分三個階段完成。第一階段出版了 15 位作家，此次第二階段出版了 12 位作家的資料彙編。體例訂出來，負責編選的學者專家名單也出爐了，於是

展開繁瑣綿密的編輯過程。一旦工作流程上手，才知比原本預估的難度要高上許多。

首先，必須掌握每位編選者進度這件事，就是極大的挑戰。於是編輯小組在等待編選者閱讀選文的同時，開始蒐集整理作家生平照片、手稿，重編作家年表，重寫作家小傳，尋找作家出版品的正確版本、版次，重新撰寫提要。這是一個極其複雜的工程。還好有認真負責的宇霈、雅嫻、塞婷，以及編輯老手秀卿幫忙，讓整個專案維持了不錯的品質及進度。

在智慧權威、老練成熟的學者專家面前，這些初生之犢的年輕助理展現了大無畏的精神，施展了編輯教戰手冊中的第一招——緊迫盯人。看他們如此生吞活剝地貫徹我所傳授的編輯要法，心裡確實七上八下，但礙於工作繁雜，實在無法事必躬親，也只好讓他們各顯身手了。

縱使這些新手使出了全部力氣，無奈工作的難度指數仍然偏高，雖有第一階段的經驗，但面對不同的編選者，不同的編選風格，進度仍然不很順利，再加上整個進度掌控者雅嫻遭逢車禍意外，臥病月逾，工作小組更是雪上加霜。此時就得靠意志力及精神鼓舞了。我對著年輕的同仁曉以大義，告訴他們正在光榮地參與一個重要的文學工程，絕對不可輕言放棄。

成果

雖然過程是如此艱辛，如此一言難盡，可是終究看到豐美的成果。每位編選者雖然忙碌，但面對自己負責的作家資料彙編，卻是一貫地認真堅持。他們每人必須面對上千或數百筆作家評論資料，挑選重要或關鍵性的評論文章，全面閱讀，然後依照編選原則，挑選評論文章。助理們此時不僅提供老師們所需要的支援，統計字數，最重要的是得找到各篇選文作者，取得同意轉載的授權。在第一階段進度流程初估時，我們錯估了此項工作的難度，因為許多評論文章，發表至今已有數十年的光景，部分作者行蹤難查，還得輾轉透過出版社、學校、服務單位，尋得蛛絲馬跡，再鍥而不捨地追蹤。有了第一階段的血淚教訓，第二階段關於授權方面，我們

更是如臨深淵、如履薄冰,希望不要重蹈覆轍。

除了挑選評論文章煞費苦心外,每個作家生平重要照片,我們也是採高標準的方式去蒐集,過世作家家屬、友人、研究者或是當初出版著作的出版社,都是我們徵詢的對象。認真誠懇而禮貌的態度,讓我們獲得許多從未出土的資料及照片,也贏得了許多珍貴的友誼。遠在中國大陸的張我軍的長子張光正;潘人木的女兒黨英台及在她身後一直持續整理她的遺作及資料的周慧珠;陳千武的長子陳明台、後輩友人吳櫻;姚一葦的女兒姚海星;林亨泰女兒林巾力、兒子林于竝;遠在美國的聶華苓、女兒王曉藍;朱西甯的夫人劉慕沙、女兒朱天文;住得很近卻常常被我們打擾的鄭清文、女兒鄭谷苑;在苗栗的李喬,以及幫了很多忙的許素蘭……,我們和他們一起回憶、欣賞他們或父祖、前輩,可敬可愛的文學人生。

研究綜述部分,許俊雅敘述在中研院臺史所楊雲萍數位典藏建置完成後,她才讀到一封 1946 年 5 月 12 日張我軍在上海給楊雲萍的一封信,不僅感受到一位離家 20 年的臺灣遊子,熱切盼望返鄉的心情,也印證了張我軍與楊雲萍早在 1920 年代相識,1943 年再度於京都相逢。林武憲在〈縱橫於小說創作與兒童文學之間〉一文中,對潘人木研究資料的謬誤提出細部的更正及檢討,對她小說創作、兒童文學的貢獻及價值再度給予肯定;曾進豐寫周夢蝶,已超越一個學者的研究論述,情動於中而發爲文,情理交融,令人動容。

林淇瀁論柏楊,短短一萬字,對其豐富的創作類型、多樣的文風、浩瀚如海的研究概述,鞭辟入裡;阮美慧揭示陳千武一生的文學志業及作品精神樣貌,讓陳千武那種質樸、更貼近普羅大眾語言風格的特殊價值彰顯出來;王友輝將姚一葦的研究分爲「人、文、理、育」四方面來檢視、探索的同時,也充分顯示姚一葦一生春風化雨、提攜後進,並專注尋找自己創作和研究上新出路的特質。

呂興昌在〈林亨泰研究綜論〉中,特別舉出劉紀蕙〈銀鈴會與林亨泰的日本超現實淵源與知性美學〉一文所言:紀弦爲林亨泰提供延續銀鈴會

現代運動的管道，而林亨泰則成爲紀弦發展現代派的支柱，此觀察「可謂
機杼別出，言人之所未言」；應鳳凰將聶華苓研究的三個時期，與聶華苓文
學事業的三個時期，相互呼應與比較，也凸顯了聶華苓研究領域幅員遼
闊，有待來者；陳建忠開宗明義即謂「朱西甯及其文學在臺灣當代文學史
上的定位，仍有待重估」，當抽絲剝繭的評析朱西甯研究不同的研究路徑
後，期待「朱西甯研究的進展，也實在到了朝更有彈性而務實的方向轉變
的時機」。

　　須文蔚在〈唱出土地與人們心聲的能言鳥——臺灣當代楊喚研究資料
評述〉一開始，就將 24 歲楊喚遇難當天驚悚的故事錄下，從此許多年輕早
慧的心靈中，在閱讀楊喚天才的、靈巧的詩篇同時，也都記得了詩人早夭
與不幸的命運。楊喚留下的作品不多，須文蔚認爲他的作品得以傳世，除
了友人的幫忙與努力，楊喚真誠的創作與動人的人格，應該是另一項重要
的原因；李進益寫鄭清文，一句「他所有作品都在寫臺灣」，道盡鄭清文一
生創作，所描繪與建構的文學世界，正是來自他立足的臺灣；彭瑞金在細
分李喬研究概述後，輕輕帶上一筆「欲知李喬文學究竟，得閱讀近千萬字
文獻」，真實反映出李喬評論及創作的豐盛，但他最終希望選文能「掌握李
喬創作脈絡，反映李喬各階段的重要作品成果」。

　　1987 年 7 月臺灣解嚴，臺灣文學研究的風潮日漸蓬勃。1990 年 4 月
23 日，《民眾日報》策劃「呂赫若專輯」，標題爲〈呂赫若復出〉；1991 年
前衛出版社林文欽出版「臺灣作家全集・短篇小說卷・日據時代」；1997
年自真理大學開始，臺灣文學系所紛紛成立，臺灣文學體制化的脈動，鼓
舞了學院師生積極從事日治時期臺灣文學史料的蒐集。這股風潮正如陳萬
益所言，不只是文獻的出土，也是一種心態的解嚴，許多日治時期作家及
其家屬，終於從長期禁錮的氛圍中解放。許俊雅認爲，再加上當初以日文
創作的作家作品，也在 1990 年代後被逐漸翻譯出來，讀者、研究者在一個
開放的空間，又免除語文的障礙，而使臺灣文學研究開始呈現多元的風
貌。

　　1990 年開始，各地縣市文化中心（文化局），對在地作家作品集的整理出版，以及台灣文學館成立後對日治時期作家以迄當代重要作家全集的編纂，對臺灣文學之作家研究，也有了很好的促進作用。《龍瑛宗全集》、《吳新榮選集》、《呂赫若日記》、《楊逵全集》、《葉石濤全集》、《鍾肇政全集》，如雨後春筍般持續展開。「臺灣意識」的興起，使本土文學傳統快速的納入出版與研究行列。

　　經過近二十年的努力，臺灣文學的研究與出版，也到了可以驗收或檢討成果的階段。這個說法，當然不是要停下腳步，而是可以從「臺灣現當代作家評論資料目錄」所呈現的 310 位作家、10 萬筆資料中去檢視。檢視的標的，除了從作家作品的質量、時代意義及代表性去衡量外，也可以從作家的世代、性別、文類中，去挖掘還有待開墾及努力之處。因此在這樣的堅實基礎上，這套「臺灣現當代作家研究資料彙編」，每位編選者除了概述作家的研究面向外，均有些觀察與建議。希望就已然的研究成果中，去發現不足與缺憾，研究者可以在這些不足與缺憾之處下功夫，而盡量避免在相同議題上重複。當然這都需要經過一段時間、去發現、去彌補，因此，有關臺灣文學研究的調查與研究，就格外顯得重要了。

期待

　　感謝台灣文學館持續支持推動這兩個專案的進行。「臺灣現當代作家評論資料目錄」的完成，呈現的是臺灣文學研究的總體成果；「臺灣現當代作家研究資料彙編」套書的出版，則是呈現成果中最精華最優質的一面，同時對未來的研究面向與路徑，做最好的建議。我們可以很清楚的體會，這是一條綿長優美的臺灣文學接力賽，我們十分榮幸能參與其中，我們更珍惜在傳承接力的過程，與我們相遇的每一個人，每一件讓我們真心感動的事。我們更期待這個接力賽，能有更多人加入。誠如張恆豪所說「從高音獨唱到多元交響」，這是每一個人所期待的。

編輯體例

一、本書編選之目的，為呈現楊喚生平、著作及研究成果，以作為臺灣文
學相關研究、教學之參考資料。

二、全書共五輯，各輯內容及體例說明如下：

輯一：圖片集。選刊作家各個時期的生活或參與文學活動的照片、著
作書影、手稿（包括創作、日記、書信）、文物。

輯二：生平及作品，包括三部分：

　　1.小傳：主要內容包括作家本名、重要筆名，生卒年月日，籍
貫，及創作風格、文學成就等。

　　2.作品目錄及提要：依照作品文類（論述、詩、散文、小說、
劇本、報導文學、傳記、日記、書信、兒童文學、合集）及
出版順序，並撰寫提要。不收錄作家翻譯或編選之作品。

　　3.文學年表：考訂作家生平所進行的文學創作、文學活動相關
之記要，依年月順序繫之。

輯三：研究綜述。綜論作家作品研究的概況，並展現研究成果與價值
的論文。

輯四：重要文章選刊。選收國內外具代表性的相關研究論文及報導。

輯五：研究評論資料目錄。收錄至 2011 年 6 月底止，有關研究、論述
臺灣現當代作家生平和作品評論文獻。語文以中文為主，兼及
日文和英文資料。所收文獻資料，以臺灣出版為主，酌收中國
大陸、香港、日本和歐美國家的出版品。內容包含三部分：

　　1.「作家生平、作品評論專書與學位論文」下分為專書與學位
論文。

　　2.「作家生平資料篇目」下分為「自述」、「他述」、「訪談」、
「年表」、「其他」。

　　3.「作品評論篇目」下分為「綜論」、「分論」、「作品評論目
錄、索引」、「其他」。

目次

輯一◎圖片集

影像◎手稿◎文物

1952年7月，楊喚與至友合影於臺灣師範大學附近的照相館。左起：楊喚、
李含芳、歸人、李選民。（翻攝自《楊喚全集Ｉ》，洪範書店）

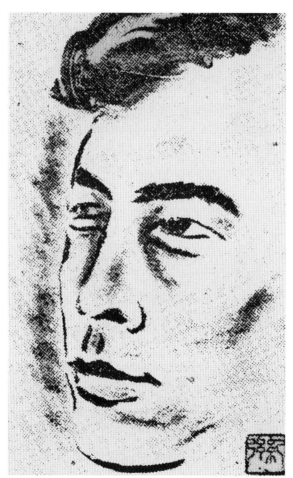

1954年，紀弦為楊喚繪製的素描。（翻攝自《楊喚全集Ⅰ》，
洪範書店）

楊喚將其初戀情人劉妍寫給他的信件合訂為《白鳥之歌》，
並繪製封面。（翻攝自《楊喚全集Ⅰ》，洪範書店）

楊喚的畫作。（翻攝自《楊喚全集Ⅰ》，
洪範書店）

楊喚的畫作。（翻攝自《楊喚全集Ⅰ》，
洪範書店）

楊喚的畫作。（翻攝自《楊喚
全集Ⅰ》，洪範書店）

楊喚的畫作。（翻攝自《楊喚
全集Ⅰ》，洪範書店）

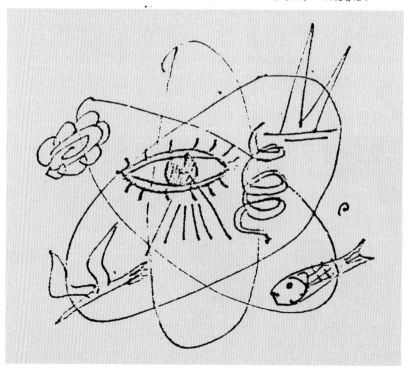

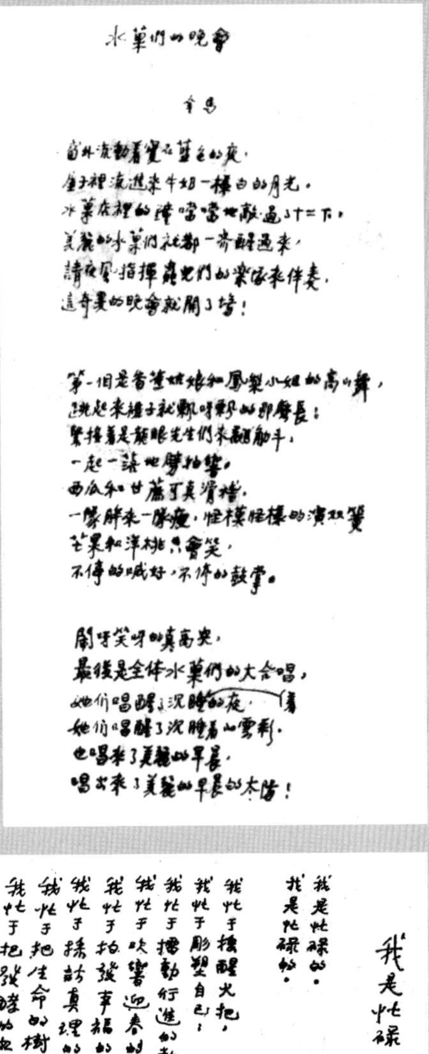

楊喚〈水果們的晚會〉手稿。（翻攝
自《風景》，現代詩社）

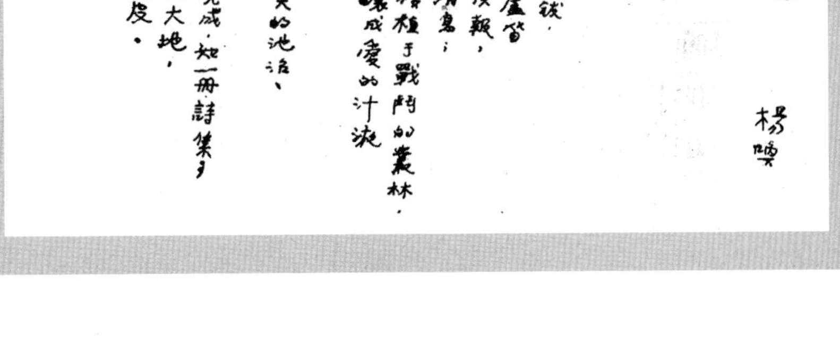

楊喚〈我是忙碌的〉手稿。（翻攝自
《楊喚全集Ⅰ》，洪範書店）

美麗島

金馬·

有藍色的吐着白色的唾沫的海
小心地忠實地守衛着，
寒冷的冰雪永遠也不敢到這裡來·

有綠色的伸着大手掌的椰子樹
緊緊　　地拉住親愛的春天，
美麗的花朵永遠成群結隊地開·

在這裡
小朋友們都像健康的小牛一樣地健康，
在這裡
小朋友們都像快樂的雲雀一樣地快樂·

你來看！
小妹妹是夢見香蕉和鳳梨在街上跳舞了罷？！
要不怎麼睡在媽媽的懷裡
還是不停地在微笑……

你知道這裡是什麼地方嗎？！

告訴你！她的名字叫台灣，
是甜蜜的和諧威王國，
是童話一樣美麗地，美麗地寶島。

國防部第五廳辦公室
龔蘭村轉

楊白攀

楊喚〈美麗島〉手稿。（翻攝自《楊喚全集Ⅰ》，洪範書店）

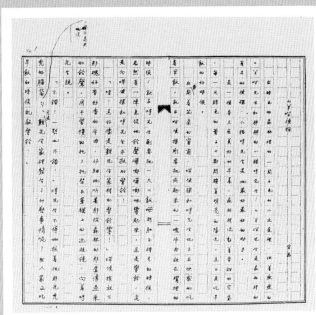

楊喚〈山羊咩偵探〉手稿。（翻攝自《楊喚全集Ⅰ》，洪範書店）

楊喚致康稔（歸人）信。（翻攝自《楊喚書簡》，光啟出版社）

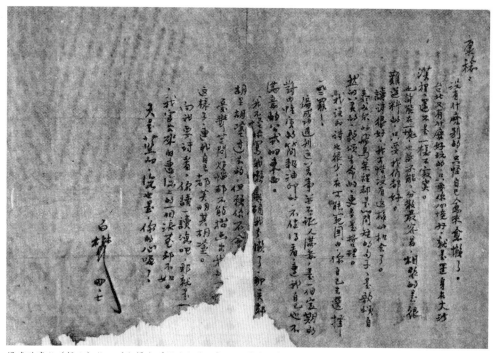

楊喚致康稔（歸人）信。（翻攝自《楊喚全集Ⅰ》，洪範書店）

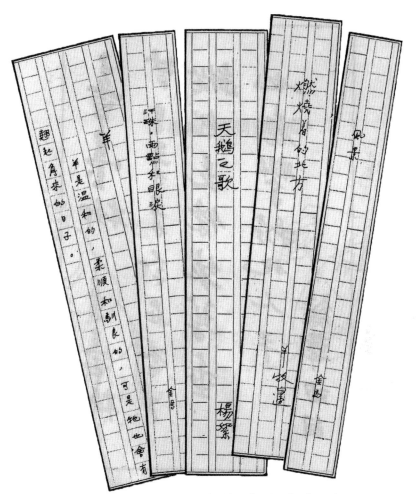

楊喚常用筆名手跡。（翻攝自《楊喚全集Ⅰ》，洪
範書店）

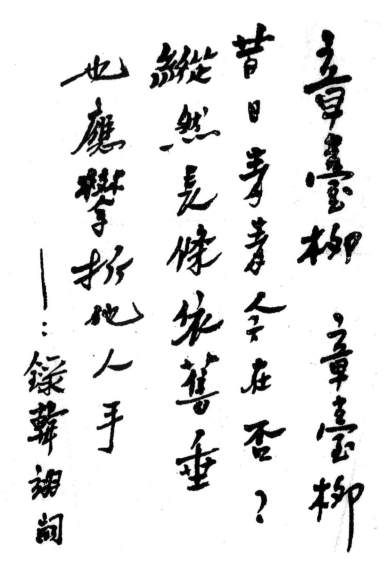

楊喚墨跡：韓翃〈章臺柳〉。（翻攝自《楊喚全集Ⅰ》，洪範書店）

輯二◎生平及作品

小傳◎作品◎年表

小傳

　　楊喚，男，本名楊森，另有筆名金馬、羊角、楊白鬱、羊牧邊、路加等，籍貫遼寧興城，1930 年 9 月 7 日生，1949 年隨軍來臺，1954 年 3 月 7日辭世，時年 24 歲。

　　初級農業職業學校畜牧科畢業。曾任青島《青報》校對、副刊主編，至廈門加入部隊後，隨軍來臺，自上等兵升至上士文書。楊喚的創作文類以詩為主，兼及散文。其詩作可分為兩類：一為抒情詩，一為兒童詩。其抒情詩風格優美，以自然的語言描摹出生動的形象，傳達深刻的思想與情感。自生活提煉而出的靈思，真摯而毫不造作。詩人覃子豪認為楊喚的抒情詩是「將生活中的認識與感受中所獲得的意念，在情緒的蘊釀中，釀成蜜蜂的蜜散滿於詩的花朵。使讀者感覺詩中深刻的意義與不盡的情味。」

　　蒼白的童年生活，促使楊喚建立兒童詩中的美麗世界。來臺後，楊喚開始以「金馬」為筆名創作兒童詩，1949 年，第一首兒童詩〈童話裡的王國〉發表於《中央日報》兒童週刊版，其後陸續發表兒童詩作約二十首，楊喚的兒童詩帶有童話的情趣，詩中靈動的節奏、新鮮的譬喻與活潑的想像，成為典範；為當時鮮少人投入的兒童詩領域，開闢一條明亮的道路。學者林文寶認為：「楊喚在臺灣兒童文學史上的地位，主要是奠立於他的兒童詩。他的兒童詩保持清新的面貌，閃現智慧的結晶，傳達童稚的詩心，楊喚的歷史地位是經由此三者而確立的。」

　　楊喚的散文作品為其留予友人的書簡，文字深情、憂鬱，呈現詩人誠摯的情感、敏銳而纖細的心靈。作家歸人認為：「他的文章悲愴而不流於頹廢，幽怨而不流於陰黯，憤怒而不流於叫鬧。雖是平凡的字句，但一經他的變化，便會成為卓絕動人的詞藻。」楊喚以短暫的文學生涯，留下不朽的篇章，尤其在 1950 年代初期即投身於兒童文學的創作，被認為是臺灣兒童詩的先驅。歸人總結楊喚的一生：「他將愛付諸人間，將美呈諸兒童，將真摯的血淚，投之於文學。」

作品目錄及提要

【詩】

風景

臺北：現代詩社
1954 年 9 月，32 開，110 頁
現代詩叢

本書爲楊喚辭世後，由紀弦、覃子豪、葉泥等人組成編輯委員會，將其遺著蒐集整理而成，內容主要爲作者描寫現實生活感受的抒情詩及原刊載於《兒童周刊》的童詩。全書分「風景」、「童話」、「關於楊喚」三部分，前兩部分爲楊喚詩作，收錄〈我是忙碌的〉、〈鄉愁〉、〈給林郊〉、〈小時候〉、〈鑰匙〉等 59 首詩作；第三部分爲文友的悼念詩文，收錄覃子豪〈論楊喚的詩〉、葉泥〈楊喚的生平〉等五篇詩文。正文前有楊喚肖像及手稿、紀弦素描楊喚像。

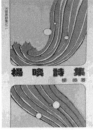

光啟出版社 1964　　光啟出版社 1976　　光啟出版社 1997

楊喚詩集

臺中：光啟出版社
1964 年 9 月，32 開，164 頁
光啟新詩集之二

臺北：光啟出版社
1976 年 9 月，25 開，152 頁
光啟新詩集之二

臺北：光啟出版社
1997 年 8 月，25 開，152 頁
光啟新詩集之二

本書爲楊喚逝世十週年時，光啓出版社將《風景》詩集重新編印而成，易名爲《楊喚詩集》。新增〈今天的歌〉、〈椰子樹〉、〈載重〉、〈犁〉、〈快修好你的犁耙〉、〈愛的乳汁〉、〈贈禮〉、〈海〉、〈高粱啊〉九首詩作，正文前新增紀弦〈序〉。
1976 年光啓版改版重排，改爲 25 開，新增黃守誠〈八版校訂後記〉。1997 年版本與本書同。

楊喚詩集／歸人編

臺北：洪範書店
2005 年 8 月，25 開，209 頁
文學叢書 321

本書將 1985 年出版之《楊喚全集》所收錄的詩作獨立出來，並
新增佚稿〈讚美〉、〈零下四十度〉二詩，重新整理成集。全書
分爲甲「抒情」、乙「兒歌」兩輯，收錄〈小時候〉、〈二十四
歲〉、〈鄉愁〉、〈垂滅的星〉、〈高粱啊〉等 81 首詩作。正文前有
歸人〈一生若寄，一貧如洗——半世紀後憶故人楊喚及其〈零
下四十度〉詩〉，正文後有覃子豪〈論楊喚的詩〉、葉泥〈楊喚
的生平〉、歸人〈憶詩人楊喚〉、紀弦〈楊喚的風景〉。

【散文】

霧峰出版社

光啟出版社

楊喚書簡／歸人編註

臺中：霧峰出版社
1969 年 9 月，40 開，190 頁
文學叢書 001

臺中：光啟出版社
1975 年 4 月，32 開，246 頁
文藝叢書之 46

本書內容爲楊喚生前致友人的書信結集。全書分爲「致康稔」
（康稔即歸人）、「致王璞」、「致葉纓」、「致路泥」、「致自甦」
五輯，收錄〈黃昏的嶺上〉、〈撕毀了的書葉〉、〈童年的王國〉、
〈風銹了的鈴子〉、〈散步在欲滴的翠綠〉等 68 篇文章。正文前
有楊喚照片、手稿，正文後有王璞〈遲來的輓歌〉、林煥彰〈三
月，你在那裡？〉、吳自甦〈青春之歌〉、瘂弦〈唇〉、歸人〈後
記〉。
1975 年光啓版改版重排，改爲 32 開，新增〈薄懲〉、〈但願不
會如此〉、〈乞靈於菸酒〉、〈「頑童」的折磨〉、〈你一定又在罵我
了〉五篇。正文前新增楊喚遺像、手稿、歸人〈楊喚的生活與
文學〉，正文後刪去吳自甦〈青春之歌〉，新增歸人重新撰寫的
〈後記〉。

【兒童文學】

純文學出版社　　　親親文化公司

和英出版社

水果們的晚會

臺北：純文學出版社
1976 年 12 月，21×19 公分，46 頁
純美家庭書庫 4
夏祖明繪圖

臺北：親親文化公司
1988 年 8 月，23×21 公分，26 頁
親親幼兒圖畫書 1
龔雲鵬繪圖

新竹：和英出版社
2004 年 11 月，16 開，27 頁
我們的故事系列
黃本蕊繪圖

本書為楊喚的童詩集，搭配彩色插圖及注
音。全書收錄〈童話裡的王國〉、〈水果們的
晚會〉、〈家〉等 18 首童詩。正文前有林良
〈楊叔叔的詩〉。

夏夜

臺北：偉文圖書出版社
1979 年 5 月，32 開，134 頁
新詩選集 4

本書收錄〈夏夜〉、〈美麗島〉、〈小蝸牛〉、〈小螞蟻〉、〈小蟋
蟀〉等 65 首詩作。正文前有歸人〈憶詩人楊喚〉。

親親文化公司　　　和英出版社

夏夜

臺北：親親文化公司
1988 年 8 月，23×21 公分，26 頁
親親幼兒圖畫書 7
龔雲鵬繪圖

新竹：和英出版社
2005 年 6 月，16 開，24 頁
我們的故事系列
黃本蕊繪圖

本書內容為楊喚童詩〈夏夜〉，搭配插圖而成。2005 年和英版內容與親親版相同。

春天在哪兒呀？／黃小燕繪圖
新竹：和英出版社
2004 年 5 月，16 開，26 頁
我們的故事系列——楊喚童詩

本書內容為楊喚童詩〈春天在哪兒呀？〉，搭配插圖而成。

和英出版社　　岩崎書店

家
新竹：和英出版社
2005 年 6 月，16 開，25 頁
我們的故事系列

東京：岩崎書店
2006 年 5 月，16 開，25 頁
《きみのうち、ぼくのうち》／中由美子譯
海外秀作絵本 15

廣西：接力出版社
2010 年 1 月，16 開，26 頁
和英童書愛與成長系列

本書內容為楊喚童詩〈家〉，搭配插圖而成。

接力出版社

永遠的楊喚
新竹：和英出版社
2008 年 7 月，25 開，109 頁
我們的故事系列

本書收錄〈春天在哪兒呀？〉、〈夏夜〉等四首童詩，並搭配黃小燕、黃本蕊所繪插圖。正文後有周逸芬〈聽見、看見永遠的楊喚〉，並附 2004 年和英出版社在臺北中山堂舉辦的「永遠的楊喚」音樂會之 CD、楊喚童詩專刊一冊。

【合集】

普天出版社

曾文出版社

楊喚詩簡集

臺中：普天出版社
1969 年 2 月，40 開，220 頁
普天文庫 11

臺中：曾文出版社
1977 年 6 月，32 開，220 頁
曾文叢書 4

本書分「楊喚的詩」、「楊喚遺簡」二輯，第一輯收錄〈我是忙
碌的〉、〈鄉愁〉、〈給林郊〉、〈小時候〉、〈鑰匙〉等 59 首詩作，
第二輯收錄〈過年〉、〈小時候〉、〈戀歌〉、〈談友誼〉、〈跳舞的
星辰〉等 66 篇文章。正文前有葉泥〈楊喚的生平〉，正文後有
覃子豪〈論楊喚的詩〉。
1977 年曾文版改版重排，改爲 32 開，內容與普天版相同。

楊喚全集／歸人編

臺北：洪範書店
1985 年 5 月，32 開
文學叢書 135

臺北：洪範書店
2006 年 4 月、2009 年 4 月，25 開
文學叢書 135

共 2 冊；分爲「詩」、「散文」、「童話」、「日記」、「書簡」5 輯；前 4 輯收在第 1
冊，第 5 輯及附錄「懷念楊喚」收於第 2 冊中。2006 年《楊喚全集 I》重排新版，
2009 年《楊喚全集 II》重排新版，開本改爲 25 開，內容稍有更動。

洪範書店 1985

洪範書店 2006

楊喚全集 I

臺北：洪範書店
1985 年 5 月，32 開，270 頁
文學叢書 135

臺北：洪範書店
2006 年 4 月，25 開，246 頁
文學叢書 135

本書分「詩」、「散文」、「童話」及「日記」四輯。「詩」分
「抒情」與「兒歌」兩部分，收錄〈小時候〉、〈二十四歲〉、
〈鄉愁〉、〈高粱啊〉、〈我喝得爛醉〉等 78 首詩作；「散文」收
錄〈題照片〉、〈田園小唱（殘稿）〉等三篇；「童話」收錄〈月
宮裡底憂鬱（殘稿）〉、〈牧羊女和提燈的人（殘稿）〉等三篇；
「日記」收錄四篇文章。正文前有〈剪影及手跡〉、歸人〈前
記——楊喚的生前與身後〉。
2006 年洪範版改版重排，新增〈讚美〉、〈零下四十度〉二詩。
正文前新增歸人〈一生若寄，一貧如洗——半世紀後憶故人楊
喚及其〈零下四十度〉詩〉。

洪範書店 1985

洪範書店 2009

楊喚全集 II

臺北：洪範書店
1985 年 5 月，32 開，275 頁
文學叢書 135

臺北：洪範書店
2009 年 4 月，25 開，260 頁
文學叢書 135

本書分「書簡」及「懷念楊喚」兩輯。「書簡」分為「致康
稔」、「致傳璞」、「致葉纓」、「致路泥」、「致自甦」、「致李莎」
六部分，收錄〈黃昏的嶺上〉、〈撕毀了的書葉〉、〈童年的王
國〉、〈風銹了的鈴子〉、〈散步在欲滴的翠綠〉等 83 篇文章；
「懷念楊喚」收錄覃子豪〈論楊喚的詩〉、葉泥〈楊喚的生
平〉等六篇詩文。
2009 年洪範版改版重排，內容與 1985 年洪範版相同。

文學年表

1930 年	9 月	7 日，生於遼寧省興城縣菊花島。本名楊森。排行長子。
1931 年	本年	母親因病逝世。
1933 年	本年	遷居至興城縣沙後所。
		父親續弦。
1938 年	本年	就讀偽滿洲國下的縣立小學。
1944 年	本年	縣立小學畢業。考入初級農業職業學校牧畜科，在學校裡結交我亞、劉騷等人。
1945 年	本年	開始向《東北報刊》投稿。
1946 年	本年	初識劉朝魯（即劉騷）的妹妹劉金鈴，即《楊喚全集》中的「劉妍」。
1947 年	春	初級農業職業學校牧畜科畢業。
		父親因病過世。
	6 月	隨二伯楊楓入關，抵達天津。
	7 月	中旬，南下青島。
	冬	擔任《青報》校對職務。
1948 年	春	升任《青報》副刊編輯。
		第一本詩集《烏拉草》由山東青島文藝社出版。
	本年	《青報》解散，所得六個月遣散費全數購買珍本文學名著。
		南下廈門，進入軍中電影隊，期間罹患疥瘡，電影隊於其養病時拔營離開。
1949 年	春	病癒後考入部隊掛階上等兵，隨部隊到臺灣，編入東南軍政

　　　　　　長官公署警衛團的政工室。

　　6 月　結識歸人、李含芳。

　　　　　開始創作兒童詩。

　　9 月　5 日，以筆名「金馬」發表第一首童詩〈童話裡的王國〉於
　　　　　《中央日報》兒童周刊第 25 期。

　　冬　　歸人調職，轉赴澎湖工作，於是有「致康稔」（歸人另有筆名
　　　　　康稔）書簡。目前所見書簡，始於 1950 年 2 月 1 日，止於
　　　　　1954 年 1 月 25 日。

1950 年　6 月　10 日，發表童詩〈眼睛〉於《中央日報》兒童周刊第 63
　　　　　期。

　　7 月　1 日，發表童詩〈小紙船〉於《中央日報》兒童周刊第 66
　　　　　期。

　　　　　22 日，發表童詩〈毛毛是個好孩子〉於《中央日報》兒童周
　　　　　刊第 69 期。

　　8 月　5 日，發表童詩〈森林底詩〉於《中央日報》兒童周刊第 71
　　　　　期。

　　11 月　25 日，發表童詩〈給你寫一封信〉於《中央日報》兒童周刊
　　　　　第 87 期。

　　本年　升任上士文書，負責軍中標語、海報等設計。

1951 年　春　　初識葉泥，兩個月後，轉調國防部第五廳，與葉泥共事，擔
　　　　　任收發、繕寫工作。

　　2 月　1 日，發表詩作〈給康稔〉於《野風》第 7 期。

　　　　　12 日，發表童詩「快樂的歌」：〈小蝸牛〉、〈小螞蟻〉、〈小蟋
　　　　　蟀〉、〈小蜘蛛〉於《中央日報》兒童周刊第 97 期。

　　3 月　5 日，發表童詩〈春天在哪兒呀？〉於《中央日報》兒童周
　　　　　刊第 100 期。

　　　　　26 日，發表童詩〈快上學去吧！〉於《中央日報》兒童周刊

第 103 期。

8 月　28 日，發表童詩〈夏夜〉於《中央日報》兒童周刊第 125 期。

9 月　11 日，發表童詩〈肥皂之歌〉於《中央日報》兒童周刊第 127 期。

11 月　13 日，發表童詩〈家〉於《中央日報》兒童周刊第 135 期。

本年　發表詩作〈零下四十度〉於《火炬》第 5 期。

1952 年　年初　結識《自立晚報》新詩周刊主編李莎，李莎促其以「楊喚」為筆名，開始發表抒情詩。

2 月　18 日，發表詩作〈詩簡〉於《自立晚報》新詩周刊第 15 期。

25 日，發表詩作〈高粱呵……〉於《自立晚報》新詩周刊第 16 期。

3 月　31 日，發表詩作〈號角・火把・投槍〉於《自立晚報》新詩周刊第 21 期。

6 月　9 日，發表詩作〈扇子〉於《自立晚報》新詩周刊第 31 期。

30 日，發表詩作〈今天的歌〉於《自立晚報》新詩周刊第 34 期。

10 月　13 日，發表詩作〈鄉愁——給林郊〉於《自立晚報》新詩周刊第 49 期。

11 月　24 日，發表詩作〈椰子樹〉於《自立晚報》新詩周刊第 55 期。

本年　歸人從澎湖來臺北，寓於臺灣師範學院（今臺灣師範大學）教師宿舍，得與歸人友人吳自甦、李選民相識。

1953 年　2 月　1 日，發表詩作「贈歌二章」：〈懷劉妍〉、〈給阿品〉於《現代詩》創刊號。

5 月　1 日，發表詩作〈我是忙碌的〉於《現代詩》第 2 期。

6 月　1 日，發表童詩〈花〉於《中央日報》兒童周刊第 214 期。

7 月　12 日，發表詩作〈鄉愁〉於《自立晚報》新詩周刊第 86
　　　　期。

　　　27 日，發表詩作「無夢樓特輯」：〈檳榔樹〉、〈感謝〉、〈笛和
　　　　琴〉、〈童話〉於《自立晚報》新詩周刊第 87 期。

8 月　10 日，發表詩作「詩的噴泉（一）」：〈黃昏〉、〈路〉、〈期
　　　　待〉、〈雲〉、〈夏季〉於《自立晚報》新詩周刊第 89 期。

　　　17 日，發表詩作「詩的噴泉（二）」：〈鳥〉、〈日記〉、〈歌〉、
　　　　〈告白〉、〈淚〉於《自立晚報》新詩周刊第 90 期。

　　　20 日，發表詩作「憂鬱的解剖」：〈雨〉、〈貓〉、〈花與菓
　　　　實〉、〈廿四歲〉於《現代詩》第 3 期。

10 月　1 日，發表詩作〈梨〉於《野火》第 61 期。

11 月　1 日，發表詩作〈兩親家〉於《野火》第 62 期。

　　　20 日，發表詩作〈愛的乳汁〉、〈載重〉、〈快修好你的犁耙〉
　　　　於《現代詩》第 4 期。

1954 年　3 月　7 日，上午 8 時 40 分，因趕赴觀賞電影「安徒生」，於臺北
　　　　西門町平交道遭火車輾斃，時年 24 歲。

　　　5 月　詩作「楊喚遺稿」：〈我歌唱〉、〈二短章〉、〈垂滅的星〉、〈島
　　　　上夜〉、〈贈禮〉、〈無題〉刊載於《現代詩》第 6 期。

　　　　「追悼詩人楊喚特輯」刊載於《現代詩》第 6 期，收錄墨人
　　　　〈生死之間〉、季微〈只見過一面的朋友〉、李春生〈悼楊
　　　　喚〉、李莎〈火車！又長鳴而過〉、孫家駿〈哭楊喚〉。

　　　9 月　詩集《風景》由臺北現代詩刊社出版。紀弦、覃子豪、李
　　　　莎、方思、葉泥、歸人、力犖等人組成編輯委員會，搜羅楊
　　　　喚生前佚稿，募款集資付印而成。

1955 年　3 月　7 日，現代詩社、藍星詩社、青年服務社於臺北青年服務社
　　　　舉辦楊喚逝世週年追思會，與會者有李莎、宋膺、平陵、司

徒衛、覃子豪、葉泥、林泠、紀弦、歸人、晶心等人。

1956年　3月　7日，逝世二週年，由中國文藝協會、現代詩社、藍星詩社共同舉辦楊喚追思會，與會者有王福瑞、紀弦、葉泥、歸人、李莎、方思、秦松、林野、覃子豪、上官予、羅行、楊允達、鄭愁予、林泠、小英、王凝等人。

1957年　3月　7日，逝世三週年，現代詩社、藍星詩社於臺北市成功中學禮堂共同舉辦「楊喚作品朗誦會」。

1964年　9月　《楊喚詩集》（原名《風景》）由臺中光啓出版社出版。

1966年　9月　〈楊喚遺簡〉由歸人編註，連載於《新文藝月刊》第126～135期，至1967年刊畢。

　　　　8月　童詩〈童畫裡的王國〉刊載於《小學生畫刊》323期。

1968年　本年　童詩〈小螞蟻〉、〈家〉、〈小蝸牛〉、〈春天在哪兒呀？〉、〈眼睛〉改編為〈小螞蟻〉、〈家〉、〈蝸牛的家〉、〈春天來了〉、〈打開你的眼睛〉編入國民小學國語課本。

1969年　2月　《楊喚詩簡集》由臺中普天出版社出版。

　　　　9月　歸人主編《楊喚書簡》，由臺中霧峰出版社出版。

1975年　3月　7日，兒童文學〈月宮裡底憂鬱〉由歸人整理，刊載於《中國時報・人間副刊》。

　　　　4月　歸人主編《楊喚書簡》，由臺中光啓出版社出版。

　　　　6月　詩作〈春的告誡〉刊載於《幼獅文藝》第258期。

　　　　本年　童詩〈夏夜〉編入國民中學國文課本。

1976年　12月　童詩繪本《水果們的晚會》由臺北純文學出版社出版。

1977年　6月　《楊喚詩簡集》由臺中曾文出版社出版。

1978年　本年　〈我是忙碌的〉、〈鄉愁〉、〈小時候〉、〈雨〉、〈二十四歲〉、〈垂滅的星〉、〈醒來〉、〈失眠夜〉、〈船〉、〈雨中吟〉、〈我歌唱〉、〈椰子樹〉由許常惠譜曲，樂譜《楊喚詩十二首》由臺北樂韻出版社出版。

〈森林的詩〉由許常惠譜曲，樂譜《森林的詩》由臺北樂韻出版社出版。

1979 年	5 月	詩集《夏夜》由臺北偉文圖書公司出版。
1980 年	4 月	「楊喚兒童詩獎」由布穀鳥詩社設立，紀念楊喚對兒童詩的貢獻。其後每年頒獎一次，至 1983 年止，共三屆。
	7 月	7 日，詩作「楊喚兒童詩補遺」〈快上學去吧〉、〈花〉，由林武憲提供，刊載於《布穀鳥詩學季刊》第 2 期。
	本年	舉辦「楊喚逝世 25 週年紀念座談會」，與會者有辛鬱、羅門、張默、洛夫、碧果、管管、周鼎、大荒、羊令野、張拓蕪、林煥彰等人，蕭蕭紀錄〈把發酵的血釀成愛的汁液——楊喚逝世 25 週年紀念座談會〉發表於《幼獅文藝》第 320 期。
1981 年	3 月	詩作〈詩人〉刊載於《陽光小集》第 5 期。
1984 年	9 月	《楊喚詩簡集》由臺中曾文出版社再版。
1985 年	3 月	7 日，〈牧羊女和提燈的人〉、〈山羊咩偵探〉、〈日記四篇〉、〈致李莎〉與詩作〈我喝得爛醉〉刊載於《聯合報》副刊。
	5 月	歸人主編《楊喚全集》（共二冊），由臺北洪範書店出版。
1988 年	8 月	童詩繪本《夏夜》由臺北親親文化公司出版。
	本年	「楊喚兒童文學獎」由臺北親親文化公司設立，獎勵海峽兩岸貢獻卓著的兒童文學作家。其後每年頒獎一次，至 2000 年止，共 12 屆。
1992 年	4 月	童詩繪本《水果們的晚會》由臺北親親文化公司出版。
	12 月	吳當《楊喚童詩賞析》由臺北國語日報社出版。
	本年	〈小蝸牛〉、〈小螞蟻〉、〈小蟋蟀〉、〈小蜘蛛〉由許常惠譜曲，樂譜《兒童歌曲》由臺北樂韻出版社出版。
1996 年	7 月	林文寶《楊喚與兒童文學》由臺北萬卷樓圖書公司出版。

1998 年　　7 月　〈我是忙碌的〉由熊天平作曲、江建民編曲，收錄於熊天平
　　　　　　　　　《最後還是會》歌曲專輯，由臺北上華唱片發行。

2004 年　　5 月　童詩繪本《春天在哪兒呀？》由新竹和英出版社出版。

　　　　　11 月　14 日，和英出版社於臺北中山堂舉辦「永遠的楊喚」音樂
　　　　　　　　　會，演出曲目為〈夏夜〉、〈水果們的晚會〉、〈春天在哪兒
　　　　　　　　　呀？〉、〈家〉，由凌拂主持、陳中申作曲、臺北市立國樂團演
　　　　　　　　　奏、愛樂兒童合唱團演唱。
　　　　　　　　　童詩繪本《水果們的晚會》由新竹和英出版社出版。

2005 年　　6 月　童詩繪本《夏夜》由新竹和英出版社出版。
　　　　　　　　　童詩繪本《家》由新竹和英出版社出版。

　　　　　　7 月　音樂專輯「永遠的楊喚」由新竹和英出版社發行。收錄曲目
　　　　　　　　　為〈夏夜〉、〈水果們的晚會〉、〈春天在哪兒呀？〉、〈家〉，由
　　　　　　　　　陳中申作曲、臺北市立國樂團演奏、愛樂兒童合唱團演唱。

　　　　　　8 月　《楊喚詩集》由臺北洪範書店再版，除收入全集所增八首佚
　　　　　　　　　詩外，再新增〈讚美〉、〈零下四十度〉二首佚詩。

2006 年　　5 月　日文童詩繪本《きみのうち、ぼくのうち》（家）由日本岩崎
　　　　　　　　　書店出版。

2008 年　　7 月　《永遠的楊喚》經典紀念版由新竹和英出版社出版。以圖畫
　　　　　　　　　書及音樂詮釋〈春天在哪兒呀？〉、〈夏夜〉、〈家〉、〈水果們
　　　　　　　　　的晚會〉四首童詩。圖畫書由黃小燕、黃本蕊繪製，音樂則
　　　　　　　　　由陳中申作曲、臺北市立國樂團演奏、愛樂兒童合唱團演
　　　　　　　　　唱。附楊喚童詩專刊與中英文童詩歌詞本。

2010 年　　1 月　簡體中文童詩繪本《家》由廣西接力出版社出版。

　　　　　　3 月　22 日，為紀念楊喚 80 冥誕，臺中教育大學美術學系於求真
　　　　　　　　　樓藝術中心舉辦「楊喚兒童詩畫展」，由蕭寶玲老師主持策
　　　　　　　　　畫，黃思軒、黃雅玲、巫宇庭、劉佳青、佘若綺、謝昇峰繪
　　　　　　　　　圖，描繪〈童話裡的王國〉、〈夏夜〉、〈水果們的晚會〉、〈小

螞蟻〉等 20 首楊喚兒童詩，展出作品共 59 幅。展期至 4 月
2 日止。

6月　4 日，羊喚劇場工作室於牯嶺街小劇場演出實驗劇「羊喚‧
楊喚」，由陳惠晴製作及編劇，林耀華導演，邱安忱、王珂瑤
演出，謝靖雯、李建忠執偶。

參考資料：

‧林文寶著，《楊喚與兒童文學》，臺北：萬卷樓圖書公司，1996 年 7 月。

‧楊喚著；歸人編，《楊喚全集》，臺北：洪範書店，2006 年 4 月。

‧林文寶編，〈楊喚研究資料初編〉，《文訊》第 39 期（1988 年 12 月）。

輯三◎
研究綜述

唱出土地與人們心聲的能言鳥

臺灣當代楊喚研究資料評述

◎須文蔚

壹、前言

1954 年 3 月 7 日，雨天，詩人楊喚遇到了一個同事，分得勞軍電影票一張，他極其敏捷地行了個舉手禮，向著西門町的路上，一陣風似地走了。詩人葉泥（1954～2005）寫下當天的故事：

> 平交道上的柵欄放下了，鈴也在不停地響著，一群行人都截在鐵路的東邊，裡面也有楊喚。一列南下的火車馳過去了，可是柵欄還沒有收起，有幾個等不及的軍人便跑過了鐵軌。楊喚也等不及了，連向兩邊看也沒看一眼，拔腳就跑。一位太太沒抓得住他。北上的客車已臨眼前。在楊喚剛跑第二條鐵軌的時候，腳下一滑，冷不防平交道的木板與鐵軌間的隙縫嵌住了他的腳，而跌倒在鐵軌上。正在這千鈞一髮的時候，兩邊的行人都撕破了喉嚨地喊著：「爬！快爬！」可是在他還沒來及爬的時候，那無情的鐵輪已從他的兩腿大腿上滾了過去。等到列車馳過的時候，他已死去，其狀至慘。

這個驚悚的場面，從此印記在千千萬萬個臺灣孩子心靈中，當他們閱讀楊喚天才的、靈巧的詩篇的同時，也都記得了詩人早夭與不幸的命運。

楊喚得年 24 歲，傳世作品不多，經過文友的耙梳與整理共得抒情詩 56 首及兒童詩 20 首。楊喚作品出版後，所創造更大的傳奇莫過於，早夭

詩人在身後快速地躋身文學典律之列。典律是由批評界價值爲核心,與社會體系、信念、社會利益與結構相互建構而成。[1]換言之,文學典律生成可能是因文學社團訴諸權威、教育文宣管道的制約、政教機構的介入、出版者的傳銷、創作者的自覺、文學批評界的迴響效力等,折射典律權力的運作以及種種複雜的歷史誘因。[2]而楊喚的童詩〈夏夜〉、〈小螞蟻〉、〈家〉、〈小蝸牛〉、〈春天在哪裡啊?〉、〈眼睛〉等作品,自 1960 年代後期起,多次獲選入國中、小課本,使楊喚進入臺灣文學經典的殿堂,成爲廣爲傳誦的詩人之一[3]。不僅如此,在 1980 年舒蘭和林煥彰等人籌辦《布穀鳥兒童詩學季刊》,就舉辦「楊喚兒童詩獎」,紀念楊喚,也爲楊喚樹立了崇高的兒童文學家地位。這在臺灣當代文學史上,一個文學家受到如此重視,是相當罕見的例子。

墨人將楊喚的成名,歸功於詩刊的發掘與詮釋。墨人強調:「假如不是子豪、紀弦兄等,自己創辦了詩刊,那楊喚死後更會默默無聞,他那些閃光的作品永遠也難和讀者見面,這該是一個怎樣重大的損失?」[4]而事實上,在友人的努力下,楊喚的詩作得以傳世,而楊喚作品與人格的動人,應當是這系列作品傳世的另一項重要的原因。

參看瘂弦的詩〈唇——紀念 Y. H.〉,在這首歌謠一樣的悼亡詩中,詩人形容楊喚有著:「厚厚的\不曾扯過謊的\嘴唇\說過很多童話的\嘴唇\被一個可愛的女孩拒吻的\嘴唇\玫瑰一樣悲哀的\悲哀的嘴唇啊」,頌讚了楊喚在兒童詩上的成就,無論認識或不認識楊喚的詩人,都一同哀嘆他哀淒的人生。所以在悼亡時:「並且給你\一小朵花\一點點酒\和全部的春天\並且\帶一群鄉下窮人的孩子們\放風箏給你看\叫他們啃過窩窩頭的嘴唇\輪流地吻你\冰冷的,被殺死的\玫瑰一樣悲哀的\悲哀的

---

[1]Milner, A.(2005). *Literature culture and society*. New York: Routledge. p1～5。

[2]王德威,《典律的生成:「年度小說選」三十年精編》,(臺北:爾雅出版社,1998 年 4 月),頁 5～6。

[3]楊宗翰,〈鍛接期臺灣新詩史〉,《臺灣詩學學刊》第 5 期(2005 年 6 月),頁 60～67。

[4]墨人,〈詩人節什感〉,《聯合報》副刊(1955 年 6 月 24 日),06 版。

嘴唇啊」。不難讀出瘂弦推從楊喚的詩作,更貼近他鄉土的靈魂,早夭的生命,給予至高的敬意。

另一則較少在楊喚研究中出現的材料是葉維廉的一段筆記,青年時期的他,正在追求文學安身立命的土地,在楊喚追悼會上,他感受到臺灣文學的生命力。葉維廉回憶道:

> 我很清澈的記得某一個下午,在南昌街附近的一間茶室裡,有一個追悼
> 楊喚的會,先是紀弦激動流涕的致詞,繼而是一個女子(是林泠吧!)
> 用很清脆而哀傷的聲調,朗讀「Y. H,你在那裡?」氣氛嚴肅而充滿愛與
> 誠,我極為感動。我來臺北,原是為了建立自己的文學知識和培植我剛
> 發芽的創作的。這種誠、愛、與嚴肅,正好回應著我的信念,使它更堅
> 實地茁長。[5]

這或許是楊喚沒有料到的,他真誠的創作與人格,他周遭詩人真摯的情誼,吸引了一個香港的作家,在臺灣追尋文學的夢想。

追憶楊喚的深情文字不絕如縷,在他過世十年後,鄭愁予寫下了〈召魂──為楊喚十年祭作〉一詩,追悼故友,詩中寫下步入中年的詩人,在多騎樓的臺北,以酒、冥想與等候,召喚故友魂兮歸來:「星敲門 遍訪星皆為攜手放逐＼而此夜唯盼你這菊花客來＼如與我結伴的信約一似十年前＼要遨遊去(便不能讓你擔心)＼我會多喝些酒 掩飾我衰竭的雙膝」。而終究在晨空澹澹如水中,在千萬個寂靜住家的緊閉門戶外,故友沒有來。鄭愁予以詩招魂,不僅為詩人的情誼留下見證,更傳下的經典的詩篇。

本研究將以楊喚作品出版與生平的的評論與研究、楊喚兒童詩的實際批評與研究以及楊喚抒情詩的實際批評與研究等三個角度,分析臺灣當代楊喚評論研究的主題與義涵。

---

[5]葉維廉,〈為友情繫舟〉,《聯合報》副刊(1983 年 11 月 8 日),08 版。

貳、楊喚作品出版與生平的評論與研究

　　楊喚逝世後，紀弦便和覃子豪商議，商定辦理紀念楊喚的出版事宜：
一是，藉《民友報》文藝版，登出紀念專輯；二是，整理楊喚詩人遺著，
出版詩集。在詩集編輯工作上，集合了覃子豪、李莎、方思、葉泥、歸
人、力群和紀弦等七人，組成編輯委員會，分頭蒐集報刊中的詩人遺著，
經過編選，半年後，由現代詩社以《風景》為名出版[6]，這是楊喚詩集最早
結集的版本。

　　隨即，歸人便搜集楊喚生前的所有書札，計畫出版《楊喚書簡》，因為
楊喚的散文有一種獨到的風格：

> 悲愴而不流於頹廢，幽怨而不流於陰黯，憤怒而不流於叫鬧。雖是平凡
> 的字句，但一經他的變化，便會成為卓絕動人的詞藻。[7]

　　因此歸人整理書房中的故人書信外，同時積極向路泥（本名文從道）、
小葉纓（本名李昌霖）、自甦（本名吳自甦）與王璞蒐集書信，並由王璞擔
任抄寫與整理的工作。因為尋找出版社不易，亦無副刊願意刊載，1966 年
王璞接編《新文藝》月刊後，以連載形式發表楊喚書簡，獲得相當熱烈的
迴響。在著作權法不彰的 1960 年代，1969 年「普天出版社」一度自行蒐
集媒體上的文字，由常效譜主編，將楊喚的「書簡」和「詩集」合併為
《楊喚詩簡集》，頗受讀者歡迎，但並非合法授權版本。同年，由歸人編注
的《楊喚書簡》，交霧峰出版社印行，正式出版了單行本，已經距離楊喚過
世有 15 年之遙。[8]

　　而在兒童文學的出版環境中，在 1966 年 5 月《小學生》雜誌社出版

---

[6]紀弦，〈從楊喚逝世到《風景》出版〉，《楊喚詩集》（臺中：光啟出版社，1978 年），頁 158～
　160。
[7]歸人，〈憶詩人楊喚〉，《楊喚詩集》（臺北：洪範書店，2005 年），頁 197～206。
[8]王璞，〈詩人楊喚的故事〉，《中國語文》第 54 卷第 5 期（1984 年 5 月），頁 12～13。

「兒童讀物研究」第二輯《童話研究專輯》一書中，林良不但寫下〈童話詩人：楊喚〉一文，仔細考究了楊喚的生平，文末並刊登了楊喚的 18 首兒童詩。根據林文寶[9]考證，林良希望藉此防備楊喚詩作的散失，也鄭重表示對楊喚的悼念與重視。1976 年 12 月，純文學出版社把楊喚的 18 首兒童詩編輯成《水果們的晚會》，林良作序，風行一時。及至 1980 年，林武憲發表〈楊喚兒童詩補遺〉[10]一文，補遺〈快上學去吧！〉與〈花〉，使得楊喚傳世的兒童詩增加到 20 首。

　　楊喚詩集與書簡出版，則歷經了幾番轉折，原來由紀弦出版的楊喚詩集《風景》，雖然洛陽紙貴，一版售罄，但詩人朋友們沒有經費再版。《楊喚書簡》在霧峰出版社刊行，該出版社面對人手短少，經營不易的狀況，發行狀況亦不理想。1964 年，光啟出版社接手發行《楊喚詩集》，歸人復將《楊喚書簡》轉給光啟出版社，楊喚作品有了系列與完整的出版機會。[11]

　　及至 1980 年代，洪範書店為了紀念楊喚，特別請歸人主持《楊喚全集》編纂。將楊喚詩集《風景》裡、外所有詩創作、散文、童話、日記、書簡等，編輯為兩冊，附錄則收錄紀念文字及詩人筆跡圖象等，資料豐富，在 1985 年出版，允為定本。歸人在編排詩作時，特將 56 首抒情詩，作成自傳式的排列。以〈小時後〉開篇，自童年、故鄉、流浪、愛情、友誼、文學的追求，時代的感受以至生命的探索，次第排列，相當有情意。

　　然而，追尋與蒐集楊喚作品的努力，並沒有因為全集出版而停歇，在《楊喚全集》已付印之後，歸人又收到楊喚的作品〈讚美〉一詩，是李昌霞女士 1953 年自北師畢業，將往宜蘭任教時，楊喚特以詩相贈。[12]另一首二百行長詩〈零下四十度〉，是楊喚在 1951 年 3 月寫下，以田邊為筆名，發表於《火炬》雜誌上，自楊喚過世後，歸人尋找了半世紀以上，透過秦賢次之協助，終於在 2005 年尋獲。因此 2005 年 8 月洪範書店重新刊行之

[9]林文寶，〈楊喚研究（下）〉，《臺東師院學報》第 3 期（1989 年），頁 62。
[10]林武憲，〈楊喚兒童詩補遺〉，《布穀鳥》第 3 期（1980 年），頁 14～15。
[11]王璞，〈詩人楊喚的故事〉，《中國語文》，頁 4～23
[12]楊喚，〈讚美〉，《聯合報》副刊（1985 年 6 月 22 日），08 版。

《楊喚詩集》，以更爲完整的面貌問世[13]。總計《楊喚詩集》一書中收錄現代詩 61 首、兒童詩 20 首，總計 81 首。其中〈風景〉一詩，似乎尙未完成，而〈送郎〉一詩，歸人在附註中說道：「這是他寫在八開白報紙上的一首民歌。不知究竟是創作，還是他們東北的民間歌謠。」[14]，至於〈新畢業的女教師〉一首，則爲翻譯詩。

　　楊喚的作品能夠保存下來，歸人、王璞、紀弦等人功不可沒。研究者如欲進行楊喚之「作者研究」，則其有限的生平資料，也仰賴楊喚同代作家葉泥、歸人、魏子雲、林良與墨人的追悼文字與傳記。其中以葉泥〈楊喚的生平〉[15]一文，最爲翔實，記錄了楊喚的出身、成長、戀愛、從軍與創作歷程，進行了第一手見聞的報導，也影響其後楊喚傳記資料的寫作。林良也比對了葉泥、歸人、紀弦等人的文章，寫下了給青少年閱讀的傳記〈童話詩人：楊喚〉[16]，也簡要評價了楊喚的文學成就。不過林良指出，楊喚詩集中留給兒童的童話詩 18 篇，全部在《中央日報》的「兒童週刊」發表。[17]但根據林文寶的研究與比對，就目前所見的楊喚兒童詩中，〈七彩的虹〉、〈水果們的晚會〉、〈美麗島〉、〈下雨了〉等四首，並沒有在《中央日報》的「兒童週刊」發表過。[18]

　　值得注意的是，在眾多傳記資料中，有部分資料開始認定楊喚的死亡不無自殺的可能。林良曾以優美的童話筆調形容楊喚的死亡：「一個春天的早上，鐵輪軋碎一朵白菊花。有幾個詩人爲這朵白菊花掉淚。寂寞的白菊花就是我們的童話詩人，很年輕的童話詩人楊喚。」[19]但他同時也指出：

---

[13] 歸人，〈一生若寄、一貧如洗——半世紀後憶故人楊喚及其〈零下四十度〉詩〉，收錄於楊喚《楊喚詩集》（臺北：洪範書店，2005 年），頁 1～4。

[14] 見《楊喚詩集》，頁 105。

[15] 葉泥，〈楊喚的生平〉，收錄於楊喚《風景》（臺北：現代詩社，1954 年），頁 96～107。亦可見楊喚，《《楊喚詩集》（臺北：洪範書店，2005 年），頁 183～196。

[16] 林良，〈童話詩人：楊喚〉，收錄於《兒童讀物研究 2——童話研究》，頁 211～240，臺北：小學生雜誌畫刊社。

[17] 同前註，頁 221。

[18] 林文寶，〈楊喚研究（下）〉，《臺東師院學報》第 3 期，頁 61～110。

[19] 林良，〈童話詩人：楊喚〉，收錄於《兒童讀物研究 2——童話研究》，頁 211。

「這個苦孩子，在死前那幾天，變得非常憂鬱，所以他的死，特別使朋友傷心。憂鬱是他常犯的病。」[20]顯然楊喚在生命的最後階段，似乎有嚴重的憂鬱症，但一直乏人研究。歸人在楊喚去世半世紀後，註釋了楊喚眾多的書簡與資料，提出楊喚應當是「自殺」的跡象，他提出兩項證據：一為，楊喚在出事之前，不但事先將朋友信札、文件照片全部焚燒殆盡，甚至連自己的文稿作品，也完全毀棄一空。其次，也是最重要的，在楊喚寫給傅璞和歸人的信中，曾經透露出幾段類似「絕命書」一樣，充滿沮喪與悲嘆的文字，例如：

> 我正在遭逢著生活上的蟄伏期的時候，已厭倦了一切，儘管那些是曾被我一度珍愛和追求過的高貴的東西。於是，在疏落了自己之餘，便也極無禮貌（更毫無理由）的疏落了朋友們（這會使人難於忍受的），一任自己變成一個既古怪又荒唐的東西。能原諒我嗎？不，我寧願你咒罵我，叱責我！
> 不要再提那些什麼「名詩人」，這是會使我臉紅不安的。對於詩，坦白地說：我是從來也沒有真正的理解過，雖然經過幾年的摸索，但這只能說是冒瀆了繆斯，睜著眼睛頻發夢囈。今後我將不敢再提筆了，將永遠不提筆以贖前罪。請相信我，這絕不是說著好玩的。

他信中的憂鬱與悲觀，是否使他厭世？歸人提出之證據[21]，或許還有待後續的研究者考據。

參、楊喚兒童詩的實際批評與研究

楊喚的詩作中，他創作的兒童詩影響深遠。像是〈小螞蟻〉、〈家〉、

---

[20]同前註，頁 219。
[21]詳閱歸人，〈一生若寄、一貧如洗——半世紀後憶故人楊喚及其〈零下四十度〉詩〉，《楊喚詩集》，頁 1~4。

〈蝸牛〉、〈夏夜〉、〈春天在哪兒呀？〉、〈眼睛〉等多首兒童詩作品，從
1968 年開始，就曾先後改編收入國中、小國課本中，成爲教材，成爲臺灣
兒童詩創作的重要摹本與典範。[22]

　　最早確認楊喚兒童詩重要性的詩人應當是紀弦，他在爲楊喚編選詩集
時，特別將「童話詩」18 首獨立成篇，標示出詩人爲兒童創作的特殊性。
而紀弦將兒童詩標示爲「童話詩」，點出安徒生的童話對於楊喚的影響，同
時強調：

> 楊喚自幼受了巨大創傷的心靈，實不啻一種救濟，一種止痛藥水，或一
> 種宗教的安慰。楊喚除了寫他的抒情詩之外，還常常為兒童們寫一些童
> 話詩，並且十分的成功。不消說，這是心理學上一種「補償」的行為。
> 由於他本人從小得不到母愛的滿足，因之他特別喜愛兒童，喜愛童話。[23]

　　此一批評方法，也影響了後來的研究者，不少評論家沿用此一說法。
例如向明就主張：

> 我把楊喚寫的這些詩歸之為童話詩。我們讀楊喚任何一首為兒童寫的
> 詩，其中不但有人物，有場景，更有一個貫穿全詩的故事背景，就彷彿
> 看一場華德迪士尼的卡通片，那麼有頭有尾。[24]

　　不過，此說在兒童文學研究界，頗受質疑，畢竟忽略了楊喚所做多爲
兒童詩，未必具有童話的敘事或故事性[25]，因此稱爲兒童詩較爲妥當。

　　有關楊喚兒童詩單篇的實際批評不少，許俊雅能在義涵分析之餘，以

---

[22]見林煥彰，《童詩百首》（臺北：爾雅出版社，1980 年）頁 1～7；吳當，《楊喚童詩賞析》（臺
北：國語日報社，1992 年），頁 6～7。
[23]紀弦，〈楊喚的遺著《風景》〉，《新詩論集》（高雄：大業書店，1956 年 1 月），頁 116～126。
[24]向明，〈楊喚與米爾恩——中西兩位童詩能手比較〉，《乾坤詩刊》（2005 年 1 月），頁 38～43。
[25]林文寶，〈楊喚研究（下）〉，《臺東師院學報》第 3 期，頁 61～110。

音樂性的角度，觀察出楊喚〈夏夜〉一詩在分行、排列的技巧上，保有節奏和整齊之美，且採取近乎押韻的形式，也在句中造成類似「暗韻」的效果，使整首詩給人輕快的韻律感，可讓讀者閱讀時領會音韻之美。[26]而李瑞騰在分析〈小螞蟻〉[27]以及陳義芝[28]在導讀〈小蝸牛〉時，不約而同強調：楊喚在童心的模擬上，能用兒童的眼光看，用兒童的耳朵聽，了解兒童的想法，進入兒童的心靈，和兒童一起生活，講兒童話，因此相當成功地把外在客觀的景、物擬人化，讓它們活動得有詩意；同時，楊喚的詩作相當具有教育意義，鼓勵小讀者應當具備勇氣、勤奮與不服輸的精神。

在實際批評外，以楊喚為主題的研究與學位論文也相當多。各種評論與研究中，當以吳當《楊喚童詩賞析》及林文寶《楊喚與兒童文學》二書最為重要。[29]

吳當以實際批評的方式，透過鑑賞、註釋與導讀的方式，將楊喚所撰寫的 20 首兒童詩，逐一分篇賞析，集結出版《楊喚童詩賞析》一書，並搭配插圖，是面向教師、家長與學童閱讀的導讀書籍。相形之下，林文寶在《楊喚與兒童文學》一書中，以文獻研究、文學史、文本細讀、修辭學以及心理學等跨領域的研究方法，查證一手資料，回溯楊喚作品發表的刊物，聚焦在楊喚的生平，楊喚的著作，楊喚的寂寞與愛，楊喚的〈童話城〉，楊喚對於兒童文學的見解，楊喚的兒童詩等六個角度，提出的文學批評與研究的觀察，是楊喚童話詩研究中最具體系，也最為嚴謹的著作，開啟與啟發了後續研究的視角與方法。

值得注意的是，林文寶就楊喚兒童詩的分析與詮釋上，不僅重視作者背景、創作動機與風格，更具體從「內容、篇幅、觀點、角色、用韻、修

---

[26]見許俊雅，〈楊喚〈夏夜〉〉，《我心中的歌：現代文學星空》（臺北：文史哲出版社，2006 年 6 月），頁 17～22。

[27]見李瑞騰，〈楊喚的〈小螞蟻〉〉，《新詩學》（臺北：駱駝出版社，1997 年），頁 188～193。

[28]陳義芝，〈五十年代名家詩選注──楊喚詩選〉，《不盡長江滾滾來：中國新詩選注》（臺北：幼獅文化公司，1993 年），179～184。

[29]見徐錦成，《臺灣兒童詩理論批評史》（彰化：彰化縣文化局，2003 年），頁 118。

辭、特色」等七個項目，討論與解讀楊喚的 20 首兒童詩，十分細膩，也建立起楊喚兒童詩的批評與研究架構。其後的學位論文，開始注重從詩人所留下的詩作、書簡、日記等資料，以及楊喚友人的的筆記與追憶文字，進行細密的作家研究，並重視楊喚童詩的形式探討，從楊喚兒童詩的結構、段內結構、音樂性、修辭技巧與風格，都有後起的研究者重視與深入研究[30]。其中，宋伊霈以物我交融、鮮活生動、切合童情、繪畫童詩、多元智能、家庭觀念等六個面向，進行較有創意的理論建構，相當值得注目。

　　林文寶同時引進心理學的知識，建構楊喚兒童詩分析的新框架，提供了兒童文學研究新視野。在楊喚的性格分析上，林文寶引用了馬斯洛（Abraham Maslow）的說法，寂寞的孩子，無法以語言有效溝通，因此將思想沉澱、淨化。接著，借用佛洛依德的說法，詩人以心理自衛機轉，利用創作昇華（Sublimation），使個人從挫折、恐懼，以及不良情緒的反應行為中轉化而出，充分解釋了楊喚的創作，與其早期生命經驗的不幸與孤寂有著密切的關係。同時本書進一步以心理學家 Kiley 所提出的「小飛俠症候群」（"The Peter Pan Syndrome"）現象，形容當代社會中，愈來愈多成年人自我中心、依賴心強、拒絕承諾、續航力不足，呈現不願意社會化，總覺得要他負擔社會或家庭責任，為時過早的狀況，對照楊喚的書信與作品。林文寶大膽斷言：「楊喚是有精神官能症的傾向，而其中又以憂鬱反應為主。」而楊喚所建構的「童話城」，顯然就是以童話世界、兒童的意識世界以及兒童的語言世界等為基石，用以安置其憂鬱、悲傷的王國。[31]此一論證關係，後續的研究者宋伊霈也就採用了兒童心理學的角度分析楊喚童詩，主要以皮亞傑認知發展理論分析楊喚童詩，再以艾里克森心理社會期理論透視楊喚性格，對於楊喚創作兒童詩的心理層面加以分析，發現楊喚童詩適合 2～11 歲的孩童閱讀。

---

[30]宋伊霈，《楊喚童詩研究》，東吳大學中國文學研究所碩士論文，2004 年；鐘姿雯，《楊喚詩歌研究》，國立臺中教育大學語文教育研究所碩士論文，2006 年；楊曉君，《楊喚詩及其修辭研究》，國立臺南大學國語文學系碩士班碩士論文，2010 年。

[31]林文寶，〈楊喚研究（上）〉，《臺東師院學報》第 2 期（1989 年），頁 378。

　　近年來，文學研究開始重視文學讀者研究與接受史的討論，其中以接受美學（Aesthetics of reception）理論最受矚目。接受美學理論在 1960 年代由德國康士坦茨大學教授 Jauss 和 Iser 所提出。接受美學理論認爲文學作品的意義、價值及其審美效果在其歷史接受過程中無疑會不斷地變化、發生或轉移，讀者對作品的理解是在一代又一代的接受之鏈上被充實和豐富，對過去作品的欣賞是傳統評價與當前文學的品味融合而來的[32]。接受美學理論傳入中文學界後，引起了學者高度的重視，海峽兩岸近年來出現了不少以接受理論詮釋中國文學的專著[33]。在兒童文學研究中，也有學者以接受史爲理論框架，進行楊喚作品的接受史，以及理論批評史的的研究。其中徐錦成《臺灣兒童詩理論批評史》[34]中，就以楊喚研究作爲一個題目，發現早在 1960 年代中葉開始，也就是臺灣兒童詩理論與批評的醞釀期間，林良所寫的〈童話詩人：楊喚〉一文，可視爲楊喚研究的濫觴，進而型構了「楊喚學」研究主題。後續研究中，楊郁君[35]從詩集、書簡、繪本、雜誌、文學獎與教科書等多個角度，進行楊喚兒童詩的接受史研究，資料翔實與新穎，是楊喚研究較爲全面性、系統性的一本論著。

肆、楊喚抒情詩的實際批評與研究

　　楊喚不僅兒童詩精彩，紀弦[36]很早就指出，楊喚的抒情詩具有想像力豐富、人生觀的正確、質與形的一致等優點。事實上，楊喚的詩作相當具有哲思，在 1950 年代的的臺灣現代詩壇，能從事內心的探索，使用意象化的有機結構，並且把握自然流動的聲調節奏的詩人，楊牧[37]就點名：林泠、方

---

[32] 見蔡振念，〈論李白對謝朓詩歌的接受〉，收錄於國立東華大學中文系編《文學研究的新進路：傳播與接受》（臺北：洪葉文化，2004 年），頁 243～264。

[33] 參閱張思齊，《接受美學導論》（成都：巴蜀書社，1989 年）；尚學峰、過常寶、郭英德，《中國古典文學接受史》（濟南：山東教育出版社，2000 年）；楊文雄，《李白詩歌接受史》（臺北：五南圖書出版公司，2000 年）；蔡振念，《杜詩唐宋接受史》（臺北：五南圖書出版公司，2002 年）。

[34] 徐錦成，《臺灣兒童詩理論批評史》（彰化：彰化縣文化局，2003 年）頁 70～73。

[35] 楊郁君，《楊喚童詩接受史研究》，國立臺東大學兒童文學研究所碩士論文，2011 年。

[36] 紀弦，〈楊喚的遺著《風景》〉，《新詩論集》，頁 116～117。

[37] 楊牧，〈林泠的詩〉，《聯合報》副刊，1982 年 5 月 2 日。

思、鄭愁予和楊喚等人，其中楊喚的抒情詩音響活潑，童話詩心，以小精靈的世界推展出一個抒情詩的宇宙。不過，也有評論者認爲，楊喚的抒情詩顯現的是成長的浪漫，而非成熟後的沉潛，大體上還停留自我情緒的浪漫思維，尚不足以引起讀者對人生哲學式的思考，尤其是情緒和抽象的用語稍多，意象也大多停留在形象的階段，未適度將形象轉形，其中比較值得注目的，應當是「詩的噴泉」系列，展現出了意象冷肅、沉穩的哲思。[38]

覃子豪是最早推崇且深入討論楊喚抒情詩的評論家，他強調：

> 一個詩人不能沒有思想，沒有思想的作品，只是情感的發洩，對人生自無價值可言。但是，我們的詩並不是完全爲表現思想而寫，像哲學論文似的直率地予以說明，而是無意的流露或潛在的暗示，而是將生活的認識與感受中所獲得的意念，在情緒的醞釀中，釀成蜜蜂的蜜散滿於詩的花朵。使讀者感覺詩中深刻的意義與不盡的情味。楊喚的詩就有這種特點。[39]

以思想性解讀楊喚的「詩的噴泉」系列，覃子豪點出這些充滿典故的詩句，每一段裡都有著楊喚思想的註腳，可惜覃子豪僅點出詩行，並沒有進一步解讀。

李元貞在 1970 年代末，就針對「詩的噴泉」系列較爲深入地進入實際批評，發現：

> 楊喚是個言志的詩人，他的成功處，是把「志」意象化得很美妙，並且含蓄在熱烈的情感內。在「詩的噴泉」十首詩中，都有這種情思和意象結合得美妙深永的特色。「詩的噴泉」另外還有個重要的特點是大量用

---

[38] 見簡政珍，〈瞬間和軌跡──《楊喚詩集》賞析〉，《聯合文學》第 81 期（1991 年 7 月 1 日），頁 72～74

[39] 覃子豪，〈論楊喚的詩〉，收錄於楊喚《風景》（臺北：現代詩社，1954 年），頁 93～95。亦同時收錄於歸人編，《楊喚全集Ⅱ》（臺北：洪範書店，2009 年），頁 226～231。

典。所用的典都是他平日所讀過的書，而且是外國翻譯的書。像「黃昏」那首詩，用的是聖經的典；「鳥」的詩中，曾用印度泰戈爾、希臘阿里斯多芬、法國法朗士的書；以及「告白」和其他幾首詩中，喜用紀德的書名。這可以順便說明新詩吸收的範圍，已經超越了舊詩的領域，所以在用典的風格上，自然和舊詩不同。而楊喚用典的技巧已很成熟，需要經過一番思索，但並不晦澀難解。[40]

　　李元貞逐一解開「詩的噴泉」系列的典故義涵，提供了深入閱讀詩作的依據。所以其後的研究者，如張芬齡[41]在進行導讀時，就能夠更精確地出入典故與意涵之間，特別是〈黃昏〉、〈鳥〉、〈日記〉等三首詩的解說上，指出楊喚在修辭上善於利用「似是而非的修飾法」（"Oxymoron"）以及「感覺交鳴」（"Synesthesia"）這兩種技巧，而在形式上採取類似波斯詩人奧瑪開儼的《魯拜集》、印度詩人泰戈爾的短詩、中國的唐詩與日本的俳句，展現出凝鍊、清新、意象麗潔的特色，將其用典稍加說明，搭配靈巧的意象，能技巧地、具體將意義表現出，是目前楊喚詩作的實際批評中，兼顧創作技巧、形式與義涵的極佳示範。

　　不少評論者則著重在生活面與戰鬥性，分析楊喚詩作的特色。覃子豪最早點出楊喚詩內容是屬於生活的詩，正如楊喚在〈詩〉中所說：「詩，是不凋的花朵，但，必須植根於生活的土壤裡；」反映出楊喚詩的內容，根基於現實生活，不是虛玄的瞑想。因此龔顯宗[42]也同意，楊喚的抒情詩真摯，勵志詩具有戰鬥振奮的精神而不流於叫囂怒張，都是源於豐富的生活體會。岩上在詮釋楊喚的〈雨中吟〉一詩，就點出了，楊喚書寫人生的困

---

[40]李元貞，〈楊喚和他的詩〉，《文學論評——古典與現代》（臺北：牧童出版社，1979 年），頁 90～91。

[41]張芬齡，〈賞析楊喚的四首詩〉，《現代詩啓示錄》（臺北：書林出版公司，1992 年），頁 127～134。

[42]龔顯宗，〈論楊喚詩〉，《現代文學研究論集——詩與小說》（高雄：前程出版社，1992 年）頁 165～181，，1992 年。

頓，哀嘆人生的淒涼感之餘，不忘展現出意志力，唱道：「我追逐著那在召喚著我名字的／歷史的嚴肅的聲音。」顯現出生活上必須要保有不計得失奮鬥而積極的精神，同時與淒涼的現實對比，更增添了詩作的力量。

　　楊喚是行伍出身，在反共文學年代他自然也寫戰鬥詩，不像一般的戰鬥詩流於口號，楊喚詩裡的戰鬥氣息，展現出自然的呼吸，不是沒有生命的標語。[43]其中兩百多行的〈零下四十度〉一詩，既能寫實，又能抒情，描述戰火波及的民眾生活，又能抒發悲壯激昂的愛國情懷。楊宗翰[44]從詩史的角度，提出重新省視戰鬥詩的角度：

> 戰鬥詩一詞的含義及其可能，不該被新詩研究者、文學史家們如此窄化。詩中昂揚的戰鬥精神，也不必然全數來自於政府政策的刻意「鼓勵」。部分戰鬥詩篇不但志不在應命或宣傳，反而是詩人在彼時嚴峻的時空環境下自勵自勉之作──就像楊喚一樣，創作者透過書寫期許自己應該「為莊嚴的時代歌唱」、「為受傷者輸血，看護／為死者難者招魂，畫像。」（〈今天的歌〉）。擴大來看，連《全集》中難入戰鬥詩之列的〈雨中吟〉、〈詩人〉甚至〈我是忙碌的〉等作，皆不妨視為此一精神與氣質的延續。

不僅從戰鬥精神可以重心理解楊喚詩中特殊的時代背景，同時也更能深入楊喚特殊的經驗、反思與心靈，透過詩作見證戰爭，但有著不俗的詩意。

　　在楊喚抒情詩的研究中，楊喚是否受到綠原影響？一直是評論家饒富興趣的討論話題。首見於民國 49 年《幼獅文藝》第 33 月合刊本（即第 12 卷第 2～3 期）上〈天才詩人的解剖〉一文，作者斯泰斗[45]就比對綠原與楊喚的詩作，指出楊喚的詩並非完全獨創，而是模仿綠原，引發了一個系列

---

[43] 覃子豪，〈論楊喚的詩〉，收錄於楊喚《風景》（臺北：現代詩社，1954 年），頁 93～95。亦同時收錄於歸人編，《楊喚全集Ⅱ》（臺北：洪範書店，2009 年），頁 226～231。
[44] 楊宗翰，〈鍛接期臺灣新詩史〉，《臺灣詩學學刊》第 5 期（2005 年 6 月），頁 60～67。
[45] 斯泰斗，〈天才詩人的解剖〉，《幼獅文藝》，第 64～65 期合刊（1960 年），頁 120～123

的討論。由於兩岸隔絕，加上 1940 年代詩人無論是七月詩派或是九葉集詩人，在 1950 到 1980 年之間，由於政治因素影響，都鮮少出現在文學傳播的環境中，所以臺灣詩人是否受到 1940 年代詩人的影響，一直乏人論述，楊喚應當是少數受到評論者青睞的作家。

　　綠原是 1940 年代七月詩派的領袖人物，他早期詩作〈童話〉展現出童年的幽怨、輕愁，和無知。洋溢著青年的夢幻和憧憬，影響了相當多的臺灣詩人。瘂弦便自承受何其芳與綠原的啓發，根據葉維廉[46]的說法：「我認識的五四以來的詩，比愁予少得多了。譬如，愁予那時便可以把綠原最好的作品一字不漏的背出來。」也顯示鄭愁予和綠原之間接受與影響關係。瘂弦認爲，在文學創作上，因襲和摹倣是不同的，不過作家與作家之間彼此的影響，有時候也很難絕對的涇渭分明，如果仔細比較綠原與楊喚的作品，楊喚不管在精神神韻上，在文句上，都明顯受到綠原的影響，尤其是「楊喚的某些句型是太像綠原了，像到接近摹倣和抄襲的剃刀邊緣！[47]例如，楊喚的〈黃昏——詩的噴泉之一〉的名句：「壁上的米勒的晚鐘被我的沉默敲響了，／騎驢到耶路撒冷去的聖者還沒有回來。」與綠原的〈憂鬱〉中：「晚鐘被十字架底影子敲響了」、「耶穌騎著驢子回到耶路撒冷去」兩句，非常接近。但這個例子尚未到抄襲的狀況，年輕詩人創作時，總是不免受到前輩詩人的影響，進而轉化出更佳的詩篇，有時受影響並不自知。瘂弦明確指出：

　　　我覺得在某些地方，楊喚幾乎是青出於藍而勝於藍，他自有其超越綠原的獨特發展，像「詩的噴泉」這一輯詩，其藝術成就便在綠原之上。[48]

　　持類似見解者不少，特別是楊喚如此早夭，假如假以時日，提出更多

[46]葉維廉，〈爲友情繫舟〉，《聯合報》副刊（1983 年 11 月 8 日），08 版。
[47]瘂弦，〈濺了血的「童話」——綠原作品回顧〔楊喚部分〕〉，《創世紀》，第 32 期（1973 年 3 月），頁 105。
[48]同前註。

創作，型塑風格，應當更能避免前輩詩人的影響。[49]

　　在斯泰斗的論文中，誤以為綠原在 1956 年左右在漢口投江自盡。事實上，綠原相當長壽，一直到 2009 年才去世。綠原在 1985 年訪問香港時，從也斯處獲贈楊喚詩集，是時楊喚已經過世 31 年，綠原批閱了楊喚作品，回憶起年少寫作《童年》的心境：「當時什麼也不懂，只覺得寫詩好玩，我寫了一些幼稚的句子。莫名其妙地給它們起名為「童話」，足見不過是為了排遣寂寞，寫給自己看看而已。就像一個孩子連起碼的玩具也沒有，便獨自溜到屋後小河邊，隨意揀幾枚小怪石，撈幾隻小笨蝦一樣。可那天真的忘我境界，說過去了就，永遠過去了；再也不好意思像那樣去寫，想那樣寫也寫不出來了。」（綠原，1991）而楊喚確實是以類似的心靈狀態書寫，綠原相當溫婉、謙和與客氣地說：

> 楊喚有些地方寫得比我活潑、開朗、瀟灑，彷彿擴大了我們共同欣賞的意象和意境；我卻往往顯得怯生、拘謹、固執，對手裡摸到的東西沒有一點把握似的。可能是兩人的文化啟蒙背景基本相同又不完全相同的緣故。雖然如此，我們當時都還沒有成熟，那些習作都同樣是為自己而寫，為那隻立志要長出天鵝翅膀的醜小鴨而寫。因此，也可以說，都只是進一步發展的一種允諾，一種預約，一種準備。

　　可惜，兩人都只短暫待在童話般的國度裡，綠原為時代驅趕出，楊喚被死神奪去了性命，竟而無法深化詩的意境與思考。綠原與楊喚的影響議題，在綠原老人的回應後，擺脫了抄襲與因襲的疑雲，反而成為一段跨時空的文學佳話，也平添了大時代的感傷與蒼涼。

---

[49]楊宗翰，〈鍛接期臺灣新詩史〉，《臺灣詩學學刊》第 5 期（2005 年 6 月），頁 60～67。

伍、結語

　　回顧楊喚的評論與研究，不難發現，楊喚的天才、悲哀、憂鬱與傳奇的生涯，早已深深印記在評論者的心中。誠如簡政珍的提醒：「詩的意境可能被轉譯成事實，詩中的情景被『還原』成詩人的生平事蹟，於是我們對詩人知道得越多，對詩的傷害反而越大。」楊喚的詩是否有更多詮釋的空間？是否讓目前既有的傳記資料給「講死」？確實是值得未來研究者重視的思想方向。

　　就楊喚的傳記與生平研究，目前多數資料都是依照友人的追悼文字編寫而成，歸人、葉泥、紀弦、覃子豪與王璞等人的貢獻不容磨滅。然而，仔細推敲，其中不免有為死者諱的可能性。楊喚生前的最後歲月，情感上受挫的實情為何？楊喚究竟是否罹患了嚴重的憂鬱症？其死因是否為自殺？雖然已經有評論家提出假設或臆測，缺乏嚴謹的論據，未來似可結合諮商心理學專業的分析方法，對楊喚的書信、作品進行解讀，相信能夠提出更為信而有徵的論述，對楊喚的傳記、作品詮釋，相信會產生一定程度的影響。

　　次從研究的主題觀察，楊喚評論資料較集中在生平與兒童詩的實際批評上，其中以林文寶的研究貢獻最為嚴謹、周延與前衛，開啟我們認識楊喚作為臺灣兒童文學的開路工程師的貢獻與觀念，尤其在兒童文學尚未受到重視的 1950 年代：

　　　在當時貧瘠的兒童文學園地裡，楊喚曾努力耕耘過，也曾想辦兒童刊
　　物。雖然，其緣起或屬憑弔與補償他淒苦的童年。但我們相信他對兒童
　　文學亦有他的見解在。引申的說：他的見解或許不成體系。但是，在少
　　有人重視兒童文學的當時，可說彌足珍貴。[50]

---

[50]林文寶，《楊喚與兒童文學》（臺北：萬卷樓圖書公司，1994 年），頁 218。

　　林文寶不但提點楊喚爲兒童寫作與童年經驗、文化背景、心理防衛機制有關，更進一步強調楊喚以詩言志，希望兒童文學能負擔教育、啓蒙與鼓舞兒童的社會功能，爲楊喚樹立下了一座豐碑

　　相較於楊喚兒童詩的評論，以楊喚抒情詩或是散文（書簡）爲對象較爲嚴謹的學術論文不多見，顯示出未來在這兩個主題的評論與研究上，仍有相當大的空間。特別是楊喚的抒情詩無論在思想、形式與語言上，都要比他的兒童詩成熟與深刻，更需要有識者的評點、詮釋與導讀，但受到於林良贈與「童話詩人」的稱號的「成見」，相較於兒童詩註釋、導讀、繪本與評論的數量頗豐，抒情詩的專論確實較少。鄭慧如以「鮫人之淚」爲意象，顛覆過去清新、明朗與溫馨的童話詩人形象，提醒評論者與讀者：

> 他的抒情詩其實比童話詩更有看頭，他的童話詩每每在心灰意冷中強作歡顏，很容易使讀者在真中見假而感到幻滅。那些蹲在影子裡張目搖舌的小精靈，大抵是楊喚擬人以敘自己，或用自己去推測別人對童年的期待：敏感的孩子讀了不至笑得出來，而耗弱的大人讀了只怕黯然無語。[51]

　　未來的評論者不妨擴大研究的範疇，重視楊喚在抒情詩和散文的成就，進行更爲嚴謹的註釋與解讀。

　　另一方面，臺灣文學評論界對 1940 年代詩人的影響研究本來就不足，因此很長一段時間無法正確理解楊喚可能受綠原影響的歷史背景、文化淵源、文本形式等層面影響，也無法擴大楊喚與其他前代詩人的比較研究，這都有賴後續研究者的努力。

　　楊喚悲劇的人生歷程、純真的文學結晶加上友人的疼惜，透過作品選集出版，在極短的時間獲得相當大的迴響，進而獲選入中、小學教科書，躋身文學經典之列。目前尚無評論者從文化研究或批判理論的角度解讀此

---

[51]鄭慧如，〈鮫人之淚──想像的精靈楊喚〉，《聯合文學》第 197 期（2001 年），頁 99。

一現象。過去文學理論中，典律幾乎是一種「不言自明」的經典，而且亙古長存，不容質疑。批判論理告訴我們，典律的背後其實隱蔽著不同時期處於強勢地位的社會集團的審美觀，透過話語權力，建構而成的典律，其實就是新文化霸權（hegemony）一次又一次建構的成果。[52]楊喚的經典地位並非永恆不變的，勢必隨著文學傳播環境所面對的社會、政治、經濟、文化條件，不斷改變，此一動態變化的關係，自然值得觀察與研究。

　　楊喚詩的迷人之處，其實來自他對創作的虔誠，從悲苦生活中提煉出無瑕的詩句，道出了人們心中永恆的心聲，評價楊喚最好的說法，莫過於他的詩句：

> 詩，是不凋的花朵，
> 但，必須植根於生活的土壤裡；
> 詩，是一隻能言鳥，
> 要能唱出永遠活在人們心裡的聲音。

他確實是唱出土地與人們心聲的能言鳥。

參考書目

· 王德威，《典律的生成：「年度小說選」三十年精編》，臺北：爾雅出版社，1998 年 4 月。

· 王璞，〈詩人楊喚的故事〉，《中國語文》第 54 卷第 5 期，1984 年 5 月，頁 4～23。

· 向明，〈楊喚與米爾恩──中西兩位童詩能手比較〉，《乾坤詩刊》，2005 年 1 月，頁 38～43。

· 吳當，《楊喚童詩賞析》，臺北：國語日報社，1992 年。

---

[52]陳昭瑛（1995）：〈霸權與典律：葛蘭西的文化理論〉，收錄於陳東榮、陳長房 編《典律與文學教學》。第十六屆全國比較文學會議論文選集。

- 宋伊霈，《楊喚童詩研究》，東吳大學中國文學研究所碩士論文，2004 年。
- 李元貞，〈楊喚和他的詩〉，《文學論評——古典與現代》，臺北：牧童出版社，1979
  年，頁 66～101。
- 李瑞騰，〈楊喚的〈小螞蟻〉〉，《新詩學》，臺北：駱駝出版社，1997 年，頁 188～
  193，。
- 尚學峰、過常寶、郭英德，《中國古典文學接受史》，濟南：山東教育出版社，2000
  年。
- 岩上，〈釋析楊喚的〈雨中吟〉〉，《詩的存在：現代詩評論集》，高雄：派色文化出版
  社，1996 年 8 月，頁 229～234。
- 林文寶，〈楊喚研究（上）〉，《臺東師院學報》，第 2 期，1989 年，頁 307～410。
- 林文寶，〈楊喚研究（下）〉，《臺東師院學報》，第 3 期，1989 年，頁 61～110。
- 林文寶，《楊喚與兒童文學》，臺北：萬卷樓圖書公司，1994 年。
- 林良，〈童話詩人：楊喚〉，《兒童讀物研究 2——童話研究》，臺北：小學生雜誌畫刊
  社，1966 年，頁 211～240，。
- 林武憲，〈楊喚兒童詩補遺〉，《布穀鳥》第 2 期，1980 年，頁 14～15。
- 林煥彰，《童詩百首》，臺北：爾雅出版社，1980 年。
- 紀弦，〈楊喚的遺著《風景》〉，《新詩論集》，1956 年 1 月，頁 116～126。
- 紀弦，〈從楊喚逝世到《風景》出版〉，收錄於《楊喚詩集》，臺中：光啓出版社，
  1978 年，頁 158～160。
- 徐錦成，〈可看亦可讀——評楊喚〈小紙船〉〉，《笠》第 238 期，2003 年，頁 118～
  120。
- 徐錦成，《臺灣兒童詩理論批評史》，彰化：彰化縣文化局，2003 年。
- 張芬齡，〈賞析楊喚的四首詩〉，《現代詩啓示錄》，臺北：書林出版公司，1992 年，
  頁 127～134，。
- 張思齊，《接受美學導論》，成都：巴蜀書社，1989 年。
- 張漢良，〈新詩導讀——〈二十四歲〉〉，《中華文藝》，第 101 期，1979 年 7 月，頁
  123～125。

· 莫渝,〈談楊喚的〈美麗島〉〉,《布穀鳥兒童詩學季刊》,第 1 期,1980 年 4 月,頁 29
　～31。

· 許俊雅,〈楊喚〈夏夜〉〉,《我心中的歌:現代文學星空》,2006 年 6 月,頁 17～22。

· 陳昭瑛,〈霸權與典律:葛蘭西的文化理論〉,收錄於陳東榮、陳長房 編《典律與文
　學教學》。第十六屆全國比較文學會議論文選集。1995 年。

· 陳義芝,〈五十年代名家詩選注──楊喚詩選〉,《不盡長江滾滾來:中國新詩選注》,
　臺北:幼獅文化公司,1993 年,頁 179～184。

· 陳黎,〈楊喚〈黃昏〉〉,《掌門詩刊》第 3 期,1979 年 7 月,頁 33～35。

· 斯泰斗,〈天才詩人的解剖〉,《幼獅文藝》,第 64、65 期合刊,1960 年,頁 120～
　123。

· 覃子豪,〈論楊喚的詩〉,收錄於楊喚《風景》,頁 93～95,臺北:現代詩社,1954
　年。亦同時收錄於歸人編,《楊喚全集 II》,頁 226～231,臺北:洪範書店,2009
　年。

· 楊文雄,《李白詩歌接受史》,臺北:五南圖書出版公司,2000 年。

· 楊宗翰,〈鍛接期臺灣新詩史〉,《臺灣詩學學刊》第 5 期,2005 年 6 月,頁 60～67。

· 楊牧,〈林冷的詩〉,《聯合報》副刊,1982 年 5 月 2 日。

· 楊郁君,《楊喚童詩接受史研究》,國立臺東大學兒童文學研究所碩士論文,2011
　年。

· 楊喚,〈讚美〉,《聯合報》副刊,1985 年 6 月 22 日,08 版。

· 楊曉君,《楊喚詩及其修辭研究》,國立臺南大學國語文學系碩士班碩士論文,2010
　年。

· 瘂弦,〈濺了血的「童話」──綠原作品回顧〉,《創世紀》第 32 期,1973 年 3 月,
　頁 102～106。

· 葉泥,〈楊喚的生平〉,收錄於楊喚《風景》,頁 96～107,臺北:現代詩社,1954
　年。亦可見楊喚,《楊喚詩集》,臺北:洪範書店,2005 年,頁 183～196。

· 葉維廉,〈為友情繫舟〉,《聯合報》副刊,1983 年 11 月 8 日,08 版。

· 墨人,〈詩人節什感〉,《聯合報》副刊,1955 年 6 月 24 日,06 版。

- 蔡振念，《杜詩唐宋接受史》，臺北：五南圖書出版公司，2002 年。
- 蔡振念，〈論李白對謝朓詩歌的接受〉，收錄於國立東華大學中文系編《文學研究的新進路：傳播與接受》，臺北：洪葉文化，2004 年，頁 243～264。
- 鄭慧如，〈鮫人之淚──想像的精靈楊喚〉，《聯合文學》，第 197 期，2001 年，頁 96～101。
- 歸人，〈楊喚的生活與文學（代序）〉，收入於歸人編《楊喚書簡》，臺中：光啓出版社，1979 年，頁 9～29。
- 歸人，〈一生若寄、一貧如洗──半世紀後憶故人楊喚及其〈零下四十度〉詩〉，收錄於楊喚《楊喚詩集》，臺北：洪範書店，2005 年，頁 1～4。
- 歸人，〈憶詩人楊喚〉，收錄於歸人編：《楊喚詩集》，臺北：洪範書店，2005 年，頁 197～206。
- 簡政珍，〈瞬間和軌跡──《楊喚詩集》賞析〉，《聯合文學》，第 81 期，1991 年 7 月 1 日，頁 72～74。
- 魏子雲，〈三月的懷念──懷逝去的詩人楊喚〉，《偏愛與偏見》，臺北：皇冠出版社，1965 年，頁 183～189。
- 鐘姿雯，《楊喚詩歌研究》，國立臺中教育大學語文教育研究所碩士論文，2006 年。
- 龔顯宗，〈論楊喚詩〉，《現代文學研究論集──詩與小說》，頁 165～181，高雄：前程出版社，1992 年。
- Kiley, Dan （1983）. The Peter Pan syndrome : men who have never grown up. New York: Dodd, Mead. ；劉中華譯，《長不大的男人》，臺北：遠流出版公司，1986 年。
- Milner, A. （2005）. Literature culture & society. New York: Routledge.

輯四◎
重要評論文章選刊

楊喚的生平

◎葉泥[*]

　　西塞羅在他的散文集論老年裡曾說過：「人老而死，還有什麼比這更自然？但是同樣的命運也會降到青年身上，雖然這是極與自然牴觸的。所以一個青年的死時常使我想起烈火被巨浪撲滅。而老年人的死，則不是藉外力的自行消滅，因爲燃料枯竭了。恰如蘋果青時從樹上摘下來是費事的，但是熟了自然落地。所以死對青年人是暴奪……。」我們的青年詩人楊喚，就如一只被摘取了的青蘋果。

　　他宛如一道絢爛的彩虹，閃耀在壯麗的長空，雖然刹那間即消逝了。然而，他的才華與熱情永遠不朽，而深深地刻留在人們的心底。彷彿天才的詩人都是短命的，如普式庚、拜倫、雪萊、濟慈……。而天才的楊喚亦不幸是夭亡的。他的夭亡，使我們有著加倍的哀慟與惋惜，這不僅是因爲他的年輕，還有一個更甚的理由：因爲他是自由中國的詩人，他的死也是自由中國詩壇上的一大損失啊！這個嚴重的損失，是我的，也是你的。

　　「聰明的人都是短命的，好人也都是短命的。」十天前，當楊喚讀完了鶴見祐輔著的拜倫傳後，曾不勝感慨系之地這樣說過。在十天後（3 月 7日）這位聰敏穎悟的青年詩人，居然也被「暴奪」了。這有著小白馬般的年齡的詩人！

　　楊喚是天才，也是「好人」。他十天前所說的話，就好像已給自己作了不幸的預言！

　　遼東灣的沿岸，依偎著無數的小島。在 24 年前的 9 月 7 日，我們的天

[*]葉泥（1924～2011），本名戴蘭村。詩人、評論家、書法家。河北滄縣人。發表文章時爲現代詩社成員。

才詩人降生於這些小島中的菊花島（遼寧省興城縣屬）。朝暮地看著那海水波浪的起伏，而孕育成了他之思野的遼闊，以及他那澎湃沸騰的熱情。

　　襁褓中失去了母親，再加上命運的乖舛，而使他的個性變成了孤僻，讓他的日子永遠蒼白而憂鬱（他的筆名之一的白鬱，即出乎此）。母親所留下來唯一的愛撫，只是一條俄國毯子。這條墨綠色的毯子是他身後唯一的財產，也是他連一夕也從未離過的物件。他珍視它如自己的生命，也是他帶向天國去的殉葬品。

　　父親終日為了一家的生活東奔西走，也是個花天酒地的人，從來就沒有在孩子身上用過絲毫的心思。所真正疼愛他的只有年邁龍鍾的祖父和祖母，而他的祖父卻又患著遺傳性的癱瘓病，長年地躺在炕上。祖母既要服侍病人，又要操持家務，難怪他說自己是在哭聲中長大的了。

　　從菊花島上把家搬移到對岸的沙後所後，家裡的環境和他的命運同樣地走著下坡路。祖父母相繼地逝去，而他又落入了繼母的手裡，從此遭遇了和「小白菜」同樣的命運。生長在這樣的一個環境裡，既沒有親人的疼愛，更沒有受到良好的家庭教育，和野地裡的小草一樣地自生自長著。

　　繼母所施予他的，和一般想不開的繼母是沒有兩樣的，甚或過之。尤其在繼母給他生了兩個妹妹之後。他整天地穿著一身極不合身而又骯髒得不能再窩囊的衣服，和拖著一雙不跟腳的破鞋。生活上的一切都是自己照管自己。襪子露著腳後跟，褲子打著傘，鼻涕也是經常過河的。除非親友鄰居們實在看不過去的時候，才喊他去光著身子躺在被子裡，而為他洗一洗身上的衣服。但是這樣回家以後，繼母的一頓毒打是逃不過的。因為繼母不說是自己不照管孩子，而說孩子自己不會裝扮自己，教別人看著好像繼母厲害前母生的孩子。即便是在過年的時候，他也是只有眼巴巴地看著別的孩子們，自己是難得有一件新衣上得身的。他更因為自己衣衫的襤褸，而不敢和那些在陽光下比衣裳的孩子們一起玩耍。他從小的確就是以痛苦做食糧，被眼淚給餵養大的。

　　他小學畢業後，考取了初級農業職業學校牧畜科。因之逃出了繼母的

勢力範圍，才算自由自在了些。除去了堂弟楊信的同情外，更獲得了友情的溫暖，也開始了寫作的生涯。

他最要好的小夥伴們，有我亞，和劉騷、劉妍兄妹。他和我亞、劉騷曾插香盟誓結拜為結義弟兄，而他是在這些伙伴中最凸出的一個，同時也是他們的大哥。他們對他都非常地崇拜而尊敬，就是他們的母親也對他如對自己的兒女一樣地疼愛。唯有這一段時期，他才真正地過著了一點幸福的日子。他們散步、讀書、繪畫、寫作都在一起，也曾以將來成為「作家」相期許。

那時正是偽滿時期，而不能自由地吸收祖國的文化。一些「建設新滿洲」，「建設大東亞」的口號，更不能滿足他們對於知識方面的渴求。他認為這是較之他那苦難的童年還更不幸的。

劉妍，是劉騷的妹妹，也是愛他而又為他所愛的一個女孩子。是他的小愛人，也是對他的寫作上鼓勵最力的一個。因為她們以後把家搬到邊城的開原去而分離過一個時期，他也曾到開原去做過一次客。就在那次分別的時候，這對天真的羅密歐與朱麗葉，密訂下了海誓山盟。其實在這之前，她的母親對於女兒的事情即已屬意於這位天才的詩人了。

當他和她離開的這一段時期是時有書信往還的，不僅是書信，並且還有不少的詩篇，如詩束靈泉集等。幾乎每次的信裡都有，且不止於詩。這時恐怕是他一生中的多產時期，他這時還在學校裡編級刊及詩刊，並投稿於東北各報章雜誌，而已成為一位知名的詩人。

日後，他把劉妍所給他的一些書簡裝訂成冊，他自己為它畫了張精美的封面，並題名為《白鳥之歌》，把劉騷的書簡集的封面題為《塞外草》，他都一直地攜在身邊。

民國 36 年，他畢業了，他的父親也在這年病故。他乃決心離開那冰雪凝寒的北方。

抗戰勝利之後，他的二伯父——楊楓還鄉了。在他，這是一個莫大的喜訊。民國 36 年的夏天，隨著他的二伯父辭別了他那從小就未離開過的生

長的故鄉，辭別了他的小戀人而南下了。先在天津住了個短時期，不久，又至青島。

　　在青島《青報》供職的一段時期，也是頗為愜意的，他的職務是工作於新聞邊沿的校對。由於吃力的工作和勤奮地苦讀自修，而傷害了他的眼睛——近亢且患有角膜炎。這是他一生最大的不幸。民國 37 年的春天，他升任了副刊編輯，可是他的年齡還不滿二十整歲。那時，他認識了不少寫作的朋友和作家，同時他也寫出了不少美好的作品，大都是發表在當地和外埠的報刊上。所用的筆名是羊角，楊白鬱，羊牧邊，路加。同時，由青島文藝社出版了他的第一部詩集。

　　烽火即將蔓延到了青島之前，《青報》解散了。他拿到了六個月的遣散費，他並沒有因為失業了而擔心到日後的生活和職業的問題，相反地卻有著說不出的高興，因為他的手裡從來就沒有拿過這麼多的錢。當時他也並沒有把錢儲蓄起來或買點東西囤積起來，卻把全部的買了兩大竹箱（實籐條箱——歸人謹註）珍本的文學名著。而他的身上，依然衣衫襤褸如故。

　　住在伯父家裡，伯父家的孩子們把他擾亂得連一刻也不能安靜，並且還時時地鬧氣。加之時局日漸緊張，於是他又起了走的念頭。

　　伯父把他託付給伯父的一位朋友帶著他遠走廈門，在他是如脫離了牢獄，在他伯父則是出於實不得已。

　　在同船中有一位王老太太，待他一如劉妍的母親。他伏在甲板的欄杆上望著茫茫的大海，他想起了劉老太太，和他自己的母親，以及自己所遭遇的一切。每當他回憶當時的情緒時，他常說：「那種滋味兒我真不知道是怎麼挨過去的！」

　　在廈門一時找不到職業，因而時時地挨著那位朋友的太太的白眼。在動蕩時局下，他有著說不出的委屈。他整天地在街上遊蕩，情願餓著肚子少吃一頓飯，也不願回到朋友的家裡去挨白眼。

　　他終於找到職業了。在他準備和那位朋友說明要到電影隊裡去當兵而

要辭行的時候，那位朋友再三地挽留他。無奈他已下了最大的決心，那位朋友只好把他的房門下了鎖，把他鎖在屋子裡，而不忍讓他去低就士兵的職位。

他一直地挨到夜裡，到了夜闌人靜的時候，他先從樓上用繩子繫下了書箱和行李，然後又冒險地繫下了自己，他頭也不回地，抱著一顆傷透了的心走了。

他走了，可是他並沒有逃脫了災難的羈絆。

他到了電影隊裡以後不久，竟生了一身疥瘡，遍身的膿疱疥。幸而當地有一位好心的李老太太為他設法醫治和看護，李家幾乎就成了自己的家，甚至比自己的家裡還有著百千倍的溫暖。

李老太太從早就守寡，有三個女兒，兩個大的都已出嫁，最小的還在讀書。他們的感情非常融洽。晚上他回到隊裡去睡覺，白天吃喝都在李家，除了給老太太講一些北方的冰天雪地的故事外，還給小妹妹補習功課。他彷彿回到了自己的家裡重獲得了母愛，老太太也彷彿又多了個兒子。

漸漸地，從鄰居們的女人嘴中他得悉了李老太太要招他入贅的消息，小妹妹對他的態度也有些忸怩，他感到非常困惑。有一天，李老太太終於當面對他提起了這件事情，雖然經他婉言拒絕了，可是他也感覺著李老太太對他的一番恩情無法報答，唯一不使老太太失望的辦法就是拜老太太為義母。老太太答應了，並且為他起了個名字叫做李天興。嫁到城裡的二姐，還特地回到娘家看望了一下這新收的小弟弟。

在他生疥瘡厲害得不能動步的時候，老太太把他接到了家裡去。就在這時，電影隊把他開了缺而開拔了。

當他疥瘡完全好了以後，他沒有接受老太太的勸解，又考入了部隊充上等兵。民國38年的春天，隨著部隊到了臺灣。

他常說：「我一輩子都是受女人的氣，可是除了劉、王、李三位老太太之外。我所沒有享到的母愛，都由她們為我彌補上了。等到回大陸後一

定還要到廈門去一趟，假若我乾媽還健在的話，我要侍候到她的天年。」

來臺以後，他由上等兵逐次地擢升為上士文書，生活逐漸地安定了。他斷斷續續地曾寫下了不少綺麗的童話詩，大都以金馬的筆名發表於《中央日報》的「兒童週刊」上。另外還以其他的筆名，在《野風》和其他的雜誌上發表了不少的短詩。

有人問他的筆名為什麼叫金馬呢？他回答說：「金馬才能配金鈴啊！」原來劉妍也是寫詩的，她的筆名就是金鈴，這是楊喚送給她的。

他的童話詩雖然有著絕大的成就，但他依然是默默無名的，以後也是如此。因為那時根本就沒有人注意到兒童文學。

他曾準備出油印詩刊，封面都印好了，是套色的。可是並沒有出成，那時在臺灣還沒有任何詩刊出版。

他的職務是辦壁報，他的天才常得到人們的驚服。鋼版字寫得好，畫得更好。可是有一次他的書生脾氣犯了，因為和政治主任鬧意見而關了一個禮拜的禁閉。

一座寶庫：省立圖書館被他發現了，他成了那裡的座上客。一有工夫他總是跑到那裡去，一些文學名著被他啃了不少。

民國 40 年的初春，由於一位朋友對我提起了他，和對他也提起了我，並沒有經過介紹我們就相識了。因為在沒有來臺以前，我們已互相地熟悉了對方的名字。我依然記得很清楚，當我們初次通了電話後，他馬上就那麼熱情地跑到辦公室裡來看我。我們都有著極高度的興奮，彷彿久離的舊友在這裡又重逢了。相識的那天，也就是我們最美好的日子的開始，而使人永遠難以忘卻！

相識後兩天的星期日，他如約地到青島東路的寓所裡去找我，事先我準備了一些酒餚。那天我們談得很多，也喝了很多的酒，可是都沒有醉。

兩個月以後，他也調到了我們的單位裡來。從此我們生活在一起，工作在一起，讀書、散步、寫作都在一起。我翻譯童話，他寫童話詩。我的翻譯童話都是由於他的督促，他說：「我們應當多給孩子們流點汗，多寫

點有營養的東西。」《中央日報》的「兒童週刊」上，每期幾乎都有他的東西發表。另外，他訂了兩個專用於寫詩的本子，並且畫好了封面，兩個人各分一本。他的是風景，我的是列車。在列車的扉頁上他還題了一首詩——〈贈禮〉——送給我。

4 月，我把李莎兄介紹了給他。之後，我們常到李莎兄那裡去，也有時他一個人去，兩個人談得高興起來，他是時常會忘記回來的。這時李莎兄正在編《新詩》，楊喚的〈詩簡〉等作品都是這段時期寫出的。

詩人節的詩歌朗誦晚會上，他又認識了詩人紀弦和季薇。

出油印詩刊的夢想，他並無時或忘，好像有一股力量時時刻刻地在慫恿他。炎虐的中午他犧牲了午睡，又在畫詩刊的封面了。詩刊的名字命為《詩布穀》，詩稿也已集齊。他刻蠟紙，由我油印。等到印了一半的時候，我們不得不停止我們的工作了，因為紙張費發生了問題，又告吹了。從那個月起，我們都每個月買兩張愛國獎券。我們計畫墓不但出兒童刊物，詩刊，婦女讀物等七八種刊物，還要籌辦書店，文藝沙龍。只要待獎落在我們頭上，這些計畫就可馬上實現。這樣的想法看起來似乎有些天真，實際上我們是非常地認真的。

41 年的夏天，歸人兄從澎湖來，他們兩個老朋友把晤之後使他相當地愉快，一種愜意的微笑，每天都離不開他的嘴角。他的情緒的確好的不能再好也寫出了不少的好詩，都發表在《新詩》和《現代詩》上。

我所知道的是楊喚的詩好，抒情畫好，散文尤其好。他常以畫一些抒情畫來做消遣，不過，他是隨畫隨撕，他從不稀罕地留一張。我只有撿他丟掉的偷偷地留起來，如果他發覺出的話，必定搶過去撕掉。他曾寫過一篇他認為較為滿意的散文，那是由於抑制不住自己的濃重的鄉愁而寫的。過後他寄給了一家報紙的副刊，然而始終沒有刊出，日後才知道那家報紙的副刊編輯是只「名」而不看內容的。此後再也沒有見到他寫過一篇散文。他還有一篇童話〈山羊咩偵探〉，自己並配了插圖，可是也未完成。

有一次，他要我多給他點鼓勵，他準備寫一篇中篇小說。以後因為他

的情緒漸趨低落，那篇中篇小說竟然胎死腹中。我也有時勸他寫點理論或者詩評常是只搖搖頭，一句不答。

我們談得很多，有時他是滔滔不絕，無止無休，而一直談至夜深。新公園，淡水河畔，都是我們常去的地方。有一次我們談得過於晚了而累得他又坐了一次禁閉室，翌日早晨我才曉得。當我給他送大餅油條去的時候，他和同坐禁閉的人們正談得開心。放他出來的時候，他還不願出來。過後他對我說：「假若每天有大餅油條和香煙吃的話，我倒樂意多嘗一下鐵窗的滋味兒！」他好像無論對任何事物都有著無限的興趣。

他最大的嗜好就是吃香煙，不分好劣，只要是有就吃，隔不了 20 分鐘就是一支。可是窮得連一包「香蕉」也買不起的時候，他也能夠忍上半天。再次就是喜歡看電影、讀書、散步、和唱歌了。他對華德狄斯耐卡通片尤其喜歡，一部愛看的片子常是看四、五次的。他讀書的胃口相當的好，讀得多，消化得也快。一天的時間，大都消耗在讀書上。讀的範圍包括了文學、史地、自然科學、社會科學、哲學、理論學、甚至大部頭的昆蟲學，幾乎無書不讀，而讀後都差不多作有讀書筆記。他常對朋友們說：「不要問某本書能給你多少知識，先要問你在某本書裡能吸收多少知識。」他是我們辦公室裡的博士，秘書的秘書，我們都喊他為「活辭源」。

他愛唱歌，除了辦公以外他走到那裡就唱到那裡。有時也吹口哨，那也是他最高興的時候了。小孩子和小動物也是他所最喜愛的。

他的自卑感非常地重，怕見生朋友，在女人的面前尤其靦腆。他雖然和詩人紀弦、覃子豪等都有著最好的友誼，但很少到他們那裡去。他常和戰士們在一起，他說：「丘八和丘八在一起，絲毫用不著拘束。」他最討厭打綁腿了，他的綁腿七從沒打好過。

最使人驚奇的莫過於他的記憶力和思維力了。任何一個朋友的通信地址他都記得很清楚，而用不著記在記事簿上。

對於自己的作品他是最不重視的，寫完了就丟了。所以，散失的比發

表的作品還要多，寄出的稿子也從不留底稿。民國 40 年的秋天，在他過生日的時候，我曾把日常從報刊上剪下來的他的作品貼成一本送給他，他雖然很受感動，而卻說：「你真傻瓜！這些東西根本就值不得費這些事的！」

他曾驚服於一個女孩子的寫詩的天才，因此他也常常警惕自己，甚而有些苦惱著。這是民國 42 年下半年的事情，從那時起，他很少寫東西。

今年的春天裡，他一直過著落莫的日子。心情時好時壞，常是一個人抱著一些哲學的書籍在讀。雖然每天也談笑自若而異於往日，但他的內心裡卻覆上了一層憂悒的網子，尤其是在二月中下旬的時候。安徒生傳在本市上演了，他又恢復了往日那種愉快的心情，並且和我說：「什麼都不去想，還是要多讀點書好，你看著！」說完後好像若有所思。我望著他那皙白的胖臉，他的話並沒有鬆寬了我的心，反而更使我感到有一種莫名的沉重的心情！

3 月 4 日，他還給了我五塊他不久以前借去買眼藥的錢。我們從未分過彼此。他堅持著要我收下，我很痛苦。翌日，他極有興致地對我說：「我今天請你看安徒生傳，我已經看過了，值得看下。我還沒請過你呢！」我知道他沒有錢，把昨天還給了我的五塊錢又給了他。下午，電影沒看成，他把錢又還給了我。

5 日的上午，他睡了一上午。下午他整理了一下午的抽屜。燒了很多的亂紙。裡面包括有一些朋友們給他的信，他的半本日記，還有一些寫成的未寫成的稿件。我看了看他整理得特別乾淨而又整齊的抽屜，我真地以為他將從憂悒的泥沼裡拔出腳來，而痛下決心地下一番工夫了。他的抽屜向來亂得就像一隻破爛的字紙簍似的。

6 日的早晨，他的心情確實是好了許多。他坐在我的桌子角上，我遞給了他一支煙。他告訴我說有一位就要結婚了，明天他不確定去不去。他在辦公室裡繞了會兒，和小孩子一樣地跳著走了。

下午上辦公室後，他坐在自己的位子上用鋼筆畫了不計其數的青蛙、

烏龜、熱帶魚。我看到了那滿布著灰色的臉，灰得有些怕人。於是，我跑過去低聲地問他是否不舒服？他搖了搖頭。再問他是否情緒不好？他又搖了搖頭。我再問他，他連理也不理了。

當天晚上他睡得很晚，和一位同居的朋友一直談到下半夜才睡：談的是他童年時的一些往事。

3 月 7 日禮拜天。他起得很早，在公園裡散完了步，邊唱邊跳地到了辦公室裡。他向同事們要想找一張勞軍的電影票，誰也沒給他。有人拿出錢來借給他，讓他到北投去參加朋友的婚禮，他看了看窗外正落著霏霏的細雨，他決定不去了。在辦公室裡繞了個圈子，他走了。

出了介壽館的後門，他無目的地向北走著。遇到了一個同事，把兩張電影票分給了他一張，他極其敏捷地行了個舉手禮。那位同事，還沒來得及還禮，而他卻向著西門町的路上一陣風似地走了。

平交道上的柵欄放下了，鈴也在不停地響著，一群行人都截在鐵路的東邊，裡面也有楊喚。一列南下的火車馳過去了，可是柵欄還沒有收起，有幾個等不及的軍人便跑過了鐵軌。楊喚也等不及了，連向兩邊看也沒看一眼，拔腳就跑。一位太太沒抓得住他。北上的客車已臨眼前。在楊喚剛跑第二條鐵軌的時候，腳下一滑，冷不防平交道的木板與鐵軌間的隙縫嵌住了他的腳，而跌倒在鐵軌上。正在這千鈞一髮的時候，兩邊的行人都撕破了喉嚨地喊著：「爬！快爬！」可是在他還沒來及爬的時候，那無情的鐵輪已從他的兩腿大腿上滾了過去。等到列車馳過的時候，他已死去，其狀至慘。時間是 3 月 7 日上午 8 時 40 分。他享年不滿 25 歲。凡是知道他和認識他的人，無不為之同聲一哭。

——選自《楊喚詩集》

臺北：洪範書店，2005 年 8 月

憶詩人楊喚

◎歸人[*]

　　3 月 10 日的上午，我接到楊喚逝世的消息，這突然來臨的噩耗，把我擲入迷惘的深淵裡。「這會是真的嗎？」我一直這樣的自問，想假定是這位朋友的錯寫而非事實。但我反來覆去的仔細看了幾遍報告凶耗的書簡時，終於不能再自己騙自己了，楊喚是真的去世了！

　　「楊喚是天才，他有天賦的詩人的氣質。」我總是向我所深識的朋友這樣讚佩他。的確，在我所接觸過的文藝工作者之中，像他的才氣的，還沒有第二個人。

　　所謂天才，一如世人之所謂怪傑一樣，即是他能在任何惡劣的環境之下，完成他的輝煌的工程。他是創始者，而非模仿者；他是開拓者，而非守成者；他是全能者，而非偏一者。在詩的王國中，楊喚便是屬於前者的人物。

　　生長於東北海濱的小城的楊喚，僅僅讀了二年偽滿時代下的初級農業職業學校；抗戰勝利以後，又續上了一年畢業，便和學校永別了。但以這樣稚齡且又不能自由的吸收祖國文化（尤其是文學）的楊喚，在光復以後的東北報刊上，已經成為一個卓越的作家了。

　　正如楊喚在給我的信中所寫：「我曾這樣譬喻過我的寂寞，我說：我像一個流落在荒島上的水手，面對著向晚的天邊，海鷗棲息了，游魚潛沉了，滿眼是海水、浪花，滿耳是風聲和濤聲……。」由於童年的遭際，使他永遠帶有一種憂鬱黯然的性格。他說：「我摩撫唇上的黑髭，我這曾經

---

[*]本名黃守誠。發表文章時為《中華文藝》月刊主編，現已退休。

被虐待被折磨過的小白菜，不禁對著窗外的晴天微笑了。我笑我那萎謝的童年，我笑我那些童年裡的苦難，雖然我笑得很悽然。」

　　大約是在民國 35 年的冬天，他告別了東北的故鄉，一個人浪流到青島。在青島，經他的伯父的介紹到青報社當一名校對。翌年（民國 37 年）春天，報社的副刊編輯因病請假，他暫接替了一個時期，成績甚著，當即升為副刊的編輯。其時他還不滿二十整歲。

　　這一個時期，大概便是他一生中最快樂的一段了。那年金元券剛改革，報社又補發薪水；別的同事把錢買了洋麵與黃金囤了起來，而楊喚卻把全部的薪水，一次買了兩個大柳條箱的文學名著，這些書大部分為當時的珍本，為坊間少有的書刊。

　　因為他的童年是萎謝的，是悽慘的，所以，他對於童年的嚮往，常寄以美麗的夢想。這促使他在童話詩及童話的寫作上，有了絕大的成就。民國 39 年的春天，我給他的信中，曾說他不是孩子，為什麼專寫這些兒童詩呢？他回信說道：「你說我不是孩子，應該寫些給大人看的東西，這話也對，但你又怎麼知道我這一顆嚮往於童年的心呢？孩子是天真無邪的，童年的王國在記憶裡永遠是有著絢爛美麗的顏色的。……兒童詩，我還想再寫下去，因為我想從裡面找還一些溫暖。」

　　但他的所以致力於兒童詩，還有更大的理由，即是他在 40 年 11 月間給我的信中所說：「你知道，兒童文藝在中國是最弱的一環，雖然目前兒童讀物多如春筍，嚴格的說來又有幾種合格的呢！較之英、美、日本，可謂少得可憐。我不敢說我的兒童詩寫得怎麼好，但是在這裡就沒有人肯花工夫去給孩子們寫東西。你想，一般成了名的或出了名的、或不成名也不出名的都想用大塊文章去換錢得獎金，有誰肯花了大半天的氣力，去換兩包香煙錢呢！……你知道，群眾是最好的考驗，孩子們也有他們的鑑賞力的。」

　　那一年，他屢次與我談到要辦兒童刊物的意思，可是大家都是一文不名而作罷。同時，我尤感到自己的淺見與無識，對如此重要的兒童文學，

竟毫無所知！不是嗎？在中國，我們很少見到寫兒童文學的朋友，我們的兒童文學始終是一片荒蕪的田地。我相信，假如假楊喚以十年的時光，在兒童文學上，他必可爲中國奠下一點基礎的！

兒童詩，它需要美麗的思想，以及美麗的形式，試看他的〈眼睛〉，像這一類的兒童詩，是多麼美麗而可愛啊！

民國 41 年的夏天，我還旅居在澎湖那個風沙的島上，4 月末，我給他去信，要北上把晤，但後來因故未果，他表示十分的失望，5 月 28 日的信中，他向我說：「我記得曾經不止一次的和你說過，我說：友情、愛情與詩是我生命的三個扶手，但在今天，我無緣於那味苦也味甜的愛情，對文學的故鄉，我做了詩的浪子，我常常做不安的游離，到現在只剩下朋友了，就是朋友吧，卻也偏偏都隔得遠遠地，縱令我能馳飛想念，在這樣心境下，寫封信也總是痛苦的……」同年 4 月 10 日的來信中則說：

「康稔（他送我的一個名字）：每次我都是寫給你我是怎樣憂鬱和感傷，慚愧的是不能把少年的快樂分給你，像雲雀飛到綠色的窗前，像星星鑲上夜的藍色的天體。唉，你還是快來吧，在這難堪的寂寞裡，我需要人了解和友情，我懷想著你，就是和你在一塊散散步，曬曬太陽也是好的。」而 4 月 1 日的來書中又說：

「在朋友群中，讓我異常懷想的就是和我『相逢離亂裡，便共畢生情』的你。」

那年七月，我終於離開澎湖，北上把晤，相見的歡樂是無法形容的。其時，我住在師範學院的朋友處，每天他下班後，總來找我。記得有一次我們到植物園散步閑談，竟到午夜以後的兩點多鐘，方才回去。往事如煙，如今已經幽冥永隔了！楊喚啊，楊喚！你的故人在呼喚你呢！你可聽到了嗎？

那一次的見面，我發覺他蒼老多了；不滿二十足歲的他，已經摻雜了若干白髮。想起民國 38 年的夏天我們初度相晤時的情景，不禁感慨萬千。後來，他給我寫信時說：「你非常驚異於我的蒼老，你以爲我應該一如我

之年齡般的年輕。但你為什麼不問一問我何以如此的呢？雖然在上一封信裡我說我並沒有受到這絲毫的傷害，但在今天想來，我覺得我的確有一種難以言說的沉痛和淒惶。」

那些日子裡，他的生活是寂寞而枯燥的，也很少寫什麼東西。如他給我的信中所說：「憂鬱和寂寞，從童年糾纏我到現在，是以我的日子裡，很少有著絢麗璀燦的顏色，不是深灰，就是蒼白。我要的是薔薇和玫瑰，但有毒刺的荊棘偏偏要向我投擲過來……。」

大概讀過他的童話詩的人，便以為他是一個擅長兒童詩的人，而讀過他的質樸的風格的詩的人，便以為他是擅長那一個風格的詩人。其實，天才卓越的楊喚，是各方面都能登峰造極的作家。民國 39 年 2 月 1 日信中，他寫給我一首詩：

> 黃昏的嶺上
> 有老人和他的駱駝走過。
> 摘下駝鈴
> 卸下琴弦
> 他說：怕年輕人惹寂寞。

這一章詩，簡單樸素，其意象之美，是我每一誦來，便覺「餘香滿口」的，有思索不盡的況味。3 月 16 日的來信中，他又寫給我一首詩：

> 是誰讓我走進玩具店
> （想買一份禮物給我愛的孩子嗎？
> 可是她不在我的身邊。）
> 看璀璨的燈火，我有些黯然
> 一聲歎息，一聲祝福
> 都是我獻給妳最美麗的花環

　　風裡雨裡

　　我有不盡的懷戀……

　　這首詩是懷念他的童年戀人劉金鈴小姐所寫的。劉小姐是他上農職時代的一個同學的妹妹。據他說，她是既聰明而又美麗的。在他們臨別的前夕，這兩位天才的小情人，還訂了海誓山盟的密約。

　　7 月 24 日，他送給我一首詩，題名為〈朗誦給康稔聽〉：

　　康稔！面對著嘶喊的海

　　你該看一看

　　那從浪花裡飛起來的海燕

　　你該看一看

　　那從港口裡揚帆的遠行船

　　你也該張開翅膀飛起來呀

　　飛起來　　飛起來

　　飛近春天的窗口

　　你也該揚帆出發呀

　　前進呀　　前進呀

　　駛近春天的堤岸

　　不要看他只能寫美麗的夢想以及柔情的懷念，如〈垂滅的星〉便是他的狂暴的激怒，這詩表現出他的嚴重的悽楚、哀怨，也表現出他有著如何的憤怒！

　　對於詩，他鄙夷徐志摩、劉大白等浮華，纖弱的風格，可是，他又不屑於臧克家等人的叫囂與做作。對「詩」的看法，他是一個最嚴肅的信徒，最能犧牲的戰士，試讀他的〈詩人〉一章便知道了。

　　去年元月，我離開了澎湖，轉到宜蘭工作，我們見面的機會比較多

了。然而他仍然寂寞得很。11 月 2 日他來信說：「窗外細雨如簾，思及前此曾在雨天爲你作書之心情，不禁廢然良久。昨日如夢，明日何如？」又說：「讀過幾部左拉的書，它們更使我痛苦；在看過小飛俠《彼得潘》之後，我幾乎想哭了。」11 月 21 日，他到宜蘭看我，在我那裡住了兩天。我們談的很多，然而，總覺得有些不似往日，如今回想起來，這竟是天不假年的預兆嗎？……

那一天晚上，風雨淒迷，愁人得很。我把一位寫詩的朋友的信拿給他看，請他批評批評。於是，他立刻要了紙筆，回了這位朋友一封信，他說：「對於詩，坦白地說，我是從來也沒有真正的理解過，雖然經過幾年的摸索，但這只能說是冒瀆了繆斯，睜著眼睛頻發夢囈。今後我將不敢再提筆了，將永遠不提筆以贖前罪，請相信我，這絕不是說著好玩的。」他又說：「我也希望你不要再寫詩，這是我曾經和守誠說過多少次的；請不要誤會，千萬的；這並不是（絕不）說你不配寫詩，而是『詩』足以會害了你。何故？曰：當詩的賦有『魔性』的花朵在筆下綻開了的時候，你必須『輸血』來灌漑它，以『肉』來培植它，結果，你的靈魂將迷失於空想之美的境界裡，而你的軀體呢，則被無情的交給現實之鞭笞和荊棘，這痛苦是難於想像的。」

後面一段話，是他時常勸告我的，也即是楊喚對詩的一種態度的說明。他寫詩，從來未以草率出之，總是帶有信徒的皈依上帝一樣的虔敬與嚴肅！爲了「詩」，他「被無情的交給現實之鞭笞和荊棘」。而且自從去年十一月以來，他竟真的不再寫詩了。他說：這是「以贖前罪」的表示。

寫詩的朋友都知道楊喚是位天才的詩人，其實，他是無論哪一方面都有才氣的作家。他的散文（雖然發表的不多）更有一種獨到的風格；便是從近數十年來的新舊作家群中，也找不出如他所寫的那種特異的才華。他的文章悲愴而不流於頹廢，幽怨而不流於陰黯，憤怒而不流於叫鬧。雖是平凡的字句，但一經他的變化，便會成爲卓絕動人的詞藻。關於這一點，目今我正蒐集他生前的所有書札，打算印行一本《楊喚書簡》公諸於世，

以紀念故友的夭亡。而他的詩集，現在也正由紀弦、覃子豪諸先生進行整理，即將付印了。

在他生前，我常常這樣的給他說：「在文學的王國中，你是最大的富翁最智慧的寵臣；然而，在人生的大道上，你卻是一位最命蹇的敗兵。」王國維說：「社會上之習慣，殺許多之善人；文學上之習慣，殺許多之天才。」以之概括楊喚的生平，是再確切不過了。生前的他，除了幾個寫詩和深識的朋友了解他外，在文壇上，他僅有籍籍名（甚至籍籍名也沒有的）！而生活的窘困，尤其可憐，常常為了一包「紅樂園」而發愁，一張公共汽車票的錢而作難。

我已經說過，他是無論在任何方面，都是才氣橫溢的作家。他寫過愛情的詩篇，但那是出乎他的最深刻的戀念，而非一些風流才子的夢語；他寫過憤怒的，然而那絕不是狹義的恨惡，而是對醜惡的勇敢挑戰！在前舉的幾章詩裡，我們可以嗅出他有怎樣悠遠的愛戀，以及怎樣深沉的憎恨！

他每次來看我的時候，我總是到車站去接他；離別的時候，再送他到車站。最後——去年 11 月 23 日那次他離開宜蘭時，我臨時因事未妥，沒有去送他。誰知道這竟是我們的最後一面呢？設知如此，便是千山萬水，我也要伴他一程啊！

去年秋天，有幾位朋友要為我出版散文集，當時我曾告訴楊喚，請他為我作一篇〈後記〉，他笑著答應了。誰能知道呢？他等不及為我寫「後記」，我卻來寫紀念他的文章了！白雲蒼狗，世事變得太快，也太可哀了！楊喚，楊喚。死而有靈，讓我們夢中一敘別情吧！

——選自《楊喚詩集》
臺北：洪範書店，2005 年 8 月

楊喚的遺著《風景》

◎紀弦*

　　詩人楊喚的死於中華民國 43 年 3 月 7 日，實在是我們自由中國文藝界的一大損失，因爲他的詩才是正在成熟中，如蘋果之由綠轉紅，而其前途無限，「世界的大詩人」之席次，照道理他是可以排得上去的，惜乎天不假年，而竟爲了趕著去看一場勞軍電影，慘遭輾斃於火車的輪下！

　　楊喚逝世六個月後，於 9 月間，他的遺著詩集《風景》，在克服了重重困難的奮鬥之下，終於由「現代詩社」出版發行了。

　　我個人對於楊喚的看法，可分下列四點來說：

　　第一是想像力的豐富：一切文學的本質情緒；尤其是作爲「文學之花」的詩，格外離不開情緒的表現。但這情緒不是一下子就可以表現得出來的。誰要是說「我是多麼的快樂啊」或「我是多麼的悲哀啊」，則簡直不成其爲詩了，因爲像這樣赤裸裸的說明尙未通過表現。那麼，要怎樣表現呢？曰：先把你的情緒克制下去，壓抑下去；到了抑制它不住的時候，那麼，就有成詩一首的希望了。那禁不起抑制而告消滅了的薄弱的情緒，由它消滅了拉倒；那消滅不了的強烈的情緒，卻會得漸漸地上升，如植物的種籽之萌發，頂開了封蓋的泥土──這時，你的情緒已經不是原來的樣子；它有了形態，從抽象到具體，從無形到可見，一種境界，像一幅圖畫似的形成於你的心上，你可以靜靜地觀看它，然後，再把它轉移到稿紙上來，使成爲一首詩，而這，就是基於想像的作用。故說，想像比一切重要。沒有想像，則情緒其物便無從表現。而想像力的豐富或貧乏，對於一

*本名路逾。發表文章時爲高中教師、《現代詩》季刊主編，現旅居美國。

個詩人的成就之多少或大小，實具有決定性。楊喚之所以能有如此輝煌的成就，主要的便是在於他的想像力異常的豐富之故。舉例來說，好像預言了他的死似的，如〈我是忙碌的〉的第三節：

直到有一天我死去，
像尾魚睡眠於微笑的池沼，
我才會熄燈休息，
我，才有個美好的完成，
如一冊詩集；
而那覆蓋著我的大地，
就是那詩集的封皮。
又如「給阿品」的最後一節：
我讓我的詩的鴿子，
訪問你於你孤獨的門外，
請你用友情做一枚銀色的封筒，
把鈴子一樣的笑聲盛入，寄回給我。

又如致安徒生的〈感謝〉的第三節後三行：

過去的牧豬奴已長成為一個戰士；
我這從農場裡出來的醜小鴨啊，
已生出一對天鵝的翅膀。

又如〈雨〉的第四行：

把我窗外的夜叮叮噹噹地敲響。

又如〈花與果實〉：

花是無聲的音樂，
果實是最動人的書籍，
當它們在春天演奏，秋天出版，
我的日子被時計的齒輪給無情地嚙咬，絞傷；
庭中便飛散著我的心的碎片，
階下就響起我的一片嘆息。

又如〈二十四歲〉的第一節，他一連排列了四種象徵的意象來形容他
自己的年輕：

白色小馬般的年齡。
綠髮的樹般的年齡。
微笑的果實般的年齡。
海燕的翅膀般的年齡。

接著，在第二節，這四種用以形容他的 24 歲的意象，十分巧妙地，十
分自然地，一變而為他自己的象徵了。

可是啊，
小馬被飼以有毒的荊棘，
樹被施以無情的斧斤，
果實被害以昆蟲的口器，
海燕被射落在泥沼裡。

原來這小馬，這樹，這果實，這海燕，就是從小被後母虐待，沒有受

過高等教育，終年流浪，受夠了疾病與生活的折磨，而在來臺之後當了一名上士文書的楊喚他自己啊！於是，他在詩的末節，聲淚俱下地問他自己道：

Ｙ・Ｈ！你在哪裡？
Ｙ・Ｈ！你在哪裡？

　　這真是沉痛到了萬分，悲愴到了極點啦！就是一個自幼養尊處優從來沒有領略過人生的苦杯的幸運兒，讀了他這樣的作品，恐怕也要灑幾滴同情淚的吧。文學是苦悶的象徵，一點都不錯。楊喚的詩，證明了這一個理論的正確性。但是苦悶的不只是楊喚一個人，而楊喚卻能有所象徵——換言之，他人也可能有這種情緒，然而不能加以表現，不能寫詩，不能寫得如此之好，這是為什麼呢？這就是因為楊喚是一個出色的詩人，他的想像力異常的豐富之故。而所謂「天才」也者，恐怕也就是指這「豐富的想像力」而言的吧？當然祇憑著先天的稟賦而不肯作後天的努力，那還是不行的。
　　第二是人生觀的正確：人生在世究竟是為了什麼？楊喚的回答是：工作。人生以服務為目的。這只要看了他的〈我是忙碌的〉就知道了：

　　我忙於搖醒火把，
　　我忙於雕塑自己；
　　我忙於擂動行進的鼓鈸，
　　我忙於吹響迎春的蘆笛；
　　我忙於拍發幸福的預報，
　　我忙於採訪真理的消息；
　　我忙於把生命的樹移植於戰鬥的叢林，
　　我忙於把發酵的血釀成愛的汁液。

　　他真是這世上的一個大忙人，忙這樣，忙那樣，一切都是爲貢獻給國家民族社會人群，予而不取，死而後已，他真是了不起！再看他的〈雨中吟〉吧：

　　　雨，不疲倦地落著，

　　　我，不休息地走著。

　　他爲什麼這樣的辛苦呢？找一個地方去避避雨，休息一下再走，難道就不行嗎？不，不行！因爲：

　　　踏著雨的音樂的節拍，

　　　我追逐著那在召喚著我的名字的，

　　　歷史的嚴肅的聲音。

　　原來他不斷地工作，兼程地趕路，連一分一秒鐘的時間都不願意浪費，是因爲有一個歷史的任務，肩挑在他的身上。這任務，不待言，也在你的肩上，也在我的肩上，在我們自由中國八百萬軍民全體的肩上：這就是反共抗俄四個大字。你看他在〈號角、火把、投槍〉一詩中，立下了怎樣的誓言：

　　　像反抗暗夜的向日葵，

　　　我們永遠朝向真理的太陽；

　　　像熱戀藍天的雲雀，

　　　我們也將永遠爲著自由歌唱。

　　這是多麼的堅決，有力，而又響亮！又，這詩的最後幾行，更是令人擊節，令人起舞：

> 吹起來，吹起來，
> 我們那飄動著美麗的流蘇的詩的號角！
> 燒起來，燒起來，
> 我們那燃燒著灼熱的血的火焰的詩的火把！
> 擲過去，擲過去，
> 我們那鋒利而又雪亮的詩的投槍！

這才是真正的攻心戰的新武器哩！在這些詩行裡，擂擊著戰鼓鼕鼕，奔騰著千軍萬馬。這豈是那些號稱反共抗俄「詩歌」，而實際上不過是些標語口號的贗品所能望其項背的哩！再看他的一首〈我歌唱〉吧：

> 今天，旌旗滿山，
> 我們的隊伍像森林，
> 用仇恨搥打詩句，
> 迸射著憤怒的火花。
> 我呀，我是森林中的鍛鐵匠。

這幾行，充分地表現了詩人楊喚的工作的態度，戰鬥的意志，對於歷史的任務的理解，和他的積極的人生觀。可惜的是，天還沒有晚哩，他就已經提早地「熄燈休息」了！能不令人嘆息復嘆息嗎！

第三是安徒生的影響：這位好心腸的丹麥老人，給與楊喚的影響是非常之深的。安徒生的童話，對於楊喚自幼受了巨大創傷的心靈，實不啻一種救濟，一種止痛藥水，或一種宗教的安慰。楊喚除了寫他的抒情詩之外，還常常為兒童們寫一些童話詩，並且十分的成功。不消說，這是心理學上一種「補償」的行為。由於他本人從小得不到母愛的滿足，因之他特別喜愛兒童，喜愛童話。安徒生之所以成為他的良師益友，自然是有道理的了。其實不僅是在他的童話詩中，甚至在他的寫給成人看的抒情詩裡，

我們也可以隨處發見安徒生的影響。而他的童話詩之美麗和有趣味，又不只是對了兒童們的胃口，就連成人看了也很過癮的哩。例如他的「七彩的虹」，真是虹一般的美麗，誰看了都會喜歡的：

　　接到了太陽國王的大掃除的命令，
　　小雨點們就都坐上飛跑著的烏雲，
　　賽跑著離開了天上的宮廷；
　　他們給稻田和小河加足了水，
　　他們給骯髒的山谷洗過了澡，
　　就又來洗淨了清道夫永遠也掃不完的城市，
　　也洗淨了悶熱的飛滿了塵土的天空。
　　太陽國王為了獎賞他們的真能幹，
　　就送給他們一條美麗的長彩帶，
　　那就是掛在明亮的雨後的天空中的
　　紅、橙、黃、綠、青、藍、紫的七彩的虹。

　　第四是質與形的一致：楊喚的詩，有他的獨創的風格，除了「詩的噴泉」一輯十首之外，大體上說來，都是屬於明朗性的。他的詩，平易自然，比較好懂，然而不是「直陳」，不是「開自來水龍頭」，較之「賦」的方法，「比」，「興」更多使用，沒有「晦澀」的毛病，卻有「含蓄」的妙處。如〈鄉愁〉，〈鑰匙〉，〈花與果實〉，〈二十四歲〉，〈船〉，〈雨中吟〉，〈我歌唱〉等作品，都可以說是〈言有盡而意無窮〉的佳作。至於〈八月的斷想〉，和「詩的噴泉」一輯十首，因為使用「隱喻」，使用「暗示」，多轉了一兩個彎子，所以格外需要細讀，要多看幾遍，才能體會出詩中的妙味，而一旦有所感悟，那你就愈覺其滋味無窮了。但是詩的優劣，本來與懂不懂沒關係，有看得懂而並不好的詩，也有看不懂而實在很好的詩。至於楊喚的一部分需要細讀的好詩，只是比較

難懂一些罷了。總之，氣質決定風格，內容決定形式。楊喚的氣質是明朗的，所以他的詩風亦有其晴朗性。詩如其人，此之謂也。而他的作品的質與形的一致，這一點很成功的。他不像有些人削足適履，可以把無論什麼「內容」都拿來塞進一個固定的「形式」裡去，結果往往是質與形的不調和，弄得不倫不類。他是先有了內容，而後應內容的需要，跟著產生一個新的形式，一個可一而不可再的新形式，所以他的作品，就能夠表現個性而顯得與眾不同了。而這也是「自由詩」之所以優於「定型詩」的地方。限於篇幅，本文暫且到此為止，要說的話還多，等以後有機會再寫。楊喚啊，看了這篇談不上什麼評介的拙文，不知你有什麼意見？那就託一個夢給我吧！

附：祭詩人楊喚文

中華民國 43 年 3 月 8 日，這正是一個淒風苦雨的日子，紀弦在上午十點鐘時，趕到極樂殯儀館來，參加詩人楊喚的公祭典禮，痛哭失聲，淚下如雨。

啊啊楊喚！我在大聲地喊你的名字，你聽不聽見呀？昨天晚上九點多鐘，忽聽到這不幸的消息，起先，我還不信；但在幾秒鐘後，覺得被什麼東西重重地一擊，我的心就碎了。

就在沒有多少日子以前，你還到我家裡去談了個把鐘頭，談詩，談夢，談我的小黑貓，談一個為你所戀慕的女孩子的一些事情……談的雖然不多，但是你的心情，我已全部了解：你是陷於一種「輕微的熱病」中了。跟我談談，似乎輕鬆了些，於是你的臉上，有了淺淺的微笑。而我，亦為你祝了福。唉唉！哪曉得那天晚上把你送走之後，就再也不能見你一面了！

聽說昨天早上，你是急於要去看一場勞軍電影，因而夭折了的。你不顧火車已經快到眼前，還想闖過鐵路去，一個不小心，滑倒下來，橫陳在軌道上，就正好讓那無情的車輪從你身上輾過去了！血肉模糊，慘不忍

睹，交通暫時斷絕，圍上來一大堆看熱鬧的閒人，有如群蠅，而你就是在這樣的一種場面之下，向醜惡的此世道了永別。

唉唉楊喚！當你在世的時候，論職位不過是個文書士，社會上有誰會去注意和關心到你的幾乎等於零的存在呢？休說一般人了，便是在文藝圈子裡的，除了一群寫詩的朋友們，恐怕知道你的名字的也不會太多吧。既沒有金錢，又沒有權勢，生固不「榮」，死亦不「哀」，你是何等的寂寞啊！

我相信，憑了你的天才，憑了你的作品，你雖屈於今世，必將伸於後世，你的不平凡的名字必將日益擴大，日益響亮，而在文學史上佔一個重要的地位。你的肉體雖已死亡，但是那象徵你的人格高尚，靈魂潔白的你的金玉般的詩篇，卻永遠活在讀者們的心中，永遠不人遺忘。凡真正的詩人，都是不寂寞的；生前也許寂寞一些，死後就不會寂寞了。只有那些有錢有勢生榮死哀的人，才真是與其棺木同腐朽的哩。那些人，甚至連提到你的短命表惋惜之意以附庸風雅都是一種褻瀆。

至於你的詩稿的整理和出版，這在我們乃是義不容辭的一件大事，我們一定於最短時期內促其實現，把一冊印刷得夠使你滿意的「楊喚詩集」呈獻於你的靈前，你放心好了。只是抱歉得很，今天我連買一個花圈的錢都沒有了。但你素來知道我的窮困，我想你不至於生我的氣，你會原諒我的。那麼，睡吧，楊喚，再見，楊喚，啊啊，楊喚！

——選自紀弦《新詩論集》
高雄：大業書店，1956 年 1 月

論楊喚的詩

◎覃子豪[*]

　　3 月 7 日晚上，我得到楊喚被火車壓死的惡耗，整夜不能入睡；我思索著：上帝爲什麼如此虐待天才？既在他年輕的心靈上蓋上重重的寂寞和痛苦的烙印，復又整個的攫取他燦爛的年華。我真不相信：一個天一個善良的心靈，竟會有如此悲慘的結局。然而，事實卻無情地擺在面前，不容我存一點僥倖的幻想。一種痛惜竹哀悼湧上我的心頭，使我時時刻刻的想到他：想到他的詩人氣質，想到他光輝的詩句，想到他沉默的面容和他憂鬱的表情，想到他上個禮拜二還在我的屋子裡，向我談及他的身世和他內心的哀愁，我竟淒然淚下。那天，他像有很多話要向我說，而我的忙碌，不能讓他盡興的談，我有著一個匆促的心情，送他出門；而他卻懷著一份惆悵回去。我再三要他下次再來，同我暢敘，誰能知道，他這一去，就永不再來了！雖則，我曾安慰他，勉勵他，要他擺脫一切煩惱，好好的寫些詩；然而，我心裡總是有一個不能彌補的遺憾。

　　楊喚是一個天才，我這樣說，也許會有人認爲這是一句感情話；實則，我這句話是根據他的作品來的。只有他那少數而精美的作品，能夠解釋我這句話的意義。

　　楊喚在臺灣最初發表詩，是在「新詩週刊」；發表最多而且最精彩的，也是在《新詩週刊》。其次散見《詩誌》、《現代詩》、《新生文藝》、《中央副刊》、《兒童週刊》等。

　　楊喚的詩可分兩類：一爲抒情詩，一爲童話詩。自然，抒情詩是他最

---

[*]覃子豪（1912～1963），四川廣漢人。學名覃基，詩人、散文家、評論家。發表文章時爲藍星詩社成員。

出色的作品。讀他的抒情詩，我感覺有幾個特點：即是思想的暗示，充實的生活內容，戰鬥精神的表現，優美的風格。

　　一個詩人不能沒有思想，沒有思想的作品，只是情感的發洩，對人生自無價值可言。但是，我們的詩並不是完全為表現思想而寫，像哲學論文似的直率地予以說明，而是無意的流露或潛在的暗示，而是將生活的認識與感受中所獲得的意念，在情緒的醞釀中，釀成蜜蜂的蜜散滿於詩的花朵。使讀者感覺詩中深刻的意義與不盡的情味。楊喚的詩就有這種特點。我們來看楊喚在詩裡流露出來的思想吧！

　　楊喚表現思想最顯著的詩是「詩的噴泉」。幾乎每一段裡，都有著楊喚思想的註腳，裡面有「騎驢到耶路撒冷去的聖者還沒有回來」的憤懣，有「你呀！熄了的火把，涸池裡的魚」的委屈，有「聽滾響的雷為我報告晴朗的消息」的期待，有「我不是畫廊派的信徒」的諷刺，有「為什麼，我還要睡在十字架的綠蔭裡乘涼」的警惕，有「梵諦崗的地窖裡囚不死我的信仰」的堅定，有「才知道我是被大海給遺棄了的貝殼」的哀愁，然而，也有「不疲憊的意志是向前的」的自勵。這些詩是如何地了時代和現實所給他的認識和感受。在〈檳榔樹〉裡，他鄙視拜金主義者，厭惡夜生活的貴婦。在〈鄉愁〉裡，他詛咒使他思想貧血的流行歌和霓虹燈。他愛田野，愛森林，他憧憬著「童話裡的王國」。因此，他感謝安徒生，安徒生使牧豬奴成為一個戰士，而使他「從農場裡出來的醜小鴨」，「生出一對天鵝的翅膀」。在《童話》一詩，他讚美終日工作的蜜蜂，寧願擠在骯髒，擁擠的六角形工廠裡工作，「而不去用歌和嗎去挑逗那迷人的花朵，」是因為：「那些沒有靈魂的花朵只有庸俗的美麗，」這蜜蜂就是楊喚自己的象徵。因此，楊喚說：「我是忙碌的」，「忙於搖醒火把」，「忙於擂動行進的鼓鈸」，「忙於採訪真理的消息」，「忙於把生命的樹移植於戰鬥的叢林」，「忙於把發酵的血釀成愛的汁液」。這是詩人楊喚所喜愛的生活，也是詩人思想的躍動。而楊喚這些在詩裡閃耀著的思想，不是從書本中抄襲來的，是從有著憤懣、委屈、期待、哀愁、自勵和信仰堅定的現實生活中磨鍊出來

的，是血所釀成的愛的汁液。楊喚的詩之所以不同一般作品，是在不矯揉造作，而是有著不得不寫出的深刻的苦痛。

楊喚的詩內容是豐富的，是屬於生活的詩，正如他自己在〈詩〉中所說：「詩，是不凋的花朵，但，必須植根於生活的土壤裡；」這看法是多麼正確；因而，他的詩的內容，完全是現實生活的內容，不是虛玄的瞑想，每一首都是由於生活的感受而發。

楊喚的詩富有戰鬥精神的表現，在自由中國寫戰鬥詩的，不乏其人，但他們所寫的都是標語口號，不是從心靈深處所呼喊出來鏗鏘的聲音，不是從現實生活中所壓榨出來的真實的聲音。而楊喚在〈檳榔樹〉裡說：「我只要用燭火點亮我的山歌，直到我的歌聲引來那使她抬起頭來的日出。」這是積極的思想，這是戰鬥的另一表現。在〈詩人〉中，他說：「詩人的第一課，是要做一個愛者和戰士，」楊喚本來就是一個大兵，這不僅只是在形式上是一個大兵而已，而靈魂就是百分之百的戰士的靈魂，因為他有一個向前的不疲憊的意志——戰士的意志。在〈號角·火把·投槍〉一詩中，他說：「決不流淚，決不投降，雖然被暴力劫奪了母親的土地，」仍要「像反抗暗夜的向日葵，我們永遠朝向真理的太陽；」因此，在〈我歌唱〉中，他比喻自己是森林中的鍛鐵匠，「用仇恨搥打詩句，迸射著憤怒的火花」，「我鄙棄瘖啞地哭泣著流浪的手風琴，我熱戀著我的槍」。這些詩，都是楊喚戰鬥精神的具體表現。楊喚詩裡的戰鬥氣息，給予讀者的是一種自然的呼吸，為讀者共同的需要，而不是無生命的標語口號。

最值得讚美的，應該是楊喚作品中優美的風格罷。他表現思想，而不故弄玄虛，表現意識，而不流於枯燥無味的說教，他表現戰鬥情緒，不是迎合，是自己心靈的需要。他的詩，格調新鮮，但不歐化；音節諧和，但不陳舊。其形象生動比喻深刻：在〈鄉愁〉中方「高粱的珍珠，玉蜀黍的寶石」，「老榆樹上的金幣」，在〈檳榔樹〉中「星的金耳環，月的銀梳」，在〈二十四歲〉中，以白色小馬比喻其健壯，以綠髮的樹比喻其青春正茂，以微笑的果實比喻其豐盛的情感，以海燕的翅膀比喻其活潑。而「小

馬被飼以有毒的荊棘，樹被施以無情的斧斤，果實被害於昆蟲的口器，海燕被射落在泥沼裡。」詩人楊喚所遭受的痛苦全被這四行詩深刻的表現出來。詩人喟嘆：「Ｙ‧Ｈ！你在哪裡？」是必然的，這些形象和比喻，就是詩人楊喚天才的表現，令讀者驚嘆。

　　楊喚的才華在「詩的噴泉」裡，尤其顯著，在這一輯詩裡，他不僅表現了他不屈的意志，雄渾的氣魄，超人的思想，而且在每一行詩裡都閃爍著智慧。在「詩的噴泉」裡，幾乎每一首詩，都用了一個典故，從詩的樸素美來說，這些典故，無形的成了詩的裝飾；然而，若從詩人思想的出發點來看，這正是他的特色。這些典故，都有一個不平凡的故事，楊喚引用這些典故，是為顯示這些故事中存在竹真理。這些典故，不僅未減少詩的自然性，卻推進了詩人真實的情感。

　　在「詩的噴泉」裡，有許多詩句，都是不同凡響，沒有天才是寫不出來的，在思想和技巧方面沒有修養，也是寫不出來的。如：「壁上的米勒的晚鐘被我的沉默敲響了」之「沉默」二字，用得多麼出色。「每一顆銀亮的雨點是一個跳動的字，那狂熱起來的閃電是一行行動人的標題。」這種寫法，多麼生動奇特，這些就是創造。在自由中國詩壇上，楊喚是一個最富創造性的詩人，他把握了真正的詩的本質，創造出了屬於他自己的優美的風格，留下了這些不朽的光輝的詩句。

　　楊喚的童話詩，和他的抒情詩一樣，有新鮮的內容，獨創的格調，不是陳腔濫調的兒歌，是培育兒童心靈的新鮮的讀物。

　　楊喚是天才，然而，他死了，死得這樣年青，今年才 25 歲，誰又能知道他去年所寫的〈二十四歲〉一詩，正是他死亡的預言呢？

　　他以如此燦爛的才華，而短命死去，這是自由中國詩壇的損失，是我們失去了一個優秀的伙伴。使我們稍能安慰的，是楊全部遺作的出版。正如楊喚所說：

　　詩，是一隻能言鳥，

要能唱出永遠活在人們心裡的聲音。

楊喚雖死，他的詩將活在讀者的心中，永恆不朽。

放風箏給你看

叫他們啃過窩窩頭的嘴唇

輪流地吻你

冰冷的，被殺死的

玫瑰一樣悲哀的

悲哀的嘴唇啊

——選自《楊喚全集 II 》

臺北：洪範書店，1985 年 5 月

楊喚的生活與文學

◎歸人

　　一部作品，經歷過綿延的歲月，愈為人們傳誦歎賞，這才是第一流的文學；一位朋友，經過長時期的違離，愈覺他值得牽繫，這才是第一流資稟的友人。對於楊喚，我得以兼有了上述兩種感受。只要略一凝思，那一個喜歡蓄留長髮，步履略帶蹣跚的憂鬱影像，就彷彿如在面前。雖然，生死相隔，已經行將 16 個年頭了。

　　大概是在民國 38 年的 6 月，我自澎湖到了臺北。由於一位親戚的介紹，我暫在長官公署警衛團工作。階級是上士文書，在書記室服務。民國 38 年是中國有史以來最為驚險的危急存亡之秋。部隊在等待整編狀態中。楊喚也是上士，被派在政工室工作。我們都住在上海路的大營房裡面。

　　我的工作只是抄抄寫寫，一點不忙迫。團長出差接兵去了，由副團長譚增旭中校代理。他是一個雅愛詩文的軍人，常常召楊喚和我談天。正因如此，他總盡量使我們有閱讀進修的機會。

　　但團級的軍事單位，根本談不上什麼藏書。有一天，我向一位管軍械庫的同事說起「尋書之難」，言下頗有無限感慨。他似乎很同情，說：

　　「我倒有兩大箱書，可以借給你看，不過，你千萬不要弄髒了。他是不喜歡借給人看呢！」

　　「他是誰啊？」

　　「楊森。政工室的。」說著，他已領我走到軍械庫後面的一間空屋裡；從觭角上他拖過兩隻籐條編的大箱子。

　　我快樂的打開，不由得眼睛一亮，原來滿藏其中的全是世界巨著及時

人名作。起初，我以為最多不過是些郁達夫、老舍等人的著作而已。誰知橫在眼前的盡是珍本名著。每一冊的版本，均為權威書店所印行。在此以前，我還沒見過一位朋友擁有過如許眾多的純粹文學作品。因此，對於這位書主人，不由產生種種幻想。我揣測他定然是位豐神俊逸的中年人，或是戴了金邊近視眼鏡老師模樣的人物。

然而，不及三天，當我去另換新本的時候，一位頂著形狀略小的軍帽，卻穿著一雙不相匹襯的大號皮鞋的人走來。

「我借他看的。」那管軍械庫的向他解釋，然後向正在彎身找書的我說，「這是楊森。書就是他的。」

猶之乎對那兩箱書的驚異，對於面前這個神色憂鬱的青年，我更有無可言喻的感觸。他似乎沒有什麼表情，只是偏下頭，漫不在意的頷首；然後以蹣跚的步子，出去了。一條皮帶鬆鬆的斜繫在腰際。一套分外寬大的軍裝，矮矮的身材，看來有點像 17、18 歲的日本學生。

這就是楊喚給我的第一印象。他原名叫楊森，與四川一位著名將軍同名。無論如何，你不能把他和詩文聯想在一起的。

那時一切草創、簡陋。一天三餐都是拿著小木凳，蹲在地上吃。唯有這我得以見到楊喚。他操了濃重的東北口音，和同事們似乎處得很好。有一兩位少尉軍官，彷彿常常供給他煙抽。他也經常拿出香煙來，分請同事們。軍中待遇本就菲薄，發薪後的幾天，他總有一包「樂園」在身上。一支接著一支的抽。抽完了，就再伸手到褲口袋中摸。

但是，半月多後，他的抽煙問題發生困難了。於是，他不得不向人挪借。挪借不得時，有時甚至以撿些煙蒂來打發——自然這種情形極少。

有一次，大概是他久困於煙癮之後，突然領到一筆加班費，立即去買了兩包「樂園」。於是，他的神色開朗，勃勃有生氣，簡直露出孩子般的快悅。一再重複的叫：「有錢能買『樂園』！有錢能買『樂園』！」這「樂園」是當時便宜的香煙。之一偶爾，能抽到一枝「新樂園」，在他便是極高的享受了。

　　雖然，僅是一個團級的軍事單位，駐地卻也夠大的。除了吃飯，我們很少見面的機會，可以說也很少交談的機會。另一個因素是，我有點自負，落落難合；更覺得一位 18、19 歲的年輕人，嗜煙到這種地步，未免過分。而政工室又遠在團部的極東側。辦公室是一所單獨房子，跟我們甚少聯繫。我一向木訥，所以雖經認識，還是如同陌路一樣。

　　但我的先天好奇和冒險性格，又常常在作祟。何況政工室畢竟是軍事單位中最有文化氣氛的機構。有一天晚飯後，我終於散步到那裡。

　　那是個周圍較為空曠，日本式的木屋。燈火通明。室內的一張長方桌，幾乎有桌球案板那麼大。楊喚正在伏案寫繕標語，時而用木尺比畫，時而用鉛筆打稿。地上已擺了幾幅。見了我，他只是望望，示意我坐，仍是不停的工作。我隨意在屋內逡巡、觀賞。標語是藝術字體，寫得美觀大方。使我很感意外。以前，這些事情，我知道都是若干中、上尉軍官擔任。而那些詞句，則更為強壯有力。有兩幅迄今我仍記得：「我們的隊伍，是鋼鐵，是洪流，是人民的力量，是革命的先頭！」和「我們的信念，向自由，向太陽，向江南的原野，向塞外的山崗！」第二幅中「信念」二字，可能有誤，其餘諸字，雖隔二十年之多，相信是沒有錯誤的。聲音鏗鏘，詞意有力，頗具鼓舞精神。我玩味了許久。然後，幫他拉拉紙張，看看字的排行間隔。他亦聽我協助。沒有任何言詞，彷彿我們已經是多年老友了。

　　那之後的一天夜裡，我偶有所感，用十行紙寫了題為「流亡」的一篇散文。不久，即在某一大報刊出。我暗暗興奮。第一篇稿子被刊出的快樂，是過來人都知道的滋味。也讓楊喚看了一遍。他沒表示什麼批評，也未有一句讚賞。但隔了幾天，他告訴我，他也寫了一篇東西，投給那張大報，不知道能不能刊出來。我自然說等著看，心裡卻不能不懷疑，這位看來毫無「斯文」氣概的人，也會寫什麼文章；雖則，我已看過他寫的標語和他擁有的書籍。

　　但是，一天下班後，他拿著一份報紙到我住的宿舍來了。我們坐在牀

沿上。他攤開報紙，一行「童年裡的王國」標題、映進眼中，還有一個極
美的配圖。我默默的讀了，有羨慕、有讚賞，甚至漾起一份妒意。無論寫
與作，他比我均強十倍。我自知我的長處他都有，而他的才分，則我所不
能。

〈童年裡的王國〉是他來臺灣後，以「金馬」為筆名的第一篇作品。
這是一篇童話詩，一共 62 行。其中有一段這麼寫：

　　美麗的公主羞紅著臉請客人們吃酒了。

　　美麗的公主紅著臉伴著客人們跳舞了。

　　客人們高興得要瘋啦。

　　老鼠國王臉上笑得要開花啦。

　　（真的，這幸福的王國開遍了幸福的花！）

　　醉了的客人獻給公主的是——

　　一頂用雲彩編結的王冠。

　　太陽先生是個聰明的老紳士，

　　就用一串串的星星做贈禮。

　　——珍珠似的星星好鑲在那頂王冠上呀。

　　風婆婆送公主一把蜂蜜做的梳子。

　　——好梳公主那烏黑的長頭髮呀。

　　小弟弟送什麼好呢？

　　小弟弟送他一個洋娃娃吧！」

　　　　　　　　　　　　——〈童話裡的王國〉，《楊喚詩集》頁 86

此後，他以大部分的精神，從事於童話詩的創作。〈小紙船〉〈春天在
那兒呀〉、〈眼睛〉及〈毛毛是個好孩子〉等等，陸續出籠。我曾表示，
他應該多寫些成人看的東西。他不以為然，民國 40 年 11 月 19 日，寫信給
我說：

你知道，兒童文藝在中國是最弱的一環。雖然目前兒童讀物多如春筍，嚴格說來又有幾種合格的呢！較之英、美、日本，可謂少得可憐又可憐。我不敢說我的兒童詩寫得怎樣好，但是在這裡就沒有人肯花功夫去給孩子們寫東西。你想一般成了名的，或出了名的，或不成名也不出名的，都想用「大塊文章」去換錢，得獎金。有誰肯花大半天的氣力，去換兩包香煙錢呢！我不是在吹牛，說我如何如何。總之我不想，也從來沒有熱中於什麼成就。你知道，群眾是最好的考驗，孩子們也是有他們的鑑賞能力的。

多麼無知啊？我不僅未予他任何鼓勵，反而給他在寫作上澆了冷水。從上述一段話中可知，楊喚對文學的基本精神。「不熱中成就」的人，每每有意外的成就。

不僅如此，他那時還雄心勃勃地要辦兒童刊物。民國 40 年 11 月間，並在信中告訴我：「臺北出版界氣勢蓬勃，尤以兒童刊物為多。……我看了之後，大為技癢。錢不給你幫忙，做主，不然怕得一顯身手，自己非辦一個不可。」

在此以前，民國 39 年 7 月，他即曾寫信告訴我：

「你說錯了，寫童話，是需要一支美麗纖巧細膩的筆。孩子是株芽，我願意做一名平凡的小園丁。」

在上海路營房中的一段生活，是我畢生從事寫作的起點。而為我勾畫出寫作的堂奧，則是楊喚。他的作品使我明白文學創作本身，具有莫大的魔力。臺北新公園內的省立圖書館是他發現的所在，然後再介紹給我。幾乎是每天下班後，我們都是館內的座上客。如果一天中沒有讀完一、二本，就有無限的懊喪，覺得白過了一天。在知識的領域上，這是他猛烈吸收的時代，也是我勇於閱讀的時代。有時到重慶南路的書店逛，楊喚也不放過閱覽的機會。我一向是不求甚解的人，楊喚則恰恰相反。一卷在手，無論多麼平凡的作品，他也屏神凝思，仔細玩味。即令天翻地覆，他都置

之度外了。記憶力強已不易，楊喚則兼有深刻領悟力。對文字，對思想，他天生有極尖銳的敏感。一經他讀過的作品，可以說當真像冶金的洪爐，完全溶化在他的腦海中了。

　　而且，不僅熔解了那本書，甚至將它跟曾經閱讀過的作品，互相溝通。他愛童話詩，敬佩安徒生：

　　　　你父親製的鞋子不能征服荊棘的路，
　　　　你母親的手也沒有洗淨人們的骯髒；
　　　　而你點起來的燈啊，
　　　　將永遠地，永遠地亮在這苦難的世界上。

　　　　在那北風嗚嗚地吹著大喇叭的冬夜，
　　　　我不會寂寞，更不覺得冷，
　　　　因為溫暖著我的有你的書的爐火，
　　　　坐在身旁的是那個賣火柴的小姑娘。

　　　　縱然那北方的春天曾拒絕我家的邀請，
　　　　我還是像雀鳥那樣快樂，太陽般的健康；
　　　　過去的牧豬奴已長成為一個戰士；
　　　　我這從農場裡出來的醜小鴨啊，
　　　　已生出一對天鵝的翅膀。

　　　　感謝你給我以你的童話的教室。
　　　　感謝你給我以你的心的蜜糖。
　　　　感謝你給我以愛情和營養。
　　　　今天，我要在我詩的小城裡完成一座偉大的建築，
　　　　那就是立起你這丹麥老人的銅像。

　　　　　　　　　　　　　　　　　　——《楊喚詩集》，頁28

　　這首 18 行的詩，我們可以說是安徒生大部分作品的論述。手法之經濟，用句之新穎，至為卓越。如果沒有極高的領悟能力，何能有此成績？「書的爐火」一詞，多麼可愛，多麼深刻。這是一首詩，也是一篇論文。他委婉地道出對安徒生的崇敬和禮讚。

　　把書比作爐火，恐怕是楊喚特有的感受。不管是稠人廣眾中，抑或是在孤寂的田野，他一打開書，即如入定的老僧，全神貫注，忘記了周遭的一切。他說：

> 現在，我所要求的，只是我能平靜而快樂，在知識的山脈裡，我願做一名平凡的小工，不辭勞苦的去採掘礦藏。你忘掉那首希臘民歌嗎？它說：「對人類最好的恩賜是健康，其次是美麗無比的花萼初放，再次是問心無愧的代價，最後要有好友共青春的時光！」我要把最後一句改為：「最後要有好友與書籍共青春的時光……。」

又說：

> 日來總酣於讀書，以一種炙人之痛的哲學的焦慮拷打自己。我在忙於粉碎這一個我，歡迎另一個新的自己，雖有時不免怯步，幸好還能不斷警惕。

——《楊喚書簡》，頁 161

接著又說：「能多讀書，極善。吾正日日孜孜於此，不敢稍懈。並必作筆記，望你亦能如此。」

　　從上述他寫給我的信中的話，可以想像出他嗜書的情狀了。

　　民國 38 年～40 年，是他寫兒童詩最努力的一段日子。在警衛團裡，除了我以外，還有一位李含芳兄，常跟他在一起。他不太喜歡用稿紙，一有了靈感，就隨意寫在白紙上，然後塞進衣袋裡。到了傍晚燈下，或者漫

步到野外，靜靜的坐下來，再掏出那破皺不堪的白紙，仔細打開，捏在手裡，陷入凝神沉思中。或者改動一兩個字，或者一字不易，又放進口袋。掏來掏去，那張白紙往往弄得面目全非。有的甚至不知所終。對他來說，寫詩是痛苦的煎熬：

> 當詩的賦有「魔性」的花朵在筆下綻開了的時候，你將必須「輸血」來灌溉它，以『肉』來培植它，結果，你的靈魂將迷失於空想之美的境界裡。而你的軀體呢？將被無情的交給現實鞭笞和荊棘。這痛苦是難於想像的。
>
> ——《楊喚書簡》，頁 190

這是他對詩創作的自白。我常見到他把一「片」詩稿，塞在口袋裡，搓揉既髒又爛，而他仍玩索苦思，幾乎一夜為之頭白。但既經創作出來，他又不予珍視了。除了若干有紀念性的文稿，他對自己的作品，很少收藏。《楊喚詩集》（初名《風景》，現代詩社出版）一書，還是在他去世之後，朋友分頭收集，整理出來的集子。

何以故呢？主要的是，他對「詩」的價值，有著莊嚴的崇拜和體認：

> 詩，是不凋的花朵，
> 但，必須植根於生活的土壤裡；
> 詩，是一隻能言鳥，
> 要能唱出永遠活在人們心裡的聲音。
>
> ——《楊喚詩集》，頁 146

「吾愛吾師，吾尤愛真理」，我豈是偏愛我的朋友楊喚？是他的那「根植於生活」的篇章，樸素純真的資稟，漠然於世俗名位的胸襟，及對文學藝術的摯愛，深深地影響了我，永恆地為我縈念。

　　大約民國 38 年的 11 月初，我突然莫名其妙的病倒了。楊喚來看我。他坐在牀沿上，低著頭，卻不大說話。可是我看得出，他對我的病況，有深沉的憂慮。直到必須就寢的時候，他才低著頭，默默的離去。第二天，他仍然依時又來看我。這就是楊喚的質樸處。

　　出生於東北興城縣的他，自幼便是一個悲劇性的人物，「我摩撫唇下的黑髭，我這曾經被虐待被折磨過的小白菜，不禁窗外的晴天微笑了。我笑我那萎謝的童年，我笑我那童年裡的苦難，雖然笑得很淒然。」生母早逝，他飽受繼母的虐待。直到上了初級農業職業學校，方才獲得一些舒放之樂。他認識了劉騷、劉妍兄妹。後者成爲他永世繫戀的女孩。一本題爲「白鳥之歌」的信冊，即是劉妍自興城寄給他的充滿柔情、充滿熱愛的書箋。楊喚訂爲一本冊子。在昏暗的燈光下，他和我坐在榻榻米上，不，是坐在地板上，將信冊鋪在膝頭，一頁一頁的翻著，神情黯然！

　　「怎麼認識的呢？」我問他。

　　「不打不相識。」他的眼睛裡忽然閃出光亮。「我跟劉騷打了一架。他比我高大，有力，以爲可以制服住我。但是，我反而使他受了傷。」說到這兒，他輕輕地笑了。「以後，我們竟成了很好的朋友。而且，以將來成爲文豪互相期許。」很少看到他得意自滿過，這次應該是惟一的例外。可能這是他一生中文學的萌芽，也是他一生中戀愛的起始。

　　而事實上呢？即令在當時，民國 34 年，他已開始在報端寫稿。光復以後，在東北報刊上，他已經是位被人注目的作家了。

　　由於童年的不幸，使他對快樂的孩童生活，始終有著熱烈的渴望。「我離不開愛，我離不開友情，」他在民國 41 年的 1 月 14 日，寫信向我說，「小時候給我苦怕了，我不願做那可憐的萎黃的小白菜。我需要一口友情的井。可是我追求到的，十九是一團冰冷。假若我是一個宿命論者的話，我真以爲自己是『竹節命』了。儘管如此，我還是像 18、19 歲的希望著愛情的少女，含羞的張開兩臂，等待著一次擁抱，那熱情的擁抱，幸福的擁抱……」從民國 38 年～40 年，他以大部分的時間，從事於兒童詩的

創作，這是一個主要的因素。同一封信中，他又慨然的說：「小時候，在哭聲裡長大，使我所有的年輕的日子，盡是蒼白和憂鬱。從落後的農村被放逐出來，我又跌落在都市的霓虹的燈彩裡。如今呢？如今我打開記憶的窗扇，才知道那一串串的日子，竟都是怎樣的無所謂的晴，無所謂的雨……。」他一向以「白鬱」爲名給我寫信。我想即是「蒼白、憂鬱」的記號。

　　大約是民國 35 年的冬天，他告別了濱海的故鄉。對他來說，這實在是一種解脫。許久許久，他已想掙開那座冰冷的家了。在他的伯父楊楓引領下，先到天津住了一個時期，不久，又輾轉到了青島。伯父介紹他到青報館擔任校對。翌年（民國 37 年）春天，報社的副刊編輯因病請假，楊喚接替了一段日子，成績甚著，即升爲副刊編輯，這時，他還不滿 19 整歲。

　　這是他文學生活的另一個茁壯時期。在風雨飄搖的時局下，青島反而有異乎尋常的繁榮。若干教育文化界人士，也集中到這一水上都會。彷彿軾克家、田地之類的詩人，也在青島從事統戰工作。

　　這一年，也是金元券改革的一年，報社又補發欠薪，同事們都用以買銀元、麵粉儲存。楊喚卻拿了這有生以來所得到的最大收入，遍書肆，買了兩大箱文學名著、木刻選集、漫畫等。而身上的襤褸衣衫如故。他很似貝多芬與米蓋朗基羅，具有極強的生命力，同時又具有極尖銳的敏感，天生是藝術家的人物；集文學藝術於一身。他愛詩、也愛畫和音樂。詩文不必論，即就字而言，寫得玲瓏有力，跡近徐悲鴻，而秀逸超脫。抒情畫風致淡遠，相當清絕。不管什麼紙，一到他的手裡，略寫數字，就使一塊本是平淡的白紙，變得耐人觀賞了。

　　其實，楊喚對文字的敏感，尚不僅寫作而已。任何一個字，一個詞，他都有玩索的興趣。他又有送人名號的痼癖，曾一再說我的筆名「歸人」不好，甚至說它減低了我的作品價值。先是送我暱名「康稔」，復次建設我改名「黃汎」。我說，通行已久，更換有所不便。「沒關係，」他熱情的說，「你寫篇〈易名的紀念〉，不就名正言順的更改了嗎？」幾乎一切

他認識的朋友，他無不送一名字。李含芳兄被送以「葉裳」，李昌霞（含芳夫人）女士則被送以「葉櫻」，文從道兄被送以「路泥」，沈蔭寬（文從道夫人）女士則被送以「路茵」。其他尚有許多，我不能一一記憶起來。他自己筆名之多，尤不可詳記，計有金馬、楊喚、羊角、羊牧邊、路伽、白鬱……。從這一連串的筆名中，我們可以想見一點楊喚的生活，楊喚的性格。

他之再度致力於新詩的創作，應是民國 40 年以後的事。不過大部分是童年和故鄉的回憶。〈鄉愁〉，〈小時候〉、〈懷劉妍〉及〈高梁啊〉，即是這個時期的作品。

〈高梁啊〉一章，充滿了泥土的氣息，染了北國的風霜：

> 還記得麼？
> 當我們用磨亮的鐮刀割下你，
> 那豐收的八月該多麼讓人歡喜；
> 忙完了秋天，打完了場，
> 我們就套好了老牛車，
> 頂著星星去趕集；
> 那是你給帶來的好年月，
> 在家忙著蓋房子置田地，
> 西家張羅著娶媳婦，嫁閨女……

——《楊喚詩集》，頁 81

我隨便摘出一段來，你就可以發現，楊喚在遣詞、造句上，多麼自然、樸實和穩練。大家之作，絕無游離之詞，絕無造作之句，楊喚當之無愧。

自然，在詩的創造中，以「詩的噴泉」的藝術價值最高。這幾首詩作於民國 42 年初。我剛自澎湖北來，跟他共宿博愛路的宿舍中。他那時的情緒不太好，似乎每天在琢詩句。一天夜裡，他掏出一塊方紙，交我批評：

> 梵諦崗的地窖裡囚不死我的信仰，
>
> 贗幣製造者才永遠怕曬太陽。
>
> 審判日浪子將匍匐著回家，
>
> 如果麥子不死，我們到那裡去收穫地糧？

　　無論生活與文學，我是對楊喚比較深知的一個。這首詩顯然是一項新的嘗試。短短四行，以妥切的典故，表現出豐富的內涵。我自知沒有妄讀一詞的資格。除了驚羨，也為老友的進境而暗自欣然。

　　那一晚，他也把一位年輕女孩子的幾首詩，讓我品評。言談之間，他頗表嘆賞。無形中，我知道那位年輕的女孩，給予他不少激勵。但是，這之後，他彷彿又沉寂起來，並且告我，不想再寫詩了。原先，我以為只是說說而已。誰知迄至他去世之日，當真再未有何創作。詩人的心情，本是極為微妙莫測的。其時我也正陷入極度不安的生活陷阱裡，所以，並未予以深切的注意。等到民國 43 年的 3 月 7 日，噩耗傳來，我才發覺，自己留下不可彌補的遺憾。一位平生知己，永遠離我而去了。不滿 25 歲的少年生命，像是一片秋葉，凋落在風雨裡。我想到兩句似通非通的話：「他為文學而生，也為文學而死。」楊喚有文學的極高資稟，而又有勇於獻身繆斯的熱情。他的詩文，跡似纖柔，其實富於強韌的戰鬥精神。每一根細胞，都有藝術的資質。民國 41 年元旦之夜，他給我寫信這樣描述：

> 飯廳裡不再像以前那樣人語嘈雜，盤碗狼藉，因為有家有朋友有去處的都去了。加上我，大約只有十幾個人默默地在那裡吃飯。雖然我知道在今天可去的地方一定都滿了人，我還是打算到動物園裡去，和被關在籠子裡的寂寞的生命親近一下，再者也可在擁擠的人群裡忘掉了自己。果然不錯，那裡太熱鬧了，太擁擠了，我買到幾小包切好了的用來餵動物的地瓜塊，拿到鹿欄裡餵過幾頭小鹿以後，就像落荒而逃，重創扶戢的小卒，淒然地退下陣來。

——《楊喚書簡》，頁 119

　　這是他的文字，也是他的生活。杜工部「安得廣廈千萬間，庇得天下寒士共歡顏。」讀了上面一段，我覺得古今詩人，異曲同工，均有民胞物與的襟懷。他雖一再稱「讓你讀一讀我的生活，可憐的生活，貧乏的毫無內容的生活。」但你仔細探究，就可以嗅出他對生活的感受，豐碩而深刻無比。這些信札，完全出之以平淡自然手法，句句憾人心神。蘇東坡認為最上的文章，應有行雲流水般的風格。所謂「當行於所當行，當止於所當止」，實是文學創作的最高標準。我們為文，誰不多少帶有幾許造作？而楊喚的詩文中，可說絕無。平庸之才，本也想寫得悠然自得，豈奈人力、性情不逮何？尤其是性情，雖在父兄，亦難以傳及子弟。我欣幸保存下楊喚給我的這些信件。從純文學的觀點也好，從傳記的觀點也好，它都是值得重視的一項資產。我引為憾事的是：這部較「楊喚詩集」更為重要之詩人生前的坦率自白——《楊喚書簡》；在他去世行將 16 年的今天，始行問世。

　　民國 59 年 2 月，花蓮。

——選自《楊喚書簡》

臺中：光啟出版社，1979 年 12 月

三月的懷念
懷逝去的詩人楊喚

◎魏子雲[*]

一、

　　民國 43 年 3 月 7 日，上午 8 時 40 分，青年詩人楊喚蒙難於臺北市西門町的平交道上。那天，是星期日，他從朋友處要來一張勞軍電影票，趕著到大世界電影院去看丹麥童話家《安徒生傳》。因為上映的時間已過了十分鐘，所以，雖然柵欄放下了，鈴也響了，一輛南下的列車飛馳著剛開過去，北上的列車正飛馳著開來，而他卻隨著其他幾個軍人鑽過柵欄，希望能夠早一分到達，不致遺漏情節。可是天雨路滑，他的腳竟滑陷入鐵軌的縫穴裡拔不出來，轉眼間那北上的火車開到了，打從他身上輾過。就這樣，他「駕金車飛去」（參閱〈懷劉妍〉）；那時，詩人尚不滿 25 歲。

二、

　　葉泥，是楊喚生前的好友，他們不僅起居相與，而且研讀相共。的確，葉泥不但像婢女服侍小姐似的照管著他，更隨時撿拾他隨塗隨棄的殘葉零瓣。因此，才留下一本如春三月一樣絢爛的《風景》。

　　印在《風景》中的詩人的抒情畫及其手稿，都是葉泥在詩人寫過塗過隨手丟棄後，為之收起的。我們從詩人的抒情畫的線條上就可以看出，那是畫在蠟紙上的；楊喚是國防部某一單位的文書上士。有時，他在工作之

*魏子雲（1918～2005），散文家、小說家、評論家、戲劇家。安徽宿縣人。筆名半蠡、華文份、立一、阮娥。發表文章時為國立藝術專科學校兼任教授（今國立藝術大學）。

餘，便常常隨手用鐵筆在寫壞的蠟紙上，發抒他胸臆間的天才。《風景》的封面畫，也是詩人自己用彩色紙剪貼的圖畫。

詩人乘上金馬車到他「童話的王國」去後，葉泥曾頓足地哭著說：「我真後悔在他生前未能認真的拾取他棄去的詩與畫，不然，那「風景」的風景區必不止此。」

但，對於《風景》，我們已經很感謝葉泥和楊喚生前的詩友了。

三、

今年，楊喚逝世六周年，葉泥寫了一篇〈三月的懷念〉，來懷念他失去的友人。這篇祭文，像一束美麗的花環，它是採擷了「風景」中的美麗花枝，用他細而長、堅而韌的感情纖維紮成的。讀它，就好像跟著一個看守「風景」的園丁，任他帶著你步入「風景」；並指點著您去知道那培植風景的主人，是從何處得來的種子，如何的培植它們灌溉它們。我們從這篇短短的祭文裡，可以更進一層的吟味出那深深地蘊藏在「風景」中的神韻，兼且能助你瞭解詩人的修養與情操。

更可貴的是這篇短文，無一哀悼字眼，那是因為楊喚在葉泥心中，並不曾死去。他認為楊喚並不是一盞熄了的燈，「他是因為給孩子編造了一夜童話，剛剛安息還沒醒來。」試想，這該是怎樣一種親切的感情啊！

在火葬時，詩人紀弦淚汪汪地看到那年青詩人的軀體，裝在一口薄薄地棺木裡，被封入火葬爐。他把眼淚擦乾了，因為他望見了那詩人的去處：「他已被裝進木板的信封投入火爐的郵筒而寄到天國去了。」（參閱紀弦：〈火葬〉

雖然，詩人在生前曾說：「雨呀，密密地落著像森林，我呀，匆匆地走著像獵人。」（雨中吟）

而他的朋友們不再在雨的森林裡找尋他這位獵人了，他們知道他已乘上愉快的金馬車（參閱〈給阿品〉）到他所創造的「童話的王國」去了。

「當生命的燈熄滅時，合好是永遠的生命的黎明。」

　　葉泥在萬分悲痛中，尋得了這個哲理。從此，他不再哭他了。

　　的確，我們的「白馬騎者」（參閱〈笛和琴〉）並不曾死，有「風景」
證實了他是永遠存在的。

　　打開窗子吧！愛他的朋友們！他會從童話裡「流到你的開著的窗子的
夢裡」（參閱〈笛和琴〉）。

四、

　　《風景》中的十座噴泉，是表達詩人詩想的泉源，可以說那十座噴泉
都是建築在詩人的大動脈上的。所以，我們不但可以從十座噴泉的水花上
看到詩人的絢爛才華，更可以感受到詩人像一粒種子似的，在土中萌芽
時，那種期望獲得新生的痛楚。

　　看：他用沉默敲響壁上的米勒的晚鐘（《晚鐘》是米勒的名畫），為了
不願再等待那騎驢到耶路撒冷去的聖者；雖然討厭那盞燈的狡猾眼色，但
卻景仰那燃起第一根火柴的人。這是詩人在黃昏中的斷想啊！（參閱詩的
噴泉之一）

> 　車的輪，馬的蹄，閃爍的號角，狩獵的旗。
> 　不疲的意志是向前的。
>
> 　為什麼抱怨那無罪的鞋子呢？
> 　你呀！熄了的火把，涸池裡的魚。
>
> 　　　　　　　　　　——〈路〉，詩的噴泉之二

　　他雖不埋怨腳上無罪的鞋子，但卻埋怨起自己失去了火把樣的熱情，
更厭惡自己是一尾暫求唾液以活的涸轍之魚。因此而未能隨著不疲的意志
向前。

　　在意志像車的輪在飛滾著，馬的蹄在飛奔著，號角在高吭著，狩獵的

旗在吶喊著時，而自己竟是涸轍之魚。想，詩人該是多麼的痛苦啊！

他期待著響雷報告晴朗的消息。（參閱詩的噴泉之三）

他期待著果子應在這季節裡快快成熟。（參閱詩的噴泉之四）

可是，當他看到貴族的鳥兒鳳凰，都向熊熊的烈火飛去，方始困惑於自己不該在十字架的綠蔭下乘涼期待。（參閱詩的噴泉之五）

他看到鳥兒「飛進印度老詩人的詩集，（當係指印度哲理詩人泰戈爾）跳上波斯女王的手掌。我呢？……愚蠢而無翅膀」（參閱詩的噴泉之六）

於是，詩人要「關起靈魂的窄門，夜宴席勒的強盜……」但我們的詩人是愛他的靈魂的，所以，他更擦亮照相機的眼睛，去拍攝梵谷·訶的「向日葵」與羅丹的「春」。（參閱詩的噴泉之七）

他擎著槍警告貓頭鷹不要狂聲獰笑；他望著沙漠中汲水的少女安慰自己不要寂寞。

> 梵諦岡的地窖囚不死我的信仰，
>
> 贗幣製造者才永遠怕曬太陽。
>
> 審判日浪子將葡匐著回家，
>
> 如果麥子不死，我們到那裡去收穫地糧？
>
> ——〈告白〉，詩的噴泉之九

至此，詩人找到真理了，他投入了紀德的思想懷抱；一粒麥子不死還是一粒（語出聖經），他領悟了犧牲的偉大與真諦。

但，詩人在朦朧中醒來，卻又發覺自己「是被大海遺棄了的貝殼」。（參閱詩的噴泉之十）

儘管，他已發覺自己是被大海遺棄了的，而他卻不曾背棄大海，我們從他給孩子編造的那些美麗的童話，就知道他是多麼地熱愛人生了。

五、

　　楊喚是法國作家安德烈・紀德（André Gide）的崇拜者，所以《風景》中有許多詩句的典，均出自紀德的作品。如「梵諦岡的地窖」，「贋幣製造者」，「地糧」，「窄門」，「浪子回家」，「如果麥子不死」，都鮮活的運用在他的詩中。詩的噴泉之九，（見上引）四行詩竟鑲入了紀德的五部作品的名稱與主旨。葉泥文中所說的那位說故事的老人，就是指的紀德。「酸石榴」是「浪子回家」中的浪子離家後在他鄉賴以療飢的果子，「八扇倉庫」是「地糧」中的八個倉廩，均紀德舉以啓示人們不要把思想停留在固舊的回憶上。可以說，楊喚的詩，是深受紀德的那種只向前不退後的精神所影響的。如〈我是忙碌的〉：

　　　　我忙於搖醒火把，
　　　　我忙於雕塑自己，
　　　　我忙於擂動行進的鼓鈸，
　　　　我忙於吹響迎春的蘆笛；
　　　　我忙於拍發幸福的預報，
　　　　我忙於採訪真理的消息；
　　　　…………
　　　　直到有一天我死去，
　　　　像尾魚睡眠於微笑的池沼，
　　　　我才會熄燈休息，
　　　　我，才有個美好的完成。
　　　　…………

　　「如果麥子不死，我們到那裡去收穫地糧。」
　　這都是從「地糧」中發掘出的糧食。

六、

「把夜晚看作是白日的歸宿，把黎明看作是一切事物的創生，……」

「死只是對別的一些事物給以生命的許可，爲的使一切可以由此更新；……」

這些話都是紀德在「地糧」中的啓示，「一粒麥子不死還是一粒。」那麼，亦正如葉泥這篇「三月方懷念」所讚：「當生命的燈熄滅時，恰好是永遠的生命的黎明。」

是的，楊喚是一粒死亡了的麥子，將因它的死亡產生了無限量的新生。

可不是？「如果麥子不死，我們到那裡去收穫地糧？」

楊喚，他不曾死，他永遠鮮活在「風景」裡；永遠在人們心中，一代又一代的更生。

——選自魏子雲《偏愛與偏見》

臺北：皇冠出版社，1965 年 8 月

詩人楊喚的故事

◎王璞[*]

天才詩人楊喚，是中國現代詩壇上的一顆慧星，他雖然只活了 25 歲，可是作品卻充滿了情韻，流傳廣遠。尤其是開創風氣之先的寫作了許多優美的兒童詩，對現代兒童文學的發展，貢獻良多。今年（1984 年）3 月 7 日，爲楊喚逝世 30 周年紀念日。王璞先生在《聯合報》副刊發表〈Y・H！你在哪裡？——詩人楊喚的故事〉，文情並茂，特此予以轉載。

一、

楊喚逝世 15 週年的那天，我寫了一篇「遲來的輓歌」[1]；如今，在他逝世 30 週年的前夕，我情不自禁地又提起筆。

楊喚是在民國 43 年 3 月 7 日上午 8 時 40 分，爲了去趕看一場勞軍電影，在臺北市中華路「大吉昌」旁邊的鐵路平交道上，被火車壓死！死時還不滿 25 歲，噩耗傳出，震驚了整個詩壇。

當時，我在澎湖宅腳嶼當兵（在師衛生連當「司藥兵」）。當我從歸人（另一筆名黎芹）給我的信中，得到這個不幸的消息以後，很長的一段時間，我患了極嚴重的神經衰弱症，心神恍惚，坐立不安，隨時隨地都會瞑想著楊喚一生的坎坷遭遇，和他被火車壓死的慘狀。當白天的工作完畢以後，在我那座藥房兼寢室的陰暗的小屋子裡，我獨個兒面對著黃昏的煤油

---

[*]本名王傳璞，發表文章時爲《新文藝》月刊主編，現已退休。
[1]原刊登於《幼獅文藝》，後附錄「楊喚書簡」，並收入拙作《最美的手》一書中。而且選入《王璞自選集》。

罩子燈，凝視著他送給我的照片出神，或反覆地閱讀著他寫給我的信，和
我剪貼與抄錄的他的一些詩篇。

記得當時我最常誦讀的，有他的〈小時候〉——

小時候，
在哭聲裡長大，
讓我的日子永遠蒼白憂鬱。

從落後的鄉村走出來，
又跌落在都市的霓虹的燈彩裡。

我作過夢，寫過詩，
也愛過一個美麗多情的少女。

還有，他的〈垂滅的星〉（詳見《楊喚詩集》）；還有〈二十四歲〉：

白色小馬般的年齡。
綠髮的樹般的年齡。
微笑的果實般的年齡。
海燕的翅膀般的年齡。

小鳥被飼以有毒的荊棘，
樹被施以無情的斧斤。
果實被害於昆蟲的口器，
海燕被射落在泥沼裡。

Y・H！你在哪裡？
Y・H！你在哪裡？

　　每每讀著這些詩句，我就會唏噓不已，甚至淚如雨下。這不只是他自己的寫照啊！楊喚是遼寧省興城縣人。民國 20 年發生「九一八事變」，民國 26 年「七七事變」爆發，經過 14 年的對日抗戰，有幾個孩子不是在哭聲裡長大的呢？多少兩小無猜，多少美滿眷屬，多少詩篇、多少夢，不是都讓日本軍閥的鐵蹄給踏碎了嗎？（楊喚是一棵「小白菜」（詳後），比一般的兒童更為不幸！）而抗戰勝利的歡呼聲猶餘音在耳，赤色洪流卻已淹沒了大好河山，國民政府播遷來臺，是中國歷史上的一次天翻地覆的浩劫！我是一個山東流亡學生，就如同七、八千位同學一樣的，從廣州坐船到澎湖，然後集體入伍當兵。那些年，吃不飽，穿不暖；而軍事管理的不夠合理（譬如打罵教育，當時還是很普遍），軍中生活的枯燥乏味，使大家不都是那樣的「24 歲」嗎？不都是那樣的「對著一顆垂滅的星，忘記了爬在臉上的淚」嗎？

　　但，國破家亡，國脈如縷，我們那一代的青年人，能不咬緊牙關，挺起胸膛，擔負起救亡圖存的重責大任！？所以，儘管精神生活苦悶，物質生活艱難，大家都能各就各位，自勵奮發，對明天，充滿著信心和希望。

　　因此，我更喜歡朗誦他下列的詩章：

　　雨呀，密密地落著像森林，
　　我呀，匆匆地走著像獵人。

　　雨，不疲倦地落著，
　　我，不休息地走著。

　　踏著雨的音樂的節拍，
　　我追逐著那在召喚著我的名字的
　　歷史的嚴肅的聲音。

　　　　　　　　　　　　　　　——〈雨中吟〉

我是忙碌的。

我是忙碌的。

我忙於搖醒火把，

我忙於雕塑自己；

我忙於擂動行進的鼓鈸，

我忙於吹響迎春的蘆笛；

我忙於拍發幸福的預報，

我忙於採訪真理的消息；

我忙於把生命的樹移植於戰鬥的叢林，

我忙於把發酵的血釀成愛的汁液。

——〈我是忙碌的〉，《楊喚詩集》

我鄙棄瘖啞地哭泣著流浪的手風琴，

我熱戀著我的槍。

今天，旌旗滿山，

我們的隊伍像森林，

用仇恨搥打詩句，

迸射著憤怒的火花，

我呀，我是森林中的鍛鐵匠。

我歌唱，

復興的中國在明天；

我歌唱，

海那邊的暗夜不會長。

——〈我歌唱〉

其他，像〈短章〉，像〈詩〉，像〈詩人〉，像〈詩簡〉（請參閱《楊喚詩集》），都是我喜歡閱讀的。尤其他發表在孫陵先生創辦的「火炬」上

的一首二百多行的〈零下 40 度〉，可說是「戰鬥詩」的最佳範例，可惜朋友們都沒有保存下來。儘管歸人曾寫信給孫陵先生去找，並到中央圖書館等處去找過，然而直到現在還沒有找到一份這本夭折了的刊物。我記得，好多年以前，在一位朋友的家裡，在余海崑大嫂——張靜萍女士的讀書劄記中，曾看到過她抄錄下這首詩，我已打長途電話到臺中去請她找。

同時，我更特別喜歡的，是他那十首「詩的噴泉」。如〈黃昏〉：

壁上的米勒的晚鐘被我的沉默敲響了，
騎驢到耶路撒冷去的聖者還沒有回來。
不要理會那盞燈的狡猾的眼色，
請告訴我：是誰燃起第一根火柴？

再如〈路〉：

車的輪，馬的蹄，閃爍的號角，狩獵的旗。
不疲憊的意志是向前的。

為什麼要抱怨那無罪的鞋子呢？
你呀！熄了的火把，涸池裡的魚。

再如〈期待〉：

每一顆銀亮的雨點是一個跳動的字，
那狂燃起來的閃電是一行行動人的標題。

從夜的檻裡醒來，把夢的黑貓叱開，
聽滾響的雷為我報告晴朗的消息。

再如〈告白〉：

梵諦岡的地窖裡囚不死我的信仰，
贋幣製造者才永遠怕曬太陽。

審判日浪子將匍匐著回家，
如果麥子不死，我們到哪裡去收穫地糧？

……這真是詩的噴泉呀！噴，噴，噴！噴在詩的王國裡，五彩繽紛，高達
雲霄。

　　此外，他在《中央日報》「兒童周刊」上發表的那些兒童詩，也讓我玩
味不已；那不只是兒童們最佳的精神食糧，成年人也是一樣的會喜歡呀，
就猶如美妙的卡通片一樣，不是嗎？

　　而最使我捧讀再三的，是他寫給我的信。因為這是他「直接」在跟我
「談話」，比讀他的詩更有一種特別的親切之感——

　　傳璞，我未見過面的朋友：
　　宜蘭這小城，以淒涼而帶有苦味的雨迎接我；當我和守誠同坐燈下的時
　　候，我卻享有了使人欲睡的溫暖。讀了你給他的信，我馬上便拾起了紙
　　和筆，讓雨在窗外敲打著夜，寫這封信給你。
　　先要說的是：我很對不起你。那不是因為我要把友誼關在門外，驕傲的
　　鄙棄一個熱情的朋友的贈禮；而是我正在遭逢著生活上的蟄伏期的時
　　候，已厭倦了一切，儘管那些是曾被我一度珍愛和追求過的高貴的東
　　西。於是，在疏落了自己之餘，便也極無禮貌（更毫無理由）的疏落了
　　朋友們（這會使人難于忍受的），一任自己變成一個既古怪又荒唐的東
　　西。能原諒我嗎？不，我寧願你咒罵我，叱責我！
　　不要再提那些什麼「名詩人」，這是會使我臉紅不安的。對於詩，坦白

地說：我是從來也沒有真正的理解過，雖然經過幾年的摸索，但這只能說是冒瀆了繆斯，睜著眼睛頻發夢囈。今後我將不敢再提筆了，將永遠不提筆以贖前罪。請相信我，這絕不是說著好玩的。

我也希望你不要再寫詩，這是我曾經和守誠說過多少次的；請不要誤會，千萬的；這並不是（絕不）說你不配寫詩，而是「詩」足以會害了你。何故？曰：當詩的賦有「魔性」的花朵在筆下綻開了的時候，你將必須「輸血」來灌溉它，以「肉」來培植它，結果，你的靈魂將迷失於空想之美的境界裡，而你的軀體呢？則將無情的交給現實之鞭笞和荊棘，這痛苦是難于想像的。

就是你所提的想把古詩做一番「分門別類」的工作也停止了吧！因為那只是「趣味」，真正的鑑賞態度和接受遺產，不應該像那樣的，是不值得花功夫去整理的。做為消閒的遊戲則可，若真是費盡苦心，那是不智的。你應該去理解人生，接觸人性，從而把握它，刻畫它，面對一個最莊嚴、最偉大的大課題（我很擔心，擔你會誤以為我在用一種「教訓」的態度，向你發揮大道理）。我們現在所亟需學得的，應該是有細密的觀察力和思考力，由縱至橫，從內至外的去體驗和抉發人生，磨亮眼睛，磨亮筆。

你所提到的所謂那些「人事關係」，不是今天起才開始的，儘管那是如何使人氣憤和不平。和你一樣，我反對它，詛咒它，但能怎樣呢？那是絲毫也礙它不得的。

我的尚未曾見過面的朋友，我想對你說的話很多，只可惜我的筆不能幫助我，不能讓我暢所欲言的，一如面對著你。讓我們隔著山海以祝福來握手吧，這握手是最誠懇而又極熱烈的。

明天，我將回台北去，把我交給板牀、臭蟲、辦公桌、命令、軍紀和一切我所厭倦極了的。我多麼想要裸著體在太陽下面談笑休息呀，就像傘，它最渴望的該是盡量的張開，而不甘於被束成為又瘦又緊的襞積；我也該多希望看一串縱聲的大笑啊，沒有人來說我粗野，也沒有人向我

指手畫腳的。

多來沉思吧，多來讀書吧，現在我寧肯讓書籍來吞食我的健康，也不願意像害了惡性痢疾似的頻發夢囈，奢侈地浪費言語。沉默如一圓寶盒，我願長守著沉默，找回真正的我自己。

不會妒嫉我嗎？妒嫉我和守誠在燈下夜話，而這裡沒有你！

島上的風砂是頗有野性的，我知道；但願你在海邊拾得了珍珠，在風砂裡向你所選擇了的最好的路上，搖著鈴子走去。

　　　　　　　　　　　　　　　　　　　　白鬱 11 月 21 日，夜

　　這封信是民國 42 年寫的，第二年的 3 月 7 日，他就不幸逝世了。這是他寫給朋友們的信當中，談論詩最長的一封。從這封信裡，我們可以看出楊喚的「詩觀」；因此，我便把它全部抄錄在這裡。

　　我始終沒有見過楊喚，因為那些年我一直駐在澎湖，而他在臺北。我「認識」楊喚是由歸人在澎湖介紹的。民國 39、40 年間，我和歸人在澎湖的同一個單位（馬公要塞野戰醫院）服務（他是准尉幹事，我是兵，他是我的長官）；因此，他便把楊喚「介紹」給我──楊喚每次給他來信，他都拿給我看。後來，他由於高升調職，我們兩個雖然不在同一個單位了，但我每次見到他的第一句話，必定是：「白鬱（楊喚的另一筆名）又給你來信沒有？」所以，我不但充分分享了他倆的友情（凡是楊喚給歸人的信，我都看過了；有時候，我們兩個人還一塊兒閱讀他的信），而且，楊喚所寫的詩，我也幾乎都看過，包括在他生前所沒有發表的、那些附在給歸人的信中的詩篇。

　　當時，我正學著寫詩和投稿；看了楊喚的詩，我簡直對他佩服得五體投地（於是，我便把我的一些習作請歸人寄給他指正）。尤其他寫給歸人的那些信，似乎比詩還美，我往往會不由自主地誦讀再三，愛不忍釋，這在拙作《遲來的輓歌》中，有詳細的描述。

當楊喚逝世以後，由現代詩社出版他的《風景》[2]的同時，歸人便「蒐集他生前的所有書札，打算印行一本《楊喚書簡》，公諸於世，以紀念故友的夭亡。」[3]我便「自告奮勇」，擔任抄寫與整理的工作。全部書簡共有十多萬字，是他分別寫給歸人（本名黃守誠）、路泥（本名文從道）、小葉縷（本名李昌霞，當時就讀臺北師範，是楊喚的好友李含芳的女朋友，她早已成為李太太了，現在僑居美國紐約）、自甦（本名吳自甦，現任臺中體專教授）與筆者。其中大部分是寫給歸人的（據說，楊喚曾寫給一位他愛慕的寫詩的女孩兒不少信，可惜沒有蒐集到）。當我在抄寫那些信簡的時候，不知多少次激動得淚如泉湧，不能自己！老天爺有時也太殘忍了，竟把這樣一位還不滿 25 歲的、天才橫溢的詩人的生命奪去！古今中外天才多夭亡，難道是鐵則定律？

當我把他的信件用有格的稿紙抄寫完畢，裝訂好，連同原信件都寄給歸人以後，卻由於籌不到印刷費而未能付梓。後來，歸人告訴我，他曾把「書簡」拿給一位編報紙副刊的朋友看，想請他發表，結果未能如願。而以後，當某某書局正在大批的出版「××文庫」時，他又把「書簡」請一位老作家推介，卻仍然沒有被接受。一直到民國 55 年，我接編《新文藝》月刊以後，我就下定決心在《新文藝》上連載（詳見〈遲來的輓歌〉）。老實說，在當時的一本軍中刊物上發表楊喚書簡，不能說不是一樁極為「大膽」的事！因為其中有不少的「蒼白」和「憂鬱」。

然而，讀者的反應卻是那麼熱烈，佳評如潮，要求每期多刊登一些的讀者來函，像雪片一樣。我做編輯工作二十多年，還沒有任何別人的作品，在發表時就有如此回響。不幸的是，在發表以後，一家名為「普天出版社」的出版商，居然沒有通知本社，就把楊喚的「書簡」和「詩集」，「合併」在一起，名之為「楊喚詩簡集」給盜印了！大概是為了鑽法律的

---

[2]楊喚逝世以後，由紀弦、覃子豪、李莎、方思、葉泥、歸人、力群等七人，組成編輯委員會，出版了楊喚的詩集——《風景》（詳見紀弦的〈從楊喚逝世到風景出版〉一文）。民國 53 年 5 月，《風景》改由光啟出版社再版，名之為《楊喚詩集》。

[3]詳見歸人的〈憶詩人楊喚〉一文。該文附錄在《風景》裡。

漏洞方便起見，竟把「書簡」中由歸人注釋的部分全部刪除，簡直弄得一塌糊塗，實在令人痛心之至！不過一般讀者不明就裡，它「在商言商」的目的卻達到了，據說只在一次「書展」中就大發利市。這種見利忘義的行為，實為出版界的奇恥大辱！

後來，《楊喚書簡》總算「還我本來面目」，由歸人編注，由霧峰出版社印行，正式出版了單行本，並列為該社「文學叢書」的第一本書。可惜該社人手短少，乏善經營，後來歸人就把《楊喚書簡》轉給「光啓出版社」了。至此，《楊喚書簡》和《楊喚詩集》（原名《風景》），才算有了一個「家」。

唉，走筆至此，不勝感慨系之！楊喚在生前受盡磨難，而那樣的不幸死後，他的遺作竟被人肢解盜印，用以牟利，又是何等的不幸！如今，他逝世 30 年了，由於種種原因，卻不能有一本「楊喚全集」早日問世。否則，不只是楊喚個人的損失，也是整個詩壇和文壇的一大損失啊！

在這裡我想補述一下：前面我曾提到《楊喚書簡》約有十多萬字。而現在的單行本卻少於這些字——何故？因為：

1.當年我給他整理那些書信的時候，其中的一些因為涉及當時詩壇上的某些人和事，我便暫時把它們保留，沒有抄寫在有格稿紙上。

2.有些信件似乎過於充滿著「蒼白」和「憂鬱」，我擔心有人或許以為「灰色」，便自作聰明的加以保留——在當時，的確應該作此考慮。

3.當在《新文藝》上連載時，每次發稿以前，我都仔仔細細地再重看一遍。「新文藝」因為是一本軍中刊物，不得不考慮到它的主觀環境；因此，有些段落或字句，我便「忍痛」（真正的是「忍受」著「痛苦」）「割愛」（何止是割愛，簡直就像從我的身上割掉一些肉啊，因為被刪掉的那些段落或字句，都是那麼樣的美）！

本來，當時我在「抄」的時候之所以那樣做，只是暫時的「權宜之計」；本想若干年以後，等出版《楊喚書簡》增訂本時，或者出版「楊喚全集」的時候，再把那些被保留的補進去；卻想不到禍從天降，颱風帶來

的豪雨，造成了嚴重的水災！當時歸人在臺北市立商職任教，校址在大龍峒的蘭州街，他就住在學校的宿舍裡，洪水突然而至，使他措手不及，多少寶貴的書籍和文稿，都被浸泡在洪水裡；楊喚寫給朋友們的那些信（不是我手抄的那一份，是原信件），竟然也不幸泡水了！後經太陽的曝曬，雖然挽救下來，卻斑駁難認了，實在是又一件大不幸！

物換星移，桑田滄海，如今只留下感歎萬千！

好幾年以前，「光啓出版社」的主持人顧保鵠神父，在臺北市林森北路一家餐廳，請歸人、王鼎鈞與筆者等文友小聚，餐後我曾與鼎鈞兄談到這段往事，彼此都興起無限感嘆。鼎鈞兄說：不管怎樣，「楊喚書簡」總算保留了下來。楊喚書簡之所以能夠問世——從整理抄寫到公諸於世，你是一大功臣。……若不是你爲他抄了一份，那次洪水以後，說不定就沒有《楊喚書簡》了。若不是你把它在《新文藝》上發表，說不定到現在還「沒見天日」。楊喚交了你這一位「尙未曾見過面的朋友」，在天之靈，也會感到欣慰的。

其實，人生有很多事都是很偶然。就是連楊喚送給我的一張相片，在當初，怎麼能想到會排上如此的用場呢？當「楊喚書簡」出版單行本時，它竟被印在封面裡！因爲他遺留下來的相片實在太少，只有這一張才能看清他的廬山真面目。

三、

這篇文字寫的關於《楊喚書簡》的事情太多；關於《楊喚詩集》著墨有限，其原因：

1.關於楊喚的詩，已「蓋棺論定」，沒有人不承認他是一個天才；「新詩」雖然眾說紛紜，「現代」了再「現代」，但直到今天，各「家」各「派」，卻一致的「接受」楊喚。在他逝世以來的這 30 年間，不知有多少人寫了多少篇評介他的詩的文章；也不知有多少人，在多少次集會中，朗誦過他的詩篇；更不知在多少雜誌和書籍中，引用過他的詩句，或者選入

他的文章。甚至連國小和國中的課本裡，都把他的詩編入做爲教材；而在臺灣省政府教育廳兒童讀物編輯小組，所主編的「中華兒童叢書」，也早就以他的詩（兒童詩）出版了單行本。更值得一提的是，由舒蘭（戴書訓）、薛林（龔建軍）、林煥彰、謝武彰等經營得多采多姿的、成績斐然的「布穀出版社」，出版《布穀鳥兒童詩學雜誌》和叢書；這「布穀」二字，或即是來自當年楊喚想創辦的兒童刊物「詩布穀」之名。而且，該社還特地設立了一項「紀念楊喚兒童詩獎」以表揚楊喚在詩方面的成就和貢獻，每年定期頒獎一次，早已引起詩壇和文壇廣泛的重視。……這一切的一切，都說明楊喚的詩將會傳諸後世，成爲不朽，不必我再多所置喙了。

2.像前面所提的，我「認識」楊喚，是自他的書簡起。老實說，在歸人沒有把楊喚寫給他的信拿給我看以前，我並不曉得有他這位詩人，儘管他在大陸時就出版過詩集——也許，前此我曾看過他的詩，卻沒有把作者的名字記在心裡；當我被他的書信所吸引以後，才在報章雜誌上注意他的名字，凡是他的作品，才每篇必讀。

3.從閱讀他給歸人的信，到閱讀他給我的信，直到他逝世後爲他整理抄寫所有的「書簡」；後來，又在我主編的《新文藝》月刊發表「楊喚遺簡」（發稿前的細讀，排版後的校對）……因此，閱讀「楊喚書簡」的廣度、深度與次數，除了歸人，恐怕要算筆者了。所以，我對它有一份特別的感情。

4.還是因爲他的書簡寫得太美了，的確值得一讀再讀，甚而百讀不厭。在這裡，我信手摘錄一些，可見一斑：

・在早晨，我收到從道的長信，那密密麻麻的字粒像沉悶的雨，嘩啦啦地敲打著我的心。

很久了，我又沒給你寫信；很久了，我心靈的窗口被鎖蔽於那憂鬱的灰雲。我寂寞得在夜裡都是唧唧獨語，幾乎都能聽到時間流過去的聲音。

在失眠夜，我雖免於被擲進噩夢之谷，但透明的醒著面對自己總是痛苦

的。這時候，紙煙便好似一支支的粉筆，在夜的黑板上，我用它不停地寫著人生的問題和答案。[4]

・昨夜，惑於迷人的月色，我曾去公園獨坐，風吹蛙噪，我的心更為不安。本想到林蔭深處去輕輕散步，但我又不忍心驚動那些情意纏綿的情侶，還是只好靜聽夜風吹響星星的鈴聲，把影子描在地上，在一棵修長而美好又頗為神祕的檳榔樹下小立。[5]

・昨夜，月白風輕，我和含芳曾漫步田野。
蛙唱蟲吟，是一曲輕快又混合著悒鬱的樂章，在夜的田野上起伏地顫響著。有螢火蟲提燈起舞，聽一片幽靜竹林裡有從竹葉上滑落的露珠如夜雨。[6]

・今夜的月亮很圓，靜靜的夜太美，禁不住我又想起家，便拉著一位朋友絮絮地為他，其實是為我自己，描述一番家鄉那一頂小紅轎的嫁女……從記憶裡我盡力撿取那些真實樸素的故事，想用溫馨的舊夢來沖淡我那化不開的鄉愁。[7]

・「Y・H・Y・H，你跛行到哪裡？」在午夜夢迴，窗外正哭泣著淒涼的夜雨，我聽見了1952年的嚴肅的聲音，在向我呼喚。[8]

・今夜，這落雨的夜，從寂寞裡拉出自己，燈下我描繪一張藍天和幾片雲朵；我的想念和希望在奔馳了，一似搖亂纓鈴的野馬。
再來的信，請你為我畫出你幻想的海上夜，紅紅的珊瑚，銀子一樣的月光，鮫人的羽衣！你能畫出海的聲音嗎？唉，這些我熱戀著的，一如我

---

[4] 《楊喚書簡》（臺中：光啟出版社，1984年），頁97。
[5] 《楊喚書簡》，頁95。
[6] 《楊喚書簡》，頁59。
[7] 《楊喚書簡》，頁37。
[8] 《楊喚書簡》，頁14。

愛的那個大眼睛的女孩子。[9]

　　——以上這幾段他都寫到夜，信手拈來，他把夜寫得是如何的「多采多姿」！他的書簡，篇篇都是詩——詩的境界，詩的語言，詩的形象！下面，請看他是如何的寫雨：

・有時候，雨在我是座森林，又有時候是珍珠串串。[10]

・康稔：雨正在窗外落著，在原野裡落著。它撒開一張難以衝破的網，像一架廣闊無邊的樊籠，籠罩住了一切。[11]

・你的信，在雨中來，有雨的顏色。[12]

・此刻，雨落兩地，似已縮短你我相隔之距離。[13]

・走盡彎彎曲曲的狹巷，展開在我的面前的是竹林，是稻田，是柴舍；有細碎的鳥啼，風帶著霏霏的細雨，掃過我的面頰。迎面有三位穿花裙的姑娘，撐著傘走過來了；有幾頭長角的水牛，被兩個孩子拉著走過來了。遠處在迷濛的雨氣裡的，是一條發亮的河，像蛇一樣地爬過去，爬過綠色的大地。[14]

　　楊喚命運多舛，從小受盡折磨，他的歲月裡充滿寂寞。現在，讓我們看看他是如何的用詩人的筆觸，來狀述他的寂寞：

・我曾這樣譬喻過我的寂寞：我像一個失落在荒島上的水手，面對著向

---

[9]《楊喚書簡》，頁 18。
[10]《楊喚書簡》，頁 113。
[11]《楊喚書簡》，頁 57。
[12]《楊喚書簡》，頁 128。
[13]同前註。
[14]《楊喚書簡》，頁 44。

晚的天邊，海鷗棲息了，游魚潛沉了，滿眼是海水、浪花，滿耳是風聲和濤聲。……[15]

‧春天，是有花的季節，看花的季節。流落的人什麼也沒有啊！像瘖啞的手風琴，像風鏽了的鈴子。[16]

‧現在，我怕，我怕寂寞真的會害了我。……它像是一個貪婪的傢伙，想喝盡了我的血，不論你走到那裡，坐在那裡，一種空虛寂寞之感，便在你的心頭升起，像一隻殘酷的大手，在向我亂抓。……我被困在寂寞的峽谷裡。[17]

‧對於鑰匙，在小時候我有過很大的慾望，因為我用來比作「權柄」。握有了它，我就握有了「權柄」。可是在今天，它給我的印象和影響，卻和以前大大的不同。因為多一把鑰匙便多一些煩惱。雖然在寂寞的時候，從口袋裡拿出來，輕輕地搖響著，可以使我聯想到遠古之美女的環珮叮咚和牛羊的頸鈴；但是它們卻沒有一把能打開我的心，和打開童話裡的天國之門。
這有如夏日裡的春之南國，這南國之春裡的公園，我的少年的心有一股難解的輕愁，一如那寂寞無語的老榕樹。
有蝴蝶飛離花圃，有雀鳥細語於修長的檳榔樹，我對著滿園草色青青，憂鬱地凝視著博物館那希臘式建築的圓形的拱柱。[18]

‧寂寞，在無所事事及庸者，為淒涼況味；在振奮有為者，則無異為一沉思緬想與蓄積精力之機緣。[19]

---

[15] 《楊喚書簡》，頁 48。
[16] 《楊喚書簡》，頁 9。
[17] 《楊喚書簡》，頁 65。
[18] 《楊喚書簡》，頁 93。
[19] 《楊喚書簡》，頁 127。

——是的，儘管寂寞一直「亂抓」著楊喚，然而，他是一個「振奮有爲者」；在寂寞中，他不只是「沉思緬想與蓄積精力」，而且塑造了自己，創造了童話的王國與美麗的詩篇！在人生的戰場上他似乎一敗再敗，但對人生他卻一直抱有無限熱忱；他不是一個弱者，而是一個強者。請看：

> ‧強者不只是要能禁得住一陣暴風雨的打擊，而更要能受得住任何白眼和冰一樣的冷遇；就是把肉體片片搗碎，那每根纖細的神經上，還要蘊藏有不可抗拒的倔強的力！
> ……伸開翅膀要拍響藍天，抬起腳步要震醒大地，這不是什麼炫弄的吹牛和什麼一時衝動的豪語。只要你真能勇於自勵，只要你真能勇於搏鬥，再堅強的鐵堡，不堪輕輕的一擊！「靈魂勝於利劍」，信哉拿翁之語。[20]

> ‧且不要為我憂心吧！我的腳步將永不停止，我的翅膀也將永不凋零，不管是在泥沼裡、風雨中。……我們不是幽居林下的隱士，我們更不是那獨守野寺的孤僧，……我們都不能離開刀斧和燃燒。因為我們要塑造自己，使之完整，使之成型。

楊喚在寫給朋友的信中，無所不談；但他卻不是板起面孔來講說大道理，而是透過他的生花妙筆，濃得化不開的感情，用形象把它們表現出來，幾乎都是一些跟詩一樣美的話句。請看：

> ‧我愛燈火。一種燈火是一種感情；一盞燈火是一個人生，是一個故事，是一首詩。[21]

---

[20] 《楊喚書簡》，頁 116。
[21] 《楊喚書簡》，頁 19。

‧友情、愛情與詩，是我生命的三個手杖。[22]

‧康稔：這封信是隻船，馬上就要揚帆出發了。它已經響過一遍快樂的汽笛，就要航過藍色的海，航過時光的流，航近你的窗，停泊在你的書桌上的港灣裡。[23]

‧做為一個讀者，不能像一隻盛水桶般坐在那裡等著把水倒進去；相反地，你應該主動，在半路上去迎接你的作家。[24]

‧我倒希望你去親近親近海，多去從那浩瀚的大海裡，汲取一些安慰和溫暖。這帆，浪花，白鷗，捕魚人，貝殼，都有一些醉人的情趣，只在你去不去窺探它，掘取它。[25]

‧有鳥唱像一串珠玉，從青空墜下，在我心頭跌碎了。有小風從窗口伸進手來，輕輕的牽引著我的感情。在這明亮的日子，我想起家鄉的春雪。[26]

‧什麼也沒有寫，一片空白，過去的日子是一面粉刷的牆壁。[27]

‧向我要詩看，你讀一讀海吧！那就是一首詩。我寫出來的連海上的一個浪花都不如。天是藍的，海也是藍的，你的心呢？[28]

‧讓我借陽光的花來作禮物，永遠地插在你的襟上，牀邊。[29]

　　總之，楊喚的書簡太美了，美得我這個「文抄公」一口氣就抄錄了這麼多。然而我必須聲明：如此做簡直太愚蠢了，就像是一個人進入一座寶

---

[22]《楊喚書簡》，頁 97。
[23]《楊喚書簡》，頁 116。
[24]《楊喚書簡》，頁 68。
[25]《楊喚書簡》，頁 85。
[26]《楊喚書簡》，頁 55。
[27]《楊喚書簡》，頁 17。
[28]《楊喚書簡》，頁 15。
[29]《楊喚書簡》，頁 150。

山不願空手而回，但所帶出來的卻是少得那麼可憐！甚至，這樣不但不能把楊喚書簡的美「抽樣」出來，反而割裂了、破壞了它的美，因為他的每一封信都是一個形體、一個整體、一個美好的完成。（請參閱〈遲來的輓歌〉）

歸人常說，三十多年前，我們在澎湖的時候，就認定楊喚是一個天才；事實可以證明，我們少年時候的看法沒有錯。很多年前，在《人間世》上雖然曾有人誣衊楊喚，說他的詩有剽竊之嫌；但是，那惡意的栽誣，是經不起時間考驗的。楊喚的藝術成就，是可以蓋棺論定的了。

唉！楊喚在還不到 25 年的生命裡，不論肉體和精神，都受盡了打擊和折磨。在民國 40 年 11 月 25 日，他寫給笑虹（即路泥）的信中說：「你不知道，小時候我也是和金箱一樣地可憐的孩子呀！三歲就沒了娘，在童年時的每一個受盡了委屈或挨了打罵的黃昏，迎著北風，哭唱著：小白菜，地裡黃……」而且閱讀了葉泥（戴蘭村）兄的〈楊喚的生平〉一文（詳見《風景》），誰不會對他一灑同情之淚呢？他生前在臺灣的那幾年，正當我們的國家民族遭逢危急存亡之秋，所謂「覆巢之下，焉有完卵？」他的日子就更形悲慘了。為了脫了臭鞋子就露出「露出腳踝的破襪子」，不好意思踏上「榻榻米」，只有謝絕友人的邀請[30]；而他自己的住處是如何呢？在 41 年元旦他寫給康稔的信中說：「這是一座木板造的，原來可以存放東西的房架，除卻有一個尖頂和好些木柱以外，根本沒有牆。而我們的和另外幾個房間，只是用竹篾釘夾了半截的蔗板，灰塵滿牀……。我睡在牀上可以望見星星……。那些出沒無常的蚊蚋隊伍常繞牀圍攻。」還有：「痔疾又已『潛』癒，胃病則未見分毫起色，一日數次陣疼，酸水洶湧，如暈船嘔吐者然。如徹底治療，頗為不易，只有苦捱，別無他策。」[31]還有，「一如日來含芳約會之頻，我之胃病與痔疾大發，雙管齊下，鼓鈸爭鳴，實不勝痛苦，幾欲仰天絕號。」還有……。他的遭遇太悲慘了？我沒有勇氣再

---

[30] 《楊喚書簡》，頁 110。
[31] 《楊喚書簡》，頁 127。

引述。

所以，他在〈二十四歲〉一詩中，自己問自己：「Ｙ・Ｈ！你在哪裡？Ｙ・Ｈ！你在哪裡？」

而在他死後很久，很久，我最常誦讀的，就是他的這首詩──是的，Ｙ・Ｈ！你在哪裡呢？楊喚，楊喚，「我尚未曾見過面的朋友」，你在哪裡呢？你究竟在哪裡啊？

啊！如今，在他逝世 30 周年的前夕，我得到答案了──

Ｙ・Ｈ！你在國民小學的國語課本裡，

你在國民中學的國文課本裡，

你在「中華兒童叢書」裡，

你在千千萬萬兒童和青少年的心靈的殿堂中！

同時啊！

Ｙ・Ｈ！你在各種的雜誌裡，

你在各種的選集裡，

你在各種的書籍裡，

你在很多人為你出版的各種專輯中！

而且啊！

Ｙ・Ｈ！你在各種的文藝或詩人的集會裡，

你在認識你和不認識你的朋友的心靈裡，

你在「布穀出版社」的「紀念楊喚兒童詩獎」裡，

而且，你必將出現在中國的詩史和文學史中！

我常說：對文友，我付出感情最多的，是對楊喚。但是，在他逝世 15 周年的時候，我才寫了第一篇悼念他的文字。現在，他逝世 30 年了，我才寫第二篇文字來紀念他，為的是怕遭「我的朋友是胡適」之譏。然而，這樣就不怕遭此類之譏了嗎？可是一直燃燒在我心靈深處的一股崇拜、悼念、惋惜、遺憾、甚至歉疚之情，已使我顧不得這麼多了。

──選自《中國語文》第 54 卷第 5 期，1984 年 5 月

楊喚的兒童詩

◎林文寶*

　　淒苦的童年，思鄉的情懷，總是揮之不去。夜裡總有澎湃的潮聲，於是乎愁苦突襲而來，流落的人永遠有一顆寂寞的心，就是在夢裡也不會讓你安靜的：

> 海，我懷念的海，是它告訴我許許多多的幻想。家鄉是濱海的小城，貝殼是我童年王國裡的金子。沙灘是我舒適的床。銀鷗和白帆是我飛過萬重山，航過千道水的美麗的希望。[1]

　　想像的神鷹，振羽而起，超越時空，躍入童話的世界，走進兒童詩的天地。

　　楊喚在我國兒童文學史上的地位，主要是奠立於他的兒童詩。楊喚的兒童詩清新的面貌，閃現智慧的結晶，傳達童稚的詩心，楊喚的歷史地位是經由此三者而確立的。然而，所謂楊喚的兒童詩，其總數不超過 20 首，而此 20 首兒童詩，卻幾乎成為我國 40 年來兒童詩的創作範本，甚多的兒童詩作者，都以楊喚的創作形式來創作兒童詩。楊喚兒童詩的魅力何在？本文試分析一、二。

一、楊喚的兒童詩

　　本處所論的，包括楊喚兒童詩總數的探討，以及其詩類屬等問題。

*發表文章時為臺東大學語文教育學系主任，現為臺東大學兒童文學研究所榮譽教授。
[1]見《楊喚全集Ⅱ》（臺北：洪範書店，1985 年 5 月），頁295。

（一）楊喚的兒童詩集

楊喚來臺後，始以「金魚」為筆名，並於民國 38 年 9 月 5 日於《中央日報・兒童周刊》第 25 期，發表第一篇兒童詩的作品〈童話裡的王國〉。

楊喚死後，由覃子豪、李莎、方思、葉泥、歸人、力群和紀弦等七人組成編輯委員會。大家分頭去蒐集散見各報刊的詩人遺著。其中有關兒童詩部分，紀弦在〈從楊喚逝世到風景出版〉一文中有如下的記載：

> ……然後慎重整理，保留其佳作，刪去其次者，共得詩 41 首，兒童詩 18 篇，而編成了這個集子。……
>
> 在這裡，應該特別致謝的是《中央日報・兒童周刊》編者陳約文女士，承她給以便利，把幾年來全部的「兒童周刊」借給我們抄下了詩人用筆名「金馬」發表的十多篇童話詩，這實在很可感，祝她健康。[2]

《風景》詩集刊行於民國 43 年 9 月，其中就收錄了紀弦所謂的 18 首「童話詩」，而歸人則稱之為「兒歌」。八首是大家分頭去蒐集散見各報刊的詩人遺著，陸續集中紀弦處的總數，其中從「兒童周刊」抄下的是「十多篇」，可見 18 篇並非全部是在報刊上發表的。其中如〈水果們的晚會〉[3]、〈美麗島〉[4]等手稿，皆屬未發表者。

十年後《風景》詩集改由光啟出版社刊行。書名改為「楊喚詩集」，其中童話詩部分並未增加，初版是民國 53 年 9 月。

後來，民國 55 年 5 月小學生雜誌社出版了「兒童讀物研究」第 2 輯《童話研究專輯》一書，其中有林良先生寫的〈童話詩人：楊喚〉一文，文末並收錄楊喚的 18 首詩[5]，這是防備它的散失，也是表示該刊對楊喚的悼念。

---

[2]見《楊喚詩集》（臺北：光啟出版社，1964 年 9 月），頁 159。
[3]見《童話研究專輯》（臺北，小學生雜誌社，1966 年 5 月），頁 224。
[4]見洪範版《楊喚全集》剪影及手跡部分
[5]見林良，〈童話詩人：楊喚〉，《童話研究專輯》，頁 225〜240。

民國 58 年初，普天出版社有《楊喚詩簡》的印行，其中兒童詩也是
18 首，該書的出版，據歸人在《楊喚書簡》後記的說明是如此：

> 直到 57 年秋天，我忽然接到一封自稱是「文化人」幹出版的人的信，希
> 望與我談談，刊印「楊喚書簡」。接談下，才知他只是個出「騙」商。
> 我當然不想跟他再打交道。他的「騙」計未售，居然將原有的「附註」
> 去掉，另加我們編輯的楊喚詩集，合而為「楊喚詩簡集」，草草率率，
> 未得同意的「出版」了。[6]

後來普天出版社停頓後，這個本子改由曾文出版社印行。

民國 65 年 12 月，純文學出版社把楊喚的 18 首兒童詩印成《水果們的
晚會》一書。由夏祖明畫圖，並有林良先生的序，這是楊喚詩集目前最流
行的本子。

民國 68 年 4 月，又有偉文圖書公司《夏夜》的印行，也是收錄 18 首
兒童詩。

民國 69 年 7 月 7 日，《布穀鳥》第 2 期林武憲提供的〈楊喚兒童詩補
遺〉[7]，補遺〈快上學去吧！〉、〈花〉兩首，至於資料來源並未有說明。
自此，楊喚的兒童詩增加兩首。

而後，在民國 74 年 5 月由歸人編著的洪範版《楊喚全集》中，歸人所
謂的「兒歌」已收錄了〈快上學吧！〉、〈花〉兩首，總數是 20 首。而歸
人亦未說明這二首詩的來源。考洪範兒童詩中，〈春天在哪兒呀？〉末段
有七行的錯簡[8]，這七行原是「小紙船」的末段[9]，今增印錯置於「春天在哪
兒呀？」末段。又「家」一詩第三行末字「窠」錯為「巢」。

總結上述，我們可以知道，目前所見的楊喚兒童詩計 20 首。可是我們

---

[6]見《楊喚書簡》（臺中：普天出版社，1969 年），頁 246～247
[7]見《布穀鳥兒童詩學》第 2 期（1980 年 7 月），頁 14～15。
[8]見《楊喚全集 I》，頁 183。
[9]見《楊喚全集 I》，頁 197。

不禁要問？是否還有遺佚？而補遺的兩首是從那裡冒出來的？又真正發表的有幾首？於是披閱縮印本的《中央日報‧兒童周刊》，並細讀《楊喚詩簡》，今將其發表日期、期數與書簡裡有關兒童詩的記載，試列表如下：

篇名	發表日期	期數	書簡記載
童話裡的王國	民國 38 年 9 月 5 日	第 25 期	1.民國 39 年 2 月 1 日書云：又想寫點東西，已經寫了一章兒童詩。[10] 2.民國 39 年 6 月 24 日信云：〈童話裡的王國〉我只有一份，現在不知道讓放到哪裡去了。[11] 3.民國 39 年 6 月 25 日書云：〈眼睛〉、〈童話裡的的王國〉寄上，你該沒有話說了！討厭鬼！[12] 4.民國 39 年 7 月 5 日信云：〈童話裡的王國〉最好寄回來，因為那是我僅有的一份。[13]
眼睛	民國 39 年 6 月 10 日	第 63 期	1.民國 39 年 6 月 24 日信云：在最近又寫了兩章；一章是〈眼睛〉，短短的，沒經過琢磨就亂寫出來，現在寄上給你看。[14] 2.民國 39 年 6 月 25 日信云：〈眼睛〉……寄上，你該沒有話說了吧！討厭鬼！[15] 3.民國 39 年 7 月 5 日云：〈眼睛〉是我忘記封到信封裡了。[16]
小紙船	民國 39 年 7 月 1 日	第 66 期	民國 39 年 7 月 5 日信云：另外有一章〈小紙船〉，是我在一個失眠的夜

---

[10] 《楊喚詩簡集》（臺中：曾文出版社，1984 年 8 月），頁 215。
[11] 《楊喚全集 II》，頁 275。
[12] 《楊喚詩簡集》，頁 300。
[13] 《楊喚詩簡集》，頁 302。
[14] 《楊喚詩簡集》，頁 298。
[15] 《楊喚詩簡集》，頁 30。
[16] 《楊喚詩簡集》，頁 301。

			裡的黎明寫的，還算滿意。當然也是寫給孩子們看的兒童詩，當然也是寄到「中央」「兒童周刊」上。我寫過的東西多是不留底稿的。假如登出來，你可以在「兒童周刊」上看到它，不然，你沒有這個「眼福」了。一笑。[17]
毛毛是個好孩子	民國 39 年 7 月 22 日	第 69 期	
森林底詩	民國 39 年 8 月 5 日	第 71 期	
給你寫一封信	民國 39 年 11 月 25 日	第 87 期	1.民國 39 年雙十節信云：我在寫兩篇兒童詩:「給你寫一封信」和「xx去旅行」。[18] 2.民國 39 年 11 月 20 日信云：還是昨天看到「兒童周刊」又出來一個什麼叫做金牛的也寫兒童詩，我才把「金馬」也請出來。[19] 3.民國 39 年 12 月 20 日信云：金牛不是我，「回來呵！哥哥！」更不是我寫的。「大地回春」也不是。我還是「金馬」，只寫了「給你寫一封信」。[20]
快樂的歌（包括小蝸牛、小螞蟻、小蟋蟀、小蜘蛛）	民國 40 年 2 月 12 日	第 97 期	民國 40 年 1 月 21 日云：我又胡亂的寫了一些東西。……」一章短詩和兒童詩寫給中央日報。[21]

[17]《楊喚詩簡集》，頁 301。
[18]《楊喚詩簡集》，頁 312。
[19]《楊喚詩簡集》，頁 315。
[20]《楊喚詩簡集》，頁 321。
[21]《楊喚詩簡集》，頁 333。

春天在哪兒呀	民國 40 年 3 月 5 日	第 100 期	1.民國 39 年 2 月 6 日信云:「春天在哪兒呀?」你讀過了嗎?我希望你能從那裡面找回一點孩子的快樂。 2.民國 40 年 3 月 13 日信云:「春天在哪兒呀?」只不過是騙幾個稿費。談什麼寫作態度?你知道,我夠苦夠苦了!這些痛苦,不是幾聲嘆息能趕掉的。[22]
快上學去吧!	民國 40 年 3 月 26 日	第 103 期	
夏夜	民國 40 年 8 月 28 日	第 125 期	民國 39 年 7 月 5 日信云:我又寄出了一章「夏」,也是兒童詩。……「夏天」就要發表了,我在廖未林那裡看到他在為它插圖。[23]
肥皂之歌	民國 40 年 9 月 11 日	第 127 期	
家	民國 40 年 11 月 13 日	第 135 期	
花	民國 42 年 6 月 1 日	第 214 期	
七彩的虹			
水果們的晚會			小學生版「兒童研究專輯」頁 224,有此詩的手稿。
美麗島			「楊喚全集·剪影及手跡」部分,有此詩稿手稿。
下雨了			
祝福			1.民國 39 年 6 月 24 日信云:還有一章〈祝福〉,比較長一點,也是匆匆就脫稿了的。不知道會不會給登出來。[24]

---

[22] 《楊喚詩簡集》,頁 335。
[23] 《楊喚詩簡集》,頁 302～303。
[24] 《楊喚詩簡集》,頁 298。

			2.民國 39 年 7 月 5 日信云:「祝福」沒有登。[25]
××去旅行			民國 39 年雙十節云:我在寫兩個兒童詩:〈給你寫一封信〉和〈××去旅行〉。[26]
幸福草			1.民國 39 年 11 月 22 日云:現在我在寫一篇兒童詩,是一篇敘事詩:「幸福草」。[27] 2.民國 40 年 4 月 28 日信云:「幸福草」是一篇敘事的童話詩,我沒有寫完就丟了![28]
童話			見《楊喚全集》上冊,頁 99～100
風景			見《楊喚全集,剪影及手跡》部分,有署名「金馬」墨跡之〈風景〉。

　　從列表中,我們知道所謂的補遺兩首,事實上是疏忽所致。因為它曾在《中央日報‧兒童周刊》上刊登過。

　　就目前所見的 20 首,有四首(〈七彩的虹〉、〈水果們的晚會〉、〈美麗島〉、〈下雨了〉。)未在《中央日報‧兒童周刊》發表過。而在發表中的〈眼睛〉、〈小紙船〉,書簡的日期竟晚於發表的日期,可見楊喚其人生活散漫之一斑。

　　在遺佚的兒童詩方面,從書簡中可知有三首:〈祝福〉、〈××去旅行〉、〈幸福草〉。其中〈祝福〉、〈××去旅行〉曾寄給「兒童周刊」,未見發表。而〈幸福草〉則是未完成的作品。

　　又如果我們把他的〈童話〉[29]〈風景〉[30]視為兒童詩,或曰亦無不可。因為〈童話〉根本就是童話,而〈風景〉則署名為「金馬」。

---

[25]《楊喚詩簡集》,頁 301。
[26]《楊喚詩簡集》,頁 313。
[27]《楊喚詩簡集》,頁 317。
[28]《楊喚詩簡集》,頁 340。
[29]見《楊喚全集 I》,頁 99～100。
[30]見《楊喚全集 I》,頁 161。

（二）童話詩

說到楊喚兒童詩的界定與類屬，就會扯到兒童詩，而提起童話詩，則又會提到故事詩、敘事詩等名稱。

當年紀弦整理詩人的詩集，就把他那些寫給兒童看的詩稱為「童話詩」，而後沿用至今，其間有人不同意，似乎亦無害於童話詩的沿用。個人以為這種爭議，乃緣於對「童話詩」一詞的界說不同所致。

紀弦並不曾為「童話詩」下過定義。

查考「童話詩」的定義，概言之，有廣義、狹義二種。廣義的說法我們以林良先生為代表，林良先生在〈童話詩人：楊喚〉一文裡，曾對「童話詩」有所闡釋，他說：

> 楊喚曠童話詩 18 篇，代表「童話」的另一種形式。那是一種用詩寫成的童話，有大部分是「脫離了情節而獨立」的，它不需要故事，但很輕易的捕捉住童話的精神、韻味和美。
> 童話詩的境界是童話裡的最高的。是童話使詩美？還是詩美化了童話？楊喚的童話詩，真是「童話裡有詩樘有童話」。
> 他的意象是「很童話的」。也許他的童話詩的成功，就是因為他有那才華，能捕捉住童話的迷人的美吧？[31]

從引文中我們知道，林先生是以「童話的精神」來界定「童話詩」，所以楊喚的童話詩都是童話。這種以「童話的精神」來界定童話詩，是廣義的定義，這種說法頗為流行。

但廣義的說法是有失空泛，因此，有人對名稱再加以界定。林良先生於〈童話和童話詩〉一文裡說：

---

[31]林良，〈童話詩人：楊喚〉，《童話研究專輯》，頁 221～222

我想，童詩是童話自己或透過兒童的心靈、感情寫出來的詩，其中不一定有故事。而童話詩，是把童話故事，用詩的方式把它寫出來的。[32]

　　林良先生用兒童故事來界定，而楊靜思先生則認為不明確。楊靜思先生在〈談童話詩〉一文裡有詳細的解說，他說：

顧名思義，「童話詩」就是：用詩的形式寫出來的童話。它揉和了「童話」的故事性、趣味性和「詩」的意境跟節奏，既可以當做「童話」來欣賞，又可以當做「詩」來吟詠，能給人特殊的美感。因此，凡是用「擬人法」來描寫自然景象、各種生物，而缺乏故事性的詩，不是「童話詩」；具有故事性而不合「童話」條件的詩，也不是「童話詩」；不用「擬人法」，沒有故事性的詩，更不是「童話詩」！
可以這麼說：自有「童話詩」這個名詞以來，我們就誤解它了。直到目前，誤解不但沒有解除，反而更加嚴重！下面三個例子，雖然只是其中的一部分，卻能使我們明瞭這個事實。
首先，讓詩人的誤解。詩人紀弦先生在他的〈從楊喚的逝世到風景的出版〉一文[33]裡，說過這樣的話：「大家分頭去蒐集散見各報刊的詩人遺著，……共得詩 41 首，童話詩 18 篇，而編成了這個集子」。紀弦先生把這 18 首「寫給兒童看的詩」一律稱為「童話詩」，是一個很大的誤解！事實上除了〈童話裡的王國〉和〈七彩虹〉兩首（情節簡單）之外，都不是「童話詩」。我們不妨看看下面這首〈小螞蟻〉：……（略）……
這一首詩，用第一人稱（螞蟻的自述）來介紹螞蟻的生活。從詩裡可以看出螞蟻的「勤勞」和「幸福」。而且有美麗的想像和生動的譬喻（如用「撐起了最漂亮的傘」來描寫小菌子的形態等）。是一首很美、很有

---

[32]林良，〈童話和童話詩〉，《國語日報・兒童文學周刊》第 42 期（1973 年 1 月 14 日）。
[33]紀弦，〈從楊喚的逝世到風景的出版〉，《風景》（臺北：現代詩刊社，1954 年 9 月）。

趣的「動物素描」的詩。它有故事性嗎？我們能說它是「童話詩」嗎？[34]

從引文中，楊靜思先生認為童話詩的條件是：

童話性的故事

趣味性

擬人法

詩的形式

這種條件的界定，可說是屬於狹義的界說。楊靜思先生認為楊喚的兒童詩中，只有〈童話裡的王國〉和〈七彩的虹〉兩首是童話詩。另外，楊先生這種狹義的說法，亦有贊同者。然而，向明先生於〈楊喚與米爾恩〉一文裡則說：

我把楊喚寫的這些詩歸之為童話詩，因為我們讀楊喚任何一首兒童詩都會發現其中不但有人物，有場景，更有一個貫穿全詩的故事背景藏在其中，就彷彿在看一場華德狄斯耐的卡通影片那麼有頭有尾。而楊喚本人就是一個極迷卡通影片的人（見《楊喚詩集》葉泥先生所寫〈楊喚的生平〉），由此我們可以猜想得到楊喚的兒童詩得自卡通影片的營養非常多。再看楊喚所經營的詩句，並不是像一般兒童詩作者模倣兒童的口氣，而是以一種大哥哥、大姐姐的口吻在和兒童說話，話中帶有童趣的鼓勵和誘惑，即是成人看了也感到親切和興起振奮感。楊喚的詩也不太注重韻腳，而著重在全篇的自然節律和一氣呵成的氣勢。[35]

---

[34]楊靜思，〈談童話詩〉，《國語日報・兒童文學周刊》第 108 期（1974 年 5 月 5 日）。

[35]向明，〈楊喚與米爾恩──中西兩位童詩能手比較〉，《布穀鳥兒童詩學》第 1 期（1980 年 4 月），頁 39～40

又蕭蕭在解說〈夏夜〉一文裡說：

這是一首「童話詩」，童話詩是大人寫給兒童看的，因此，大人們必須
以童心去建造兒童特殊的想像世界，兒童想像中的世界絕不一個理念世
界，而是富於情且擬人化的世界，所以這首詩當然不是寫實的詩，它是
楊喚透過童心與想像所編織的。在這首詩裡，由河草木、蟲魚鳥獸，都
賦予「人」的思想和行為，我們一般稱這樣的方法為「擬人化」。童話
世界原來就是一個「擬人化」的世界，電影、卡通、漫畫、童話故事，
我們都可以發現到這樣的事實。「夏夜」這首詩，當然就是擬人化的童
話詩。[36]

又杜榮琛先生在《兒童詩寫作與指導》一書，亦曾對童話詩下過定
義，他說：

童話詩是以人的形式，表現童話的內容；它融合童話和詩的特質，既擁
有詩的律動、節奏（音樂性）和意象（繪畫性）的美，同時具有童話的
趣味情節與精彩故事性。[37]

雖然，他們的說法或許相接近，可是對於實際詩篇的認定確有很大的
出入。

或許我們該看看楊喚自己的說法。

在楊喚的書簡裡，他對這些寫給孩子們看的詩篇，有過三種不同的名
稱。其中以用「兒童詩」最為普遍。試分述如下：

---

[36] 見《中學白話詩選》（臺北：故鄉出版社，1980 年年 4 月），頁 333～334。
[37] 見《兒童詩寫作與指導》，（臺灣省教育廳，1983 年 6 月），頁 16。

1. 兒童詩

在書簡中，以用「兒童詩」一詞最為普遍，計 13 次。[38]

2. 敘事詩

僅見一次。在民國 39 年 11 月 22 日給康稔的信裡說：「現在我在寫一篇兒童詩，是一篇傾囊相授事詩：〈幸福草〉」。[39]

3. 童話詩

亦僅只見過一次。在民國 40 年 4 月 28 日給康稔書的信裡說：「〈幸福草〉是一篇敘事的童話詩，我沒有寫完就丟了！」[40]

從以上三種不同的用詞中，我們可以瞭解，在楊喚的心中，這三種用詞是有區別的。他認為童話詩是屬於敘事詩的；而敘事詩又是屬於兒童詩的，遺憾的是楊喚並沒有明說兩者之間的關係。

申言之，有關敘事詩之說，乃西方詩學的說法。這種說法有人認為並不適用我們傳統的詩歌，詩人龔鵬程先生於〈論詩史〉一文的結語裡說：

> 我們確信：中國詩歌中沒有史詩（或敘事詩、或故事詩）這一類作品，不必曲意比傅，欲覓類似的作品，則當求諸講史及吟唱系統之小說或「類小說」（介乎戲劇小說之間的作品）。[41]

就傳統詩歌而言，一切詩都是抒情的，所謂敘事詩乃屬表達方法，而不是詩類。因為所謂抒情，並不限於純粹自我心靈圖像的描繪與刻畫，就是在事物上見其情，也可以稱之為抒情。因此，中國的傳統詩歌偏重抒情，而缺乏史詩、悲劇和其他長篇的詩，並非缺點，也許還可以說是中國

---

[38]見《楊喚全集 II》，頁 275、282、297、301、312、315、317、333、340、462、481。
[39]見《楊喚全集 II》，頁 317。
[40]見《楊喚全集 II》，頁 340。
[41]龔鵬程，〈論詩史〉，《詩史本色與妙悟》（臺北：臺灣學生書局，1986 年 4 月），頁 84。

人藝術趣味比較精純的證據。

　　或許我們可以說詩歌原是用於抒發情感的，後來又有人用它來敘述故事，描寫外物，於是乎表示的樣式，越來越多，而西洋的詩學研究者，就根據這種表現的樣式，來做爲詩的分類的根據。有關這種詩的分類，洪炎秋先生在《文學概論》一書裡有云：

> 他們一般都把詩分為主觀的詩（Subjective Poetry）和客觀的詩（Objective Poetry）兩大類。主觀的詩，也有人把它叫做個人詩（Personal Poetry），也有人把它叫做抒情詩（Syrical Poetry）。客觀的詩，通常又把它分為三類：一是寫景詩（Scenographic Poetry），二是故事詩（Ballad），三是敘事詩（Epic Poetry）。不過，客觀詩中，可以用敘事詩來做代表，統攝一切，因此說起詩來，大都把它分為抒情詩和敘事詩兩大類。故事詩大概是用歷史的事件或傳說的故事做材料，再把作者所懷抱的某種觀念，寄託裡面，也是一種敘事詩，不過詩形比較短小罷了。[42]

　　又邱燮友先生在《中國歷代故事詩》一書裡，亦曾爲「故事詩」下過定義，他說：

> 甚麼是故事詩呢？故事詩（Epic）是屬於敘事詩的一種。詩的主題，從頭到尾，著奢在鋪敘一個完整的故事；寫詩的人，只站在客觀的立場，用比較自由的詩律，描寫一些民間傳誦的故事，古代流傳下來的神話，或是一些傳奇的事實，這種以鋪述故事為主的詩歌，便可稱為故事詩。因此，故事詩多半是些長篇的敘事詩。[43]

---

[42]見洪炎秋，《文學概論》（臺北：華岡出版公司，1973 年 9 月），頁 134～135。
[43]見邱燮友，《中國歷代故事詩（一）》（臺北：三民書局，1969 年 4 月），頁 4。

又趙天儀先生於〈故事詩的探索與嘗試〉一文裡說：

> 所謂故事詩，是敘事詩的一種，是以具有故事的情節為中心的結構來表現與發展的詩作品。而故事詩的表現取向，也可以容納抒情性、敘事性、甚至戲劇性的技巧。不過，最重要的，便是以故事的情節為表現訴求的對象。因此，故事詩可以是悲劇性的，也可以是喜劇性的。有些是劇作性的，而有些卻是改寫性的。美國詩人諾易斯（Alfred Noyes）的《綠林好漢》是悲劇性的。俄國詩人普希金的故事詩，王玉川的兒童故事詩，是從已有的寓言或童話的素材改寫而成的。這些改寫的故事詩，多半以韻文的律韻與節奏來輔助這些故事的情節，在基本的創作態度上，是一種韻文的創作活動。因此，我希望我們創作的兒童故事詩；一方面能超越改寫的兒童故事詩，另一方面能以富有創意的新鮮的素材，來從事故事詩的創作活動。[44]

綜合前述，就西洋詩學的分類而言，童話詩是故事詩，也是敘事詩。它的條件除楊靜思先生所提四項外，就表現的樣式而言，它是客觀的詩，而其詩旨亦不在抒情言志。

由此可知，稱楊喚的兒童詩是童話詩，乃是就廣義界說而言，也就是說他的童話精神。反之，就狹義界說而言，楊喚的童話詩並不多，就現存的 20 首兒童詩中，幾乎五分之四以上的詩都能找得出教化的痕跡。

至於歸人稱之為「兒歌」，似乎不具任何意義。

二、寫作心路歷程

一般說來，民國 38 年～40 年，是楊喚寫兒童詩最努力的一段日子。在這期間他何以致力寫作？而後又何以放棄？正是本節所要論述的兩個主

---

[44] 趙天儀，〈故事詩的探索的嘗試〉，《臺灣文藝》第 95 期（1985 年 7 月），頁 11。

題，試分析如下：

（一）創作動機

　　所謂動機，是指引起個體活動，維持已引起的活動，並導使該活動朝向某一目標進行的一種內在歷程。在此所謂的活動，是指行為，所以動機一詞乃是心理學家對個體行為的原因及其表現方式的一種推理性的解釋。就因為動機本身是一種內蘊的心路歷程，故不易直接觀察，只能按個體當時所處情境及其行為來推理解釋。

　　創作動機原則上雖都是內動的，但是引起動機的原因則可能是內發的，也可能是外誘。內發的動機乃由於內在的需要，不需外在目的物的吸引；而外誘的動機則有外在的誘因。以下試說明楊喚寫兒童詩的動機。

1.補償心理

　　補償心理通常是不自覺的，藉減輕緊張與挫折引起的不快感，從事某方面才能之發展，用以彌補個人的弱點或缺陷，而在另一方面超越他人，從而增加個人之適應。楊喚因本身童年的蒼白，於是想從兒童詩中尋求心理上的補償。他在民國 39 年 3 月 1 日給康稔的信裡說：

> 又想寫點東西，已經寫了一章兒童詩，若是一高興，幾個童話也該出籠了。告訴你，這不只是打算，我已經在動手寫了呀！我想用它來騙我的寂寞。[45]

又民國 39 年 3 月 6 日給康稔的信裡說：

> 你說我不是孩子，應該寫些給大人們看的東西，這話也對，但你又怎樣知道我這一顆嚮往於童年的心呢？孩子是天真無邪的。童年的王國在記憶裡永遠是有著絢麗燦爛美麗的顏色的。

---

[45] 見《楊喚全集 II》，頁 275

〈春天在哪兒呀？〉你讀過了嗎？我希望你能從那裡面找回一點孩子的快樂。

兒童詩，我還想再寫下去，因為我想從裡面找回一些溫暖。[46]

又民國 39 年 6 月 24 日給康稔的信裡說：

很久很久沒有寫東西了，我的筆恐怕都鏽壞了吧！童話最難寫，兒童詩更難寫，但現在我願意學習，因為這樣，我便可以找到失去的快樂了，能和可愛的孩子一道哭，一道笑了。[47]

那時候，他極力尋求慰藉，在民國 39 年 11 月 22 日給康稔的信裡說：

過了子夜，已是三點鐘，這正是別人睡意正濃的時候。窗外月色溶溶，夜涼如水，我從家又想到家鄉的朋友，又想到——太多了。我把自己安排在一齣編得很美麗的夢裡。[48]

那時候，他對兒童詩頗有信心且專注，在給康稔的書簡中多次提到兒童詩。民國 39 年 6 月 25 日云：

〈眼睛〉、〈童話裡的王國〉寄上，你該沒有話說了吧！討厭鬼！」[49]

又民國 39 年 7 月 5 日給康稔的信裡說：

……另外有一章〈小紙船〉，是我在一個失眠的夜裡的黎明前寫的，還

---

[46] 見《楊喚全集 II》，頁 282。
[47] 見《楊喚全集 II》，頁 297。
[48] 見《楊喚全集 II》，頁 318。
[49] 見《楊喚全集 II》，頁 300。

算滿意。當然也是寫給孩子們看的兒童詩，當然也是寄到「中央」兒童
周刊上。我寫過的東西多是不留底稿的。假如登出來，你可以在「兒童
周刊」上看到它，不然，你沒這個「眼福」了。一笑！
……我又寄出了一章〈夏天〉，也是兒童詩。[50]

又民國 39 年 7 月 24 日給康稔的信裡說：

你說錯了，寫童話，是需要一支美麗纖巧細膩的筆。孩子是株芽，我
願意做一名平凡又平凡的小園丁。[51]

當時他對兒童文學仍然充滿信心。在民國 40 年 11 月 19 日給康稔的信
裡說：

你知道兒童文藝在中國是最弱的一環。雖然目前兒童讀物多如春筍，嚴
格的說來，又有幾種合格的呢！較之英、美、日本，可謂少得可憐又可
憐。我不敢說我的兒童詩寫得怎麼好，但是在這裡就沒有人肯花功夫去
給孩子們寫東西。你想，一般成了名的，或出了名的，或不成名也不出
名的，都想用「大塊文章」去換錢得獎金。有誰肯花了大半天的氣力，
去換兩包香煙錢呢！我不是在吹牛，說我如何如何。總之我不想，也從
來沒有熱中於什麼成就。你知道，群眾是最好的考驗，孩子們也是有他
們的鑑賞力的。[52]

2. 金牛的刺激

　　人類的動機是學習而來的，在習慣形成的歷程中，隨時需要刺激與鼓

---

[50]見《楊喚全集Ⅱ》，頁 301～302。
[51]見《楊喚全集Ⅱ》，頁 305。
[52]見《楊喚全集Ⅱ》，頁 361～362。

勵，以強化動機。有時，外誘的動機，雖未必符合內在的需要，但亦不失
爲維持或強化動機的有效方式。楊喚寫兒童詩乃緣於補償。而補償作用原
本就具有自我欺騙的性質。因此，有時他會說：

> 〈春天在哪兒呀？〉只不過是騙幾個稿費。談什麼寫作態度？你知道，
> 我夠苦夠苦了！這些痛苦，不是幾聲嘆息能趕掉的。[53]

當補償心理不能化爲內發的發動時，只有借助於外誘的刺激。而金牛
就是外誘的刺激之一，民國 39 年 11 月 20 日給康稔的信裡說：

> 還講什麼童話，我是很久沒摸過筆了。還是昨天看到兒童周刊又出來一
> 個什麼叫金牛的也寫兒童詩，我才把金馬也請出來。[54]

又民國 39 年 12 月 20 日給康稔的信裡說：

> 金牛不是我，〈回來呵！哥哥！〉更不是我寫的。〈大地回春〉也不
> 是。我還是金馬，只寫了〈給你寫一封信〉。[55]

金牛的詩〈回來呵！哥哥！〉刊登於 11 月 19 日的…「兒童周刊」（第
68 期）。這是金牛僅見的作品，金牛之所以能對金馬產生刺激作用，主要
是緣於名字的性質相近所致。

3. 葉縷之鼓勵

葉縷即李昌霞女士，當時就讀省立臺北師範，是李含芳的女友，而後
成爲李太太。楊喚在民國 42 年 1 月 6 日給葉縷的信裡說：

---

[53]見《楊喚全集 II》，頁 335。
[54]見《楊喚全集 II》，頁 315。
[55]見《楊喚全集 II》，頁 321。

提起詩，我只有感到慚愧。幾年來，我寫的很少，也極壞。發表的那些
又沒有剪貼起來過。因為我恥於讓它們再見我。現在且把這些兒童詩拿
給你看（這是一個朋友為我剪貼的，在我生日那天，他把它當做禮物送
給我的）。但這要有條件，你不能不把批評寫給我或說給我。因為你們
即將做「先生」的，對「兒童心理」這一課，要遠較我這亂寫東西的內
行而又高明得多多。[56]

又民國 42 年 1 月 14 日給葉纓的信裡說：

是的，「金馬」是我。可是我很久沒有用這個名字寫兒童詩了。現在由
於你們的感動，我很想再試寫一點。但在你們的最公正、最公正的批評
沒有給我以前，我還不能寫，我還是不敢寫。[57]

民國 42 年，楊喚似乎不再寫兒童詩了。就已發表的作品而言，僅有
〈花〉（42 年 6 月 1 日）一首。可知他雖然很想再試寫一點，但終究提不
起創作的動機。

（二）放棄寫兒童詩的理由

動機若要強，則需源於內發的需要，因需要而生驅力，因驅力而有行
為。如果行為的後果能滿足需要時，個體的行為與動機，同時的被增強。
以後同樣情境再出現，類似的行為即將重複出現，此即習慣形成的歷程。
反之，則動機將隨之消失。這種動機的消失，就心理言，是缺乏成就動機
所致。所謂成就動機，係指個人對自己認為重要或有價值的工作，不但願
意去做，而且力求達到完美地步的一種內在的心理歷程。所謂成就，是相
對的，是個人完成一件事後與別人比較或與一個既定的標準比較的結果。
因此，成就動機實含有「與別人較量」的社會意義。成就動機是人類所獨

---

[56]見《楊喚全集Ⅱ》，頁 462～463。
[57]見《楊喚全集Ⅱ》，頁 465。

有，其形成既非是先天遺傳，也非由於生理需要，而是與別人交往的社會
中學習而來。

　　成就動機既是學習而來的，個人之間與團體之間的差異是可以想像
的。成就動機、個性差異的形成，與個人的年齡、性別、能力、成敗經驗
等主觀因素以及工作性質等客觀因素都有密切的關係。

　　我們相信楊喚放棄寫兒童詩，主要是由於缺少成就動機所致。以下試
說明其放棄的可能理由。

1. 缺乏朋友的鼓勵

　　動機的強化，需要別人關心、需要友誼、需要愛情、需要別人的許可
與接受、需要別人的支持與合作。這種需要與人親近的內在動力，稱爲
「親合動機」。由親合動機所促進而表現於外的社會行爲，最主要者有依
親、交友、家人團聚、參與社會性的團體等。楊喚當時醉心於兒童文學，
他也鼓勵他的朋友從事兒童文學。葉泥於〈楊喚的生平〉一文裡曾說：

> 兩個月以後，他也調到了我們的單位裡來。從此我們生活在一起，工作
> 在一起，讀書、散步、寫作都在一起。我翻譯童話，他寫童話詩。我的
> 翻譯童話都是由於他的督促，他說：「我們應當多給孩子們流點汗，多
> 寫點有營養的東西。」《中央日報・兒童周刊》上，每期幾乎都有他的東
> 西發表。另外，他訂了兩個專用於寫詩的本子，並且畫好了封面，兩個
> 人各分一本。他的是風景，我的是列車。在列車的扉頁上他還題了一首
> 詩──〈贈禮〉──送給我。[58]

　　可是，並沒有人鼓勵他。而他最要好的朋友歸人，更不鼓勵他寫兒童
詩。他們在書簡中時常爲此而爭論。楊喚死後，歸人曾爲此自責。歸人在
〈楊喚的生活與文學〉一文裡說：

---

[58] 葉泥，〈楊喚的生平〉，《楊喚全集Ⅱ》，頁 523。

〈童話裡的王國〉是他來臺灣後，以「金馬」為筆名的第一篇作品。這是一篇童話詩，一共 62 行。其中有一段這麼寫：

……

此後，他以大部分的精神，從事於童話詩的創作。「小紙艙」、「春天在哪兒呀」、「眼睛」及「毛毛是個好孩子」等詩，陸續出籠。我曾表示，他應該多寫些成人看的東西。他不以為然，40 年 11 月 19 日，寫信給我說：

「你知道，兒童文藝在中國是最弱的一環。雖然目前兒童讀物多如春筍，嚴格說來又有幾種合格的呢！較之英、美、日本，可謂少得可憐又可憐。我不敢說我的兒童詩寫得怎樣好，但是在這裡就沒有人肯花功夫去給孩子們寫東西。你想一般成了名的，或出了名的，或不成名也不出名的，都想用『大塊文章』去換錢，得獎金。有誰肯花大半天的氣力，去換兩包香煙錢呢！我不是在吹牛，說我如何如何。總之我不想，也從來沒有熱衷於什麼成就。你知道，群眾是最好的考驗，孩子們也是有他們的鑑賞能力的。」

多麼無知啊？我不僅未予他任何鼓勵，反而給他在寫作上澆了冷水。從上述一段話中可知楊喚對文學的基本精神：「不熱衷成就」的人，每每有意外的成就。

不僅如此，他那時還雄心勃勃地要辦兒童刊物。40 年 11 月間，並在信中告訴我：「臺北出版界氣勢蓬勃，尤以兒童刊物為多。……我看承後，大為技癢。錢不給你幫忙、做主，不然怕得一顯身手，自己非辦一個不可。」

在此以前，39 年 7 月，他即曾寫信告訴我：

「你說錯了，寫童話，是需要一支美麗纖巧細膩的筆。孩子是株芽，我

願意做一名平凡又平凡的小園丁。」[59]

2. 發表園地少。

在當時楊喚的兒童詩雖然有著絕大的成就，但他依然是默默無名的。因為那時根本就沒有人注意到兒童文學。而可供發表的園地更少。我們從前面發表日期與書簡對照表中，可以知道，〈祝福〉一首未被錄用。而〈童話裡的王國〉，是寫成後半年之久才發表。至於〈春天在哪兒呀？〉、〈夏夜〉，則是寫完後一年才發表的作品。這種錄用的比率，自然容易使創作動機消失。

3. 興趣轉移

楊喚認識李莎後，對他的寫作生涯有極大的影響。他拓展了他的生活領域，更重要的是從李莎身上得到了友誼和動機，於是他開始發表新詩作品。在民國 41 年 2 月 1 日給康稔的信裡說：

> 最近和那個寫詩的李莎常有來往。從而多知道一點當今文壇內幕，在這裡我不打算寫他們怎麼污，怎麼髒。不過，我想告訴你的是，你可以多寫些文章。[60]

而歸人有「附註」云：

> 李莎，當代名詩人之一。先曾以李放筆名寫作。民國 41 年初與楊喚結識。這對楊喚的寫作事業，頗有影響力。因為，他和「詩壇」發生關係了。他以楊喚為筆名，開始在《新詩》週刊等園地發表抒情詩，當由此始，但童話詩則幾乎不大寫了。[61]

---

[59]歸人，〈楊喚的生活與文學〉，《楊喚書簡》，頁 14～16。
[60]見《楊喚全集Ⅱ》，頁 389。
[61]見《楊喚全集Ⅱ》，頁 390。

在民國 40 年 11 月 19 日給康稔的信裡，他仍在暢談「兒童文學」[62]，而在民國 41 年 2 月以後，已然成爲過去。從此在他的書簡裡再也沒有看到有關談到兒童詩或兒童文學的字眼出現。

三、楊喚兒童詩的特色

就當時《中央日報》「兒童周刊」的作品而言，「金馬」的刊登率是最高的，而作品的處理方式也很醒目，可是他依然是默默無名，以後也是如此。因爲那時根本沒有人注意到兒童文學。就是在去世後，也只有那些窮詩人爲他窮忙，而《中央日報》的「兒童周刊」似乎也無任何哀悼之詞。

雖然，兒童文學不受重視，然而，其間仍有人重視與喜愛楊喚的作品。就他的兒童詩而論，直到民國 60 年的以後，始引起普遍的重視與喜愛。以下試列各家的評論以見其兒童詩的風格與特色。

覃子豪於〈論楊喚的詩〉一文裡說：

> 楊喚的童話詩，和他的抒情詩一樣，有新鮮的內容，獨創的格調，不是陳腔濫調的兒歌，是培育兒童心靈的新鮮的讀物。[63]

紀弦於〈楊喚的遺著：風景〉裡說：

> 楊喚除了寫他的抒情詩之外，還常常爲兒童們寫一些兒童詩，並且十分成功。不消說，還是心理上一種「補償」的行為。由於他本人從小得不到母愛的滿足，因之他特別喜愛兒童，喜愛童話。安徒生之所以成為他的良師益友，自然是有道理的了。其實不僅是他的童話詩中，甚至在他的寫給成人看的抒情詩裡，我們也可以隨時發現安徒生的影響。而他的童話詩之美麗和有趣味，又不只是對了兒童的胃口，就連成人看了也很

---

[62]見《楊喚全集Ⅱ》，頁 361～362。
[63]覃子豪，〈論楊喚的詩〉，《楊喚全集Ⅱ》，頁 313～514。

過癮的哩。例如他的〈七彩的虹〉，真是虹一般的美麗，誰看了都會喜歡的。[64]

又於〈楊喚論——當代詩人論之一〉裡說：

關於楊喚的「童話詩」，我以為，這不僅是兒童的恩物，也是可供成人欣賞的一種「純粹的藝術」，如果他們還保有幾分「赤子之心」的話；不！即使是一個完全喪失了「童心」的成人，只要他讀了楊喚的「童話詩」，我相信，他也還是會得有所感動而發出會心的微笑的。因為楊喚的「童話詩」，的的確確，實實在在，是寫得太好了。其「童話詩」之成功，為五四以來所僅見；並且，自楊喚逝世後，迄今十餘年來，我們似乎還沒看見在這方面有繼起的人才。但願我們今天的詩人群，不要被那些所謂的現代詩，所謂的抽象畫，所謂的存在主義之類搞昏了頭腦，麻醉了心靈，而希望能有人認識「童話詩」的重要，從事這「純粹的藝術」之創造，替孩子們多出點力，不要讓那「騎著美麗的小白馬」離開我們而到另一世界去了的我們的好朋友的至極崇高的事業後繼無人，成了絕響才好！[65]

司徒衛於〈楊喚的風景〉一文裡云：

最後，我們應該對楊喚先生的童話詩，木然褒久，由於欽敬與憾恨。一個善良的年輕靈魂，用一顆天真的詩心來為孩子們歌唱，還有誰比楊喚更適合的？樸實的形式，美麗的形象，再加上深刻優美的內容，還有誰的童話詩可以媲美楊喚的？在抒情詩裡，他的作品有憂鬱哀愁的；他在童話詩裡，卻大量地把質樸的、向上的、戰鬥的精神，傾注給無邪的幼

---

[64] 紀弦，〈楊喚的遺著：風景〉，《新詩論集》（高雄：大業書店，1956 年 10 月），頁 122～123。
[65] 紀弦，〈楊喚論——當代詩人論之一〉，《南北笛》第 2 期（1967 年 6 月），頁 4。

小者。〈春天在哪兒呀？〉、〈下雨了〉、〈水果們的晚會〉、〈眼睛〉等篇，顯示出當前童話詩的高水準。

「今天，我要在我詩的小城裡完成一座偉大的建築，那就是立起你這丹麥老人的銅像。」

早夭的中國安徒生——楊喚先生——的銅像，將屹立在詩的領土與孩子們的「童話裡的王國」中。[66]

李元貞於〈楊喚和他的詩〉一文裡說：

最後，談到楊喚的童話詩，他是個開創者，而且成就輝煌。現存的 18首，每首都好。最代表性，也最為人熟知的是那首〈童話裡的王國〉，一首很長的童話性的敘事詩，達到一種說故事兼含抒情的效果。在他的童話詩裡，想像力的表現，尤其超絕，而且童話意像的創造，非常多面，也常常影響他的非童話詩的意像。[67]

趙天儀於〈楊喚的兒童詩〉裡云：

楊喚的兒童詩，是富有童話的情趣與意味的，但是，他的表現非常自然，不是故意借童話的意味來裝飾的。他的兒童詩，有一部分是屬於敘事性的兒童詩，也可以說是童話詩。例如：「童話裡的王國」、「水果們的晚會」、「森林的詩」和「春天在哪兒呀」等等，這些詩較長，也較有童話的故事性的表現。又有一部份是屬於抒情性的兒童詩，有動物、植物、自然界以及日常生活上的感受等等，但是他的主題，多半是以愛為中心，像一個同心圓一樣，從這愛的圓心射出無比的溫暖的光

---

[66]司徒衛，〈楊喚的風景〉，《五十年代文學論評》（臺北：成文出版社，1979 年 7 月），頁 37～38。
[67]李元貞，〈楊喚和他的詩〉，《新潮》第 16 期（1968 年 3 月），頁 56。

芒。[68]

魯蛟於〈楊喚的童話世界——兼談他的四首動物詩〉裡說：

特別值得一提的是，楊喚在處理兒童詩時，常常會把他的一份愛心溶在
詩裡，他不但愛這個世界，更愛這個世界上的所有孩子們，他的每一首
兒童詩幾乎都是如此，上面討論的這四首也不例外。至於難講技巧方
面，除了他那流暢的兒童語言和活潑的文字之外，最為成功的乃是那些
生動的形象和適恰的比喻。這些都是兒童詩的命脈，而楊喚正是擅長這
些，因此，楊喚之所以永遠活在我們的心目中，那是一件極為當然的事
了。[69]

徐守濤在〈欣賞楊喚的〈毛毛是個好孩子〉〉裡說：

每次翻開楊喚詩集，我總是捨不得放下。他的每一首詩，都充滿著
「愛」、洋溢著「美」，提供兒童一個美麗而又感人的童話王國，讓兒
童陶醉在幻想、幸福的樂園中。楊喚擁有一顆熱愛兒童的心，更具有豐
富的想像和真摯的感情，所以寫出來的作品，也是一片詳和溫馨。他的
詩，不但能滿足兒童的心理需求，就連我們這些幾十歲的大人，也會受
他的感動，而重溫兒時的情趣，你能說他不是一個成功的詩人嗎？
在他的詩集中，每一首詩，都是迷人的。每一首詩的設計，也都是獨特
的。然而，它們卻有一個共通的特性，那就是希望兒童快樂，希望兒童
能在閱讀中得到啟示，能有所收穫。因此，可以說，楊喚的每一首詩，
都是在刻意的佈置、安排下完成的，凡是讀過他的作品，都可以體會出

---

[68] 趙天儀，〈楊喚的兒童詩〉，《風簷展書讀》（臺北：純文學出版社，1985 年 1 月），頁 587。
[69] 魯蛟，〈楊喚的童話世界——兼談他的四首動物詩〉，《布穀鳥兒童詩學》第 1 期（1980 年 4 月），
頁 35。

這份用心良苦。假如每一個詩人，每一個從事兒童文學的人，都能拿出這份熱愛兒童的心來寫作，那麼我們的兒童，將是最幸福、最幸福的。[70]

林仙龍在〈愛心、和諧、幸福——談楊喚的〈家〉〉一文裡說：

如果詩也是教育的一種形式，那麼，詩對人類的「美」的薰陶，應重於「善」的誘導、「真」的傳達，也就是說，詩不但是真的教育，善的教育，更是美的教育；它對美的捕捉、表現、追求和創造，不但比「真」、「善」數積極，而且更完整。我喜歡楊喚的童詩，理由也在此，因為楊喚的童詩不但開拓一個純真、善良的世界，更開拓了一個優美的世界：充滿愛心、和諧和幸福的世界。

「愛心」、「和諧」和「幸福」，可說是楊喚童詩的特色，幾乎每首作品都能發現：一顆晶亮的愛心閃爍著，一般和諧的氣氛瀰漫著，一種幸福的自覺充實著；而這三種東西，也正是楊喚優美的童話詩世界中，最珍貴的寶藏。[71]

林加春於〈從楊喚的心態談〈水果們的晚會〉〉一文裡說：

楊喚是個天才詩人，他的新詩寫得好，他的兒童詩寫得更妙更絕。在他的兒童詩中，充滿了神奇的聯想、深刻的感受、清新的句法與無比的愛，也就因而構成了多采多姿的意境。他那無遠弗屆的想像所熔鑄出的美感，令人稱妙；他在長期吶喊、內心孤獨的生活中，卻能以豐富的情感馳騁於無涯涘的聯想領域，用純美語言，釀成當時特有的天真兒語，實在堪稱一把。[72]

---

[70]徐守濤，〈欣賞楊喚的〈毛毛是個好孩子〉〉，《布穀鳥兒童詩學》第 2 期（1980 年 7 月），頁 52。
[71]林仙龍，〈〈愛心、和諧、幸福——談楊喚的〈家〉〉，《布穀鳥兒童詩學》第 4 期（1981 年 1 月），頁 46。
[72]林加春，〈〈從楊喚的心態談〈水果們的晚會〉〉，《布穀鳥兒童詩學》第 6 期（1981 年 7 月），頁

宋熹於〈談楊喚〈森林的詩〉〉一文裡說：

> 楊喚的兒童詩，不僅文字優美，情節也十分吸引人，就像一篇動聽的
> 「童話」一樣，帶領讀者輕輕鬆鬆地走入甜蜜的夢中；而在這個夢的王
> 國裡，楊喚又用他一向充滿愛心的彩筆，為小朋友安排了好多好多可愛
> 的動物和植物做伴，不僅增添生活的情趣，而且還隨時隨地告訴成長中
> 的小朋友，一些有用知識以及做人的道理。[73]

　　除外，吳當又有「閃亮的星」一文，專論楊喚的兒童詩，其間並論及
楊喚兒童詩的特色與技巧，其所論要旨不出前列各家的說法。

　　綜觀以上各家的見解，可以瞭解楊喚兒童詩的風格與特色，也更可以
肯定的說：其風格與特色皆在於童話精神而已。

　　申言之，飽經憂患的楊喚，把他對於童年與故鄉的嚮往，常寄以美麗
的夢想。他永遠有這樣的幻想：

> 月光，銀色的海，藍色的海，美麗的美人魚，美麗的星子，紅紅的燈
> 籠，紅紅的珊瑚。[74]

　　於是，他走進了童話世界，並且致力於兒童詩的創作，在童話的世界
裡，能使他從現實世界裡獲得自由與愛，他更想把他的不幸昇華，化成千
千萬萬的愛，並用愛編織成一個真善美的童話世界，在這個童話世界裡充
滿愛心、和諧和幸福。這種愛心，和諧和幸福便是他的基本精神。

　　童話的世界裡，其秩序是由想像構造而成的。因想像而使現實世界裡

57。
[73]宋熹，〈談楊喚〈森林的詩〉〉，《布穀鳥兒童詩學》第 12 期（1983 年 2 月），頁 53。
[74]《楊喚全集II》，頁 284。

的不可能的事，在童話世界裡卻是一種美麗的存在。這種美麗的童話世界，即是「天地萬物的大社會」。在楊喚的兒童詩裡，便是以轉化手法來描寫這個「天地萬物的大社會」

　　轉化，是修辭表意方法之一。是描寫一件事物時，轉變其原來性質，化成另一種本質截然不同的事物，而加以形容敘述的手法。在早期的修辭學中，轉化或稱爲「比擬」，或稱「假擬」，都容易與「譬喻」混淆。後來於在春改稱「轉化」，轉化有「人性化」、「物性化」、「形象化」。楊喚的兒童詩皆以人性化爲主，也就是所謂的擬人法。這種人性化，就是把人類的心情投射於外物，把外物看成人類一類，而加以描述，於是乎如夢似幻的童話世界因而存在。

　　這種童話世界的想像是由轉化擬人而來。要把萬事萬物寫得有聲有色，寫得具有人性，則必須具備有基本的觀察能力，多觀察，體會自會深。能深入自能掌握萬物之性，這種觀察在修辭上亦有稱之爲摹寫。摹寫是指事物的各種感受，加以形容描寫。摹寫的對象，包括視覺、聽覺、嗅覺、觸覺等等的感受。楊喚的兒童詩裡的想像與轉化，皆自觀察的摹寫而來，所以能構成優美的畫面及多采多姿的意境。除外，他也喜歡用重複、對比等手法，同時他又喜歡用藍、白、綠、金黃等色來寫兒童詩。

　　楊喚雖然構成一個美麗的童話世界給小孩，但他也不忘對孩子的叮嚀與期待。這種強烈的教化似乎有背童話精神，楊喚何以會如此注重教養，向明在〈楊喚與米爾恩〉一文裡有所解釋：

　　　我發覺在楊喚現存的 18 首兒童詩中，幾乎五分之四以上的詩都能找得出報仇的痕跡。爲什麼會這麼強烈呢？就大的推論言，我想這是楊喚守先賢「詩必言志」的結果。而就楊喚的個人背景去追溯，則可歸之於楊喚不幸的童年。由於自小就遭受到與「小白菜」同樣的命運（《楊喚書簡》第 83 頁及 123 頁），所以他對童年常寄以美麗的夢想，他要天下每個孩子都是幸福的寵兒，他關愛天下每一個孩子；當然愛得愈深，叮嚀也就

愈切了。[75]

又楊喚的兒童詩一般說來不太注重韻腳，而著重在全篇的自然節律和一氣呵成的氣勢，在幾首較長的童話詩裡，則慣用「了、啦、哪、呀、吧」等助詞，並且把這些助詞重複使用，且採用動詞暗喻法，如「回家了」、「來了」、「睡」，使節奏緩慢有致，因此楊喚的兒童詩適合朗誦和表演。

總之，楊喚因著重在童話精神，所以作品風格優美。他的兒童詩，並不是模仿兒童的口氣，而是以一種大哥哥、大姐姐的口吻和兒童說話，話中帶著童趣的鼓勵和誘惑，即使成人看了也感到親切和興起振奮感。

四、楊喚兒童詩的分析

前節已透過各家的論述，以見楊喚兒童的詩的風格與特色，而本節擬以他的二十首兒童詩，就「內容、篇幅、觀點、角色、用韻、修辭、特色」等七項進行分析，其間並參考各家的論述。這種列項分析，較能把握住定向、定性的原則，雖有失量化的傾向，但是在詩的「有機體」前提之下，量化自有其存在價值。其間，有關用韻部份，但是在詩的「有機體」前提之下，量化自有其存在價值。其間，有關用韻部份，韻腳的認定，是以段為主；而韻部，則以「中華新韻」為據，並多少考慮到整首各行句末用字的現象。又「中華新韻」未將輕聲字納入韻部，是以詞尾、助詞、助動詞、介詞等輕聲字，亦皆不視為韻腳或韻。至於修辭，童話要皆以擬人轉化為主，因此，在分析中有關擬人轉化部分亦不論。

楊喚的兒童詩，無論在技巧和內容上，都有獨特的地方。然而，它們卻有一個共同的特性，那就是童話精神，也就是希望兒童快樂。希望透過列項分析，能使讀者有所啟示與收穫。試分析如下。

---

[75]向明，〈楊喚與米爾恩──中西兩位童詩能手比較〉，《布穀鳥兒童詩學》第1期，頁38。

（一）童話裡的王國

　　內容：這首詩敘述小弟弟夢見自己參加老鼠公主的婚禮，極盡想像力之表現。這是一顆嚮往童年的心，孩子是天真無邪的，童年的王國在記憶裡永遠是有著絢麗燦爛美麗的顏色的。

　　篇幅：九段六十二行。

　　觀點：第三人稱全知觀點。

　　角色：以小弟為主，並有老鼠、小白馬、太陽、風等。

　　用韻：本詩以輕聲等字、或相同的字，造成詩的節奏感。至於實際上各段的韻腳並不多。可見韻腳有：去、去、他、他、叭、他。馬。是、士、髮、娃。去。婿。以韻部言有：十一魚、一麻、五支。

　　修辭：有明喻、複疊、感嘆、設問。句末用助詞特多。「子」15 次、「啦」六次、「哪」二次、「呀」八次、「吧」二次、「罷」一次。可見小弟弟到童話王國時那種內心激昂之情，以及對景物、人事之好奇。只是他對助詞的應用似乎不合語音學原理。黃慶萱《修辭學》有云：

> 感歎句所用的助詞，根據黎錦熙的研究，基本上仍然是ㄚ和ㄛ。但因緊連上面的詞，往往上面的詞「收」甚麼音，助詞就跟著發什麼音。例如：上詞收ㄧ、ㄩ、ㄞ、ㄟ的，助詞用呀或喲。如：「你呀」、「來喲」、「去呀」、「對呀」。上詞收ㄨ、ㄠ、ㄡ的，助詞用哇、喏。如：「哭喏」、「好哇」、「有哇」。上詞收ㄢ、ㄣ的，助詞用哪、喏。如：「您哪」、「看喏」。上詞收ㄤ、ㄥ的，助詞用哦。如：「聽哦」。上詞收ㄚ、ㄛ、ㄜ、ㄝ、ㄓ、ㄗ的，助詞用啊。如：「他啊」、「我啊」、「是啊」、「兒子啊」。
>
> 這種由語言實例歸納而得的原則，頗符合語音學的原理。[76]

---

[76]黃慶萱，《修辭學》（臺北：三民書局，1985 年），頁 33～34。

　　特色：這是一首很長的童話性的敘事詩，達到一種說故事兼含抒情的效果。全詩以助詞構成自然節律並兼具韻腳的作用，頗適合朗誦，這是他的童話詩所共有的現象。

（二）七彩的虹

　　內容：敘述彩虹形成的原因，寓意勤勉。

　　篇幅：二段十一行。

　　觀點：第三人稱全知觀點。

　　角色：以小雨點們為主，無動物角色。

　　用韻：韻腳有：令、廷。空、虹。韻部以七庚十八東為主。

　　修辭：雖無特殊手法，但節奏明快，頗具動感。

　　特色：唯一以自然界物理現象為題材者。

（三）水果們的晚會

　　內容：藉水果外型，設想午夜水果們熱鬧喜悅的晚會氣氛。寓意樂觀度過黑暗，迎向光明。

　　篇幅：三段二十行。

　　觀點：第三人稱全知觀點。

　　角色：全詩以八種水果為主。無動物角色。

　　用韻：韻腳有：光、場。長、響、簧、掌。唱、陽。韻部以十六唐為表。

　　修辭：有複疊。利用投射、移情與對比的手法、來表明他的意念。

　　特色：末段承前段，並用擬物為人的動詞法，寫出題旨，可請神來之筆。

（四）美麗島

　　內容：歌誦寶島臺灣。

　　篇幅：六段十八行。

　　觀點：第一人稱旁知觀點。

　　角色：我、你、她。有動物、植物、小弟弟。

用韻：韻腳有：海、來。天、開。整首韻部首,有九開、十四寒。

修辭：全詩用語明朗,句子平實,節奏和諧自然。其形式的設計以類疊、對比、排比爲主。

特色：這是一首寫實的兒童詩,且是唯一不以轉化擬人爲主要修辭手法者,但全詩仍富有色彩與童趣。

(五)夏夜

內容：透過童心與想像,描繪出夢幻般的童話世界的夏夜。

篇幅：二段二十八行。

觀點：第三人稱全知觀點。

角色：動物、植物、昆蟲、小弟弟、小妹妹。

用韻：本詩以輕聲「了」、「呀」、「著」等字造成輕快的節奏感。韻腳有：家、來。夜、飛、水、睡、醒、行。韻部有：九開、一麻、四皆、八微、十七庚。

修辭：以排比、重複、摹寫、借喻爲主。

特色：句末助詞多。並且單純地重複著「回家了」、「來了」、「睡了」、「爬下來了」、「睡了」、「醒著」。這些擬人的動詞,與一般明比不同,它是完全採取用動詞暗喻法,就擬人效果而言,可達物人一體。又其單純重複,使節奏單純,自然而輕快,也是本詩成功的原因。總之,這首詩在意象和意境上的創造,及渲染的成功,給人留下不可抹滅的夢幻般的美感。

(六)春天在那兒呀?

內容：描寫春天到來那種濃郁感人的情趣,全首充滿著一片純美真摯的詩情,洋溢著一片可愛活潑的童趣。

篇幅：四段二十七行。

觀點：第三人稱全知觀點。

角色：以小弟弟爲主。並有海鷗、燕子、麻雀、太陽等。

用韻：韻腳有：清、聽。行、聲。燒、笑、課、歌、巷、牆。床、

鄉。韻部有：十七庚、十三豪、三歌、十六唐。

　　修辭：以摹寫、類句、排比、層遞、引用為主。尤以透過摹寫，把春天這個摸不著、看不見的東西，予以形象化的表現後變成了可感、可觸、可見、可聞的實體。

　　特色：首段的形式似風箏的圖象。在摹寫、排比、類句之中，寓層遞逼進論式。就心理學的立場而言，層遞由於其上下各句意義的規律化，易於瞭解與記憶，因而滿足了人類邏輯思維而使人快樂。本詩通過詩人之筆的魔杖，把春天點化得活形活現，春天被描寫得活潑靈巧，多彩多姿而場面更是熱鬧。至於結尾沾添現實，可說是當時共有的心聲。

（七）森林的詩

　　內容：藉植物、動物出場，而描繪出一幅令人著迷的森林樂園，其寓意在於友愛。

　　篇幅：七段四十九行。

　　觀點：第三人稱全知觀點。

　　角色：喜鵲、小菌子、啄木鳥、白兔、畫眉、狐狸、狼、貓頭鷹。

　　用韻：韻腳有：好、好、窗、陽。珠、伍。敬、生、晚、飯、計、器、查、巴。朵、作、瓜、芽。情、生、字、室。覺、笑。韻部有：十三豪、十六唐、十模、十四寒、七齊、一麻、二波、十七庚、五支、十三豪。

　　修辭：有倒裝。以趣味的筆調、比喻或擬人的手法，用簡單的幾句話把描寫對象的特徵交代得一清二楚。

　　特色：予以簡易素描的修辭手法，使人容易產生心靈的共鳴，同時亦能發生會心的微笑。又本詩雖然主題完整，頗富啟示，但實際上卻可以把它當做是七首短詩的組合。

（八）花

　　內容：描繪各種花的形象，並賦予愛與美化的意義。

　　篇幅：二段十五行。

觀點：第三人稱全知觀點。

角色：以花爲主，並有細雨、微風、夜鶯、蜜蜂等。

用韻：韻律有：呤、鈴、啦、叭、髮、話、大。家、牙。韻部有：十七庚、一麻。

修辭：以「有」、「花」爲類字，並輔以排比手法。

特色：首段用排比以類舉各種花，並肯定其美與大。後段藉人、學校、醫院等外物以烘托本詩之意旨，本詩較具理趣。

（九）下雨了

內容：描繪下雨時所見之情景與物，寓意勇敢。

篇幅：一段十三行。

觀點：第三人稱全知觀點。

角色：太陽、火車、汽車、腳踏車、郵筒、小鴨、小鵝、麻雀、小妹妹、海燕等。

用韻：韻腳有：假、家、筒、動、興、聲、行。韻部有：一麻、十八東、十七庚。

修辭：有夸飾、倒裝。以轉化擬人手法爲主，但卻能夠化平常習見的形象爲優美動人的意象。

特色：寓意在最後兩行詩句中呈現。

（十）小紙船

內容：透過想像，描述小紙船載小蟋蟀過河去參加音樂會；還有載小螞蟻過河回家去，寓意助人。

篇幅：六段三十一行。

觀點：第兩稱旁知觀點。

角色：以小紙船、你爲主。並有小蟋蟀、小螞蟻、太陽、雲彩等。

用韻：韻腳有：媽、家。臉、帆。划、花、叭。頭、候、手、口。韻部有：一麻、十四寒、十二候。

修辭：以類疊、歸納爲主。句末語氣助詞多。

　　特色：探第一人稱旁知觀點，用我對第二人稱的你訴說，（「你」用了七次）頗具親切之感，又本詩意象原屬平常所見，今經楊喚重新組合，就有新鮮之感，且挑起人們豐富的想像與感受。

（十一）快樂的歌

　　小蝸牛、小螞蟻、小小蟋蟀、小蜘蛛四首短詩，「中央日報，兒童周刊」發表時，合題爲「快樂的歌」，視其爲一個系列，一個組曲。而今各種詩集皆以單首視之。爲解說方便，亦採單首處理。

　　內容：藉小蝸牛自述生態情況，並以發抒不滿情緒。

　　篇幅：一段十行。

　　觀點：第一人稱。

　　角色：小蝸牛。

　　用韻：韻腳有：路、樹、慌、訪、陽、方。韻部有：十模、十六唐。

　　修辭：有設問、雙關。用動詞擬物爲人手法，更具生動。並且疊句與排比的技巧，造成蝸牛沉重的無力感。

　　特色：這首詩結尾帶有牢騷與不滿之情緒，這是他其他兒童詩所未見的獨有現象。魯蛟在〈楊喚的童話世界──兼談他的四首動物詩〉曾說：

> 「問問他：為什麼他不來照一照，我住的那樣又濕又髒的鬼地方？」表
> 面看來，這是幾句牢騷話，是小蝸牛的牢騷，也是楊喚的牢騷，然而，
> 可能兩者都不是，而是楊喚替整個的人類在說話，尤其是那些痛苦的和
> 不幸的。這一點才是楊喚所要表達的，也是這首短詩裡的精華。[77]

（十二）小螞蟻

　　內容：藉小螞蟻們的自述，寓意合群，團結與善良之觀念。

　　篇幅：一段八行。

---

[77] 見六十九年四月四日《布穀鳥》第一期，頁33

觀點：第一人稱。

角色：小螞蟻們、小菌子、小妹妹等。

用韻：韻腳有：線、傘、船。韻部以十四寒爲主。

修辭：以比喻爲主。後面四句是對偶，藉平衡或勻稱之美感，用以表現知足與常樂的心態。

特色：就「快樂的歌」系列組曲而言，此詩抒情意味與童話意味最濃。

（十三）小蟋蟀

內容：藉小蟋蟀扮演多變化的角色，帶給人一個優美的夜晚，充滿了百聽不厭的「克利利！克利利！」的鳴叫聲，使初夏的夜晚熱鬧了起來，尤其有母親床前的故事，把孩子們的睡覺帶入更甜蜜的夢中，使人回味無窮。這首詩並有告誡與關注的意味。

篇幅：一段九行。

觀點：混合式觀點。

角色：小蟋蟀角色變換不定。

用韻：韻腳有：利、髒、亮，韻部以七齊、十六唐爲主。

修辭：有設問、摹聲。楊喚在這首詩裡安排了一些蟋蟀的鳴叫，反覆的「克利利！克利利！」這是一種技巧，一種奇妙的技巧，一首九行的詩有四行「克利利！克利利！」不但不覺得累贅，反而增加了詩的氣氛，鮮活了詩的內容。

特色：這首詩可說是用聲音寫的詩。全詩計九行，卻表現了一個深遠而完美的情境，藉小蟋蟀的鳴叫聲，表現了夜的美；表現了慈母的關懷，並且注入了教育性的勸導。本詩是唯一充滿了歌謠意味著，是一首可以朗朗上口，且流暢輕快的童謠。

（十四）小蜘蛛

內容：藉小蜘蛛的自述，以表達一些正義感和是非感，並且小蜘蛛的愛心。

篇幅：一段八行。

觀點：第一人稱。

角色：小蜘蛛、小蚊子、小蒼蠅、蜜蜂。

用韻：韻腳有：膀、糖、網、家。韻部以十六唐爲主。

修辭：這首詩以「家」爲線眼，前面以「黏住」，「網」爲伏筆，最後以「是我家」作結，頗有畫龍點睛之趣味。

特色：這首詩，楊喚喚起小朋友對小蜘蛛的好奇，讓他們神遊於蜘蛛網的神祕，而在不知不覺之中，與小蜘蛛彼此認同。準確的掌握了小朋友清純的情感世界，並流露出一派天眞無邪的童心。

（十五）肥皂之歌

內容：藉肥皂自述，旨在勉勵孩子養成良好衛生習慣，快快樂樂去上學。

篇幅：一段十四行。

觀點：第一人稱。

角色：肥皂、小朋友們，無動物。

用韻：韻腳有：皂、傲、泡、友、手、校。韻部以十三豪、十三候爲主。

修辭：有呼告。詩句樸實，僅用類疊，以及一個感嘆，以表露祈求之情。

特色：這首詩以第一人稱的肥皂自述，是楊喚兒童詩中，唯一以「歌」爲詩題者，在詩中重複用十次的「我」（有一次是用「我們」）向你們（用五次）訴說，更見誠懇眞摯之情。但一般說來，這首詩未能充分利用讀者的想像、推理能力，不易引起讀者好奇心。

（十六）眼睛

內容：由對四種不同眼睛的描述，而引出了孩子的眼睛，且充滿了激勵之情。

篇幅：五段十八行。

觀點：第一人稱旁知觀點。

角色：小黑貓、小麻雀、小老鼠、媽媽、你。

用韻：韻腳有：睛、燈。聽。韻部有：十七庚。

修辭：形成與段落設計，由遠而近，而及本身，亦即是以襯托爲主要手法。前三段皆屬起興的「襯」，第四段已進入「托」，至末段烘托而出，呈現正題。

特色：前三段敘述小黑貓、小麻雀、小老鼠三種動物的眼睛。而四、五段一反客觀敘述，擬以旁知的我，對你（用五次）訴說。可見懇切之情。又末段連續用三次（要向著……打開來呀！」類疊、排比。感嘆兼之；更見單一、真摯之希冀。

（十七）家

內容：這首詩把動物們有家的幸福，和風、雲無家可歸的可憐相對比，使人深切體認到有家的好。而後引出弟弟、妹妹都有個幸福溫暖的家，詩由正面而反面，又由反面而正面，家的溫馨就在這對比之間顯現無遺。

篇幅：二段十三行。

觀點：第三人稱全知觀點。

角色：小毛蟲、蝴蝶、鳥兒、螞蟻、蜜蜂、螃蟹、小魚、風、雲、小弟弟、小妹妹、媽媽、爸爸。

用韻：韻腳有：藍、窠。家、大。韻部有：三歌、一麻。

修辭：形式設計以正反對比爲主要手法。又用類字手法形成重複句型。全詩十三句中，第一句和第二句，第三句和第四句，第七句、第八句和第九句、第十句，其語法和句型都一樣。重複句型的使用，更見其音樂性。

特色：這首詩的布局，以正面積極的歌詠和反面消極的憐憫之對比爲主，而家的溫馨就在這對比之間顯現無遺。我們可以說，這首詩不止是表達自然間的「原始愛」，或人對自然界的「關照之愛」，更重要的是表達

人和人之間的愛，父母和子女的親情，這種親情，作者藉「家」將它由疏遠而親近，層層逼近，將人間的親情寫得十分親切而又細膩。

（十八）快上學去吧！

內容：透過小書包、老鬧鐘的催促，以及眼睛、耳朵、鼻子、手、腳、開會同意罷工的激將法，勉勵小弟弟上學去讀書。

篇幅：一段十九行。

觀點：第三人稱全知觀點。

角色：小弟弟、小書包、老鬧鐘、眼睛、耳朵、鼻子、手、腳，無動物。

用韻：韻腳有：陽、嚷、床、睡、會、睡、作、好、吵。韻腳有：十六唐、八微、二波、十三豪。

修辭：其形式設計以映襯為主。由前面小書包、老鬧鐘和眼睛、鼻子、耳朵、手、腳兩組不同事實，相互比較起，首先給人相當強烈之衝擊，而後眼睛、耳朵、鼻子、手、腳，用類疊、感嘆、重複、映襯，造成激將效果，而後歸納出「我要做一個好孩子，再也不懶惰！」。

特色：詩題簡潔有力，並見祈求之情。又其教育性採擬人直接表達方式。

（十九）給你寫一封信

內容：楊喚利用文具、教科書等寫出對那個不愛唸書的小主人的希望。在晴朗的星期天，小主人一大早就跑出去玩，而它們在家裡想念著他。透過詩句，我們可以看到一群可愛的教科書、筆記簿、刀子、筆，緊緊的拉著小主人，苦苦的哀求，希望被愛的畫面。這種情感的真摯，被愛需要的迫切，還有那份為小主人赴湯蹈火的精神，是多麼令人感動。這首詩旨在勉勵小朋友要努力讀書。

篇幅：七段四十一行。

觀點：第一人稱。

角色：以筆為敘述主角。並有小朋友、教科書、刀片等，無動物。

　　用韻：韻腳有：氣、西、管、臉。人、近。裡、你。病、生。題、筆、皮、記。你。韻部計有：七齊、十四寒、十五痕、十七庚。

　　修辭：以映襯、呼告為主，以呼告代替「快上學去吧！」的感嘆手法。這種呼告，是在情緒激勵時才使用；在被呼告者來說，會有被當頭一棒，突然警覺的感受。

　　特色：詩題用委婉、哀求之語調，似乎是直接溝通失效後的無奈方式，這種委婉、哀求的呼告，頗具情緒效果。又全詩擬以第一人稱（鉛筆）的我與我們（包括教科書），對你（用三次）重複以呼告方式的訴求，更見情感的真摯與被愛的需求。並在情感的真摯與被愛的需求中，直接表露出其教育性。

（二十）毛毛是個好孩子

　　內容：描繪夏天的來臨與特色。作者用智慧的眼光指引兒童去認識身邊的環境，用純美的心，去引導兒童欣賞身邊的環境，並以最真摯的感受，去教導兒童心存感激。詩中沒有嚴肅的說教，有的都是美、都是愛、都是情趣。

　　篇幅：五段四十二行。

　　觀點：第三人稱全知觀點。

　　角色：毛毛、夏天、傘、蟬、南風、蜜蜂、喇叭等。

　　用韻：韻腳有：息、西、被、睡。怕。熱、歌。韻部有：七齊、八微、三歌。

　　修辭：前面兩段連續使用「來了」，使人感覺到夏天真的就來到。同時，又用喜歡夏天與不喜歡夏天映襯比較，而後引出來第四段「夏天先生是毛毛的好朋友」，主客易位，毛毛成為主角，終於第五段「毛毛是個好孩子」以呼應詩題。

　　特色：詩題有趣，容易吸引人。而其結構是主角人物，在映襯烘托中到四、五段才出現。這是一首趣味性非常濃的詩，題目雖然是毛毛，實際上卻是把夏天的來臨，夏天的特色，在輕鬆而又活潑的氣氛中托出，這種

表現方式，使兒童在不知不覺中，將新舊經驗融會在一起，這樣不但知道的領域加寬了，感情的成分也加濃了，這是一種優美的情操，也是一種高明的教育方式。

五、楊喚在兒童詩發展史上的地位

在我國的兒童文學史上，無疑的，楊喚是一個極為重要的人物，在民國 40 年前後的那段時期裡，當我們在接受著貧困與戰爭的震撼時，飽經憂患的楊喚便已經開始用他的兒童詩來給孩子們提供精神營養了。我們可以說在臺灣兒童文學的開路工作中，他是重要的工程師之一。許義宗先生在《兒童詩的理論與發展》一書裡說：

> 政府播遷來臺以後，「中央日報・兒童周刊」於民國 38 年初創刊。有一位年輕的詩人——楊喚，對兒童有一份深厚的愛心；他以「金馬」為筆名，經常將其創作的「兒童詩」發表在這個周刊上，而且頗有成就。他的詩作計有〈童話裡的王國〉、〈夏夜〉、〈水果們的晚會〉等 18 篇，都清新可愛，洋溢著迷人的美。很可惜這位充滿才華的詩人，在 25 歲時就離開了人間。他的出現，有如寒夜中的流星，雖然短暫，但是在童話詩的王國裡，卻已經放出無比的光芒，奠定了不朽的地位！[78]

又魯蛟於〈楊喚的童詩中——兼談他的四首動物詩〉一文裡說：

> 楊喚的兒童詩，幾乎成為我國這三十年來兒童詩的創作模本，甚多的詩作者，都在以楊喚的創作形式來創作兒童詩，因此，楊氏的作品便廣泛的流傳了起來，也有更多的作品被人們品評和討論；民國 43 年 9 月由現代詩社出版的《風景》一書中的 18 首兒童詩，常久以來都是兒童文學愛

---

[78]許義宗，《兒童詩的理論與發展》（自印）頁 67。

好者們的討論對象。[79]

而歸人在《楊喚全集》的〈前記〉裡更肯定的說：

殘稿之外，更發現幾張稿紙上僅寫了題目和筆名，或單有題目，連筆名
也付闕如的，且沒寫一個字。這大概都是 41 年以前的事。雖然如此，自
由中國兒童文學的開路工作中，他是最重要的工程師，大概是人人同意
的。[80]

正因如此，他去世不久，生前發表的有限作品——抒情詩共約四十首，
兒童詩不滿二十篇，立即引起普遍的重視與喜愛。三十年來，公、私出
版機構或印行為單行本或輯入為選本的，數見不鮮；悼念及評論文字，
尤不知凡幾。由小學課本、中學教科書、乃至研究生的論文、選入或作
為主題的，早已司空見慣。他的詩文被學者、作家、博士、教授引用、
或摹倣的，則有目共睹，群以為榮。又有楊喚紀念獎之設立。至於集會
朗誦其作品者，就更時有所聞了。古人謂「千秋萬歲名，寂寞身後
事」，僅有不滿二十五年生命旅程的楊喚，世人給予他的殊榮，他應該
引以為慰吧？無論中外、無論古今，像他的孤苦身世，坎坷際遇，其作
品竟獲得如許的廣大共鳴者，實鮮有其匹。這是他生前從未想到，也不
願想到的事呢！
而今，30 年一晃已過。蓋棺論定，生前一無所有的楊喚，他的「美好的
完成」，業已完全被人肯定的走進文史的殿堂騰。身後的他，絕不寂
寞！[81]
我肯定楊喚的成就與地位。我們也要知道，楊喚是楊喚，楊喚並不代

---

[79]魯蛟，〈楊喚的童話世界——兼談他的四首動物詩〉，《布穀鳥兒童詩學》第 1 期，頁 32。
[80]歸人，〈前記〉，《楊喚全集》，頁 4～5。
[81]歸人，〈前記〉，《楊喚全集》，頁 10～11。

表著兒童詩。楊喚的兒童詩以童話世界取勝，因此頗重視想像，這種想像
必根植生活，始能有真摯的感情，而後方能提供一個美麗而又感人的童話
王國，讓兒童陶醉在幻想、幸福的樂園中。反之，缺乏真實的生活與感
情，只能用比喻的想像，其表現多半流於「觀念化」。用比喻、想像、憑
物像作詩的方法，雖有其方便處，但卻容易流於形式與僵化，此即無實際
生活所致，因此所謂的比喻、想像，皆成固定的遊戲模式而已。這種固定
的遊戲模式，雖能繪出一種想像美景，卻顯明的有「象」而無「境」，這
是寫童話詩者該引為戒惕之處。林鍾隆先生曾因兒童詩的僵化，而歸罪於
楊喚。他在〈臺灣兒童詩的形成與現況〉裡說：

> 本文所討論的兒童詩，包含兒童作品和成人作品，因為臺灣的兒童詩，
> 是由成人作品帶頭的。
> 臺灣的兒童詩，發展到現在，已形成了一種模式，而這種模式，已逐漸
> 引起讀者，特別是識者的厭惡，非改弦易轍不可。要突破現狀，如何突
> 破現狀，史的瞭解是很必要的基礎，因此，回顧臺灣兒童詩的發展軌
> 跡，是一種必要的工作。
> 臺灣早期的兒童詩，可以說是由「模倣」而來的。我所謂的模倣，有兩
> 種含義：
> 1.在臺灣，首先發表兒童詩的，現在，大家所知道的，只有楊喚。而楊喚
> 的兒童詩，靈感多來自「綠原」的詩，甚至詩中語句也有很多從綠原的
> 詩中抄襲，變造而來的。如大家很欣賞的描寫，太陽滾著火輪子的說
> 法，就是綠原先創造的。
> 2.在臺灣，首先指導兒童作詩的是黃基博老師。時間大概在民國 55 年前
> 後。那時候，由於臺灣沒有兒童詩，指導兒童作詩最大的困難是，學生
> 對兒童詩，完全是白紙，沒有兒童詩可供兒童欣賞參考，黃基博老師只
> 好自己作兒童詩，做為指導兒童詩的教材。所以，我們的兒童詩，是兒
> 童模倣大人的詩起步的。

目前，談兒童詩的人，對楊喚的評價很高，但是，他的地位，在我心目中，要比一般人的推崇低很多。因為我在很多年前，在《幼獅文藝》上面，看過一篇比較楊喚和綠原的詩的文章，知道楊喚抄襲的成分很濃。天下文章一大抄，很多缺乏天才的人，對這一點不敢計較，因為他們自己也是如此。可是，立志要成為傳世的作家的人，絕不應該有抄襲人家，模倣人家的「習作」當作「創作」發表的輕率。

楊喚是不是沒有天才？也不是。楊喚，可以說，死得太早，他的兒童詩，還在「習作」階段，他還要靠綠原的詩給他靈感，要借綠原的句子來變造去描述，才有辦法創作他的詩；他還沒有發達到，靈感不必來自別人的詩或文章，面貌從自我的生活感受或幻想的心靈中吸取，他的詞句，還不能做到，不必參考人家的語言，能凝視自我心的意象，用自己的語言，把那意象「讀」出來。由於楊喚是個未成熟的天才，所以，他的兒童詩，在「純創作」上，只留下來十分，不完全「成熟」的作品。

楊喚能夠從事兒童詩的創作，而和他同時代的人卻不能注意到這一點，這是楊喚的聰明，照理說，人都是愛小孩的，多多少少會為小孩做些事。但是，由於楊喚的生命太短，寫兒童詩的時間更短，以至產生了一種極不可原諒的，很不好的影響，使我們的兒童詩，停滯了二十多年。

這話作怎麼說呢？因為在楊喚發表兒童詩的時候，沒有第二個創作兒童詩的人。因此，他的兒童詩的形式，就被認定兒童詩的正常形態。

如果楊喚的兒童詩是多種形態的，被認定為兒童詩的正確模式，並無不可，問題出在，他只有一模式，雖有其他形式發展出來的可能性，但未成氣候，這是很不幸的。

由於他的兒童詩，取悅兒童的成分很多，披著兒童的外衣，多半有一點點故事味兒。因此，在「楊喚的兒童詩就是兒童詩」的認定下，兒童刊物編輯，都認為兒童詩，是要和童話一樣，為取悅兒童而寫的，要有童話或故事味兒的玩藝兒。使得後來想寫正統詩的人，如黃基博，如筆者，很難叫編輯接受沒有童話味，沒有取悅兒童傾向的詩，因此，詩，

在兒童刊物上，二十年，無法出現，這是楊喚的罪過。

不過，細想起來，實在是早死之過，不是楊喚之過。相信楊喚能再活十年、二十年，他的兒童詩，也有可能出現正統的兒童詩。早死，是楊喚的不幸，也是臺灣兒童詩的不幸。[82]

　　林鍾隆先生並就當時各大報兒童副刊所刊的詩加以評論。此文一出，頗引爭端。沙白曾有〈臺灣兒童詩批評〉一文評林鍾隆先生的〈臺灣兒童詩的形成與現況〉。在文中針對林鍾隆先生所評兒童詩提出相反的看法。[83]

　　姑不論林鍾隆先生對臺灣兒童詩的看法是否正確，僅就其論楊喚的功過而言，似乎是欲加之罪，何患無辭。申言之，兒童詩並非橫空而來，兒童詩近承新詩，遠承自傳統詩歌，尤其是兒童歌謠，更是兒童詩的血緣兄弟。一味強調「模倣」而來是有意抹殺歷史的事實。又認為在臺灣，首先發表兒童詩的是楊喚，亦非事實。楊喚只是當時在「中央日報・兒童周刊」發表兒童詩較多的人而已。考「中央日報」民國三十八年三月十二日在臺發行。同月十九日「兒童周刊」誕生，由孔珞主編，至民國三十八年五月七日第八期起，始由陳約文主編。在楊喚發表〈童話裡的王國〉之前（三十八年九月五日），「兒童周刊」已刊行二十四期。在二十四期裡，幾乎每期都有兒童詩，作者有大人，有兒童，且內容與形式亦皆形形色色，試將《中央日報・兒童周刊》前 63 期所刊兒童詩列表如下：

篇名	日期	期數	作者	說明
蕩鞦韆	民國 38 年 3 月 19 日	第 1 期	樂水	有歌譜
去吧！往那裡去——春天的歌唱	民國 38 年 3 月 26 日	第 2 期	丁真	
米老鼠	民國 38 年 3 月 26 日	第 2 期	琳	兒歌

[82] 林鍾隆，〈臺灣兒童詩的形成與現況〉，《笠》第 132 期（1986 年 4 月），頁 93～95。
[83] 沙白，〈臺灣兒童詩批評〉，《笠》第 134 期（1986 年 8 月），頁 99～107。

佳節念難胞	民國 38 年 4 月 4 日	第 3 期	單忠	江蘇東臺小朋友
朱老五磨豆腐	民國 38 年 4 月 9 日	第 4 期	成	
羅駝和郭婆	民國 38 年 4 月 16 日	第 5 期	單福官	故事詩
花狗和花貓	民國 38 年 4 月 23 日	第 6 期	林志	故事詩
救救小難民	民國 38 年 4 月 30 日	第 7 期	黃勤	
臺灣小朋友真真好	民國 38 年 5 月 7 日	第 8 期	吳善爲	板橋小學五年級。「兒童周刊」自本期起愛由陳約文主編。
親愛合作	民國 38 年 5 月 7 日	第 8 期	李良璋	中正國校六乙
小蜻蜓、摘西瓜	民國 38 年 5 月 7 日	第 8 期	小兵	兒歌
夏天的歌唱	民國 38 年 5 月 14 日	第 9 期	新土	全用比喻
我的同學	民國 38 年 5 月 21 日	第 10 期	王鳳銘	制空國校五丁
吃瓜人兒笑盈盈	民國 38 年 5 月 28 日	第 11 期	葉溫	
螢火蟲	民國 38 年 5 月 28 日	第 11 期	王斌	高職初一
睡吧！小寶貝	民國 38 年 6 月 12 日	第 12 期	勻絲	有歌譜
反詩	民國 38 年 6 月 4 日	第 12 期	劉靜	
樂樂樂	民國 38 年 6 月 11 日	第 13 期	（不可辨識）	有歌譜
那怕當頭大太陽	民國 38 年 6 月 11 日	第 13 期	未署作者	
我的馬兒真真好	民國 38 年 6 月 18 日	第 14 期	王斌	兒歌
謎兩則	民國 38 年 6 月 25 日	第 15 期	褚家益	小兒謎
老牛	民國 38 年 7 月 2 日	第 16 期	周廣冰	北師附小五甲
再會吧！兄姊們	民國 38 年 7 月 2 日	第 16 期	吳智香	龍潭國校四年四組形式是四句，每句四字。
猜吧！（六	民國 38 年 7 月 25 日	第 19 期	林玲	

則）				
尋找	民國 38 年 8 月 1 日	第 20 期	何依	
奇異舞會	民國 38 年 8 月 1 日	第 20 期	葉花	
八八節八祝	民國 38 年 8 月 8 日	第 21 期	少野	
爸爸！我不喜歡你這樣	民國 38 年 8 月 8 日	第 21 期	緋緋	
給父親誠摯的祝福	民國 38 年 8 月 8 日	第 21 期	王斌	省立北商初一級
滑稽博士	民國 38 年 8 月 15 日	第 22 期	草田	
猜猜看（二則）	民國 38 年 8 月 15 日	第 22 期	王力民	
字謎（二則）	民國 38 年 8 月 15 日	第 22 期	文心	
打一字	民國 38 年 8 月 15 日	第 22 期	無名氏	
謎語（二則）	民國 38 年 8 月 29 日	第 24 期	呂美濂	
字謎	民國 38 年 8 月 29 日	第 24 期	差不多	
童話裡的王國	民國 38 年 9 月 5 日	第 25 期	金馬	
湖北民歌、南京民歌	民國 38 年 9 月 12 日	第 26 期	劉德琍	
雨的頌詞	民國 38 年 9 月 12 日	第 26 期	黃用	廈門僑師附小
風	民國 38 年 9 月 19 日	第 27 期	不子譯	史蒂芬生詩
你是誰呀	民國 38 年 9 月 19 日	第 27 期	黃景安	問答式
字謎「二則」	民國 38 年 9 月 19 日	第 27 期	尹雪美	
雙十佳節勉小友	民國 38 年 10 月 10 日	第 30 期	王覺民	
詩兩首	民國 38 年 10 月 17 日	第 31 期	本子譯	原作者一爲赫爾（瑪麗有一隻羊）；一爲佚名（我愛）
謎語	民國 38 年 10 月 24	第 32 期	張建昌	

	日			
小牧童	民國 38 年 10 月 31 日	第 33 期	蕃茄	有葉魯曲
必須運動	民國 38 年 10 月 31 日	第 33 期	蔣萼輝	國語實小
向戡亂將士們致敬	民國 38 年 11 月 17 日	第 33 期	吳祖德	建國中學（本期當為 34 期，誤為 33 期，以下亦皆按此順誤）
我愛我所愛的祖國	民國 38 年 11 月 17 日	第 33 期	吳儀其	學生作品
民謠三首	民國 38 年 11 月 17 日	第 33 期	朱微宇	
我總得把鞋子穿上！	民國 38 年 11 月 14 日	第 34 期	景	
源頭水	民國 38 年 11 月 21 日	第 35 期	西嵐	童謠
陝西民謠	民國 38 年 11 月 28 日	第 36 期	作者不可辨識	
竹做萬鳥聲	民國 38 年 12 月 5 日	第 37 期	亞火	
謎二則	民國 38 年 12 月 12 日	第 38 期	陶勁、琚 B、朱佩雪	
北平民謠二首	民國 38 年 12 月 12 日	第 38 期	真	
小花貓	民國 38 年 12 月 12 日	第 38 期	胡迷	
秋天到	民國 38 年 12 月 19 日	第 39 期	姚茱曲	
走吧！該走的時候到啦！	民國 38 年 12 月 19 日	第 39 期	丁滇	
北平民謠、	民國 38 年 12 月 19	第 39 期	真	

迷語	日			
好兒童	民國 39 年 1 月 9 日	第 42 期	姚茱曲	
惜別	民國 39 年 1 月 23 日	第 44 期	羅鍾琳	
歌唱	民國 39 年 1 月 23 日	第 44 期	海如	
捉迷歌	民國 39 年 1 月 23 日	第 44 期	敬之	
哥哥去當兵	民國 39 年 1 月 23 日	第 44 期	姚茱曲	
謎語二則	民國 39 年 1 月 23 日	第 44 期	李佩宏	
不高興	民國 39 年 1 月 30 日	第 45 期	蔡冠群	
開汽車到修車廠	民國 39 年 1 月 30 日	第 45 期	雲夢	
風	民國 39 年 2 月 6 日	第 46 期	李佩喻	
獻給鳳山新軍	民國 39 年 2 月 27 日	第 48 期	林江河	蘇澳士敏國校
姑娘！你幹什麼啊！	民國 39 年 2 月 27 日	第 48 期	雲菁	
在風雨中前進	民國 39 年 3 月 6 日	第 49 期	徐朝聰	北商初二
花雞娘子	民國 39 年 3 月 13 日	第 49 期	蔡冠群	本期期數又誤
謎兩則	民國 39 年 3 月 20 日	第 51 期	王甯僑	本期更正為五十一期
鄉村	民國 39 年 3 月 27 日	第 52 期	雪榴	北師附小六甲
滑翔機	民國 39 年 4 月 3 日	第 53 期	張羅	
兒童節	民國 39 年 4 月 3 日	第 53 期	阿藍詞曲	
北方民謠	民國 39 年 4 月 3 日	第 53 期	黃仲蓉	
好兒童	民國 39 年 4 月 3 日	第 53 期	裴源	北師附小
小魚兒	民國 39 年 4 月 17 日	第 55 期	阿藍詞曲	
我愛太陽	民國 39 年 4 月 22 日	第 56 期	王銳	臺中市中
山歌	民國 39 年 6 月 10 日	第 63 期	書軒	柳絮曲
眼睛	民國 39 年 6 月 10 日	第 63 期	金馬	

　　套句林鍾隆先生的話「要突破現狀，如何突破現狀，史的瞭解是很必要的基礎」，而所謂臺灣兒童詩的史，並不是僅指 40 年而已。

　　屬於楊喚的就歸楊喚，不是楊喚的我們就不必疊床架屋。楊喚早死，

或許是臺灣兒童詩的不幸，（別忘了，他也早已不寫兒童詩了。）但臺灣兒童詩未能有正常的發達，可說是不學無術所致，不能算是楊喚的罪過。

——選自林文寶《楊喚與兒童文學》

臺北：萬卷樓圖書公司，1996 年 7 月

楊喚與米爾恩
中西兩位童詩能手比較

◎向明[*]

　　楊喚與米爾恩（Alan Alexander Milne, 1882～1956），是中西兩位寫兒童詩很有成就的詩人。楊喚的童詩早已上了小學課本，我們對他知之甚詳，毋庸再作介紹。米爾恩是英國人，是一位劇作家、小說家和詩人。他的第一本兒童詩集《當我們非常年幼時》係於 1924 年出版，寫的是他那三歲幼兒克里斯多夫·羅賓和一些小動物的故事，1927 年米爾恩又出版另一本兒童詩集《我們六個》。米爾恩的兒童詩極受英國的兒童和成人喜愛，詩中的幾個主角像克里斯多夫·羅賓，小胖豬、詹姆士、摩利森都是英人所熟悉的人物，很多詩都曾配上音樂當兒歌唱。

　　楊喚和米爾恩同是以成人的筆觸揣度赤子的天真，利用經驗和想像來從事兒童文學的創作。將他們兩人的作品作一番分析，並找出一些異同的特質，未始不也是一件有益也有趣的嘗試，現在我大膽的發展下去：

　　由古至今的批評家多以為詩歌具有一種雙重的特性，那就是必須兼顧娛樂和啟發兩種作用，但也有人認為詩的職責是表示，而不是教化，就像王爾德（Oscar Wilde, 1854～1900）所說：「詩人是上帝的選民，在他們眼中，美只是美。」而導致有人主張純詩。基於這種永不休止的爭論，我就想從作品中檢視這兩位名童詩作者的觀點，因為我永遠沒有忘記「兒童的心靈是一張白紙」這個譬喻，結果我發現他們兩人的作品中，都沒有忘記注入或多或少的教化作用，促使孩子們透過詩的媒介，導入正常的道德或

[*]本名董平，詩人。發表文章時為《藍星》詩刊總編，現專事寫作。

生活規範。例如：

楊喚作品〈森林的詩〉：「就是小螞蟻的媽媽也正焦急地等著他回去吃晚飯哪！」——教導兒童不要在外逗留太久，免得媽媽擔心。

楊喚〈眼睛〉：「你的眼睛是窗子／要向明亮的太陽打開來呀！／要向藍色的天空打開來呀！／要向著你要走的，也是最好的一條路打開來呀！／別一看見書本就懶洋洋嚷：『喔！我的頭好痛！』」——啓迪兒童振作精神，用功向學。

米爾恩作品〈禮貌〉：「假使人家問我／我常對他們說：『很好，謝謝你，你好嗎？』」——詩中括號裡的答話是西洋人見面時的客套，自小必學的禮節。

米爾恩作品〈喝茶以前〉：「愛蜜麗說：『傻瓜，我去看了皇后／她說我的手百分之百的乾淨。』」英國人每天喝下午茶吃茶點，一樣要求孩子養成食前洗手的習慣。

經過兩人的詩詳予比較，發覺在楊喚現有的 18 首童詩中，幾乎五分之四以上的詩都能找得出教化的痕跡。爲什麼會這麼強烈呢？就大的推論言，這是楊喚謹守先賢「詩必言志」的結果。而就楊喚的個人背景追溯，則可歸之楊喚不幸的童年，他要天下每個孩子都是幸福的寵兒，他關愛天下每一個孩子，當然愛得愈深，叮嚀也就切了。而米爾恩在他那本 44 首《當我們非常年幼時》的詩集中，明顯看到教化的意思就少得多了。米爾恩是承平時代一個富足國家的上流人物。英國人雖注重孩子的教養，但不太愛束縛孩子的行動，所以只對孩子的待人接物，生活小節，稍作提醒。

自有兒童詩以來，將自然現象做爲詩材，予以運用、表現，已成所有詩作者不成文的定律。這也難怪，因爲只有自然界的現象最具想像力，最易引起兒童的好奇。楊喚與米爾恩也不例外，但兩人對詩材的運用手法各異，楊喚像一個木偶戲的操作者，他把自然界的萬象予以擬人化，放在幕前各自表現，表現的純是人間現象，就恍如你我在生活中所發生的各種事情，非常通情合理。下面以兩段詩來證明：

太陽先生拄著金手杖，
來參加老鼠國王嫁女的婚禮來了。
風婆婆搖著扇兒，
也匆匆忙忙趕來了。

——〈童話的王國〉

頂著滿頭的露珠，
小菌子從四方八面來集合了，
排成一列列的小隊伍。

——〈森林的詩〉

我們是一群不偷懶的小工人，
搬不動哥哥的故事書，
拉不走姊姊的花毛線，
我們來抬小妹妹吃剩下的碎餅屑。

——〈小螞蟻〉

　　而米爾恩詩中則仍多以人自身為主體，自然界的東西雖然有時也以人物方式和他一起出現，但從來不曾把風霜雨雪，日月星辰等自然現象寫得那麼栩栩如生。在他的〈小狗與我〉一詩中，小男孩在路上遇到五個人物，分別是男人、馬、婦人、白兔和小狗。他問前面四個到哪裡去，分別的回答是到村子裡去「取麵包、拉乾草、裝麥子、吃燕麥」，小男孩都不願和他們去。可是他問小狗，小狗說到山坵打滾玩耍，小孩馬上說：「小狗，我同你去。」在另一首叫作〈島〉的詩中，敘述一個孩子對遠方一座海島的嚮往。他要到那兒去爬「岩石綠色棘冠上的椰子樹」，「面對崖上的滾滾落石」，到了頂上他要躺下來瞭望「底下耀眼的沙灘，綠色翻滾的波浪／遠方灰藍的霧靄／那兒大海上了天」。最後他說：「世界上再也沒

有別的人。／世界爲我而獨創。」詩中充滿著西方人慣有的自主開拓的冒險精神。

最後從楊喚與米爾恩兩人詩作的歸類作一探討。由於有人認爲由兒童自創的詩才是兒童詩，成人寫的只算童話詩。而另外有人提出反對，認爲兒童詩既是兒童自己創作的詩，也是成人寫給兒童看的詩。筆者在此不想介入紛爭，只站在就詩論詩立場，對他們兩人寫童詩的不同手法作一介說。首先我把楊喚寫的這些詩歸之爲童話詩。我們讀楊喚任何一首爲兒童寫的詩，其中不但有人物，有場景，更有一個貫穿全詩的故事背景，就彷彿看一場華德迪士尼的卡通片，那麼有頭有尾，而據楊喚生前的好友翻譯家葉泥先生在〈楊喚生平〉一文中所載，楊喚是一個極迷卡通影片的人，可以知道楊喚的兒童詩得自卡通影片的營養非常多。再看楊喚所經營的詩句，並不是像一般兒童詩作者模仿兒童的口氣，而是以大哥哥大姊姊的口吻在和兒童說話，話中帶著童稚的鼓勵和誘惑，即使成人看了也感到親切有趣。楊喚的詩是純自由體，但注重全篇的自然節奏和一氣呵成的氣勢。

米爾恩的詩則不像楊喚那麼純粹，也許是他的創作年齡較長，他已爲兒童詩作了各種嘗試，既有以模擬兒童口氣、心靈、情感寫出來的天真即興小詩，也有用人物、場景、故事化了的兒童詩，只是米爾恩不如楊喚那樣的意象鮮活，造境天真。他只是將故事編成兒歌的型態分行寫成，所以他的詩都有英詩的嚴謹，適合譜曲歌唱。而楊喚的詩卻適合朗誦和表演，汪其楣教授即曾帶領他的學生用手語和朗誦配合演出楊喚的〈我是忙碌的〉那首詩，獲得空前的成功。楊喚和米爾恩寫童詩的手法雖各有異，但他們對兒童的愛，和對童詩的專心，卻是有志一同。

——選自向明《我為詩狂》
臺北：三民書局，2005 年 1 月

楊喚的「童話城」

◎林文寶

　　楊喚初級農職的學歷、艱苦的童年、流浪的歲月、忙迫的工作、糾纏的病痛、貧苦的生活集於一身；追求知識和文學寫作的基本訓練，又沒有良好的機會，就是圖書的接觸，也極其不易。可是，他竟然神奇的突破種種重圍，一往無阻的走入文學之國，登上詩之殿堂。他到底憑藉著什麼？使他能穿過荊棘，戴上桂冠？又為什麼使他寂寞憂鬱而不能自拔。或許童話城的概念能為我們解開謎底。

一、楊喚的性格

　　馬斯洛（Abraham H. Maslow, 1908～1972），在一次接受訪問時說：

> 我很奇怪，為什麼在童年我不是精神病患……我寂寞，不快樂……，因而經常埋首在圖書館的書堆當中，在孩童與青春前期的歲月中，我可是在孤獨學習、缺乏朋友的情況下長大的。[1]

　　勇於表達自己不幸的人，是比較有機會不再寂寞，以馬斯洛當時的學術地位，他那樣誠實地、自由地「自我坦露」，直覺他是言行一致的心理學家，德高望重、返璞歸真的智者，是可親的人。但同樣是走過寂寞的路，又有多少人能共享自我坦露後的淨化感受。
　　情緒上的寂寞和社交上的孤獨，對孩童來說，常不是他的能力和經驗

---

[1] 見吳靜吉，《害羞‧寂寞‧愛：你是否因害羞而寂寞？因寂寞而沒有能力愛？》（臺北：遠流出版公司，1994 年 4 月），頁 6。

所能掌握；然而，走出寂寞的困境，除了適當的自我坦露外，還需要其他有效的表達溝通途徑。換句話說，馬斯洛在家裡得到父母應有的支持與合理的愛，他因而免除了心中因寂寞而缺乏愛的恐懼。反觀楊喚，童年是淒苦的，他那短促的一生，充滿了痛楚、飢餓、流浪、窮困、疾病。從小他就想遠離寂寞。吳靜吉先生在《害羞、寂寞、愛》一書裡，曾提出遠離寂寞的六途徑，他說：

途徑一：能主動去結交朋友，只有透過自己有效自我坦露，提供回饋，才有可能讓別人了解自己。

途徑二：自我坦露時，希望你不要像臺北的垃圾處理方法，只管倒垃圾，而不管別人的容量。

途徑三：讓自己快樂，最好還是求助於自己。不要過分地期望別人了解你，因為希望別人對你有好感或了解你，主權泰半決定在對方，而你主動地去了解別人、幫助別人，對別人好的話，主權在你。交朋友是雙方的，你真正能夠設身處地對別人好，別人至少會給你回饋，給你增強信心，這樣滿意的後果，會強加你和別人的了解和親近。

途徑四：結交朋友可以從自己身邊的人群中去找，不要在人群中自我孤立或退縮，或只相信遠來的和尚會唸經，捨近求遠。

途徑五：把友誼和愛情分開。交異性的朋友，也要交同性的朋友。如果結交異性朋友跟愛情婚姻混合一起，結果你可能會開一家「寂寞專賣店」。

途徑六：希望你發現自己的優點與專長，從發現優點和專長中得到成就感，並且用自己的優點與專長與人交往。進而去發現別人的優點與長處，互相欣賞的朋友總比同病相憐的朋友有趣多了。[2]

---

[2] 見吳靜吉，《害羞‧寂寞‧愛：你是否因害羞而寂寞？因寂寞而沒有能力愛？》，頁163～164。

　　楊喚自己也認為「友誼、愛情與詩是我生命的三個扶手。」[3]雖然，他經常埋首在書中，他熱愛讀書。雖然，他沒有變成精神病患，也沒有發瘋，可是他依然沒有遠離寂寞與憂鬱。

　　面對困境（或心理壓力、心理挫折），抒解挫折的方式有：

　　1.人格崩潰，表露精神缺陷

　　2.心理「退行」，改用較幼稚方式適應。

　　3.採用心理自衛機轉。

　　4.克服困難，勝任挫折。[4]

　　其中，以「克服困難，勝任挫折」為最有效的適應方式。這是有「成熟的人格」者的適應方式。所謂成熟的人格，在《心理治療：原則與方法》一書裡，曾從心理學觀點有如下的描述：

　　首先，他對自己及別人有個基本的信賴感，相信自己是好的，有用的人，而別人也是可靠、可依賴、可結交的。自己喜歡自己，滿足於自己背景、環境、家人及自己的性格，對人生有信心及興趣。

　　其次，能對自己家人親近相處，共享甘苦，在自己家裡有個情感上的根底。喜歡自己的配偶、子女、長輩。有意保護、維持自己家庭及婚姻，為一切生活之基礎。

　　對工作有興趣、負責，從事自己所負擔的家事或職業，以其成就為傲。能與大家相處，共同合作，想改善工作成就。

　　生活內容有平均發展，對學習、工作、享受、娛樂，各有從事，且所好，時時求生活之充足與平衡。

　　常能內省，觀察自己言行，了解自己長處而充分應用發揮；也明瞭自己

---

[3]見《楊喚全集II》（臺北：洪範書店，1985 年 5 月），頁 403。

[4]曾文星，徐靜合著，《心理治療：原則與方法》（臺北：水牛出版社，1991 年 7 月），頁 14～17。

短處，懂得彌補應付。事情順利成功，能高興；事情失敗，不如意，也
能接受。有充分的伸縮性。[5]

總之，成熟的人格，並非是完美的人格，是一般普通人都可以期望的
狀態。

反觀楊喚，並不具有成熟的人格，面對壓力，由於早期創傷過重，未
能採取「克服困難，勝任挫折」的方式，似乎只採用「心理自衛機轉」。

所謂心理自衛機轉乃是一種心理現象，我們在潛意識當中使用一些心
理機轉，把我們個體與現實的關係稍微改一下，使個體較易於接受心理挫
折與壓力，不致引起情緒上過分痛苦與不安的自我保護方法，它是一種常
見的心理現象。

心理自衛機轉之種類很多，一般說來，早期（指嬰兒、幼兒、兒童
等）所採用的是以自愛或不成熟的方式爲主。由於個人的境遇與經歷不
同，選取適應的方式也會有不同。但由於不斷的使用，這種適用方式成了
習慣。到了成年以後，這種反應模式更變得個別化，更不易分辨。然而歸
納起來，這種適應的方式，既可保衛人們的自尊，又可以減輕挫折引起的
長期不安。因此它是一種常見的心理現象。如今心理學上廣泛用作能使個
人對付挫折、逃避恐懼，以及對不良情緒的反應行爲。所有的自衛機轉，
都帶有一種「自我欺騙」的性質。

常見的自衛機轉，依余昭《人格心理學》的說法一共有六種，試引錄
如下：

1.合理化（Rationalization）——對個人的行爲加以合意的但係乖誤的
解說，以避免由正確解釋而引起的焦慮不安，如自圓其說。

2.投射（Projection）——個人具有的不良品質或特性，卻自己不願承

[5]曾文星，徐靜合著，《心理治療：原則與方法》，頁 21～22。

認，為保護自己免於認知，蓄意誇大並將這種種不良品性指派到別人身上去，由是個人本身的種種傾向變為合理而正當。

3. 反向行為（Reaction Formation）——人們常能掩飾其動機而強烈表示反方向的傾向。例如不想生孩子的母親，生孩子後，由於不歡迎孩子的來臨而有罪惡感。因此變得過分溺愛，過分保護此孩以使人相信她愛此孩。同時也示信於人自己恰似良母，但內心對此孩仍然厭憎仇視。

4. 分解（Dissociation）——正常情形下，我們的行動、情感、思想是統合一致的。當我們認明有人中傷我們時，我們便感憤怒而進行反擊。這時我們的思想、我們的憤怒，以及肌肉活動是協調一致的。但是這種統合一致易於被早年教養所造成的衝突所裂解。分解或整體活動的分裂於是發生。雖然，「分解」常以各樣方式顯現，大體可以歸納為兩種：

a. 強制行動（Compulsive Movements）：一個人自覺被迫重複的做著某些行為而顯示非其所情願。這些行動雖常出乎自動，但實際上絕少帶有情感。這種儀式化的活動有時本身不自知。手臂抽動一下可能替代怒氣之下的攻擊行動；眨眼可能表示想著禁睹的景物而同時表示對於此項看視心存矛盾。避免叉道可能表示避免誘惑。這種不情願的儀式化行動，不自覺的使人自信危險的或禁忌的行為將不致做出來，而可能造成的罪過也就成功的避免。

b. 過度理論化（Excessive Theorizing）：對一切事物過分的談論或思考以致替代了實際行動，但藉此避免可能由於力所未逮而引起的自卑感。譬如青少年警覺到各種情緒伴隨新近增強的性衝動而來，便會蔑視所有各種情緒而儘力使一切成為抽象的而理論化的。

5 壓抑（Repression）——所有各種的防衛機能都是保衛自己免於充分察知本身要想否認（有時是不自知的）的種種衝動，如果這種衝動完全加以否認，那就是壓抑的機能，通常使用壓抑的機能，本身並不察知被壓抑的衝動究竟為何。佛洛依德（S. Freud）以為壓抑作用是一種本能，對於某些衝動以及不愉快的經驗，我們自動的會加以壓制而不加思憶。

「壓抑」如果完全做好，便構成整個的遺忘——全然不覺個人本身不願接受的動機，而由於此項動機所導致的行為也全然避免。健忘症有時由此形成。

6 替代（Substitution）——以社會許可的目標替代禁忌的事物；以極其可能成功的種種活動替代注定必然失敗的活動。替代作用可分為兩種：

a.昇華（Sublimation）：佛洛依德最初使用昇華一詞，意謂將性衝動或其他動物本能之衝動轉化為具有建設性或創造性的行為。如今心理學一般的用作將作原來社會不接納的種種動機以社會接納的形式予以表達。譬如性滿足的慾望遭受挫折，可以以寫作發表，書畫展出，予以昇華。敵視的衝動可以鍛鍊拳擊或摔角技能或各種比賽而找到社會認可的表達方式。昇華作用實際上似乎並不能真正解除遭受挫折的種種衝動，但替代的各種行動，的確可以減低因基本驅力遭到阻抑而形成的緊張不安。

b.補償作用（Compensation）：有恆的致力補救某一方面的失敗或弱點而從另一方面力求優越、超過他人。過度補償（over compensation）是補償作用的極致。例如拿破崙矮小，希特勒性姜弱，他們特別追求權勢與專橫以為「補償」。羅斯福總統自幼病弱，卻練拳擊而且獲選為總統。過度補償尚不失為對缺陷的一項有效方法。[6]

心理自衛機轉的適應方式，雖非上策，但仍有助於適應：

1.給予我們緩衝的時間去解決問題，否則恐致事態更趨嚴重而造成崩潰。
2.讓我們經驗到新的角色和職任，從而教給我們新的適應方法。
3.合理化作用，開始探尋各種理由，使我們未來採取合理的行動。
4.防衛機能的行為可能對社會有益並具有創造性的。[7]

---

[6]見余昭，《人格心理學》（自印，1977 年 2 月），頁 291～293。
[7]見余昭，《人格心理學》，頁 293。

　　但心理自衛機轉的慣用，將導致挫折者不去學習成熟的真實有效的行為方式。

　　而楊喚近似之，寂寞與憂鬱時常糾纏在身邊，進而有精神官能症的傾向。這種精神官能症，用今日流行的新術語，即是所謂的「小飛俠併發症」。小飛俠原文是 Peter Pan，他是英國作家巴利（Jawe Matthew Barre 西元 1860～1937 年）所創造出來的童話人物。巴利在西元 1900 年寫了一本少年小說《Tommy and Grizel》，在這本書裡，他提到一本給兒童看的新書，他說這本書是「關於一個迷失了的小孩子的幻想，這個孩子的父母在森林中找到他，看到他在那兒獨自的歌舞，因為他自己以為他如今便可以永久做小孩子了；他怕的就是他們來捉他回家強迫他長大成人，因此當他遠遠的瞧見父母來，便更向森林中逃去，此刻他一定仍然在那裡跑著，一面不斷的歡唱，因為他是永遠做一個小孩子了。」西元 1902 年所寫的少年小說〈小白鳥〉（The Little White Bird）中，潘彼得正式現於世，可惜在第八集末了竟遁逃而去。兩年以後，巴利又以潘彼得為主角，寫一部五幕劇，名為《潘彼得》（Peter Pan），又稱為（ “The Boy Who Wouldn't Grow up”），並於 12 月 25 日在倫敦公演，是作者獻給倫敦兒童醫院的病童做為禮物的，後即風行於世。而「潘彼得」的演出無形中已變成了耶誕節的一部分。西元 1906 年巴利將《小白鳥》中第六章擴充為「克林頓公園的潘彼得」（Peter Pan in Kenrington Gardens）。又過了五年（1911 年），巴利才寫了童話《彼得與溫蒂》（Peter and Wendy），梁實秋先生譯為「潘彼得」。出版後，大為轟動。第二年並建立了小飛俠的銅像。近百年來，這個故事被拍成好幾部電影，有的是卡通，也有的是真人演的。它的版本除原本外，還有節本、淺本、連環圖等等。在《小飛俠》出版以前，巴利已是當時受歡迎的作家，《小飛俠》出版後，更是譽滿全球，他做過英國筆會主席，並在西元 1922 年接受英王封爵，富貴榮華，可說是達到了顛峰。

　　童話「潘彼得」與劇本中的事實與精神無異。「潘彼得」可說是近代宗教戲劇方面的一種大貢獻。這劇旨在表現宇宙間那種永在的兒童精神；

所以「潘彼得」就是「永恆」的象徵。這種永生而不長的東西，正是一切原動力。就人生而言，就是兒童時代那種放任的頑要精神。而潘彼得敢於忘卻這個現實的世界，能永久從頑要中表露一種永恆的快樂。申言之，「潘彼得」以純想像的筆調，寫出了孩子海闊天空的心境及夢想。同時，也無情的指出，成人永遠無法在精神上，與純真的孩童取得默契的憾恨，是一部耐人尋思的好書。

小飛俠是永遠快樂的象徵，但是從另一個角度來看，何嘗不是迷思或無家可歸的意思。話說潘彼得在出生的第二天，就像小鳥一樣，能在空中飛翔。他玩了好多天才飛回家。但是，他想：「如果我現在就回家，以後可能就沒有機會再飛出來玩了。」

於是，他輕吻著正在酣睡中的媽媽，然後又飛上天空了。

當潘彼得第二次飛回家時，窗子卻關得緊緊的，並上了鎖。潘彼得從門縫中往屋裡看，他看見媽媽的身旁躺了另一個小寶寶，臉上露出滿足的微笑。自從潘彼得飛走了以後，媽媽每天都等著他回來，可是等了很久，都沒有他的消息，所以第二個寶寶一出生，媽媽怕他再飛走，就把門窗都上了鎖。潘彼得知道自己錯了，但是他不得不再飛上天空。

從此以後，潘彼得沒有再長大，他在天空過著像人又像鳥的生活，所以大家就叫他「小飛俠」，而應用到心理與輔導的理念裡，則指長不大的、不成熟的男人。「小飛俠併發症」是現代人的新術語，現代人的生活壓力成為主要誘發因素。

「小飛俠併發症」不會威脅生命，因為它不是一種生理疾病。可是它會危害到一個人的心理健康，所以它反而比一般的困擾還要嚴重。許多患者常會覺得感情受挫，人際關係笨拙，尤其在他們發現這個社會沒耐心與他們這種人交往時，孤立和失敗的感覺會更加強烈。但是他們不願意了解自己為何會那麼糟，而面對這種種問題，他們所能做的只是盡情忘懷。不用說，這樣一定會更糟。

小飛俠在兒童時期就根植了。到了青春發動期，問題才慢慢出現。從

12 歲左右至 20 歲左右，那些尚未放棄追逐永恆青春的男孩，就會慢慢顯出「無責任感」、「焦慮」、「孤獨」、「性角色凸出」等四個初期症狀。每個症狀都是現代社會加在家庭或小孩身上的壓力。在 12 歲左右到 20 歲左右的初期，這些患者都有很勇猛的生活形態。一種不真實的自我會使他們相信他們可以，而且也必須做出其所幻想的一切，然而自戀心卻使他們封鎖在內心世界裡。之後，由於成長的無法適應現實，其生活便產生逆轉。從「我要」變成了「我應該」。尋找別人的認同似乎成為他們尋找認同自我的唯一方法。他們的情緒會隱藏在自大的面具後面。他們會視別人的愛為理所當然，但不願意學習如何付出。他們常假裝自己已經長大成人，實際上又像個被寵壞的小孩。

從 18 歲至 20 歲左右，還會出現「自戀」與「沙文主義」兩種症狀，這是從前面四種症狀所衍生出來的。這兩個中期症狀會使問題成形，而導致一種危機階段。在危機期間，年輕人一定會面對玄想、自我畸形發展等問題並予以解決。假如他在這過程中失敗了，很可能陷入「小飛俠併發症」的時間會更長，也許會終其一生。

綜觀以上所述，我們認為楊喚是有精神官能症的傾向，而其中又以憂鬱反應為主。這種傾向，用今日流行的術語，即是「小飛俠併發症」。楊喚於民國 42 年 11 月 2 日致康稔的書簡有云：「讀過幾部左拉的書，它們更使我痛苦；在看過小飛俠「彼得‧潘」之後，我幾乎想哭了。」[8]何以想哭？是感歎永恆快樂的不在？抑是驚懼於自己的不成熟？

二、楊喚的童話城

由於童年、流浪、工作、病痛、貧苦等挫折，使他採用心理自衛機轉的適應方式，所以在性格上有寂寞、憂鬱的反應傾向，從他書簡的記載資料來看，他是有「小飛俠併發症」的症狀，於是，不期而遇的會見了安徒

---

[8]見《楊喚全集Ⅱ》，頁 445〜446。

生、綠原，於是童話城於焉建立。

童話是什麼？

童話不是炫耀，

童話不是雄辯，

童話不是溺愛，

童話是一顆追求想像之美的善良謙卑的心！

童話是兒童文學領域中最主要的一種體裁。由於各人的看法不一，我們很難給它下一個確切明白的定義。有人說它是神仙故事，也有人說它是虛構故事。然而，我們知道每個小孩心裡，都有個「童話世界」，這個童話世界是童話作家一生描繪的對象，兒童讀童話，常會含著會心的微笑，發出驚奇讚美的歎息。每個發展正常的兒童，每當他四、五歲的時候，他的想像力也就跟著年齡而自由展開了。這時，兒童的世界，是一個單純而神祕的世界。一切的事物，在他們的心目中，是生動的、和諧的、沒有差別的。他們物我不分、萬物同源，他們也常常賦予任何事物以生命。在他們的世界裡，充滿著想像、趣味和感情。

童話是為孩子而寫的文學作品。這種作品通常有個特色：故事的開始，時常是用「有一次」，或是「很久很久以前」，並且有一個好的結局：「他們以後都生活得很快樂。」

童話的發源地是每個人的「純真的心境」。

人如果能稍加擺脫生活裡的「現實」，追求生活裡較有永恆性的「真實」，那麼，「純真的心境」就會出現，童話也就在他的心裡誕生。

童話的特質是想像，童話世界是一片「純真的想像」的世界，它是人生的另一面，對每個人來說，童話教育是人生最基本的教育。在童話的世界裡，「不可能」是不存在的。童話裡沒有無奈與歎息。童話裡，事實長了翅膀，離地而飛，去追求真、善、美。創造新機械，有創意的藝術，不被污染的善心，基本動力都來自「童話」。兒童在黃金年代不能沒有童話的滋潤，原因就在這裡。

　　童話是想像的、自由的，在現實的世界裡，我們遵循一定的法則進行思想和生活，但是在兒童的世界裡，現實世界的法則對它的約束力很小，所以它能從現實世界裡獲得自由。這種自由，正是童話世界的構成因素。可是，重視現實生活的，往往把童話視爲「不可能」、「幼稚無知」的同義詞。

　　綜觀以上所述，我們了解童話的特質在於想像，而所謂的想像特質，概言之，則是：

　　童話世界。

　　兒童的意識世界。

　　兒童的語言世界。

　　有了這三個概念，我們就比較容易畫出一個現代童話的輪廓，因爲這三個觀念的結合，恰好構成了「童話」特質。

　　申言之，林良先生認爲童話世界的構成，是根據「玩積木」的法則。兒童根據自己的創造願望，自由選擇任何色彩、任何形狀的積木，按照任何次序，構成任何建築物。根據力學原則，這樣的建築物有時要倒的。但是根據童話世界的法則，這種建築物是永遠不倒的。林良先生在〈童話的特質〉一文中，說這些童話建築物最常用的有五種積木：

　　第一種積木是「物我關係的混亂」。

　　孩子和樹葉說話，孩子替蝸牛在牆腳找庇蔭所。這種「物我關係的混亂」，跟詩人的「明月幾時有，把酒問青天」是一個類型，是一種文學藝術上的美。

　　第二種積木是「一切的一切都是人」。

　　在「童話世界裡」，貓罵老鼠，醜小鴨受家禽的排斥，燕子安慰悲傷的快樂王子；這樣把一切的一切都看成人，並且還安排了這個「人」和那個「人」的關係，是這種積木的特色，亦即是擬人化。

　　第三種積木是「時空觀念的解體」。

　　現實世界裡，時間與空間是記錄事件發生的良好工具，具備高度的真

實性，但是「童話世界裡，那種「只有愛爾蘭的古代居民才能親眼看到的小仙人」會在「有一天晚上」，輕輕落在電視機上面，跟安安說起話來。魔豆一夜之間，就能由地上長到天上。由此可看出「時空觀念」在童話裡已然解體。

第四種積木是「超自然主義」。

童話裡的許多安排，常常是常識上的「不可能」，是自然法則所不能接受的。潘彼得失落自己的影子，是一個例，小女孩替他把影子縫回去，又是一個例；我們知道一個真實的事件，並不一定能引起讀者的興趣。在童話裡，脫離了自然界的規律性、理則性，而重新塑造了超自然的合理性。這種超自然的特性，是經過想像而始能完成。在童話世界裡，有國王受騙脫光衣服上街遊行，有撒一次謊就長長了鼻子，這些都形成了新的「理性世界」，雖然有時荒謬不合理，但看完後，不得不欣喜其美感和風趣。

第五種積木是「誇張的『觀念人物』的塑造」。

人是複雜的，人的言行常常受現實生活的修正。所以在「現實世界」裡，並沒有「單一觀念」的人物。好吃的人，不會一天到晚狼吞虎嚥。好撒謊的人，不會一天到晚信口開河。但是在童話裡，塑造的往往都是「單一觀念」的人物。這種觀念人物，只有個性，沒有理性，只有觀念，沒有思想。[9]童話世界的構成，可以說是由「現實世界」映現在孩子「意識世界」的結果。孩子的天真情感，是由於孩子的「意識世界」裡，不但蘊藏「孩子的天真情感」，同時還蘊藏「孩子的宇宙觀」、「孩子的超自然主義」。簡言之，兒童的意識裡包括有：

純真。

---

[9]以上詳見小學生版「童話研究專輯」，頁 10～15

沒有時空觀念。

物我關係的混亂。

想像自由[10]

　　兒童意識世界，表面平靜，實際卻相當複雜。只有了解兒童的意識世界，方能寫作兒童讀物。而寫作時，要了解兒童語言世界裡的語言法則。只有熟習兒童的語言世界，方能使兒童讀者讀來親切與感到興趣。是以，所謂的童話，林良先生在〈童話的特質〉一文裡有如下的描繪：

童話是什麼？

最粗略的說法：

「童話」是描繪「童話世界」的文學創作。

比較詳細的說法：

「童話」，是作家透過兒童的「意識世界」和「語言世界」去描繪「童話世界」的文學創作。

最詳細的說法，也就是這篇文章的最主要的觀念：

「童話」，是作家透過「兒童的意識世界和語言世界」去描繪「經由『透過』兒童的『意識世界』審視『現實世界』，得來的『兒童世界』的文學創作」。

換句話說：作家先透過兒童的「意識世界」審視「現實世界」，得來一個值得描繪的「童話世界」；然後，他從裡面走出來，透過兒童的「意識世界」和「語言世界」，向兒童描繪，或敘述給兒童聽。這樣的文學創作，就是「童話」。

用另外一種方式說：

一個作家，先把自己當作小孩子，假設自己是小孩子，用小孩子那樣純

---

[10] 以上詳見《國語及兒童文學研究——研習叢刊第三集》（臺中：師校師專及國教輔導人員研習會編印，1966 年 12 月），頁 124。

潔的心，那樣天真的眼光，去看現實的世界。他細心體會，忽然領悟出
孩子會有怎樣的想法和看法，忽然觸動靈感，獲得了一個「童話世
界」，或把現實世界變換成一個「童話世界」。他拿這個「世界」做描
繪的對象，用孩子體會得了的觀念，欣賞得到的語文，依自己「特殊的
方式」，說給孩子聽。這樣的文學創作，就是「童話」。[11]

總之，在童話世界裡所閃耀的是：帶著寶石光彩的「可圈可點的胡說
八道」與「入情入理的荒誕無稽」。

會飛的彼得，永遠長不大的彼得！

一撒謊，鼻子就會往前長的小木偶！

在荊棘叢裡的古宮殿睡足了一百多年的睡美人！

這些現實世界裡的不可能的事，在童話世界裡卻是一種美麗的存在。

楊喚有純真的本質，他保持著孩子的純真、鄉國的熱愛、真摯的善良
而走進童話世界裡，在那兒有現實世界裡不可能發生的事，也有他對童年
的憑弔和補償。

今就全集所見「童話」一詞，依其語意加以歸類，以見他對童話世界
的嚮往。

（一）指涉「文體」用

做為指涉文體用的「童話」一詞有：

若是一高興，幾個童話也該出籠了。[12]

童話最難寫。[13]

童話我還沒嘗試過。[14]

想寫童話。[15]

---

[11]林良，〈童話的特質〉，《童話研究專輯》（臺北，小學生雜誌社，1966 年 5 月），頁 21～22。

[12]見《楊喚全集Ⅱ》，頁 275。

[13]見《楊喚全集Ⅱ》，頁 297。

[14]見《楊喚全集Ⅱ》，頁 298。

你說錯了，寫童話，是需要一支美麗纖巧細膩的筆。[16]

還講什麼童話，我是很久沒摸過筆了。[17]

童話我還是想寫的，因為我要為我自己完成這提出了很久的意圖。[18]

一篇童話抑或是一串落到地上可以聽到痛苦的呻吟的詞句。[19]

另外，有用於指詩體者，他稱自己的童詩為童話詩，而全集也僅此一見：「幸福草」是一篇敘事的童話詩，我沒有寫完就丟了！[20]

（二）做為詩題目者

如〈童話〉[21]、〈童話裡的王國〉[22]。其中〈童話裡的王國〉一詩，在書簡另有三次提到[23]，時間是在民國 39 年 6、7 月間，可知當時正努力寫作中，並見對該作品的重視。

（三）做為比喻用者

用作比喻，即引申其本義而用之，可見他對童話之嚮往：

美麗的童話和詩句。[24]

焦躁地守候著一個不會到來的童話。[25]

我要騎上從兒童話裡馳來的白馬。[26]

感謝你給我以你的童話的教室。[27]

童話般的夜呀。[28]

---

[15] 見《楊喚全集 II》，頁 302。
[16] 見《楊喚全集 II》，頁 305。
[17] 見《楊喚全集 II》，頁 315。
[18] 見《楊喚全集 II》，頁 315。
[19] 見《楊喚全集 II》，頁 402。
[20] 見《楊喚全集 II》，頁 340。
[21] 見《楊喚全集 I》，頁 99。
[22] 見《楊喚全集 I》，頁 165。
[23] 見《楊喚全集 II》，頁 298，300，302。
[24] 見《楊喚全集 I》，頁 55。
[25] 見《楊喚全集 I》，頁 77。
[26] 見《楊喚全集 I》，頁 81。
[27] 見《楊喚全集 I》，頁 94。

是童話裡白馬的騎者吧！[29]

美麗的童話一樣美麗的島。[30]

小弟弟騎著白馬到童話的王國裡去了。[31]

是童話一樣美麗的，美麗的寶島。[32]

我愛童話，我永遠愛它。[33]

但是它卻沒有一把能打開我的心和打開童話裡天國的門。[34]

一如童話裡的一把金鑰匙，你的來信打開了我塵封許久了的靈魂的窗扇。[35]

因為我怕你迷失於那童話中巫者的魔城。[36]

三、童話城的守護神

　　楊喚在面對種種成長的危機時，曾熱愛讀書，投入求知，在浩瀚的書海中，他發現了安徒生與綠原，於是他走進了童話城。而安徒生與綠原就成為楊喚童話城的兩位守護神。

（一）安徒生

　　從書簡中我們知道安徒生對楊喚的影響。我們可以說楊喚一生就生活在「童話世界」裡，心裡住著一位安徒生，喜歡安徒生，受安徒生作品的影響很深。

　　安徒生（Hans Christian Avdersen, 1805～1873）西元 1805 年 4 月 2 日，生於丹麥菲英島上的歐登塞鎮，即是北歐古老而美麗的城鎮之一，也

---

[28] 見《楊喚全集Ⅰ》，頁 107。
[29] 見《楊喚全集Ⅰ》，頁 121。
[30] 見《楊喚全集Ⅰ》，頁 133。
[31] 見《楊喚全集Ⅰ》，頁 165。
[32] 見《楊喚全集Ⅰ》，頁 176。
[33] 見《楊喚全集Ⅱ》，頁 292。
[34] 見《楊喚全集Ⅱ》，頁 393。
[35] 見《楊喚全集Ⅱ》，頁 394。
[36] 見《楊喚全集Ⅱ》，頁 476。

是最引人遐思的地方。

安徒生出身於貧困的家庭，父親是個補鞋匠，母親靠替人洗衣服來貼補家用。他童年最大的快樂與安慰是書本。父親經常唸故事給他聽，例如「天方夜譚」中的故事及一些劇本之類，安徒生在上學之前，早就耳熟能詳了。此外，祖母也常講些丹麥古老的民間傳說、故事，是當年安徒生和他父親假日拜望祖母時，得到的回報與撫慰。

安徒生在 14 歲父親去世以前，生活的重心完全在家中。安徒生小時候，營養不良，個子又瘦又高。他穿的木鞋和打補釘的衣服，常是村裡孩子們取笑的對象，那些孩子說他笨手笨腳，不願意跟他玩。因此安徒生的童年，除了與書本為伴外，可說就是獨自待在自己的小天地裡度過，他經常獨自前往森林遊玩，專心而好奇地觀察鳥獸、花草、昆蟲。父親為他雕刻的木偶成了他的良伴，他經常沉緬在幻想中。他常獨坐默想，把那些有生命和無生命的手杖和器具、鳥獸、昆蟲、樹木、花草，幻想成他遊戲的伴侶：他們都能說話、唱歌和跳舞……，這就是安徒生童年的童話世界。

就在父親逝世的那年，他決定去首都哥本哈根尋求機會，在困苦和失望中奮鬥了三年，直到西元 1821 年，時來運轉，得到皇家劇院院長柯林（Chancellor Joner Collin）的幫助和介紹，獲得一筆獎學金，使他得以進入哥本哈根大學，於是他有系統的閱讀了許多北歐古典名著，他的前途才漸漸的展現了光明。

當他 28 歲的那一年（1828 年），唯一的親人——母親——在家鄉病逝。他在哀痛之餘，不顧一切的埋首寫作。

安徒生的一生，就像他自己的童話一般，吃盡了各樣苦痛，嘗盡了種種辛酸，最後，苦盡甘來，才領略了成功、勝利的滋味，令與他同時的國王、王后、學者、詩人、藝術家們，都以能見他為終身光榮。

安徒生終身未婚，也從來沒有過一個真正屬於他自己的家，他四處飄泊，把心中對真理的愛，毫無保留地向世人播撒，有如被上帝派遣到人間的使徒，孤獨但勇敢，寂寞卻勤勉。他較格林兄弟稍晚時候出現，成就卻

又過之。因為他不只筆錄童話，他更創作童話，以取悅兒童，他是童話之父。這個世界假若沒有他曾經來過的話，孩子將不知要多寂寞乏味呢？仔細研讀安徒生的作品，會讓人發現，他對兒童的本性，有很好的把握，許多地方，都可以體會出他對童心稚情的充分領略，像是把他自己的童年，呈給讀者了。此外，他以寫詩的筆法來創作文字，他的童話裡，另有股清新、震撼人心的力量，既善於重述一些古老的民間傳說，又懂得將新生命注入舊文體的技巧，造詞新穎、人物凸出，在他的故事裡，你可以看到哥本哈根古舊的瓦房，同時也可以認識德國、瑞士及西班牙的陽光，他帶你到葡萄牙、荷蘭、威尼斯、羅馬、巴黎，也讓你嗅到埃及、波斯和中國的氣息。朱傳譽先生於〈童話的演進〉一文裡，認為安徒生童話的特色有：

1. 富創造性。

2. 有偉大奔放的空想，把東洋的豐富幻想，希臘藝術的壯麗，北歐神話的偉大，和基督教的理想合併為一。

3. 有纖美透澈的情緒，這是他自己性格的反映。

4. 卓越的文章和輕妙的幽默，他能夠把孩子直截簡明的語法，加以靈活的運用。

5. 歌頌信仰和愛的勝利。[37]

在美國稱這種具有安徒生風格的故事，就叫作「想像的故事」。

從安徒生以後，童話步入黃金時代，各地、各國都有人在整理舊有的童話，並嘗試創新的童話。西元 1956 年，國際兒童文學會為了紀念安徒生的成就，以及他一生為兒童所做的努力，設立安徒生獎，每兩年頒給一位在兒童文學上有卓越貢獻的人，而沒有國籍、性別的限制。

安徒生童話的結局多悲慘，孩子可能不太喜歡，而對大孩子的楊喚，

---

[37]見小學生版「童話研究專輯」，頁53

可能有與我心有戚戚焉之感，況且就童年而言，楊喚與安徒生有相似的心路歷程。而安徒生的幸運與苦盡甘來，亦當是他所認同且期許的追求目標。最重要的是由於童年的不幸，使他們對快樂的孩童生活，始終有著熱烈的渴望。因此，他以小飛俠的心態走進了安徒生的童話世界。他「感謝」[38]安徒生，他以愉快的心情再三的去看《安徒生傳》的電影，而最後亦死於趕赴一場《安徒生傳》的勞軍電影途中。

（二）綠原

從楊喚的著作裡，我們找不到綠原的名字。綠原與楊喚之間的關係，首見於民國 49 年《幼獅文藝》2、3 月合刊本（即第 12 卷 2、3 期）上〈天才詩人的解剖〉。作者是斯泰斗，他認為楊喚的詩並非完全獨創，而是模仿綠原。而後，綠原與楊喚的關係始漸成立。

對於綠原的生平資料，此地知曉有限。西元 1986 年 4 月份《香港文學》第 16 期，有陳嘉農〈那些音色悲慘的歌〉一文，論述「七月詩叢」時期的綠原，試引錄前二段如下：

> 綠原是中國 1940 年代詩壇所謂「七月派」的主要詩人之一。「七月派」一詞的來源，乃是中國抗日戰爭期間，有一些詩人的作品發表於胡風創辦的《七月》文藝刊物上而得名的。不僅如此，他們的作品後來又收入胡風所主編的「七月詩叢」。《七月》雜誌誕生於 1937 年 10 月，停刊於 1939 年 8 月，是一份以戰鬥性文學為中心的文藝刊物；「七月詩叢」則出版於 1942 年之後，是當年國防文學的代表作品。一般詩評家或文學史家，往往把一些與《七月》或「七月詩叢」有關係的詩人稱為七月派。因此，用最鬆懈的說法，七月派便是橫跨 1930、1940 年代之交，以胡風為中心，以戰鬥詩為主調的一個詩人集團，縱然這個集團並不是一個很有系統的組織。

---

[38] 見《楊喚全集 I 》，頁 93～94

然而，綠原的作品卻從未在《七月》上發表過。他之所以被歸入七月派，主要是他的詩曾經發表在胡風的另一份刊物《希望》；後來他的詩集《童話》也列入「七月詩叢」。綠原的另一冊詩集《又是一個起點》，在 1940 年代末期出版時，也被胡風收入「七月詩叢」之中。以詩的風格來說，綠原的《童話》在「七月詩叢」之中是比較特殊的，因為他使用的文字並不顯得粗獷、豪放，與當時吶喊式的戰鬥詩全然不同。他的詩風較為柔弱，帶著一股淡淡的悲哀。不過，在詩史上為了方便討論起見，他總是被認為七月派，綠原本人也不否認自己也是此一流派的一個成員。[39]

民國 33 年，綠原曾在國民政府主持的「中美合作所」工作過。民國 35 年，在上海加入胡風原本在戰時大後方就已經成立的「希望社」，勝利後的上海，一時成為文壇的中心。

綠原在 1940 年代的詩壇上自有不可忽視的地位。他雖然為胡風所倚重，為「希望社」的評論家們所吹捧，但綠原作品之所以能站立起來，乃是由於其作品中的藝術品質，而不是因為偶然的機緣和際會。

由於綠原是胡風集團的一員，且在國民政府做過事，因此 1950 年代中共內部展開瘋狂的整肅時，綠原也沒有躲過被鬥的命運，他日後遭遇之坎坷，遠比他早期的詩歌還像一支悲歌。直到 1980 年代初，中共 11 屆三中全會以後，「胡風反革命案」才得到了平反。而七月詩派也終於做為出土文物被發現了。綠原並與牛漢合編一本 20 人集《白色花》，這本詩集實際上帶有平反的性質。民國 72 年並有全部詩作選集《人之初》的出版。綠原並於民國 75 年初到香港參加中共書展。

綠原出版過三本詩集。一是《童話》，共收 20 首詩，於民國 31 年由「希望社」在桂林出版，列入「七月詩叢」。另一本是《另一個起點》，

---

[39]陳嘉農，〈那些音色悲慘的歌〉，《香港文學》第 16 期（1986 年 4 月），頁 70。

民國 36 年出版，也被收入「七月詩叢」中，該詩集收錄民國 34 年 8 月 13 日～36 年 5 月的作品，其中收有七首長詩。另外有本「集合」，收錄民國 38 年之前的作品，這本詩集是民國 39 年以後才出版的。

　　1940 年代的詩人，由於政治色彩太濃，在當時雖能轟動於一時，但時過境遷，去掉了當時的社會因素，就會察覺他們的作品中的藝術品質極為貧弱，大部分詩人在純詩的角度上來看已站不住腳。綠原就不如此，他的詩唱出童年的幽怨、輕愁和無知。他的詩流溢著一種年輕人的夢幻和憧憬，語言清澈、節奏明快，沒有 1930 年代上海現代派文人有氣無力的個人調子，也非那種搥胸頓足聲嘶力竭式的歌哭吶喊，而是流麗自然的天籟。他的詩輕快而不虛浮，哀樂而不淫，有稚子之心，有天真之情，在中國新詩之聲裡是一支牧童的短笛，不時洋溢著鄉野的氣息。

　　綠原的詩風，可以用早期的兩冊詩集來說明。《童話》的聲音近似抒情，其中的哀歎多過抗議；《另一個起點》的作品，卻誕生於抗日戰爭結束到中國內戰初起之間，憤懣與吶喊是詩中的主要色調。比較起來，前者的詩質精鍊簡潔，後者則近於散文的分行，清澈一如透明的水。

　　從藝術的成就來看，《童話》是可以獲得肯定的。這本詩集是綠原少年時期創作的總結。所收作品，大致不脫個人的哀傷與時代的創痛。因此，一方面帶有浪漫的狂想；一方面也有著日後走向現實的預告。詩集的名字雖叫「童話」，但並不是童話詩，更沒有童話的題材。至於何以「童話」命名？或許那是出於詩人的謙卑，自認作品乃屬稚嫩，所以就稱之為童話。

　　綠原的詩早年由於戰亂作品散失的關係，影響面並未廣及更年輕一代的詩人。然而，這條寬廣的路，卻由楊喚帶到臺灣，並為臺灣兒童詩歌播下品質優良的種子。

　　綠原唱出楊喚的心聲，於是楊喚也用詩的形式來抒發他的寂寞與憂

鬱，從現存他最早的長詩〈我喝得爛醉〉[40]看來，就有了綠原的影子。這首詩大概寫於民國 37 年夏天，當時他旅居青島。最後試引瘂弦在〈濺了血的「童話」──綠原作品初探〉一文裡的話，以見綠原與楊喚之間的「血緣關係」：

> 讀者讀了綠原的詩，一定會把楊喚聯想在一起，關於楊喚深受綠原影響一節，自是一個饒有趣味的論題。在文學創作上，因襲和摹倣自然是不同的，不過作家與作家之間彼此的影響，有時候也很難絕對的涇渭分明，即在我國古典詩裡，這種例子也屢見不鮮，兩個雷同的句子，常常成為作家與作家間比較研究的材料。筆者以為作者相互的影響有兩種情形：其一是字句上的因襲，其二是意念上的因襲。一般人每每僅從字句上去考察某某人的影響，並不知意念上的因襲，較之字句上的因襲更值得討論。如現代文學中 T. S. 艾略特的〈荒原〉，此詩之重要性不在於詩中的字句如何如何，而是在於此詩所展示的精神背景（意念）。不過，在文學史上，批評家對一個新的題材的出現，雖然提及開其先河的人，但更高的讚譽，還是給予那些把這種題材發展到顛峰的人。不可否認的，楊喚是受了綠原極為強烈的影響，不管在精神背景上，在字句上，楊喚的火種均來自綠原，這是很明顯的。不過我覺得在某些地方，楊喚幾乎是青出於藍而勝於藍，他自有其超越綠原的獨特發展，像「詩的噴泉」這一輯詩，其藝術成就便在綠原之上。我曾把這個看法說與楊喚生前的摯友葉泥先生，他也贊同我的觀點。但是，不容諱言的，楊喚的某些句型是太像綠原了，像到接近摹倣和抄襲的剃刀邊緣！十多年前斯泰斗先生在《幼獅文藝》上寫過一篇〈天才詩人的解剖〉，讀者可以看出二者在句法上的異同。另一方面，我們必須要認識的一點，就是楊喚在寫《風景》時，不過是 19、20 歲的少年，在那樣年齡的作者往往是感染

---

[40] 《楊喚全集 I》，頁 47～52。

力最敏銳、摹倣性最強，而排斥外來影響能力最弱的，如果楊喚不英年早逝，我們可以不可以試著想像一下，35 歲或 45 歲的楊喚作品中會不會還有綠原的影子？在二十幾歲時，筆者和跟我年齡相若的詩友們也都曾受到 1930、1940 年代前輩詩人的影響。我早期作品中便有綠原風格的感染，當時是無意識的，今我重讀綠原後才為綠原的一些表現手法，竟在我的早期作品中出現而吃驚。[41]

四、童話的精神

　　童話所呈現的是一個具有傳奇性和完美性的想像世界。在這個世界裡，時空觀念解體，它沒有明確的時間限制，故事的開始多是「從前」或「很久以前」，也沒有明確的地點，它是一個不合邏輯的世界，例如仙子、法師、小精靈，和可以把人類變成野獸，使人長眠；或沒有生命的東西會有思想，野獸會用人的語言說話等。對現實世界而言，它是一個不真實的世界：因為任何困難的問題都可以用魔法解決，所以在童話世界裡沒有真正的問題存在，它的結尾總是圓滿的。它是個想像的世界，也是個理想的世界，更是個真善美的世界。所以：

　　童話是反映童心的世界。

　　童話的世界是一片純真的世界。

　　童話的發源地是每個人的「純真的心境」。

　　童話是人類的「天真的願望」。

　　童話裡有一切萬物的人性。童話的可貴，童話的值得讀，童話之所以能吸引千千萬萬的兒童和成人，主要原因就在這裡。

　　童話能使你在現實中清醒，而且騎上那古老的想像的神鷹的背。它使你的「天真」恢復了活力，使你自由飛行在現實中，使你現實裡有一種純

---

[41] 瘂弦，〈濺了血的「童話」——綠原作品初探〉，《中國新詩研究》（臺北：洪範書店，1983 年），頁 95～96。

真的願望。

總之，這種萬物皆具人情的永恆的純真，即是所謂童話精神。童話精神更是「真」、「善」、「美」的具體表現，從教育的觀點看，真善美是一切教育目標的總和。教育的功用，就是在教人求真、求善、求美，真善美的總合體便是「健全的人格」。童話的精神是發揚「真善美」，用以陶冶兒童健全的人格。喪失了童話的精神，即是喪失了一片純真，同時也就喪失了我們對人生，對這個世界的「純真的願望」、「純真的關切」、「純真的同情」，所謂的「善」、「美」更是渺茫無蹤。

在想像神鷹不再離地起飛的時候，這個世界就會進入永恆的黑夜，不會有真善美，亦不會有理想。

這種童話精神，亦即是所謂的特性。林守為先生於《童話研究》一書裡，曾認為童話具有下列五項特性：

1.遊戲性：是為小孩子而寫的。小孩子時期是遊戲的時期，小孩子的生活是遊戲的生活；他們視閱讀一事亦為一種遊戲。童話為適應與滿足兒童此一需要，故其中充滿了遊戲的樂趣。

2.想像性：蘆谷重常說：「童話是為了適應兒童的想像力而作的。」而童話一詞，依德文的解釋，是：「童話係出自想像力而成之故事。」……童話為適應兒童的想像力，必須依藉想像力來製作和完成。如此出自想像力而成之故事，必多詼諧，必多趣味。

3.包容性：時間既不加限定，空間也不加限定，人物也不太加限定：一切都不呆滯，都不拘束，都不限制，這就是童話的包容性的表現。在童話中，就人物說，不論人、獸、鳥、蟲、草木、星球、山川、風雲、用品、玩具……無不可以登場表演；就場所說，不論太空中、抽屜裡、龍宮、鼠穴；樹巔、草根；夢境、世外桃源……都是表演的舞臺；就時間

說，不論太古或現在或未來，都可以做為表演的背景；就型態說，不論
美的、醜的；真的、偽的；大的、小的；方的、圓的⋯⋯都可被採用，
都可一起存在。所以童話的世界是非常寬廣的，包含了一切、網羅了一
切。

4.單純性：童話的包容性，可能使人會以為它是紛歧複雜的，事實卻完全
相反，童話中被要求著：嚴格的統一、嚴格的單純。雖從表面上觀察，
似這兩者——既包容一切又要求統一單純——不能並存、不能相容，但
事實上，它們卻相輔相成，一點也不矛盾。在童話中，有一種基本精
神——博愛，一種基本德行——和善，一種基本旋律——優美，一種基
本情調——天真，一種基本形式——完整，一種基本效果——喜悅。任
何國家、任何民族、任何時代的童話，都為這基本的精神、德性、旋
律、情調、形式及效果所統一，故能受全球兒童——不分國籍、不分膚
色、不分今昔——所一致歡迎。

5.喜劇性：為求達到其預期的基本效果，為求使兒童得到歡笑與輕鬆，童
話中充滿喜劇的意味，不僅童話的結局是喜劇式的，童話中的那些奇特
的人物，也是喜劇式的，甚至情節的設置、動作的描繪，對話的安排，
也都發揮了喜劇的效果。[42]

　　楊喚在短促的一生，充滿了痛楚、飢餓、流浪、窮困、疾病，而仍能
高唱並實踐愛與戰鬥的歌聲，憑藉的就是這種童話的精神。憑著那股萬物
皆具人性的純真，去追求他的理想。他說：

　　我記得曾不只一次的和你說過，我說：友誼、愛情與詩是我生命的三個

---

[42]林良，《童話研究》（自印，1982 年 5 月 3 版），頁 13〜14。

扶手。[43]

在他的生命裡，表現了一個尋求愛、追求文學、渴望知識的熱烈生命。
他一直保持著孩子的純真、對鄉國的熱愛、真摯的善良。甚至在窮得連
包最便宜的香煙都買不起的日子裡，仍然忙於「吹響迎春的蘆笛，拍發
幸福的預報，採訪真理的消息，把生命的樹移植於戰鬥的叢林，把愛發
酵的血釀成愛的汁液。」[44]

　　他具有古樸單純的人格，他看到花、草、樹木，也看到螞蟻、老鼠。
他可能：

對著窗外欲雨的雲天，我的心呀飛過山海，輕輕的飄落海灘，化做點點
漁火，遙遙沖入寒煙。祝你夜來枕上沒有可厭的夢魘的煩擾，看見那些
因快樂而跳舞的星辰向你道聲：平安！[45]

　　可是，他看不到自己猶如小飛俠無家可歸。無家可歸的小飛俠，可以
再飛上天空，而他卻只能重返塵世。於是「理想」與「現實」之間有了衝
突，而後他有了「小飛俠併發症」。那種「純真」的本質變成一股強烈的
驅策力量，這種理想與現實的衝突彼此相擊，生存有苦悶，戰鬥有苦痛，
而後人生才有了價值。我們可以說人生的深遠意義，事實上在於兩種強大
力量相衝突而生的苦悶與懊惱，也就是這二者的產物。
　　楊喚的純真，更是他生命的表現，也是個性的表現。這種純真即是
「生之喜悅」。這種生命力的顯現，有超脫利害的觀念，離開善惡邪正的
評價，脫離道德的批判和傳統的束縛，他要返璞歸真，重尋童年與家鄉，
並建立個童話世界。

---

[43] 見《楊喚全集Ⅱ》，頁 403
[44] 見《楊喚全集Ⅰ》，頁 157～158
[45] 見《楊喚全集Ⅱ》，頁 396

　　可是現實的社會實在太複雜了，人無能脫離社會，因此必須服務各種的社會規範。從我們體內所湧出的個性慾求，無可避免地，必須不斷地接受各種壓迫和強制。

　　這兩種內在理想與外在壓力的衝突與糾紛，都是古往今來人類曾經體驗到的痛苦。雖然往往因時代趨勢、社會組織和個人性情、境遇之不同，而有大小強弱之別，但從原始時代到今天，幾乎沒有不被這痛苦所苦惱的人。然而，除自殺之外，人們總是採用各種適應方式，企圖擺脫壓力。

　　日人廚川白村從心理分析的觀點認為文學是人類各種生存活動中，唯一絕對無條件、純粹的創造生活的世界，進而肯定文學是苦悶的象徵。他說：

> 在心中燃燒的慾望被壓抑作用的監察官所阻，其間所發生的衝突與糾紛，造成人類的苦悶。如果這慾望之力能脫離監察官的壓抑，以絕對的自由表現出來時，那就是唯一的夢。那麼，在我們一生所有的其他活動中——亦即社會生活、政治生活、經濟生活、家族生活中，我們能從經常受到內在和外在的強制壓抑中解脫出來，而用絕對的自由，實行純粹創造的唯一生活，這就是藝術了。我們能從生命根源發出來的個性之力，宛如噴泉般地發揮，只有在藝術活動中才能做到。像春天一到，草木萌動、禽鳥嚶鳴似的，被不可抑止的內在生命之力激發，做自由的自我表現，這就是藝術家的創作。慣於用科學眼光來看萬事萬物的心理學者以為這是「無意識」，其實大且深的「有意識」的苦悶，早已潛伏在心靈深處的殿堂裡。這苦悶只有自由的絕對創造生活中被象徵化後，才能成為文藝作品。[46]

　　經過痛苦而完成作品時，其喜悅猶如母親生產後一般，當自己完成了

---

[46]見廚川白村著；林文瑞譯，《苦悶的象徵》（臺北：志文出版社，1982 年），頁 29～30。

自己生命的自我表現慾望後，作品也有脫離壓抑作用而得到創造勝利的歡喜。然而，這種舒解，可能是片刻的，現實的壓力仍會接踵而至。是以楊喚終其一生陷於寂寞與憂鬱之中而不能自拔，他執著自己所選擇的適應方式——心理自衛機轉。於是，他忽略了日常生活的定俗成規。但是，他無意遷就自己，迎合現實。歸人在〈憶詩人楊喚〉一文說：

> 在他生前，我常常向他這樣說：「在文學的王國中，你是最大的富翁，最智慧的寵臣；然而，在人生的大道上，你卻是一位最命蹇的敗兵。」[47]

於是，他寧可走進童話城。歸人說：

> 因為他的童年是萎謝的，是悽慘的，所以，他對童年常寄以美麗的夢想。這促使他在童話詩及童話的寫作上，有了絕大的成就。[48]

又覃子豪在「論楊喚的詩」裡也說：

> 他憧憬著「童話裡的王國」。因此，他感謝安徒生，安徒生使牧豬奴成為一個戰士，而使他「從農場裡出來的醜小鴨」，「生出一對天鵝的翅膀」。[49]

> 在童話世界裡：
> 有田野、有森林、有河川，
> 有騎在蝴蝶背上的小拇指！
> 有從餐盤裡跳出來，背上擱著一把餐刀，搖搖擺擺，直向賣火柴的女

---

[47]見《楊喚詩集》（臺北：光啓出版社，1964 年 9 月），頁 153。
[48]見《楊喚詩集》（臺北：光啓出版社，1964 年 9 月），頁 146。
[49]見《楊喚全集 II》，頁 511。

孩走來的烤熟的「八寶鵝」！

在童話世界裡，有現實世界裡不可能發生的事，在童話世界裡卻是一種美麗的存在。這種「美麗的存在」的「純真」，就是所謂的童話精神。這種童話精神，在現實的社會裡，是種不良的適應方式，可是它卻具有創造性。疾病和痛苦，有時正是促使人變成創造者的外力。孫慶餘在「天才與精神疾病」一書的譯序裡說：

> 作者從臨牀資料中發現，精神疾病，尤其是精神官能症，並不像一般人所以為的，只是精神上的失常，其人格也大有「建設性」的成分在內，只要一個患者不斷善用他的「疾病驅力」，他便能成為偉大的創造者。就藝術生命的不朽來看，一個人的「正常」與否，是完全無損於他對人類卓越貢獻。（見景象版「天才與精神疾病」，頁8）

總之，童話精神是他的文學的特質所在，也是他痛苦的根源。又就文學作品而言，在他的童詩裡，最具童話精神。是苦悶的昇華與象徵，在童詩裡沒有寂寞與憂鬱。反之，他的書簡，則完全是苦悶的宣洩。但在宣洩之餘，仍有許多童話精神在，尤其是那些優美的想像，試引錄如下：

> 春天，是有花的季節，看花的季節。流落的人什麼也沒有啊！像瘖啞的手風琴，像風鏽了的鈴子。
> 島上傍晚是美麗的，願你不要放過了它。替我多拾幾枚美麗的貝殼吧，因為我永遠有藉這樣的幻想：月光，銀色的海，藍色的海，美麗的美人魚，美麗的星子，紅紅的燈籠，紅紅的珊瑚。
> 唱歌，我每天都唱，我每個時候都唱，用嘴，用手，用腳，用我能發洩愁苦的一切而唱，發狂了似地，傻了似地。你的詩，我看了，什麼也不是，我不知道你說的些什麼？
> 近來我想的很多，多是不著邊際的夢。

海，憂鬱的海，你是一隻海燕，還是一尾魚？[50]

又：

燈，是溫暖的，尤其是在雨夜，這燈下的一片寧靜，凌亂的雨滴也敲不碎，擾不亂。為自己拓下幻想的天地吧，在這裡你可以任意徜徉，任性歌唱，給你自己採擷更多更多的花朵。

今夜，這落雨的夜，從寂寞裡拉出我自己。燈下我描畫一張藍天和幾片雲朵，我的想念和希望在奔馳了，一似搖亂纓鈴的野馬⋯⋯

夜，荒涼的夜，雨滴淒然而落，我遙想雨的海上，雨的山谷，雨的綠原。

做一個忠實於你的熔鐵匠吧，捶打你自己，捶打你自己，沉重的錘子，灼熱的火焰。

有風吹敲窗櫺了，雨還是在落。明天也許是一個有太陽的晴天，祝福你今夜枕上有一支安詳的夢。

再來信，請你為我畫出你幻想的海上夜，紅紅的珊瑚，銀子一樣的月光，鮫人的羽衣。你能畫出海的聲音嗎？唉，這些我熱戀的，一如我愛的那個大眼睛的女孩子。

說真的，現在我想有一個妹妹，你呢？[51]

又：

我曾這樣譬喻過我的寂寞，我說：「我像一個失落在荒島上的水手，面對著向晚的天邊，海鷗棲息了，游魚潛沉了，滿眼是海水，浪花；滿耳

---

[50] 見《楊喚全集Ⅱ》，頁284～285。
[51] 見《楊喚全集Ⅱ》，頁293。

是風聲和濤聲……」[52]

又：

海，我懷念的海，是它告訴我許許多多的幻想。家鄉是濱海的小城，貝殼是我童年王國裡的金子。沙灘是我舒適的牀。銀鷗和白帆是我飛過的萬重山，航過千道水的美麗的希望。[53]

又：

有鳥唱像一串珠玉，從青空墜下，在我心頭跌碎了。有小風從窗口伸進手來，輕輕地牽引著我的感情。在這樣明亮的日子，我想起家鄉的春雪……[54]

又：

今天又是艾葉青青的蒲節了。兒時的記憶雖然使我嚮往，終於也遠了，就像那失去了光彩的條條絲縷。「海呀！我想化為一隻水鳥，永遠飛向你！」海的脈搏，海的呼吸，在今天，在我被扭曲了的時候，便不禁懷戀起那勃壯的力。康稔，到海邊去吧！到海邊去讀我這封信，到海邊去呼喚我，也呼喚你自己：「喂，喂，你們走在哪裡？」[55]

至於新詩，覃子豪在〈論楊喚的詩〉裡認為最值得讚美的是：

---

[52] 見《楊喚全集Ⅱ》，頁 331。
[53] 見《楊喚全集Ⅱ》，頁 295。
[54] 見《楊喚全集Ⅱ》，頁 340。
[55] 見《楊喚全集Ⅱ》，頁 403。

最值得讚美的，應該是楊喚作品中優美的風格罷。他表現思想，而不故
弄玄虛，表現意識，而不流於枯燥無味的說教，他表現戰鬥情緒，不是
迎合，是自己心靈的需要。他的詩，格調新鮮，但不歐化；音節諧和，
但不陳舊。其形象生動，比喻深刻：在〈鄉愁〉中的「高粱的珍珠，玉
蜀黍的寶石」，「老榆樹上的金幣」，在〈檳榔樹〉中「星的金耳環，
月的銀梳」，在〈二十四歲〉中，以白色小馬比喻其健壯，以綠髮的樹
比喻其青春正茂，以微笑的果實比喻其豐盛的情感，以海燕的翅膀比喻
其活潑。而「小馬被飼以有毒的荊棘，樹被施以無情的斧斤，果實被害
於昆蟲的口器，海燕被射落在泥沼裡。」詩人楊喚所遭受的痛苦全被這
四行詩深刻的表現出來。詩人喟歎：「Ｙ‧Ｈ‧！你在哪裡？」是必然
的。這些形象和比喻，就是詩人楊喚天才的表現，令讀者驚歎。[56]

　　覃子豪所謂「優美的風格」，一言以蔽之，即是童話精神。就是「詩
的噴泉」也是如此。而令人遺憾的是他這種童話精神，竟然未能用力於童
話的創作。

　　總之，楊喚文學的特質在於童話精神。這種童話精神，簡言之，即是
安徒生的精神。有關安徒生影響之說，我們可以從書簡中得知，而紀弦在
〈楊喚的遺著：風景〉一文裡，亦已肯定這種安徒生的精神，該文說：

　　這位好心腸的丹麥老人，給予楊喚的影響是非常之深的。安徒生的童
　　話，對於楊喚自幼受了巨大創傷的心靈，實不啻一種救濟，一種止痛藥
　　水，或一種宗教的安慰。楊喚除了寫他的抒情詩之外，還常常為兒童們
　　寫一些童話詩，並且十分的成功。不消說，這是心理學上一種「補償」
　　的行為。由於他本人從小得不到母愛的滿足，因之他特別喜愛兒童，喜
　　愛童話。安徒生之所以成為他的良師益友，自然是有道了。其實不僅

---

[56]見《楊喚全集Ⅱ》，頁 512～513。

是在他的童話詩中，甚至在他的寫給成人看的抒情詩裡，我們也可以隨
處發現安徒生的影響。而他的童話詩之美麗和有趣味，又不只是對了兒
童的胃口，就連成人看了也很過癮的哩。[57]

五、圍城心理

《圍城》是錢鍾書一本小說的書名。書名本身即是主題。《圍城》主
題非常明顯，作者在書中已明白指出：

慎明道：「關於蓓蒂結婚離婚的事，我也跟他談過。他引一句英國古
話，說結婚彷彿金漆的鳥籠，籠子外面的鳥想飛進去，籠內的鳥想飛出
去：所以結而離，離而結，沒有了局。」

蘇小姐道：「法國也有這麼一句話。不過，不說是鳥籠，說是被圍困的
城堡（Fortresse Assiegee），城外的人想衝進去，城裡的人想逃出來。鴻
漸，是不是？」鴻漸搖頭表示不知道。

辛楣道：「這不用問，你還會錯麼！」

慎明道：「不管它鳥籠罷，圍城罷，像我這種一切超脫的人是不怕圍困
的。」[58]

「你真愛到三閭大學去麼？」鴻漸不由驚奇地問，「我佩服你的精神，
我不如你。你對結婚和做事，一切比我有信念。我還記得那一次褚慎明
還是蘇小姐講的什麼『圍城』。我近來對人生萬事，都有這個感想。譬
如我當初很希望到三閭大學去，所以接了聘書，近來愈想愈乏味，這時
候自恨沒有勇氣原船退回上海。我經過這一次，不知道何年何月會結
婚，不過我想你真娶了蘇小姐，滋味也不過爾爾。狗為著追求水裡肉骨
的影子，喪失了到嘴的肉骨頭！跟愛人如願以償結了婚，恐怕那時候肉

[57]紀弦，〈楊喚的遺著：風景〉，《新詩論集》，（高雄：大業書店，1956 年 10 月），頁 122～123。
[58]見文教版，頁 84～85

骨頭下肚，倒要對水悵惜這不可再見的影子了，我問你，曹元朗結婚以
後，他太太勉強他做什麼事，你知道不知道？[59]

「鳥籠」、「城堡」、「圍城」，是作者錢鍾書給男女婚姻塑造的一
個假象，在外面的想進去，進去了的想出來。具體來說，沒有結婚的想結
婚，結了婚的又想分手。作者把這種心理傾向，擴大到「人生萬事」。

這種圍城的心理傾向，應該是人類普遍具有的現象，是由好奇與不易
滿足的慾望，使得人們奮鬥不懈。因此我們擬用圍城心理的觀點來看童話
城裡的楊喚。

楊喚因不易滿足慾望而入童話城。這種的選擇，乃是所謂心理自衛機
轉，這種心理自衛機轉雖是一種常見的心理現象，但心理自衛機轉的慣
用，將導致長遠不去學習成熟的真實有效的行為方式，因為這種心理自衛
機轉在本質皆屬自我欺騙。人不可能長期自我欺騙，除非能把苦悶化為象
徵，否則總有驚醒之時。潘彼得雖是永恆快樂的象徵，但亦有迷失與無家
可歸的難言之苦。更何況是寂寞、憂鬱的楊喚，他也曾在嘗試改變自己，
企圖突圍而去。

楊喚的圍城心理，可以從他的創作歷程中去了解。尤其詩是他的生命
抉擇之一，也是他苦悶表達的方式。以下試以楊喚詩創作的歷程，以見其
圍城心理。

（一）民國 38 年～40 年

楊喚於民國 38 年春天，隨部隊到臺灣後，由上等兵逐次擢升為上士文
書，痛苦往事雖然不能忘，但生活逐漸地也安定了，於是開始寫童詩。民
國 38 年～40 年，是他寫童詩最努力的一段日子，讀書也甚努力。

他把對童年和故鄉之苦悶化為童詩，在民國 40 年初仍對兒童文學有所
憧憬與期望。可是這種的憧憬與期望在民國 40 年底即放棄。放棄的原因，

---

[59]見文教版，頁 124。

或源於不甘心？或源於不能從其中得到滿足？他於是企圖調整自己的心態。在民國 39 年 3 月 6 日給康稔的信裡說：「你說我不是孩子，應該寫些給大人們看的東西，這話也對，但你又怎麼知道我這一顆嚮往於童年的心呢？……」[60]

又民國 40 年 11 月 17 日致笑虹信裡說：「近來我打算寫寫詩。當然我不會忘記了孩子們，還要給他們寫東西。不過我不想老是只寫兒童詩。」[61]

猶如小飛俠潘彼得，也不願意甘心長期住在幻想國，他必須尋求新奇、刺激。從此，楊喚似乎想掙脫理想的童話世界。他正尋求另一種的表達方式，同時也停止童詩的創作。民國 42 年 1 月 14 日給葉纓的信裡說：

> 是的，「金馬」是我。可是我很久沒有用這個名字寫兒童詩了。現在由於你們的感動，我很想再試寫一點。但在你們的最公正、最公正的批評沒有給我以前，我還不能寫，我還是不敢寫。[62]

可是，那都已成過去。

（二）民國 41 年～42 年底

楊喚的改變，是否是成熟的表示我們不得而知，但從遺著裡我們可以看出他一直在開拓他的友情領域，而新增的年輕朋友，則更具刺激性。來臺後，他或多或少仍在寫新詩。後來，民國 41 年 4 月，與詩人李莎結識，這對楊喚的寫作，頗具影響力。他因為李莎而與當時的詩壇搭關係，開始在「新詩周刊」等園地發表新詩。此後，童話詩則幾乎不大寫。年輕的友誼總是帶給了他活力，民國 40 年 4 月 6 日給康稔的信裡說：「就是在這幾天，我將振作起來一點。這是因為我的寂寞和憂鬱因為和幾個年輕的朋友的相處而解脫了，驅散了一大半的緣故。」[63]又民國 40 年 12 月 10 日給康

[60]見《楊喚全集 II》，頁 282。
[61]見《楊喚全集 II》，頁 481。
[62]見《楊喚全集 II》，頁 465。
[63]見《楊喚全集 II》，頁 337。

稔的信裡說：

> 正如你說的，我要好好的開始生活了，多讀點書，做筆記。希望你我都
> 不要做「情感教育」裡的那位可憐的福賴代芮克‧毛漏！
> 我從來是馬虎慣了的。就是在這些日子裡，我開始清算了一下我的舊
> 帳。我發覺了自己一直是在怎樣的生活著。又一個年頭又要開始了，但
> 願它是美好的，我也將第一次真正的好好的生活一下。……
> 我在想：我很快樂，很幸福，因為我有了你們這樣一群年輕而又熱情的
> 好友。我應該善自珍攝這過時不再的青春的時光。嚴肅起來，認真起
> 來，結束過去的慵懶和散漫。因為我回首一望，過去的幾乎全是一片空
> 白。[64]

又民國 41 年 11 月 24 四日給笑虹的信裡說：

> 我願意，也極其喜歡參加你們的野餐。那是大自然為我們年輕的孩子們
> 而張的盛宴，更何況我不會寂寞，因為將有你們兩個為我作伴。到時
> 候，請來信吧，我在私心默禱著那將是一個最美好晴天！[65]

其實，在這之前，他和歸人也時時在自勉，他們並非天生就寂寞。民
國 39 年 4 月 22 日給康稔的信裡說：

> 不要束縛自己，不要虐待自己，我願意有著一份可愛的野性。我討厭會
> 興起「書劍飄零」的那樣病懨懨的書生文士的喟歎，你要多認識自己，
> 鑄造自己，提醒自己。[66]

---

[64] 見《楊喚全集Ⅱ》，頁 364～365。
[65] 見《楊喚全集Ⅱ》，頁 496。
[66] 見《楊喚全集Ⅱ》，頁 291～292。

又民國 41 年 2 月 12 日給康稔的信裡說：「**不止幾次了，我和你都曾想「振作起來」，可是終於徒然，就像我的戒煙。**」[67]

然而，面對著年輕的友誼，他有長者的風範，諄諄的慰勉，使他能從其中肯定自己，進而想突圍。

就在這個時候（民國 41 年初），他喜歡上一位少女，前後長達八個月的時間，他說：「**但，衝動的激情，卻是罪過。因爲好多悲慘，好多事故，都是從這裡演出來的呀！**」[68]如此的激情雨自又撩起他從前的種種。

童年，是不可能忘記的。所以童話依然存在，只是他已開始拋棄童話的形式，只存童話精神。在新詩裡，我們可以感覺到他脈搏的跳動，可以感覺到他的喜怒哀樂。就是有名的「詩的噴泉」，亦以童話精神調和抒情與勵志。

（三）民國 42 年底至去世前

在新詩裡，仍是以對童年和故鄉的憑弔和補償，在詩中仍有對童話世界失落的無奈。如：

> 凝固了的生活是寂寞的。
> 妳來了，給我以溫暖的回憶。
> 妳的同類中有一個是我的好友，
> 妳和我曾共度童年的美麗。
> 但，今天，妳的殷勤的造訪是惱人的，
> 因為他們拒絕再給妳我以
> 天真的故事，昆蟲和玩具。

——〈貓〉，《楊喚全集》（上冊），頁 59

> 是誰投我於這無邊的惡夢？

---

[67]見《楊喚全集Ⅱ》，頁 394。
[68]見《楊喚全集Ⅱ》，頁 414。

是誰試煉我這昏眩的痛苦？

像被盛進女巫的黑色的魔袋，

像迷失於叢林蒼莽的峽谷。

是誰冷熄了我的火熱的思想？

是誰扭曲了我腳下的路？

使我呀，折斷了豎琴和歌唱，

使我呀，遠離了我喜歡的風景和愛讀的書。

啊啊，我不知道，我不知道。

直到今天，我醒來，才發覺：

是我錯受了庸俗與醜惡的招待，

用一切去換取慾望的追求和貪婪的滿足。

今天，我醒來，向蒼老的昨夜告別，

跪拜著迎接又一次的考驗，

今天，我醒來，我流下了懺悔的淚，

緊緊地擁抱住一個新的自己，放聲大哭。

　　　　　　——〈醒來〉，《楊喚全集》（上冊），頁 65～66

是誰讓我走進玩具店

（想買一份禮物給我愛的孩子嗎？

可是她不在我的身邊。）

看的璀璨的燈火，我有些黯然

一聲歎息，一聲祝福

都是我獻給妳最美麗的花環

風裡雨裡

我有不盡的懷戀……

　　　　　　——〈風裡、雨裡〉，《楊喚全集》（上冊），頁 73

風景

我在八月的明亮的早晨醒來，

我在夢見回家的夢裡醒來，

我在

我在美麗的風景裡醒來，

窗外是太陽用金針編織起來的天空，

遠處是綠色的山野和森林和（此詩未寫完——歸人謹註）

——〈風景〉，《楊喚全集》（上冊），頁 161

除外，又有像〈短章〉[69]、〈今天的歌〉[70]、〈春天的告誡〉[71]等詩的自律自勉。然而，仍未能解除他的寂寞與痛苦，致使他對自己的表達方式產生懷疑，在民國 42 年 11 月 21 日給傳璞的信裡[72]，對詩的觀點與態度，有詳細的說明。同時，我們也可以從書簡中看他自省與共勉的歷程。民國 41 年 11 月 17 日給笑虹的信裡說：

現在，為了一個感召，一個啟示，我每天起來的很早（那是一個同事做了我的催眠鐘，是我拜託他的）。在別人還都安於早晨那一段甜睡的時候，我們便悄悄地洗過臉，迎著涼意侵人的晨風，到公園那座水池邊去看那噴水。那時候公園裡還留著昨夜的寂靜，喜歡伸腰拉腿打太極拳的人們還都沒有來。我就看著那噴水，像珠玉般落在地面；聽那噴水，像雨般響在池面，也落在和響在我的被憂鬱給侵蝕了的心上。於是，明亮起來，躍動起來，心頭上抹上了快樂的甜蜜。一些不清潔的什麼，都被那日夜不停的噴水給洗掉了。

還是跟你說過那樣，我不再「殺時間」，我擁抱住它了。雖然它還是以

---

[69]見《楊喚全集 I 》，頁 103、105。
[70]見《楊喚全集 I 》，頁 121～122。
[71]見《楊喚全集 I 》，頁 123～124。
[72]見《楊喚全集 II 》，頁 453～456。

聽不見的聲音在人生的河牀上流過，可是我畢竟又再是兩手空空了。我
已經握起一支槳，解開了我的船。（見全集下冊，頁 480～481）

民國 41 年 1 月 31 日給康稔的信裡說：

多謝你珍惜我的「禮物」。如此說來，我也並不寂寞了。因為，雖然在
這裡被人遺忘，而在遠方卻有著可感的友人的關懷。是的，我們要做一
對永遠親愛的兄弟！我們的心和肺都連在一起。[73]

民國 41 年 8 月 15 日給康稔的信裡說：

不管你是否同意我所主張的那些，現在我想這種辯論該讓它「讓禪」
了。我最關心的還是你是否能肯多做一番「省察」的工夫。意志是可以
培養的，所以，我已經收拾起「無計畫的飄泊」，開始了「沉思試
驗」。你知道：人生最大的痛苦莫過於內心的衝突，是人格之不統一，
各個性質不同的慾望、衝動、情操、目的，彼此傾軋、互爭雄長。個人
修養的極致，就是一個統一與和諧的人格。我不再說你或我是否幼稚。
現在只能請你做一回「沉思試驗」，用腦袋去想一想。假如你真的有所
謂統一與和諧，那你就絕不會被那些煩擾你的一切所苦，因而頓足搥
胸，涕泗交流，頹喪悵惘。當然，十全的至美，是可望而不可及的。但
有誰反對你向這條路上推進呢？（見全集下冊，頁 406）

民國 41 年 1 月 2 日給康稔的信裡說：

日來總酣於讀書，以一種炙人之痛的哲學的焦慮拷打自己。我在忙於粉

---

[73] 見《楊喚全集 II》，頁 387

碎這一個我，歡迎另一個新的自己。雖有時不免怯步，幸好還能不斷警
惕。[74]

民國 42 年 3 月 21 日給康稔的信裡說：「能多讀書，極善。吾正日日
孜孜於此，不敢稍懈，並必做筆記，望你亦能如此。」[75]

民國 42 年 11 月 21 日給傳璞的信裡說：

對詩，坦白地說：我是從來也沒有真正的理解過。雖然經過幾年的摸
索，但這只能說是冒瀆了繆斯，睜著眼睛頻發夢囈。今後我將不敢再提
筆了，將永遠不提筆以贖前罪，請相信我，這絕不是說著好玩的。
我也希望你不要再寫詩，這是我曾經和守誠說過多少次的。請你不要誤
會，千萬的；這並不是（絕不）說你不配寫詩，而是「詩」足以會害了
你。何故？曰：當詩的賦有「魔性」的花朵在筆下綻開了的時候，你將
必須「輸血」來灌溉它，以「肉」來培植它，結果，你的靈魂將迷失於
空想之美的境界裡。而你的軀體呢？則被無情的交給現實的鞭笞和荊
棘，這痛苦是難於想像的。
……做為消閒的遊戲則可，若真是費盡苦心，那是不智的。你應該去理
解人生、接觸人生，從而把握它、刻畫它，面對一個最莊嚴、最偉大的
一個大課題（我很擔心，擔心會誤以為我在用一種「教訓」的態度，向
你發揮大道理）。我們現在所亟需學得的應該是有細密的觀察力和思考
力，由縱至橫，從內至外的去體驗和發掘人生，磨亮眼睛，磨亮筆。
你所提到的那些所謂「人事關係」，不是今天才開始有的。儘管那是如
何使人氣憤和不平。和你一樣，我反對它，詛咒它，但能怎樣呢？那是
絲毫也礙它不得的。
……

---

[74] 見《楊喚全集Ⅱ》，頁 424。
[75] 見《楊喚全集Ⅱ》，頁 441～442。

> 多來沉思吧，多來讀書吧，現在我寧肯讓書籍來吞食我的健康，也不願
> 意像害了惡性痼疾般似的頻發夢囈，奢侈地浪費言語。沉默如一圓寶
> 盒，我願長守著沉默，找回真正的我自己。[76]

民國 42 年 11 月 27 日給葉纓的信裡說：

> 不要老是懷戀過去，忙於未來的創造都嫌為時不夠。不要認為自己是柔
> 弱的，儘管現實會羈絆妳，妳也不能不把美的理想懸諸於現實之上。[77]

　　傳璞，是楊喚未見過面的朋友，而楊喚卻能披肝瀝膽的坦誠相對。而
後，直到去世（民國 43 年 3 月 7 日）為止，他當真沒有再寫詩。這種停止
寫詩的舉動，正暗示著另一種改變的醞釀。而其中主要的動力，除了童年
的渺茫、心智的成熟外，從書簡中可知，要以情愛的衝擊和寫作未能突破
為大。

　　民國 42 年 5、6 月間，他認識了書簡中的「頑童」，該少女時讀於一
女中，頗有詩才，這是使楊喚的生命生巨大震撼的一個故事。自民國 42 年
下半年起，楊喚深為愛情所苦，也很少寫信給他的好友歸人，僅給歸人兩
張明信片（11 月 20 日、12 月 28 日），在信中充滿了極深的徬徨與憂鬱。

　　葉泥在〈楊喚的生平〉一文裡說：「他曾驚服於一個女孩子的寫詩的
天才，因此他也常常警惕自己，甚而有些苦惱著。這是 42 年下半年的事
情，從那時起，他很少寫東西。」[78]

　　葉泥文中的女孩子，在這時並無姓名。30 年後我們有幸看到原件。這
是楊喚致李莎的信，寫好了未發，連收信者都未見到過，我們真該感謝葉
泥先生的細心保存。[79]該信寫於民國 42 年 7 月 29 日：

---

[76]見《楊喚全集Ⅱ》，頁 453～455。
[77]見《楊喚全集Ⅱ》，頁 474。
[78]見《楊喚全集Ⅱ》，頁 526。
[79]見《楊喚全集Ⅰ》，頁 15。

我知道木柵是安靜而又幽美的，但願你的日子沒有一絲絲兒陰影，細緻而寧貼的安排在那一片田園的風景裡。

「無夢樓詩輯」是那麼經不起一讀再讀，當我好好地看過它們幾遍之後，我乃悲哀的認識了貧乏的自己。正相反的，林泠的詩卻是如此的美好。我羞慚於做了她的詩的鄰居。我寫給她這張信卡請你在前面填上信址轉給她罷。我說真應該向她獻花，這是一點也不算過的，實在她真當得起。請告訴我：這個禮拜天（2 號）假如你沒有事情，我要去造訪你和你的新鄰居。[80]

歸人有「附註」云：

這封寫給李莎的信，並未寄發，是在他的遺物中發現的。所以連李莎也沒見到過。時間是民國 42 年 7 月 29 日。在信中，他對林泠小姐的詩，表示由衷的讚揚。有了這封信，印證出他當時跟我的私下談話。可是言猶在耳，物在人亡者已 30 年！人生情分，果係神祕難解的謎嗎？[81]

驚服於他人的天才之餘，自會自我省思，於是有少寫的舉動，及至年底，在給傳璞的信裡，更斷然的封筆，這種封筆是痛苦與掙扎的決定。

童年的渺茫、友情的遙遠、再加上情愛的落空，以及未能突破寫作瓶頸，還有種種的現實，皆在促使他面臨再度的改變，他也因此更專致於自我的進修。許多作家，在完成他們改變風格的著作時，都會經過一段精神上的苦惱和折磨時期。這種精神上的騷動，可能便是創造行為的一部分，因爲有了這些苦，才會產生再度的蛻變。而楊喚在民國 43 年 1 月 25 日給黃守誠的信，似乎有蛻變的徵象，信裡說：

---

[80]見《楊喚全集Ⅰ》，頁 505。
[81]見《楊喚全集Ⅱ》，頁 506。

我們總都是這個樣子的，這悲劇的性格。如今，我不敢再徒發玄想了。
當一個人能懂得，最好的方法應該是沉默。

又是一個轉捩，新的起點。人生就是如此的，而我們是有如蟬蛻。

我已能抑止住曾猖獗一時的悲痛。因我仔細回味時，驀然地發覺，為一
個「頑童」的折磨而自溺，殊為可笑，儘管情痴如我。[82]

在信中，他已從情愛的泥沼中拔出，並肯定「又是一個轉捩，新的起
點」，遺憾的是，英才遭天忌，老天根本不給他這個機會。

——選自林文寶《楊喚與兒童文學》
臺北：萬卷樓圖書公司，1996 年 7 月

---

[82] 見《楊喚全集Ⅱ》，頁 449～450。

釋楊喚的〈小螞蟻〉

◎李瑞騰*

　　多少年來，兒童詩普遍受到社會大眾的重視，先後有不少作家投入其中，創作並且不斷研究，他們和在學校實際從事兒童文學教育的工作者密切合作，再加上一些傳播媒體以及出版機構大力推廣，讓文學真正的往下紮了根。

　　做為一種詩類，兒童詩可以再區分為兩類，一種是兒童本身的創作，一種是成人所作，前者是兒童用簡單的語句表達他們對於經驗世界的看法，童心與童趣自然天成；後者是成人模擬童心，以童稚語去表現童趣，寓教育於其中。然而由於成人的作品往往成為兒童學習的根據，成人又不斷從兒童作品中去發現童稚的心靈動狀以及表現的方式，所以二者之間存在著一種互動的關係。

　　我一直覺得，對於兒童詩，成人永遠都基於主導的立場，他必須要有高度的熱情，深懂兒童心理以及思維的傾向，更重要的，他對兒童詩要有明確的認知——兒童詩是一個詩類，必須滿足「是詩」的各種條件。再者，它既以兒童為對象，從題材的選擇到主題的呈現，都應該落實在兒童的經驗世界中，那是一個極其單純可愛而且充滿幻想的世界，故而複雜化、抽象化可以說是這一種詩在寫作上的最大禁忌。

　　在臺灣的現代詩人中，最早關切起兒童詩的是楊喚。楊喚在新詩方面所表現出的才華是有目共睹的，可惜不幸慘罹車禍，英年早逝，若果天假以年，應更能大放異彩。不過，就他僅存的少數作品所散發出來的光輝，

---

*發表文章時為中國文化大學中國文學所博士生，現為國立臺灣文學館館長。

已經值得在新詩發展史上立專章討論了，尤其是他的兒童詩，由於是開風
氣之先，彌足珍貴。

楊喚曾在給他的摯友歸人先生的書簡中，提及他爲什麼會致力於兒童
詩的寫作，歸結他的話，我們可以得到這樣的結論：第一，由於他有一個
「萎謝的童年」，所以他有一顆「嚮往於童年的心」，所以他「想從這裡
面找回一些溫暖」；第二，他發現「兒童文藝在中國是最弱的一環」，而
「孩子們也有他們的鑑賞力的」。

前者是個人因素，是自我缺憾的一種補償；後者是基於對時況的體認
所產生的使命感，自有一種舍我其誰的襟懷。這兩層因素加在一塊，已足
令他畢生致力於斯了，惜乎不幸早死，否則中國兒童詩的蓬勃發展應可提
早一、二十年。

其實，楊喚的兒童詩作品並不多，就《楊喚詩集》（臺中光啓出版社版
本，1964 年 9 月）童話部分所錄，只有 18 頁，數量雖少，卻頗爲可觀，
已故詩人覃子豪說，這些作品「有新鮮的內容，獨創的格調，不是陳腔濫
調的兒歌，是培育兒童心靈的讀物」，雖未引證論述，卻也是持平之論。

從這 18 首來看，楊喚在童心的模擬上可以說相當成功，他巧妙也把外
在客觀的景、物擬人化，讓它們活動得有「意義」，而這「意義」正好是
他寓於其中的教育性，譬如〈七彩的虹〉，寫爲什麼在「雨後的天空中」
會有「七彩的虹」，那是因爲「小雨點」勤奮「大掃除」的「獎賞」；又
如「肥皂之歌」，以第一人稱敘述，敘述者便是「肥皂」，他對著「小朋
友」說話，自言他不妄自菲薄，抱著助人最樂的原則，同時繪出一個「乾
淨」的理念。

在這裡我想析釋他一首題爲〈小螞蟻〉的短詩，全詩如下：

我們是一群不偷懶的小工人。
搬不動哥哥的故事書，
拉不走姊姊的花毛線，

我們來抬小妹妹吃剩下的碎餅屑。

下雨了，

有小菌子給我們撐起最漂亮的傘；

過河了，

有花瓣兒給我們搖來了最穩當的船。

　　總共才八行，和另外三首：〈小蝸牛〉、〈小蟋蟀〉、〈小蜘蛛〉，很可能是一個系列的產品，在楊喚的所有兒童詩中，這是最短的兩首之一（另一首是〈小蜘蛛〉）。

　　毫無問題，動物原本就很能令小孩產生興趣，所以寫動物的詩較容易被他們接受，問題是站在什麼觀點？如何去寫牠？一般說來，詠物詩常著眼於「物」的特殊造形以及詩人對「物」所興起的感悟，但是以兒童詩寫物，物的造形並不重要，因為詩人所選定的這個「物」，必然是兒童所熟悉的，當物之「名」一出現，其形其狀便已在能閱讀的兒童的意識中形成了，所以最好是著眼於物的屬性和行為上，若果是「動物」，當然可以由其形出發，而寫出牠在「行為」上的「意義」，而此種「行為」必然也是要普遍共同認定的，至於「意義」，那就看詩人究竟想讓他的小讀者從詩中體會出什麼。

　　楊喚筆下的「螞蟻」，以「小」形容之，很容易讓兒童感到親切，因為他們可能因自己的「小」而對牠認同。

　　詩以小螞蟻為敘述者，一開始的「我們是一群不偷懶的小工人」基本上是個譬喻，當然也是一種擬人手法。成「群」、「不偷懶」、「小」皆是螞蟻特性，「小」字緊扣詩題，「不偷懶」則是全詩關鍵，也是詩人所想讓讀者感悟的主題。

　　因為是「工人」，所以要「工作」；因為是「小」，所以「搬不動」、「拉不走」大而且重的東西，只好「來抬」一些小東西了。在這裡，這些物質，包括哥哥的故事書、姊姊的花毛線、小妹妹吃剩下的碎餅

屑，都經常出現在兒童的經驗世界中，這等於是回答了兒童的一個疑問：螞蟻為什麼不搬哥哥的故事書、姊姊的花毛線，而偏要來抬走小妹妹吃剩下的碎餅屑呢？

　　後面四句兩兩對等，是並列的兩種狀況，發生在小螞蟻抬東西要回家途中；當下雨的時候，小螞蟻就群集在菌傘下；當要過河，就以花瓣當船。在現實裡，菌傘是固定的，在此詩中轉化為一個撐傘的動作；花瓣兒水中飄，在詩中轉化成自己搖來的船。原本是小螞蟻求生的本能，詩中卻經營成適時出現的救援，如此處理，除了是詩法的運用之外，也正是基於這些小螞蟻的「不偷懶」，勤奮工作，自助所以人助，作者所要表達的，應就是這樣的主題命題。

　　我們可以把八行分成前後兩個單元，前半「我們是」、「我們來」之間是相對等的兩句，並列而彼此互相完成詩意，是說明性的；後半兩兩相對等，也是並列而彼此互相完成意義，是呈現性的。作者沒有把前後區分成二段，顯然是不想讓詩意中斷，如果分成二段，則後段的詩意可以不必緊扣「不偷懶」，可能有損全詩的完整性。

——選自李瑞騰《新詩學》

臺北：駱駝出版社，1997 年 3 月

楊喚〈夏夜〉

◎許俊雅[*]

　　現代社會，生活節奏快速，與自然相親相諧的鄉野情趣，是現代孩子普遍缺乏的生活經驗。本詩充滿動植物可親可愛的情趣及大自然生生不息的活力，可啟發孩童真善美的生命情境，是一首很適合學童閱讀的新詩。

本文

　　蝴蝶和蜜蜂們帶著花朵的蜜糖回來了，
　　羊隊和牛群告別了田野回家了，
　　火紅的太陽也滾著火輪子回家了，
　　當街燈亮起來向村莊道過晚安，
　　夏天的夜就輕輕地來了。
　　來了！來了！
　　從山坡上輕輕地爬下來了。
　　來了！來了！
　　從椰子樹梢上輕輕地爬下來了。
　　撒了滿天的珍珠和一枚又大又亮的銀幣。

　　美麗的夏夜呀！
　　涼爽的夏夜呀！
　　小雞和小鴨們關在欄裡睡了。
　　聽完了老祖母的故事，

---
[*]臺灣師範大學國文學系教授。

小弟弟和小妹妹也闔上眼睛走向夢鄉了。

（小妹妹夢見她變做蝴蝶在大花園裡忽東忽西地飛，小弟弟夢見他變做
一條魚在藍色的大海裡游水。）

睡了，都睡了！

朦朧地，山巒靜靜地睡了！

朦朧地，田野靜靜地睡了！

只有窗外瓜架上的南瓜還醒著，

伸長了藤蔓輕輕地往屋頂上爬。

只有綠色小河還醒著，

低聲地歌唱著溜過彎彎的小橋。

只有夜風還醒著，

從竹林裡跑出來，

跟著提燈的螢火蟲，

在美麗的夏夜裡愉快地旅行。

作者

　　楊喚，本名楊森，民國 19 年生於遼寧省興城縣的菊花島。楊喚的童年
是不幸的，生活充滿悲苦。由於家裡貧困，生母早逝，自幼即受繼母凌
虐。他在照片上題辭：「從小就是個可憐的小東西。那在北風裡唱著：
『小白菜呀，遍地黃』的，那挨打受罵，以痛苦做糧食，被眼淚餵養大的
小東西。」因為童年生活沒有溫暖，所以特別關愛兒童，反而寫出許多膾
炙人口的童詩。他說：「兒童詩，我還想再寫下去，因為我想從裡面找回
一些溫暖。」初級農業職業學校畢業後，就開始寫詩、繪畫。

　　抗戰勝利後，他離開家鄉到青島，18 歲時任青島青報校對，後升任編
輯，開始發表作品，其後時局緊張，輾轉到了廈門，加入部隊為上等兵。
民國 38 年來隨部隊來臺，在軍中由上等兵升為陸軍文書上士。以楊喚、金

馬、白鬱、白羽、路加等筆名發表創作，極受注目。

在臺灣現代詩人中，楊喚是最早關切兒童詩的，他給摯友歸人的書簡中，提及他為什麼致力於兒童詩的創作，歸結他的話，有兩方面原因：第一，由於他有一個「萎謝的童年」，所以他有一顆「嚮往於童年的心」，他「想從這裡面找回一些溫暖」。第二，他發現「兒童文藝在中國是最弱的一環」，而「孩子們也有他們的鑑賞力的」。覃子豪在論楊喚的詩一文中讚譽他在童話詩上的成就：「有新鮮的內容，獨創的格調，不是陳腔濫調的兒歌，是培育兒童心靈的新鮮讀物。」歸人也說他：「將愛付諸人間，將美呈諸兒童，將真摯的血淚投諸文學。」可見楊喚一系列的兒童詩，在在表現出他對兒童的關愛。對於「詩」，楊喚說：「詩，是不凋的花朵，／但，必須植根於生活的土壤裡；／詩，是一隻能言鳥，／要能唱出永遠活在人們心裡的聲音。」

民國 43 年 3 月 7 日，詩人為了趕早場的勞軍電影──《安徒生傳》，在臺北西門町火車平交道上，因腳滑進鐵軌的細縫被嵌住，不幸被火車輾斃，震驚當時的文學界。論者以為他的詩運用清新的思維和語言，表露真摯童心，閃現智慧光采，推為一時難得的天才。

楊喚的生前好友歸人（黃守誠）說：「楊喚的短促一生，表現了一個追求文學，擔負歷史，渴望知識，實踐仁愛理想的熱烈生命。」歸人並為他的作品輯印為楊喚全集兩冊，1985 年 5 月洪範書店出版。收其詩作、散文、童話、日記、書簡等，並附錄可資參考的紀念文字及詩人筆跡圖象等，內容完整，可以一窺楊喚的創作觀，亦可以看出他的時代責任感。他的作品內容中有人間的悲哀、戰事的殘酷、愛人的離散、生命的無常、家國的熱愛、兒童的關懷等諸多題材。此書是目前閱讀楊喚最佳的讀本。

賞讀

本詩全篇分成兩段，第一段十行，第二段 18 行，共 28 行。首段宛如一幅美麗熱鬧、變幻有致的圖畫。詩中蝴蝶蜜蜂翩翩飛起，羊隊牛群相映

成趣，太陽也滾著火輪子，和動物們一起暮歸。街燈終於取代了白晝的烈日，在黑暗中散布光明溫暖的希望。萬千期待之下，「來了！來了！」的歡呼聲中，帶來了溫馨有味的夏夜，也將黃昏的美景轉換成夏夜的輕靈。而夏夜是怎麼來的呢？是輕輕地來，從山坡上椰子樹梢上，輕輕地爬下來的。這裡連續出現數次「來了」，它的語調略帶急促高昂，或驚喜或期待，充滿了活潑可愛的氣息。這種由上而下的感覺，就如同溜滑梯般輕巧而愉悅。在「撒了滿天的珍珠和一枚又大又亮的銀幣」這一句中，「撒」字用得極為巧妙，用「丟」、「拋」或者「擲」字，味道都不足，唯獨「撒」的動作優美飄逸，輕輕一撒，星月因而自然地各現姿態，夏夜也變得璀璨輝煌。此外，本詩在層次上，先由較小的蝴蝶和蜜蜂們消失寫起，然後再寫較大的羊隊和牛群，最後是天邊的火紅太陽，筆致井然有序。

第二段，前七行先描寫夏夜溫馨的景象。小雞、小鴨們寧靜地睡了，小弟弟、小妹妹也在老祖母的慈祥安撫中恬適的進入夢鄉，呈現出一幅天倫圖，也表現出作者對人間至愛的憧憬、期待和歌頌，正是詩人童年生活缺少關愛的一種熱切想望。這七行在時間上介於首段的夜暮低垂與末 11 行的深夜。然後寫夜深之後，山巒田野漸漸在月色朦朧裡成眠，這個世界宛若靜止了，停了呼吸。然而，夜裡還有南瓜、小河、風、螢火蟲不肯睡，享受著靜謐涼爽的夏夜。這一幅幅轉換的景象，乃是以豐富的想像力構成，有次序地加以變化。萬事萬物各顯姿態，整個世界，在寧靜中充滿了感動與活力，為靜謐安詳的夏夜增添無限生機。作者在這一段以映襯方式敘述大自然的夏夜，當萬物都已沉沉睡去進入夢鄉時，仔細一瞧，三組以「只有……還醒著」開頭的句子，正說明了世界仍有生命在活動，大自然的生命氣息其實並未休止。

作者在時空處理上，猶如一幕幕生動的影片，時間上採取順敘法，從黃昏寫到深夜；空間上是由近而遠，由上而下。先從近處的蝴蝶、蜜蜂，到稍大的羊隊、牛群，一直到天邊火紅的太陽。鏡頭從下方的花朵開始，逐漸向上到街燈，然後是山坡，一直到滿天的珍珠和又大又圓的銀幣。

　　新詩的書寫形式自由，沒有固定的格律，可以押韻，也可以不押韻，但本詩在分行、排列的技巧上，仍保有節奏和整齊之美，如首段前三句末尾以「回家了」結束，而以「當街燈亮起來向村莊道過晚安」做為轉接。下面五句都以「來了」結束，再以「撒了滿天的珍珠和一枚又大又亮的銀幣」停頓，富有節奏之變化。詩中如「輕輕地」用了四次，「靜靜地」和「朦朧地」用了兩次，「只有……還醒著」也用了兩次，這些詩句中多次應用疊字，將詩的氣氛塑造得十分輕盈，經營出類似第一段的節奏與韻律效果，使詩歌的音樂性更加豐富。而「醒」、「蟲」、「行」是近乎押韻的形式；「朧」、「靜」、「藤」、「輕」、「頂」、「聲」、「風」、「燈」等字的使用，在句中也造成類「暗韻」的效果，使整段詩給人輕快的韻律感。和諧的節奏往往使人產生美感，本詩在聲音上充分表現了音樂性節奏，很適合朗讀。

　　詩中擬人法的使用，也讓詩的整體表現更有生命力，更貼近人心。作者不用「夏夜像人般走來」的明喻，而用「來了」、「爬下來了」、「撒了」這些擬人化的動詞，將抽象的夜變得如同慧黠的孩子，活潑有趣，生意盎然。其他如：「帶著」、「告別」、「回家」、「滾著」、「道過」等，也都是用擬人的動詞來達到擬人的效果。因為用語得當，形成一種親切感，於是夏夜的熱鬧，使大自然的生命氣息與人融為一體。

　　這首詩用語淺近自然，節奏和諧，讀後自有一種溫馨、寧靜、愉悅的感受。

──選自許俊雅《我心中的歌：現代文學星空》
臺北：文史哲出版社，2006 年 6 月

五十年名家詩選註
楊喚詩選〔〈花與果實〉、〈小蝸牛〉〕

◎陳義芝*

作者

　　楊喚（1930～1954），本名楊森，遼寧省興城縣人，由於生母早逝、繼母虐待，使他的童年生活充滿悲苦。1931 年「九一八」事變，日寇入侵東北，成長於異族統治之下，日子更有說不出的辛酸。

　　楊喚的學歷並不高，僅完成初級農職的學業。1947 年任青島青報校對，後升任編輯，開始發表作品；翌年來台，在軍中由上兵慢慢升任為文書上士。1954 年 3 月 7 日不幸死於台北西門町火車平交道上。

　　短短 24 個年頭的生命，楊喚用過「金馬」、「白語」、「白羽」、「白鬱」、「羊牧邊」等筆名，寫詩、寫散文、寫童話，以文學完成對黑暗現實的救贖；他那充滿陽光溫暖的童話詩，獨步於現代中國文壇，三十餘年來，無人能超越他的成績。

　　楊喚在大陸出版過詩集。論者以為他的詩運用清新的思維和語言，表露真摯童心，閃現智慧光彩，是當世難得的天才。在〈我是忙碌的〉一詩，他堅持擂動行進的鼓鈸、吹響迎春的蘆笛、拍發幸福的預報、採訪真理的消息，把生命的樹移植於戰鬥的叢林，把發酵的血釀成愛的汁液。這可以看作是他的人生觀，也是文學觀。

　　1985 年，洪範書店委請楊喚的生前摯友歸人主編《楊喚全集》二冊，

---

*發表文章時為香港大學新亞研究所碩士生，現為臺灣師範大學國文學系副教授。

內容完整，資料豐富，是紀念一代詩人最好的方式；也是閱讀楊喚最佳的
讀本。

> 花是無聲的音樂，
>
> 果實是最動人的書籍，
>
> 當它們在春天演奏，秋天出版，
>
> 我的日子被時計[1]的齒輪
>
> 給無情地嚙咬，絞傷；
>
> 庭中便飛散著我的心的碎片，
>
> 階下就響起我的一片歎息。

——〈花與果實〉

賞析

這首詩僅短短七行，表現生命，將情融入景中，是一首意深的現代
「絕句」。

前兩句比喻，為詩思之推進紮下美而有力的根基——說花像音樂雖無
聲卻能搖蕩人心，果實如書籍蘊藏了最動人的故事，是屬於詩的最高妙的
說法；一般人不容易將不同特質的感覺繫連在一起作聯想，楊喚卻有相當
成功的演示。

第三句「當它們在春天演奏，秋天出版」，完全扣緊一、二句而言—
—花開在春天，音樂是演奏的；果實成熟於秋日，書籍是出版的。底下接
時間無情之語，自然引出了「日月忽其不淹兮，春與秋其代序」的慨嘆。

日子被嚙咬，歲月被絞傷，生命愈來愈短，哀傷的心情不免會寄託上
飄零的落葉，嘆息與秋聲也往往合在一起了。情與景交錯交融、這詩裡沒

---

[1]時計：計時的儀器，也就是時鐘。

有任何一個字詞是虛廢的。詩人沒有疾聲大呼，而人生苦短、生命亟待充
實的寓義自然衝擊著閱讀者的心。

> 我馱[2]著我的小房子走路，
> 我馱著我的小房子爬樹，
> 慢慢地，慢慢地，
> 不急也不慌。
> 我馱著我的小房子旅行，
> 到處去拜訪，
> 拜訪那和花朵和小草們親嘴的太陽。
> 我要問問他：
> 為什麼他不來照一照
> 我住的那樣又濕又髒的鬼地方？

> ——〈小蝸牛〉

賞析

　　好的童詩一定是詩裡面有一顆活潑躍動的童心，作者能用兒童的眼光
看，用兒童的耳朵聽，了解兒童的想法，進入兒童的心靈，和兒童一起生
活，講兒童話。

　　楊喚的〈小蝸牛〉就有這樣的優點。

　　這首詩在教育意義上，有三點潛移默化的功能：

　　1.鼓舞我們要有堅忍的毅力——小蝸牛長得不起眼，背著重擔，爬得
又慢；但是牠有目標，面對自己的道路，不慌不忙，很坦然、踏實地走下
去。

---

[2]馱：音ㄊㄨㄛˊ，背負。

2.鼓舞我們要有積極樂觀的生活態度——一般人看小蝸牛，也許覺得牠土頭土腦、遲鈍癡呆；但小蝸牛自己可不這麼想，你看，牠一樣是快樂地活在陽光和色彩的世界裡，到處旅行、到處拜訪，並不覺得自己有什麼見不得人。

3.鼓舞我們遭遇到難題時，要有迎上前去的信心和勇氣——生活在「又濕又髒的鬼地方」，小蝸牛不因此灰心、喪氣，牠認為不管誰對待牠不公平、不合理，牠一定要去「問問他」討個公道。從牠「到處去拜訪」這一事上，我們也可想見，牠很可能還會跟更多的「別人」理論一些其他問題的。

關於「童心」的把握，我們也可分三方面來看：

1.對戲劇化的情境，兒童比成人更具真摯感情，不論他心目中的「對象」尊卑貴賤，也不論是有生命，或無生命，他都可能完全投入，化身為其中的一分子，而不只是保持距離的觀望。楊喚寫這首詩，用第一人稱敘述觀點，有力地抓住了兒童天真的心理情態：「我」就是小蝸牛。這和「我像小蝸牛」或「小蝸牛像我」的表現方式不同；配合人格發展過程，它顯得更貼心、更親切。

2.兒童關心與他自己切身有關的行為，換句話說，他只知道有目的性的事件，而且他的目的一定是直接的「需求」，不是間接的「顧忌」。這一點，也可以看作是兒童「自我中心」的特性。例如小蝸牛要拜訪太陽，不是因為禮貌，不是怕冷落對方；而是希望像花、像草一樣，得到撫愛，得到溫暖。

3.遊戲是兒童世界中最重要的活動。兒童藉著一個接一個、不斷的遊戲，經驗人生的事事物物，從遊戲中學習，在遊戲中長大。這首詩裡，小蝸牛走路、爬樹、旅行、拜訪等活動，都有玩的成分和意味，契合兒童的生活現實面！

楊喚童詩的語言明朗樸素，極能表現「童言童語」的快感。「我馱著我的小房子走路，我馱著我的小房子爬樹」，這是排比；「慢慢地，慢慢

地」，則是反覆，排比和反覆都有一種單純美。當然，楊喚這樣寫，也是著意在刻畫小蝸牛動作的「慢」。他把蝸牛殼比喻成小房子，聯想很奇特，是一大創造；而在這個比喻上面，用一「馱」字，更使意趣鮮活，對呈現蝸牛圓鼓鼓的樣子，大有幫助。

〈附錄〉楊喚的第一篇兒童詩（寫於 1949 年）

> 童話裡的王國
>
> 小弟弟騎著白馬去了，
>
> 小弟弟騎著白馬到童話的王國裡去了，
>
> 媽媽留不住他，
>
> 爸爸也留不住他，
>
> 就是小弟弟最愛聽的故事，
>
> 和最喜歡的小喇叭，
>
> 也留不住他。
>
> 啄木鳥知道了，
>
> 很早很早地就給小弟弟
>
> 把金銀城的兩扇門敲開啦；
>
> 老鼠國王知道了，
>
> 很早很早地就穿上新的大禮服，
>
> 在那一大朵金黃色的向日葵花底下迎接他啦。
>
> 啊！熱鬧的日子，
>
> 高興的日子，
>
> 美麗的老鼠公主出嫁的日子呀。
>
> （晴藍的天也藍得亮晶晶的，藍得不能再藍啦！）
>
> 太陽先生扶著金手杖，
>
> 來參加這老鼠國王嫁女的婚禮來了。

風婆婆搖著扇兒，

也匆匆忙忙地趕來了。

──好多的客人哪！

只有小弟弟一個人，

騎著美麗的小白馬。

美麗的公主羞紅著臉請客人們吃酒了。

美麗的公主羞紅著臉伴著客人們跳舞了。

客人們高興得要瘋啦。

老鼠國王臉上笑得要開花啦。

（真的，這幸福的王國開遍了幸福的花！）

醉了的客人們獻給公主的是──

一頂用雲彩編結的王冠。

太陽先生是個聰明的老紳士，

就用一串串的星星做贈禮。

──珍珠似的星星好鑲在那頂王冠上呀。

風婆婆送給公主一把蜂蜜做的梳子。

──好梳公主那烏黑的長頭髮呀。

小弟弟送她什麼好呢？

小弟弟送她一個洋娃娃吧！

兩隻年輕的小白兔抬著一頂紅紗轎，

一隊紡織娘的吹鼓手，

一隊螞蟻的小旗兵，

走遠了，走遠了；

老鼠公主從金銀城嫁到百花城去了。

聽說公主的女婿

是一隻漂亮體面的紅冠大公雞。

夜好靜好深呀！

客人們都醉得不能走路了。

小弟弟的眼睛小得只剩一道縫了。

小弟弟要睡了。

小弟弟呀！小弟弟呀！

媽媽和爸爸在叫你哪！

小弟弟呀！小弟弟呀！

你的大喇叭急得要哭啦！

小弟弟快回去吧！

你若是害怕走夜路，

螢火蟲會提著燈籠送你回家。

把好心的風婆婆送給你的糖果

留給小妹妹吃；

把老鼠國王送給你的搖籃

留給小妹妹睡；

太陽先生送給你的那顆小小的希望星

就送給最愛你的小戀人罷。

——選自陳義芝《不盡長江滾滾來：中國新詩選注》

臺北：幼獅文化公司，1993 年 6 月

楊喚和他的詩

◎李元貞*

> 白色小馬般的年齡。
>
> 綠髮的樹般的年齡。
>
> 微笑果實般的年齡。
>
> 海燕的翅膀般的年齡。
>
> 可是啊，
>
> 小馬被飼以有毒的荊棘，
>
> 樹被施以無情的斧斤，
>
> 果實被害於昆蟲的口器，
>
> 海燕被射落在泥沼裡。
>
> Y. H！你在哪裡？
>
> Y. H！你在哪裡！
>
> ——〈二十四歲〉

　　五四以來，在自由中國的新詩人群中，能夠取得繆斯桂冠的，首先數及楊喚。這位「沒有花，沒有愛，一個一頭小鹿樣的年輕人」（131）[1]，竟在民國 43 年，3 月 7 日那個禮拜天的早上，為趕著看一場勞軍電影，在西門町的平交道上，慘遭輾死。在現實生活中，他雖只是個未滿 25 歲的年輕

*發表文章時為臺灣大學中國文學系學生，現為淡江大學中國文學系榮譽教授。
[1]本文中所引用的書信，都是從《新文藝》楊喚遺簡中選錄出來的，註明（131）或（……）都是表明《新文藝》第幾期、第幾期之意。《新文藝》是當今臺北新中國出版社發行的軍中文藝刊物。

大兵，在詩的領域裡，卻已經耕耘出一塊非常美麗充實的園地。

試看這三段精鍊的短詩，首段運用四個不同的意象：小馬、樹、果實、海燕的翅膀，來形容 24 歲的青春生命；而且形容得多面繁富：小馬有結實奔躍的生命力，白色給小馬加一層純潔的美感。綠髮的樹，發出青蔥茂密的生意。微笑的果實，表現果實那種纍纍欲熟的欣悅！海燕令人想到闊海蒼天；海燕的翅膀，代表一種翱遊發展，負荷追求的志意。楊喚把 24 歲的青春年齡，表現得多麼具體、深刻而令人慕愛。

第二段是個大轉折，並不繼續表現青春美好的境界，而呈現一種美好遭夭折、摧殘的痛苦：「小馬被飼以有毒的荊棘」、「被飼」有種被害的孤苦。「樹被施以無情的斧斤」，「被施」與「被飼」同，表示那種被迫害的不幸。荊棘飼小馬、斧斤砍綠樹、昆蟲嚙食果實、海燕射落於泥沼雨四句所要表現的意義是相同的，但四句的意象配合得極精當有味，在重複中有繁富之美。該注意的是即使不知道楊喚一生的坎坷抑鬱，在第二段和第一段的對比中，已能感受到詩人內心的痛苦。假如知道這痛苦的背景以後，就能更深一層地感受到第二段還隱含著詩人生平的悽惶和悲涼。

> 憂鬱和寂寞，從童年，糾纏我直到現在，是以我的日子裡，很少有絢麗璀璨的顏色，不是深灰就是蒼白。我要的是薔薇和玫瑰，但毒刺的荊棘又偏偏向我投擲過來。「我摩撫唇下的黑髭，我這曾經被虐待被折磨過的小白菜，不禁對著窗外的晴天微笑了。我笑我那萎謝的童年，我笑我那些童年裡的苦難，雖然笑得很悽然。（133）

是的，楊喚在襁褓中就失去了母親，所以信中自稱「小白菜」。童年的生活，他和「小白菜」一樣，遭受後母的冷漠甚至虐待。小學畢業，只考取了初級農業職業學校牧畜科。在讀農校時，他有過一段很美好，很令他銘心刻骨的初戀。畢業後，這短暫的幸福時光就被時代黑暗的命運所掩埋，被無數流亡的辛酸所隔離。楊喚也和許多 1930 年代前後的中國青年人一

樣，在一連串的戰亂中流亡奔徙，在鋒火下做了大兵。來臺以後，從上等兵擢升爲上士文書，生活是安定了；但是「流落的人，永遠有一顆寂寞的心……」（131）。在一首〈小時候〉的詩中，頭兩段就有清楚簡短的說明：

> 小時候，
>
> 在哭聲裡長大，
>
> 讓我的日子永遠蒼白憂鬱。
>
> 從落後的鄉村走出來，
>
> 又跌落在都市的霓虹的燈彩裡。

注意「在哭聲裡長大」，不止是一般孩子哭的經驗，這哭聲竟「讓我日子永遠蒼白憂鬱」，這個哭聲使楊喚的童心抹上了一層到大也難根除的愁鬱；何況長大成人的楊喚，所遭遇的艱困老比快樂多。「從落後的鄉村走出來」，本有些期待存在，「又跌落在都市的霓虹的燈彩裡」，一切立刻就幻滅了。對楊喚來說，過去和現在都是不快樂的。除了有濃重的鄉愁侵蝕他外，大兵的生活，更令他極其苦惱：

> 今天這樣，明天又那樣，弄得人簡直想哭。凌亂嘈雜的大宿舍裡，不容許我安靜的坐一會或躺一會，而自己又被人家大找其麻煩。你想，我是怎樣過的，我懶壞了，脫下的衣服有三個月沒有洗。躺在牀上連翻個身都覺得不快活。（131）

> 那是一個怎樣的地方啊！在白天你走進去，就會有讓人難堪的寂寞抓住了你，讓你做它的俘虜；在晚上你走進來，卻又像沉入在嘈雜地粗笑著轟響著的污濁的海。落雨天，你的牀上就又變成一片澤國……。（135）

> 我離不開愛，我離不開友情，小時候給我苦怕了，我不願做那可憐的萎黃的小白菜，我需要一口友情的愛情的井。可是我追求到的，十九是一

　　團冰冷。假如我是一個宿命論者的信徒，我真以為自己是『竹節命』
　　了。（126）

　　這種淒涼寂寞的情愫，一直是楊喚憂鬱的原因：從沒有母愛的童年
起，到不受社會歡迎，不能發展自己的大兵生活，楊喚確實難以甩脫一切
地歡朗。在 24 歲青春正盛的歡樂時光，他所感受到的是現實的殘酷：「小
馬被飼以有毒的荊棘」，「樹被施以無情的斧斤」，「果實被害於昆蟲的
口器」，「海燕被射落在泥沼裡」。因此在〈二十四歲〉最後的一段，發
出極深重、極迷惘的自我召喚：「Y. H，你在哪裡？」「Y. H，你在哪
裡？」Y. H 是楊喚英文名字的縮寫，他用 Y. H 兩個英文字母的符號，下加
你在哪裡？表示 Y. H 這個人已經變成一個符號，早不知去向了。這 可看
出楊喚寫詩的天才，極能敏銳地把握住自己那份迷失於生命，迷失於一切
的深痛。而就在 24 歲正當成熟向上爬的青春年齡，他卻感覺到自己已被折
磨到無影無蹤了。更不幸的是，這首詩竟成為楊喚的自輓詩，Y. H 在 24 歲
那年，真的不知到哪裡去了。
　　楊喚這份寂寞淒涼的愁鬱，一直是折磨他少年老成的因素：「請不要再
驚異於我的蒼老，斑駁的長髮與蒼老的面容，雖是極不相適於我的年
齡……」（129）「我的憂鬱的感傷，不是你那『書劍飄零』的喟歎，這是我
失去了我所有的和我希望的什麼的時候的苦悶。」（133）有時，這份絕望
的苦悶，他一點排遣的地方和機會都沒有：「真的過年了，而我卻被關在
溫暖和快樂的門外，雖然我知道在今天可去的地方一定擠滿了人，我還是
打算到動物園裡去，和被關在籠子裡的寂寞的生命親近一下，再者也可以
在擁擠的人群裡忘掉了自己。果然不錯，那裡太熱鬧了，太擁擠了，我買
到幾小包切好了的用來餵動物的地瓜塊，拿到鹿欄那裡餵過幾頭小鹿以
後，就像落荒而走，重創扶戟的小卒，淒然地退下陣來。」（126）「現在，
我怕，我怕寂寞真的會吞噬了我，但我對著它又是束手無策，它像是一個
貪婪的傢伙，想喝盡了我的血。不論你走到哪裡，坐在哪裡，一種空虛，

寂寞之感，便在你心頭升起，像一隻殘酷的大手，在向我亂抓。我更怕看別人忘我的歡喜，和爽朗的大笑，因爲那一片生命的騷動，會緊逼著我，逼著我面臨一座絕峭的懸崖。」（133）他是如此陷落在寂寞的峽谷裡，於是緣著此種心境的好詩產生了：

> 當風和雨在暗夜裡突然來訪
> 這小樓乃如一株落盡了葉子的窗
> 那憂鬱的夢啊，是枚白色的殼
> 我呀，就是馱著那白色的殼的蝸牛
>
> 我，有一對耽於沉思的眼睛；
> 樓，有很多扇開向藍天的窗口。
> 但，陽光的啄木鳥是許久也沒有飛來了，
> 不停地，我揮動著招引的手。
>
> ——〈小樓〉

　　此首詩完全表現出詩人善用意象的天才：「這小樓乃如一株落盡了葉子的窗」，初看似怪異，卻極能傳達出詩人那份赤裸、無遮蔽的孤獨感。落盡了葉子，使人聯想到一株光禿的樹；小樓如一株落盡了葉子的窗，在聯想中，樹的光禿就轉給了小樓的光禿；於是詩人心裡那份赤裸無遮蔽的孤獨感就在這豐富纏結的意象中表現出來。「憂鬱的夢是枚白色的殼」，殼給人覆壓於空虛下的感覺，白色加重憂鬱的成份。「我呀，就是馱著那白的殼的蝸牛」，蝸牛傳達出一種蜷縮在小樓的孤苦，而且是裹著白殼的憂鬱。「風雨在暗夜裡突然來訪」，使詩人特別敏感到小樓的光禿和無遮蔽，也使詩人因在風雨的暗夜裡，更加憂鬱孤獨。基於這種蒼白憂鬱的心境，還使詩人取了「白鬱」的筆名，這個筆名的象徵意義很能與此詩相互詮釋。

　　「我，有一對耽於沉思的眼睛」；「樓，有很多扇開向藍天的窗口」這雙對句互相關聯對比，小樓的那些開向藍天的窗口，就像詩人那雙耽於沉思的眼睛，在指望著什麼，期待著什麼；然而「陽光的啄木鳥是許久也沒有飛來了！」陽光的啄木鳥，多麼富有生氣，多麼新鮮精富的意象！把詩人心中的憂鬱，真正地傳達了出來。「不停地，我揮動著招引的手」，詩人多麼渴望，多麼祈求陽光的啄木鳥飛來啊！那許久也沒有飛來的陽光的啄木鳥，代表了何等豐富的意義！

> 今夜，又一次
> 我免於被封鎖進痛苦的睡眠，
> 在沒有燈的屋子裡，
> 自己照亮自己。於是
> 紙煙乃如一枝枝的粉筆，
> 在夜的黑板上，
> 我默默地寫著
> 人生的問題與答案，
> 美麗的童話和詩句。
>
> 　　　　　　　　　　　　　──〈失眠夜〉

　　失眠對人本來就夠苦了，然而楊喚卻說「我免於被封鎖進痛苦的睡眠」，以睡眠當做痛苦，足見他心境負荷之重；到了夢中，意志力減弱，痛苦便不受控制地襲來了，因此他寧願失眠。「在沒有燈的屋子裡，自己照亮自己。」反映出詩人習於孤獨，努力去了解自己，面對自己的人格。「於是，紙煙乃如一支支粉筆」，「在夜的黑板上」，「我默默地寫著」，「人生的問題與答案」，「美麗的童話和詩句」。末二句完全是楊喚所追求的世界。把紙煙比作粉筆，把黑暗中點煙的動作，比作粉筆在黑板上寫畫的動作，象徵人生如教室般，自己像個上講臺做習題的學生，默

默地追索著「人生的問題與答案」……。這種意象奇絕的聯想，既合情理，又令人佩服。

楊喚心境的憂鬱是來自生平的坎坷。但他絕不是個只蜷縮在一己痛苦的蝸牛殼裡的人，他一直奮力振作：「在這一串日子裡，我在盡最大的努力來支撐自己，我真怕被那過重的痛苦給壓倒下去」（133）「什麼也不是，什麼也沒有，我一直抑止我的憂鬱和懷念，因為我無法申述，無法解脫，但我要緊緊地抓住自己。」「就是苦也要咬咬牙，硬挺下去。」（131）不只如此，他還想把人生的種種苦難，博愛地負荷起來，在〈雨〉那首詩裡，他就把人生的痛苦深刻化，把個人的憂鬱，轉換成人生的悲憫。

> 憂愁夫人的灰色的面紗，
> 快樂王子的痛苦的眼淚，
> 把我屋子裡的太陽輕輕網住，
> 把我窗外的夜叮叮噹噹地敲響，
> 哎，我再也不能入睡，再也不能入睡。
>
> ──〈雨〉

楊喚化知識入詩，把所讀的書籍，口語般自然地寫進詩裡，見出他「用典」的成熟技巧：「憂愁夫人」和「快樂王子」的主角，是兩個在小說與童話中，為人熟知，承受憂鬱痛苦而對人世施以悲憫犧牲的人物。此兩者在泯滅自我中，達到自我的解脫與完成，在給予犧牲中，接觸了真實無限的快樂。楊喚把雨所造成的陰暗天氣，比作「憂愁夫人的灰色的面紗」，雨點比作「快樂王子的痛苦的眼淚」，不但想像奇絕切當，而且含蘊的意義實在太豐富太深刻了！尤其下接「把我屋子裡的太陽輕輕網住」，不談「屋子裡的太陽」其意象氣魄之大，而可以去了解詩人最美好的一面人格：他為憂愁夫人和快樂王子所同化，他那顆關在小屋裡的大愛心（太陽），也被那種悲憫、犧牲的情感所網住、所騷擾、所同化！使他

爲此沸騰得「把我窗外的夜叮叮噹噹地敲響」，「哎，我再也不能入睡，再也不能入睡。」

　　這種人世悲憫的莊嚴感，在另一首〈垂滅的星〉裡，有更熱烈、更含蓄地表現：

> 垂滅的星
> 輕輕地，我想輕輕地
> 用一把銀色的裁紙刀
> 割斷那像藍色的河流的靜脈，
> 讓那憂鬱和哀愁
> 憤怒地氾濫起來。
> 對著一顆垂滅的星，
> 我忘記了爬在臉上的淚。
>
> ──〈垂滅的星〉

　　首段三句描寫一個動作；結合文字的節奏與內容的意義，描寫一個制止不了「割斷靜脈，毀滅什麼」的動作。「輕輕地」，給人相反的重量，一種壓抑痛苦的重量。「銀色的裁紙刀」，除了意象新鮮外，「銀色」給人一份漠然的堅冷。「藍色的河流的靜脈」把肌膚上的血管形容得逼真美麗。「讓那憂鬱和哀愁」，「憤怒地氾濫起來」，「憤怒」傳達出一種極熱烈、極暴發的痛苦！而且整段有種毀滅的慾望在驅迫著人。但是第二段卻說「對著一顆垂滅的星」，「我忘記了爬在臉上的淚」，詩人的情感突然轉入另一種境界裡去。「一顆垂滅的星」，這個「星」字，自然使人聯想到宇宙，「垂滅的星」，象徵詩人心裡所感受的毀滅是整個世界的；詩人一己的憂鬱和哀愁便在這種加諸於世界更深沉更嚴肅的苦難中淨化了，所以「我忘了爬在臉上的淚」。「爬」字除了淚水的流動感外，還表現出一份卑不足道的象徵意義；「忘記了爬在臉上的淚」，詩人欲表示自己已

從個人的憂鬱哀愁中解脫出來，進入另一種更廣袤、更默想、更體悟、更悲憫的情境中。因此使第一段「讓憂鬱和哀愁」「憤怒地氾濫起來」的意義，變得深沉適當了，否則僅為一己的折磨發狂，會顯得太情緒、太感傷。然而「對著一顆垂滅的星」，那種落入整個人世悲劇感中的苦悶，就會在感覺上顯得莊嚴深刻。所以這首詩的兩段是詩人心境的體悟的發展，先從一己的苦悶出發，感到有一種負荷不了，欲自我毀滅的痛苦；但是詩人的「心眼」絕不是局狹的，立刻會想到世上還有更多比自己不幸的人。「對著一顆垂滅的星」，對著整個人類的苦難，詩人心境昇華了，在這種人世悲憫的莊嚴感中，自然會「忘記了爬在臉上的淚」。所以他會勸一個朋友說：「但願你很快好起來，抖落那些騷擾和無謂的煩惱，當你從夢裡在牀上醒來，靜靜地看著夜在退卻，白天來到的時候，你就該體味到那些煩惱（那些招來的或自來的），是多麼可笑，人生應該怎樣嚴肅！也許還會在一霎間你又瞥見了永遠，在時間和空間的上面、下面、裡面、外面……擴展著，那廣大的領域……」（134）。其實，楊喚心境上的愁鬱的負荷，在時間和空間上，都是擴及整個時代，整個人類的。

楊喚對外物的共感和交融，在幾首詠物詩中，表現得最為具體：

像披著如絲的長髮的少女，
椰子樹嬌羞的站在寂寞的窗口。
默默地凝視著她，凝視著，
因為，我今天異常的需要溫柔。
不必給她寫長長的信，
也不必陪她去月下輕輕的散步，
她知道怎樣愛著我，
也知道怎樣愛著小樓。

——〈椰子樹〉

　　筆調如許流利溫柔，意義如許清楚豐富。詩人的心境完全和椰子樹交流起來：「披著如絲長髮的少女」，又「嬌羞的站在寂寞的窗口」，詩人把椰子樹擬人化得極溫柔秀麗。「默默地凝視著她，凝視著」，「因為，我今天異常的需要溫柔」。其實，詩人不只是今天需要溫柔，是今天才訝然感到需要，從凝視中默默地互相交流神往中訝然感到。第二段是詩人藉椰子樹來表示他的愛情觀：愛情一旦成熟後，那份不要求對方如何如何付出、保證，就能忠誠的、實際的、自然的愛著對方：「不必給她寫長長的信」，「也不必陪她去月下輕輕的散步」，「她知道怎樣愛著我」，「也知道怎樣愛著小樓。」假如我們認為只寫椰子樹的實，那就會流於浮淺了。楊喚詩有很多都是極簡單明瞭的字句，然而含蘊在字句背後的意義，都是很豐富深刻的。

　　　　花是無聲的音樂，

　　　　果實是最動人的書籍，

　　　　當它們在春天演奏，秋天出版，

　　　　我的日子被時計的齒輪

　　　　給無情地嚙咬，絞傷；

　　　　庭中便飛散著我的心的碎片，

　　　　階下就響起我的一片歎息。

　　　　　　　　　　　　　　——〈花與果實〉

　　楊喚想像力的特殊絕妙，又在此詩裡創造了精美豐富的意象：「花是無聲的音樂」，發揮了花朵生命的韻律，傳出了春之歌。「果實是最動人的書籍」，多麼飽滿厚實，有一種內容智慧的豐富。尤其接得好：「當它們在春天演奏，秋天出版」，春天萬花鳴放，如音樂被演奏出活潑生氣的旋律，秋天果實纍纍，一個個飽滿紮實地待採摘、收穫，真如一本本書籍的出版，給人一份厚實夠分量的感覺。詩人對自然界的感受和表現，實在

令人歎服。「我的日子被時計的齒輪」，「給無情地囓咬、絞傷；」表面是一種轉折，實際是一種含蓄的頓悟：「花與果實」能按「時計的齒輪」在「春天演奏、秋天出版」，所以它們能美如音樂、厚實如書本。可是詩人自己的日子，卻「被時計的齒輪」，「給無情的囓咬、絞傷」，多麼傷痛的對比；詩人頓然悟到自己未能及時按照「時計的齒輪」如花果般去表現、去完成，不禁惆悵傷痛地哀歎起來：「庭中便飛散著我的心的碎片」，「階下就響起我的一片歎息。」這種對大自然的體悟交融，以及由這體悟交融而產生的惶恐與惆悵，見出楊喚物我共感的細膩處。

> 我有一串鑰匙，
>
> 那拙笨短小的就像白痴和侏儒，
>
> 那姣好玲瓏的一如公主之美麗多姿。
>
> 當我煩躁的時候，
>
> 她們偏要高聲爭吵，
>
> 像一副冰冷無情的銬鐐；
>
> 在我安靜的時候，
>
> 她們也跟著輕輕低語，
>
> 使我懷想起
>
> 有牛羊的頸鈴搖響了成熟的秋日。
>
> ——〈鑰匙〉

即使對象只是一串鑰匙，詩人對外物的交融共感，仍表現得美麗有味：「那拙笨短小的就像白痴和侏儒」，「姣好玲瓏的一如公主之美麗多姿。」多麼活潑的童話意象！這種童話意象的想像力，是楊喚成為童話詩人的因素之一；以後談到他的童話詩，還會提到。此處使一串平常的鑰匙有了個性和人格。第二段藉這串鑰匙作一個引頭和對象，來表現兩種情緒的起伏：「當我煩躁的時候」，「她們偏要高聲爭吵」，「像一副冰冷無

情的銬鐐」，這三句是緊密結合的，「煩躁」和「爭吵」是一種必然互相
影響的情緒。心一煩躁，就會覺得這串鑰匙的叮噹聲是可厭的，它們的叮
噹爭吵聲更加影響心的煩躁，使人覺得就「像一付冰冷無情的銬鐐。」「在
我安靜的時候」，「她們也跟著輕輕低語」，「使我懷想起，有牛羊的頸
鈴搖響了成熟的秋日」。相反的，當詩人內心安靜時，鑰匙的釘噹聲變得
那麼悅耳的「輕輕低語」在這交融共感的片刻，使詩人懷想起「有牛羊的
頸鈴搖響了成熟的秋日」，末句的境界多麼恬然！田園風味的清新順勢引
發人無限的美感。再進一層咀嚼此段，緣著這兩種情緒的對比，反映出兩
種生活態度和經驗，並且藏著極含蓄的褒貶。詩的境界從因物觸發的感受
到達批判生活態度的地步：「冰冷無情的銬鐐」和「有牛羊的頸鈴搖響了
成熟的秋日」。楊喚是個言志的詩人，他詩裡的是非觀、愛憎感，常是很
強烈的，在另一首〈檳榔樹〉裡，表現得更為清楚：

> 星的金耳環，月的銀梳，
> 都是那些拜金主義者送妳的禮物；
> 高貴的長裙，曳地的晚禮服，
> 那是愛情病患者們用想像的輕紗給妳縫就的。
>
> 不要左右搖擺了罷。
> 不要迎風起舞了罷。
> 我不要吻妳這活在夜生活裡的貴婦。
>
> 我要帶著一隻微笑的紅燭去向向日葵求婚，
> 請蟋蟀收拾起他的藍色的小夜曲，
> 請小河不要朗誦詩句，
> 我只要用燭火點亮我的山歌，
> 直到我的歌聲引來那使她抬起頭來的日出。

——〈檳榔樹〉

　　這首詩表現了楊喚積極的人格和思想：「拜金主義者」、「愛情病患者」，皆是他所嘲諷的對象。並且討厭「夜生活裡的貴婦」，這些比喻都含有相當的象徵意義；「不要左右搖擺了罷」、「不要迎風起舞了罷」多麼熱烈的嘲諷語氣。楊喚的詩，自來是直截了當的，從不惺惺作態，亦可以想見他個性的真誠坦率和嚴肅。他喜歡「向日葵」，而向日葵是追逐太陽的，所以他追求的是光明健康的生活和感情。他不要只沉溺在藍色的小夜曲中，或低低呢喃的小河；即使在黑夜裡，也追求光明，雖然所能握住的是一星燭火，但這星燭火的威力是充沛的，詩人要用它點亮雄壯的山歌，一直唱到天明。他的人生觀，是很成熟健全的：「能離開也好，不離開也好，總之，要愛也要恨，懂得愛，也懂得恨，那樣你才能認識生活，認識人。」（134）

　　和楊喚憂鬱那面可以抗衡的是他熱愛生活的精神，是他孜孜不倦追求光明健康的態度。這並非矛盾，任何一個善感的詩人都是多面的，尤其在諸種感受上，絕不可能是單面的、貧血的；能夠體悟不幸，也能夠認識追求幸福：「要知道理想與希望，並不在某一個固定的地方，而是在你頭上，在你的心裡；假如你不擁抱住一個發光而真實的『形體』，就是把你置身於伊甸園裡，你也會昏昏欲睡，再不就是在每次醒來之後，低沉地跌落一串歎息……。」「感傷雖有纖弱之美那總如已不能再見了的『弓底蓮鉤』，是病態的，為我所不取。……伸開翅膀要拍響藍天，抬起足步該震醒大地，這不是什麼炫弄的吹牛和什麼一時衝動的豪語……。」（130）楊喚在遭遇的磨折下，一直是保持這種積極向上的人生觀，所以他不同於某些頹廢的抒情詩人，雖然纏結了個人的痛苦與憂鬱，他的詩質仍是堅強剛硬的。〈我是忙碌的〉，是一首最具有自白性的好詩：

　　我是忙碌的。

　　我是忙碌的。

我忙於搖醒火把，

我忙於雕塑自己；

我忙於擂動行進的鼓鈸，

我忙於吹響迎春的蘆笛；

我忙於拍發幸福的預報，

我忙於採訪真理的消息；

我忙於把生命的樹移植於戰鬥的叢林，

我忙於把發酵的血釀成愛的汁液。

直到有一天我死去，

像尾魚睡眠於微笑的池沼，

我才會熄燈休息，

我，才有個美好的完成，

如一冊詩集；

而那覆蓋著我的大地，

就是那詩集的封皮。

我是忙碌的。

我是忙碌的。

——〈我是忙碌的〉

　　整首詩完全表現一種積極的人生觀，一種熱烈地投入生命的幹勁：
「我是忙碌的」、「我是忙碌的」，已標明詩人勤奮的意志。第二段詩人
把忙碌的目標作一種具體而意味深永的陳述，使讀者除了知道他忙碌的心
志何在外，還感到一種象徵意義的滿足：「忙於搖醒火把」，代表一種光
明，一種熱力。「忙於雕塑自己」，表示一種自我完成的努力。「忙於擂
動行進的鼓鈸」，給人一種衝向生命，前進又前進的力量。「忙於吹響迎
春的蘆笛」，多麼歡朗的青春旋律！「鼓鈸」、「蘆笛」各有各的意象特

性，詩人組合運用得多麼自如。「忙於拍發幸福的預報」，「忙於採訪真理的消息」，「幸福」與「真理」都是抽象語詞，「拍發」和「採訪」，卻含有意象性。「忙於把生命的樹移植於戰鬥的叢林」、「忙於把發酵的血釀成愛的汁液」。真是字字珠璣，前一句忙得多麼熱烈！後一句忙得多麼有意義！

精采的更在第三段：表明了忙碌後的怡然愉快，反襯忙碌的價值。有了第二段忙碌的生活後，才使生命在結束時，到達一種完工的滿足和喜悅：「像尾魚睡眠於微笑的池沼」，魚睡在微笑的池沼，意象聯想得柔美新鮮，真是神來之筆。「我，才有個美好的完成」，「如一冊詩集」；「而那覆蓋著我的大地」，「就是那詩集的封皮。」以大地為封皮，好遼闊的氣象，而比自己為一冊詩集，其人生意義的豐富，更加上一層。讀到這裡，不得不承認，楊喚真是一個道道地地的大詩人。他確實實現了他的理想。

如果要說楊喚是個戰鬥詩人，是指他有很深刻的戰鬥精神和意志，這種戰鬥精神，表現在他詩裡的頗多。他的高處是不流於某些戰鬥詩的叫囂狹躄；他的戰鬥精神是整個生命的，整個愛的，而不流於過分情緒的仇恨裡。他的戰鬥詩，不止是代表大兵的精神，凡是願在人生道上，積極奮鬥的人，都會感應的一種精神。試看〈號角、火把、投槍〉的最後一段：

> 吹起來，吹起來，
> 我們那飄動著美麗的流蘇的詩的號角！
> 燒起來，燒起來，
> 我們那燃燒著灼熱的血的火焰的詩的火把！
> 擲過去，擲過去，
> 我們那鋒利而又雲亮的詩的投槍！

除去認識他所含蘊在詩裡的戰鬥精神的本質外，還可附帶地注意楊喚

的用字，極喜歡用很多連續的「的」字：「美麗的流蘇的詩的號角」，「灼熱的血的火焰的詩的火把」，在 24 歲以及其他的詩中，亦常見此「的」字的用法。有時候「的」字的連續運用，使詩的語氣顯得過長，有時候卻造成綿密的效果。這或許是楊喚個人用字的習慣，也或許是受早期白話鍛鍊得還不夠精粹所影響。

> 密集著的是甘蔗的隊伍。
> 成熟著的是稻的彈粒。
> 沉默著的是像地雷般的鳳梨。
> 香蕉姑娘害羞的懷孕著幸福。
> 椰樹少女熱烈的擁吻自由：
> 這裡的土地呀，在酗著陽光的火酒……
>
> ──〈犁〉

摘錄這一段，為的是說明楊喚另種詩風：把軍事意運用在自然界裡，如許精當。密集的甘蔗的密集感，傳達得何等具體。稻如彈粒，鳳梨像地雷，多麼饒有意味的聯想！且含有一份戰鬥的力量！詩人又把抽象的「害羞的懷孕著幸福」的感覺，以香蕉的成熟結果來具體化。「酗著陽光的火酒」，多麼火辣的感覺！「椰樹少女熱烈的擁吻著自由」，「香蕉姑娘害羞的懷孕著幸福」，「沉默的鳳梨」，「成熟的稻」，「密集的甘蔗」，好一幅大地酣醉的景象！這段前三句是軍事意象，後三句是性愛意象，這也是楊喚詩的特色；楊喚是個年輕人豐沛的感情；又是個大兵，有過實際戰鬥的體驗。值得推崇的是，他運用技巧的高明。

> 車的輪，馬的蹄，閃爍的號角，狩獵的旗，
> 不疲憊的意志是向前的。
> 為什麼要抱怨那無罪的鞋子呢？

你呀！熄了的火把，涸池裡的魚。

——〈路〉，（詩的噴泉之二）

　　此首簡淨有力，意象重疊複沓：第一段所並列的軍事意象，造成一種壓迫的緊張：「不疲憊的意志是向前的」，把路擬人化，路向前伸展的感覺，表現了出來。路代表意志，意志如路般的永遠向前的，和車的輪，馬的蹄，閃爍的號角，狩獵的旗一樣，永遠向前走，向前走！其中的象徵意義還可以細細去咀嚼。第二段再以情思突破：「爲什麼要抱怨那無罪的鞋子呢？」只有那些「熄了的火把」，「涸池裡的魚」，那些沒有堅強意志力的人，才會「抱怨那無罪的鞋子」。表現詩人挫而不折的勇氣和精神。既經得起人生旅途的折磨，又對人生有細密的了解。總之，楊喚是個言志的詩人，他的成功處，是把「志」意象化得很美妙，並且含蓄在熱烈的情感內。在「詩的噴泉」十首詩中，都有這種情思和意象結合得美妙深永的特色。「詩的噴泉」另外還有個重要的特點是大量用典。所用的典都是他平日所讀過的書，而且是外國翻譯的書。像〈黃昏〉那首詩，用的是聖經的典；〈鳥〉的詩中，曾用印度泰戈爾、希臘阿里斯多芬、法國法朗士的書；以及〈告白〉和其他幾首詩中，喜用紀德的書名。這可以順便說明新詩吸收的範圍，已經超越了舊詩的領域，所以在用典的風格上，自然和舊詩不同。而楊喚用典的技巧已很成熟，需要經過一番思索，但並不晦澀難解。

　　楊喚雖受挫於現實生活，被憂鬱折磨，然而他的心志是追求光明幸福的，他的精神是熱烈戰鬥的：「該知道，從『土』裡生長的，終將歸於『土』，更何況我只是一株永遠開不出花，結不成實的樹。也許，也許這樣做，就正如你所說的是我在自行虐待。但，我也總是相信，從北中國的風雪和苦難裡熬煉過來的孩子，就是再欠於堅強，也將不會在這樣的抗爭裡，被命定爲一個敗北的賭徒。」（135）他是繆斯虔敬的園丁，一個嘔心泣血的真誠詩人：「當詩的賦有『魔性』的花朵在筆尖下綻開了的時候，

你將必須『輸血』來灌溉它，以『肉』來培植它，結果，你的靈魂將迷失
於空想之美的境界裡。而你的軀體呢？則將無情的交給現實鞭笞和荊棘，
這痛苦是難於想像的。」（134）在「詩的噴泉之十」，〈淚〉的最後一
段，也可以和他這種創作觀互相印證：

> 親過泥土的手捧不出綴以珠飾的雅歌，
> 這詩的噴泉呀，是源自痛苦的尼羅。

　　源自痛苦的尼羅河，所流出來的詩之噴泉，和親過泥土的手所寫出來
的詩句，絕不是平常一些只注重華辭麗句，徒有形式之美的綴以珠飾的雅
歌。「要知道，只有辭藻推砌得瑰麗無比的形式，而無豐富充實的內容，
動人的感情，自然的律動，那還是放下筆的好。」（135）由這種正確的創
作觀可以解釋楊喚許多詩的特性：形式並不整齊華麗，字句也不求特殊怪
異，在明白流利中，自然發出豐沛的感情和深刻的意義。「對於詩，坦白
地說：我是從來也沒有真正的理解過，雖然經過幾年的摸索，但只能說是
冒瀆了繆斯，睜著眼睛頻發夢囈。」（134）這位謙虛的詩人，其實是真正
懂得詩的，他還有兩首詩，給「詩」和「詩人」下了正確的定義：

> 詩，是不凋的花朵，
> 但，必須植根於生活的土壤裡；
> 詩，是一隻能言鳥，
> 要能唱出永遠活在人們心裡的聲音。
>
> ——〈詩〉（節錄）

　　詩比作「不凋的花朵」與「能言鳥」，而且花朵「必須植根於生活的
土壤裡」，能言鳥「要能唱出永遠活在人們心裡的聲音。」楊喚對什麼是
詩的本質」，理解得很平實透徹。詩應當是生命的，應當在生活經驗裡培

植。藝術品的形式和內容本來是合而爲一，除非爲分析討論便於說明而分辨外，應當視爲一個有機的整體。

　　詩人
　　最重要的，不僅是，
　　去學習怎樣「發音」與「和聲」，
　　今天，詩人的第一課
　　是要做一個愛者和戰士，
　　然後，才能是詩的童貞的母親。
　　摔掉那低聲獨語的豎琴吧！
　　向著呼喚你的暴風雨，
　　把腳步跨出窄門。

　　詩人應當是個活生生懂得愛懂得恨的人。詩人該去做「一個愛者和戰士」，該「摔掉那低聲獨語的豎琴」！迎接生活的「暴風雨」，把腳步跨出一己的「窄門」，熱烈地加入世界，加入愛！然後磨鍊文字，才能表現出自己的感受。「詩的童貞的母親」，有種極純潔、極神聖的象徵意義。藉瑪麗亞受聖靈之降臨，而以童貞女生了救世主耶穌的傳說，來象徵詩人必須先做了「愛者和戰士」，以後，才能了悟那種純潔博愛的聖母心境，才能負荷苦難而奮鬥救世的耶穌精神。這可看出楊喚對做一個詩人，所要求的條件之高。但是做一個偉大而真正的詩人，這又是最基本、最主要的條件。

　　最後，談到楊喚的童話時，他是個開創者，而且成就輝煌。現存的 18 首，每首都好。最具有代表性，也最爲人熟知的是那首〈童話裡的王國〉，一首很長的童話性的敘事詩，達到一種說故事兼含抒情的效果。在他的童話詩裡，想像力的表現，尤其超絕，而且童話意象的創造，非常多面，也常常影響他的非童話詩的意象：

第一個是香蕉姑娘和鳳梨小姐的高山舞，

跳起來裙子就飄呀飄的那麼長；

緊接著是龍眼先生們來翻觔斗，

一起一落地劈拍響；

西瓜和甘蔗可真滑稽，

一隊胖來一隊瘦，怪模怪樣地演雙簧；

芒果和楊桃只會笑，

不停地喊好，不停地鼓掌。

　　　　　　　——〈水果們的晚會〉（節錄中間一段）

　　幾乎句句都是神來之筆，熱鬧喜悅的晚會氣氛，描寫得多麼逼真有趣。水果們都賦有了生氣，楊喚對外物的交融共感，意象的活潑生動，適於童話的「語調」細細咀嚼起來，令人百讀不厭。

你就快點摺起一個小紙船罷，

別捨不得一張白色的勞作紙呀，

再用你五彩的蠟筆

畫上一個歪戴著白帽子的小水手

小蟋蟀是去參加一個音樂會，

要過河去唱歌；

小螞蟻忙了一天想媽媽，

要過河趕回家。

你看，你看他們都等急啦！

當那太陽先生向白天告別的時候，

當那雲彩小姐被吻得羞紅了臉，

當那蝌蚪孩子要躲在河牀下休息，

就讓你的小紙船揚帆罷！

讓它浮過小橋，

讓它輕輕浮過小橋，

可別驚醒了睡在小河上的晚霞。

快點划！快點划！

千萬叮嚀你的小水手，

別在半路上停了船哪，

別讓他靠了岸去給他的小戀人

採那開得金黃金黃的蒲公英花。

你該知道，這時候，

那熱鬧音樂會上已經響過一遍嘹喨的小喇叭，

就是小螞蟻的媽媽也正焦急地等著他回去吃晚飯哪！

等那月姐兒向小河照鏡子，

等那星星們都頑皮地鑽出了頭，

等那夜風和小草低語的等候，

等那花朵都睡了，等那蟲兒都睡了的等候，

螢火蟲也該提著燈籠來了，

讓他們迎接你的小紙船和那忠實的小水手，

平安地彎進那生遍蘆葦的靜靜的小港口！

——〈小紙船〉

楊喚真是運用意象的能手！幾個平常常想到的意象，他重新組合一下，就產生新鮮的感覺：「當那太陽先生向白天告別的時候」，「當那雲彩小姐被吻得羞紅了臉」，「當那蝌蚪孩子要躲在河牀下休息」，「可別驚醒了睡在小河上的晚霞」，「採那開得金黃金黃的蒲公英花」。……等。極平常的聯想，被楊喚一重新運用，就挑起人豐富的想像和感受。楊

喚童話詩的語調，更是明白如話；這種口語的純熟運用，使童話詩的「語調」（"tone"）極能和內容相得。

> 要黏住小蚊子討厭的尖嘴巴。
> 要黏住小蒼蠅亂飛的小翅膀。
> 蜜蜂姊姊小心呀，
> 可別飛到這裡來給我蜜糖！
> 風兒把落花吹上我的網，
> 露水把珍珠掛上我的網：
> 最漂亮的呀，
> 是我家。

——〈小蜘蛛〉

　　楊喚確實有份童心，而且透過他的那份童心，又利用成年人文字運用的純熟和貼切，就能在感覺上和想像裡，表現出極真實的童稚情感。「兒童詩，我還想再寫下去，因為我想從裡面找回一些溫暖。」「童話最難寫，兒童詩更難寫，但現在我願意學習，因為這樣，我便可以找到失去的快樂了，能和可愛的孩子們一道哭，一道笑了。」（132）「你知道兒童文藝在中國是最弱的一環，雖然目前兒童讀物多如春筍，嚴格的說來，又有幾種合格的呢！較之英美日本，可謂少得可憐又可憐。」（134）楊喚這份對兒童的關愛，來自他童年的痛苦生活裡的補償，也來自他那顆對萬物所具有的大愛心。那次不幸的輾死，就是為趕看上演安徒生的勞軍電影。他對安徒生的慕愛，流露在一首〈感謝〉的詩中：

> 你父親製的鞋子不能征服荊棘的路，
> 你母親的手也沒有洗淨人們的骯髒；
> 而你點起來的燈啊，

將永遠地，永遠地亮在這苦難的世界上。

在那北風嗚嗚地吹著大喇叭的冬夜，
我不會寂寞，更不覺得冷；
因為溫暖著我的有你的書的爐火，
坐在身旁的是那個賣火柴的小姑娘。
縱然那北方的春天曾拒絕我家的邀請，
我還是像雀鳥那樣快樂，太陽般的健康；
過去的牧豬奴已長成為一個戰士；
我這從農場裡出來的醜小鴨啊，
已生出一對天鵝的翅膀。

感謝你給我以你的童話的教室。
感謝你給我以你的心的蜜糖。
感謝你給我以愛情和營養。
今天，我要在我詩的小城裡完成一座偉大的建築，
那就是立起你這丹麥老人的銅像。

　　　　　　　　——〈感謝——致安徒生〉

　　運用安徒生的童話來感謝安徒生所給予自己的鼓舞，真是再妥當也沒有了：「過去的牧豬奴已長成一個戰士」，「我這農場裡出來的醜小鴨啊，已生出一對天鵝的翅膀」，「因為溫暖著我的，有你的書的爐火」，「坐在身旁的那個賣火柴的小姑娘」。自安徒生最感人的童話裡，傳達詩人所感受的溫暖，又給予讀者一份共鳴的溫暖，到達三者的共鳴。「今天，我要在我詩的小城裡完成一座偉大的建築」，「那就是立起你這丹麥老人的銅像。」又可證明楊喚努力寫童話詩，除了前述兩點外，該是受到安徒生童話的影響。

　　楊喚詩在簡明中含有七彩繁富的感覺；明白如話，此「話」裡的韻味

和意義卻深永。主要乃在於他想像力的豐富動人，情感的真摯坦率。對於他不幸的早夭，除了致深重的惋傷外，不必說假如他再活下去，他就能成為世界一流的大詩人。就現存的遺詩來判斷，除了少數幾首詩的小地方有些因為過於直白而顯得生硬、流於說明外，楊喚詩是足以不朽了。

──選自李元貞《文學論評──古典與現代》

臺北：牧童出版社，1979 年 5 月

濺了血的「童話」
綠原作品回顧（節錄）

◎瘂弦[*]

　　民國 35 年頃，胡風在上海擴大原本在戰時大後方就已經成立的「希望社」的陣容，主編「七月文叢」和「七月詩叢」，在勝利後的上海，一時成爲文壇的中心。

　　「希望社」的作家群人多勢衆，有小說家，詩人，也有理論家。這些人中，有曾在延安打過滾的紅蘿蔔，也有些年紀尚輕還沒有經過政治污染的文藝青年，因爲胡風的師承來自魯迅，所以大體上說，這些人還不全是毛共文藝統戰言聽計從的宣傳員，他們仍具有一種人道主義文學原則之堅持，這種堅持無形中維繫了他們作品的某些藝術純度。

　　當時比較活躍的作家有路翎、舒蕪、晉駝、孔厥、楊力、S. M、曹白、東平等，詩人有艾青、田間、魯藜、鄒荻帆、亦門、阿壠、孫鈿、冀汸和綠原。其中艾青和田間「出道」較早，他們的文學生活並非僅僅局限於希望社之內，但由於他們的加入，希望社在文壇的影響便大不相同。

　　「七月文叢」第一集出了 12 本，重要作品有胡風的《論民族形式問題》、田間的《她也要殺人》、路翎的《求愛》、魯藜的《鍛鍊》等。「七月詩叢」第一輯也是 12 本有：胡風編選的《我是初來的》、艾青的《向太陽》、胡風的《爲祖國而歌》、孫鈿的《旗》、田間的《給戰鬥者》、亦門的《無絃琴》、魯藜的《醒來的時候》、天藍的《預言》、冀汸的《躍動的夜》、綠原的《童話》、鄒荻帆的《意志的賭徒》、艾青的

[*]本名王慶麟。發表文章時爲《幼獅文藝》主編，現旅居加拿大溫哥華。。

《北方》。其中有幾本在戰時桂林和成都印過初版，譬如本文所討論的綠原的《童話》就曾於民國 31 年在桂林由生活書店出版過。

要想了解綠原，必須先從胡風說起。

關於胡風的來龍去脈，以及他在我國 1930、1940 年代文壇的功過是非，二十多年來，臺灣文藝界不斷有所報導和評述，想來讀者不會太陌生。胡風本名張光人，早年私淑魯迅，但當魯迅加入「左翼文學聯盟」之後，他曾公開批評「普羅文學」，在抗戰期間，也曾與延安毛共報刊展開筆戰，批判周揚。從這些情形看來，我們可以說胡風這個人在思想上雖有其偏執的地方，但卻絕對跟那些唯唯諾諾的御用之輩不同。後來，他不僅反抗周揚，而且更公然反抗毛澤東，批毛澤東的逆鱗，說毛在民國 31 年 5 月發表的延安「文藝座談會講話」是架在作者和讀者頭上的五把刀子，終不爲毛共所容而身繫囹圄。胡風始終堅持政治和藝術不能並論，反對作品貫徹馬列主義思想，贊成作品應以人爲中心，而不應以政治事件爲中心。基於這樣的看法，胡風所結合的一批作家，特別是年紀較輕的一輩，有不少跟政治是沒有什麼關係的，他們除了從事美和力的謳歌、泛人道主義的吶喊，以及爲神聖的中國抗戰作戰鬥的鼓吹外，並無任何特定的政治傾向在內。綠原就是這樣一位作家。

筆者以爲整理史料，最重要的意義，就是爲過去的人物作歷史定位，給予公正的評價。綠原在我國 1940 年代的詩壇上自有其不可忽視的地位。他雖然爲胡風所倚重，爲「希望社」的評論家們所吹捧，但綠原作品之所以能站立起來，乃是由於其作品中的藝術品質，而不是因爲偶然的機緣和時會。

對於這樣的一位純粹詩人，毛共自然不會放過他。當胡風被鬥爭時，綠原也連帶的遭受到強烈的批判。民國 44 年，北平僞「中國青年出版社」出版的題爲《肅清胡風黑黨反革命文學的毒害》一書中，就把綠原列爲主要的整肅對象之一（同時被整的尚有路翎、魯藜、牛漢、羅洛等），毛共的御用作家力揚指責綠原作品中含有「法西斯思想」，說他是「胡風反革

命集團的骨幹之一」。民國 33 年，綠原曾在國民政府主持的「中美合作所」工作過，力揚就咬定這階段的綠原曾從事過反共反毛的「地下工作」，並且說綠原的那首「旗」所指的就是青天白日旗。在綠原的另一部詩集《又是一個起點》裡，蒐集了從民國 34 年 8 月 13 日～民國 36 年 5 月的作品，這部作品，也遭受到力揚猛烈的批判，說在這部詩集中，「綠原底流氓，法西斯特務的喝血性格，反革命的思想和面貌，對革命的猖狂進攻，和對國民黨的效忠，就在這一時期中充份表現出來。」真所謂欲加之罪，何患無辭，在這樣刻毒的羅織之下，綠原的藝術被作賤，而綠原的生命也受到威脅，據斯泰斗先生說，綠原已在民國 45 年左右被迫在漢口投江自盡。

綠原的重要作品均收在《童話》集中，據說詩人在出版這本書時還不到 20 歲。在〈驚蟄〉詩，綠原說：

十九年前，茂盛的天空
那一片豐收著金色穀粒的農場裡
我是哪一顆呢

顯然是一個少年人的口吻。縱觀《童話》這本集子，每一首詩都流溢一種年輕人的夢幻和憧憬，語言清澈，節奏明快，沒有 1930 年代上海現代派文人有氣無力的個人調子，也非田間那種搥胸頓足聲嘶力竭式的歌哭吶喊，而是流麗自然的「天籟」，像：

小時候
我不認識字
媽媽就是圖書館
我讀著媽媽──
…………

　　何其親切！何其質樸！五四以降，像這樣天真爛漫晶瑩剔透的可愛小詩，實在絕無僅有。

　　本期我選了他收在《童話》中的 12 首詩，讀者可以從這些作品中窺見他風格之一般。因為篇幅有限，有些不能錄其全詩，為了增加對他作品的認識，我也把其中佳句摘要附於文後，以供參考。

　　讀者讀了這些詩，一定會把綠原和楊喚聯想在一起，關於楊喚深受綠原影響一節，自是一個饒有趣味的論題。在文學創作上，因襲和摹倣自然是不同的，不過作家與作家之間彼此的影響，有時候也很難絕對的涇渭分明，即在我國古典詩裡，這種例子也屢見不鮮，兩個雷同的句子，常常成為作家與作家間比較研究的材料。筆者以為作家間相互的影響有兩種情形，其一是句法上的因襲，其二是精神背景的因襲。一般人每每僅從句法上去考察某某人受了某某人的影響，並不知精神背景的因襲，較之字句上的因襲更值得討論。如現代文學中 T. S. 艾略特的〈荒原〉，此詩之重要性不在於詩中的字句如何如何，而是在於此詩所展示的精神背景。不過，在文學史上，批評家對一個新的題材出現，雖然提及開其先河的人，但更高的稱譽，還是給予那些把這種題材發展到顛峰的人。不可否認的，楊喚是受了綠原極為強烈方影響，不管在精神背景上，在字句上，楊喚的火種均來自綠原，這是很明顯的。不過我覺得在某些地方，楊喚幾乎是青出於藍而勝於藍，他自有其超越綠原的獨特發展，像「詩的噴泉」這一輯詩，其藝術成就便在綠原之上。我曾把這個看法說與楊喚生前的摯友葉泥先生，他也贊同我的觀點。但是，不容諱言的，楊喚的某些句型是太像綠原了，像到接近摹倣和抄襲的剃刀邊緣！我特別找到了十多年前斯泰斗先生的〈天才詩人的解剖〉一文附錄於後，讀者可以看出二者在句法上的異同。另一方面，我們必須要認識的一點，就是楊喚在寫《風景》時，也正是二十幾歲的少年人，在那樣年齡的作者往往是感染力最敏銳、摹倣性最強、而排斥對方影響能力最弱的階段，如果楊喚不英年早逝，我們可不可以試著想像一下，35 歲或 45 歲的楊喚作品中會不會還有綠原的影子？在二十

幾歲時，筆者和跟我年齡相若的詩友們也都曾受到 1930、1940 年代前輩詩人的影響。我早期作品中便有綠原風格的感染，當時是無意識的，今天重讀綠原後，才為綠原的一些表現手法，竟在我的早期作品中出現而吃驚。

當我決定在《創世紀》上選刊綠原的作品時，曾有朋友顧慮這樣可能對楊喚的藝術地位有損傷，我卻不作如是觀，我覺得重刊綠原反而可以增加吾人對楊喚詩藝成長過程的了解。每一個人都有自己的師承，世界從未出現過一個沒有臍帶的嬰兒！正如當年幼獅文藝編者在斯泰斗先生之前所加的按語中所說的：「楊喚先生已經死了，他自己不能參加辯論，他是否受綠原的影響？照傳統的觀念對死者是不必深究的，尤其像楊喚先生那樣年輕的死者，更應當同情，既然有人對他的詩發生『懷疑』，不公開發表文章，只在暗地裡傳播這種消息，對死者會更不敬。」

現在我們把這些資料都公開了，難道當我們讀完了綠原，就把楊喚完全否定了嗎？我想，那是不會的。

1940 年代詩人，由於他們的政治色彩太濃，在當時雖能轟動於一時，但時過境遷，去掉了當時的社會因素，你馬上就會察覺他們作品中的藝術品質（詩素）極為貧弱，大部分詩人在純詩的角度上看來已站不著。綠原就不如此，他的作品影響之深已如上述，不過因為戰亂的關係，綠原的影響面並未廣及更年輕一代的詩人。因此綠原作品的整理工作，應該是有意義的。

綠原和楊喚均已作古，對於這兩位具有創作血緣關係詩壇上的藝術先行者，我們該獻上一份同樣的敬意和懷念！

——選自《創世紀》第 32 期，1973 年 3 月

瞬間和軌跡
《楊喚詩集》賞析

◎簡政珍[*]

　　大體說來，楊喚的詩顯現的是成長中的浪漫，而非成熟後的沉潛。沉潛的詩能引起讀者對人生哲學式的深思，思考的對象也由「我」到「他」，進而滲入人存有的思維，而所謂浪漫的詩大都圍繞著自我的情緒，詩行隨著自然界的花開花落，隨著內心的愛恨起伏。

　　但浪漫是人成長的一段標記，雖不能升騰成智慧，卻抓取了人生這段彌足珍貴的瞬間。楊喚的詩對於青少年應該有相當大的渲染力。在一個面臨升學壓力的年齡，所謂的文學在大多數的青少年心目中大概只是一些名字和生活背景的死資料，無法體會文學是感覺和想像的活動。詩的意境可能被轉譯成事實，詩中的情景被「還原」成詩人的生平事蹟，於是我們對詩人知道得越多，對詩的傷害反而越大。

　　楊喚的詩可以在這些被「講死」的材料中，讓青少年看到一片想像空間。也許他的詩想像不是很深邃，但卻極適合刺激這段年齡層的腦力。浪漫充滿生命的活力，雖然時有觸景生情的感傷，但卻可瞬間跳脫出教本的規範，走入心靈世界。

　　當學子要踏入詩的門檻時，橫亙於前的不應該是會令人退卻的龐大雄渾的詩體，而是字裡行間邀約的手勢。需要迂迴想像才能感受或感動的詩，雖富於人生的厚度，卻可能是青少年跨越門檻的絆腳石。楊喚的詩，藉由一點點想像就可以進去。從童詩入手，我們看到「接了太陽國王的大

---

[*]發表文章時為中興大學外國語文學系教授，現為亞洲大學外國語文學系講座教授。

掃除的命令，／小雨點們就都坐上飛跑著的烏雲，／賽跑著離開了天上的宮廷」。詩從擬人化開始，把周遭靜止甚至無生命的物賦予人的感覺和動作，使萬物有「生」趣。楊喚有一些童詩雖然稍嫌僵化（如〈童話的王國〉），但其他如〈七彩的虹〉、〈春天在哪兒呀？〉、〈小蝸牛〉、〈小蜘蛛〉和〈快上學去吧〉等的巧趣無疑影響到後世童詩的創作。

抒情詩方面，情緒和抽象用語稍多，意象也大都仍然停留在形象的階段，未適度將形象轉形。但我們仍然在詩集裡驚喜地看到如此的詩：〈鑰匙〉、〈失眠夜〉、〈花與果實〉、〈船〉、〈駝鈴與琴弦〉、〈雨〉和〈詩〉等。〈失眠夜〉，「紙煙乃如一支支的粉筆，／在夜的黑板上，／我默默地寫著／人生的問題與答案」已跳出個人情緒的感傷而逼進人生的沉潛。「紙煙」當筆，雖然藉由光和熱在黑夜中書「寫」，但最後終將自我焚燒成灰燼，這是人生的「問題與答案」，充滿了無奈的悲劇感。而〈花與果實〉一詩在感傷中已滲透了智慧，值得整首引用：

> 花是無聲的音樂，
> 果實是最動人的書籍，
> 當它們在春天演奏，秋天出版，
> 我的日子被時計的齒輪
> 給無情地嚙咬，絞傷；
> 庭中便飛散著我的心的碎片，
> 階下就響起我的一片歎息。

以花是音樂和果實是書籍的比喻開始，於是緊接著「演奏」和「出版」的動作暗示時間的流程，人在時間的齒輪中受傷，最後心碎如飛散的花瓣，呼應並總結前面的比喻。至於「花是無聲的音樂」，讀者可以想像到人看花時湧動的聯想和記憶，正如無聲的曲調流入心中。

整本詩集中最精采的是記有副標題「詩的噴泉」的十首詩。這些詩已

是深沉的哲思。如〈黃昏〉的最後兩行：「不要理會那盞燈的狡猾的眼色，／請告訴我：是誰燃起第一根火柴？」藉由燈的形狀和色調比喻其眼色之狡猾，但詩中人想到久遠前人類所燃起的第一根火柴，詩行充滿了過去和現在之比，文明演進所帶來的深思，在黃昏需要亮光的時分刺激想像。又如〈夏季〉裡的結尾：「當鳳凰正飛進那熊熊的烈火，／為什麼，我還要睡在十字架的綠蔭裡乘涼？」鳳凰和十字架是東方的神話和西方宗教的對比。當東方正是熊熊烈火的夏季，人為什麼要在十字架的陰影裡避蔭呢？題旨隱約但明確。幾乎所有「詩的噴泉」都是這樣的詩，可惜楊喚太早離開人世，否則這樣的詩在他所有的詩作中當會占了更大的比例。青少年讀者若從他的童詩和浪漫詩開始，最後也喜歡這些意象冷肅沉穩的詩，也暗示了他們的心智已從浪漫和激情中步向成熟。

——選自《聯合文學》第 81 期，1991 年 7 月

論楊喚詩

◎龔顯宗*

一、生平

　　楊喚，原名森，筆名金馬、白鬱、羊角、羊牧邊、路伽，遼寧省興城縣人，民國 19 年生。幼喪母，民國 36 年初農畢業後，至青島青報服務，翌年，任副刊編輯，民國 38 年春，隨部隊到臺灣，民國 43 年死於車禍，才 24 歲，著有《楊喚詩集》、《楊喚書簡》。

二、詩作析論

　　楊喚的詩，按其題材，可分為三類：抒情詩、勵志詩和兒童詩。

(一)抒情詩

　　有描寫鄉愁的，〈鄉愁〉、〈給林郊〉、〈小時候〉、〈高粱啊〉等屬之。這種追憶式的詩，著重於童年的哀樂和北國風光的描繪，試舉〈高粱啊〉兩段如下：

> 用你的秫稭做我跨下的白馬，
> 用你的葉子捲成吹起來嗚嗚響的喇叭，
> 用你的細篾紮成車馬和眼鏡和滴溜圓的大西瓜，
> 我更喜歡在你綠色的森林裡，
> 撒驩、打滾、捉螞蚱，打鳥米，
> 聽你和旅行田野的山風遊戲，

---

*發表文章時為中山大學中文系教授，現已退休，為中山大學中文系兼任教授。

嘩啦啦地抖著滿身的長葉子，

就像落了一場雨……

還記得嗎？當我們用磨亮了的鐮刀割下你，

那豐收的八月該多麼讓人歡喜；

忙完了秋天，打完了場，

我們就套好了老牛車，

頂著星星去趕集；

那是你給帶來的好年月，

東家忙著蓋房子置田地，

西家張羅著娶媳婦，嫁閨女……

前段寫童年，後段寫農事，很像詩經豳風裡的〈七月〉。

有寫戀情的〈懷劉妍〉，亦舉二段如左：

那時候，那時候我們都該有多傻呀，

焦躁地守候著一個不會到來的童話，

日日夜夜地夢想著要駕金車飛去，

白色的馬是雲彩，美麗的輗是虹……

有一天，妳發覺：我的歌聲失蹤了，

那是因為我要去追尋我理想的神燈；

離開妳的愛撫和親人們的庇護，

獨自走進這冰冷的世界上來旅行。

青梅竹馬，兩小無猜，雖然這是一場不成熟而又沒有結果的戀愛，但卻是最純潔而值得回味的。

有詠田園的，〈犁〉、〈快修好你的犁耙〉、〈愛的乳汁〉等屬之，前二者洋溢著一種輕快的旋律，茲抄錄〈犁〉如左：

密集著的是甘蔗的隊伍。

成熟著的是稻的彈粒。

沉默著的是像地雷般的鳳梨。

香蕉姑娘害羞的懷孕著幸福。

椰樹少女熱烈的擁吻自由：

這裡的土地呀，在酗著陽光的火酒⋯⋯

犁呀，是帶著祝福和營養的使者，

不再是要用我們的痛苦來餵養的農具；

牛啊，是和我們分享甜蜜的朋友，

不再是駕著沉重的軛的奴隸；

今天，在一切都開花和歌唱的日子裡。

前段意象鮮明而獨特，由此看出作者不失軍人本色。〈愛的乳汁〉則有無限的感慨：

中國的鄉村的輪廓。

是用被苦難給扭曲了的線條組成的！

鄉村裡的母親們的日子啊，

是汗水和眼淚和鼻涕的容器。

以泥土做搖籃的孩子們，

可曾對泥土捧出忠實的愛情？

像辛勞的母親用愛的乳汁，

孵育我們這些不安的小鴨和頑皮的雛雞？

卑怯的人子啊，請看：

母親的背景是怎樣顫抖地在畫面上凸出；

愛的乳汁又是怎樣磨出的。

有抒發痛苦的，〈垂滅的星〉、〈船〉、〈醒來〉、〈淚〉等屬之，舉〈淚〉如左：

催眠曲在搖籃邊把過多的矇矓注入脈管，
直到今天醒來，才知道我是被大海給遺棄了的貝殼。
親過泥土的手捧不出綴以珠飾的雅歌，
這詩的噴泉呀，是源自痛苦的尼羅。

窮而後工，哀愁與痛苦正是詩的源泉。

寫景與兼抒情的，則有〈雨〉、〈雨中吟〉、〈島上夜〉、〈檳榔樹〉等詩，舉〈雨中吟〉如左：

雨呀密密地落著像森林，
我呀，匆匆地落著像獵人。

雨，不疲倦地落著。
我，不休息地走著。

踏著雨的音樂的節拍，
我追逐著那在召喚著我的名字的
歷史的嚴肅的聲音。

再看〈雨〉：

憂愁夫人的灰色的面紗，
快樂王子的痛苦的眼淚，

把我屋子裡的太陽輕輕網住，

把我窗外的夜叮叮噹噹地敲響，

哎，我再也不能入睡，再也不能入睡。

　　同樣寫雨，作者將自己「安排」在動和靜兩種不同的狀態之中，前者亢進，後者憂鬱，前者高昂，後者低沉，而都譬喻精當，想像高妙。

　　有對歲月的詠歎的，〈八月的斷想〉、〈花與果實〉、〈二十四歲〉等屬之，舉二首如下：

花是無聲的音樂，

果實是最動人的書籍，

當它們在春天演奏，秋天出版，

我方日子被時計的齒輪

給無情地嚙咬，絞傷；

庭中便飛散著我的心的碎片，

階下就響起我的一片歎息。

　　　　　　　　　　　　──〈花與果實〉

白色小馬般的年齡。

綠髮的樹般的年齡。

微笑的果實般的年齡。

海燕的翅膀般的年齡。

可是啊，

小馬被飼以有毒的荊棘，

樹被施以無情的斧斤，

果實被害於昆蟲的口器，

海燕被射落在泥沼裡。

Y.H！你在哪裡？

Y.H！你在哪裡？

──〈二十四歲〉

前一首慨歎在「春華秋實」的過程中，韶光易逝；後一首寫自己正值樂觀進取的璀璨年華，卻遭到外在環境的壓抑摧殘，有無限的悲憤。

其他尚有〈鑰匙〉、〈小樓〉、〈笛和琴〉、〈扇子〉等，茲舉〈扇子〉如下：

詩人說：風是滾動在天河裡的流水；

我想：那麼這扇子該是一架水車。

在這流水的日子裡，

在這苦旱的日子裡，

它，忙碌地工作著，

把那滾滾的流水引向我……

使我的思想寧靜美好，

像戀人們散步在月夜的林蔭路，

使我的詩心舒暢地休息著，

像嬰孩熟睡在多綠色芭蕉的王國。

前段譬喻甚佳，流水、月亮、林蔭、芭蕉也足以消暑。

(二)勵志詩

楊喚認為詩不是嘲風雪、弄花草的東西，而是從現實中產生的作品，他說：

詩，是不凋的花朵，

但，必須植根於生活的土壤裡；

詩，是一隻能言鳥，

要能唱出永遠活在人們心裡的聲音。

詩人不是審音選韻懂平仄就夠的：

最重要的，不僅是

去學習怎樣「發音」與「和聲」，

今天，詩人的第一課，

是要做一個愛者和戰士，

然後，才能是詩的童貞的母親。

摔掉那低聲獨語的豎琴吧！

向著呼喚你的暴風雨，

把腳步跨出窄門。

　　　　　　　　　　　　　——〈詩人〉

要植根於生活的土壤裡，就得跨出窄門，才能當愛者和戰士！

既要當愛者和戰士，在艱困的環境中，愛盡委屈與折磨，仍須有著奮發向上的意志：

我是忙碌的。

我是忙碌的。

我忙於搖醒火把，

我忙於雕塑自己；

我忙於擂動行進的鼓鈸，

我忙於吹響迎春的蘆笛；

我忙於拍發幸福的預報，

我忙於採訪真理的消息；

我忙於把生命的樹移植於戰鬥的叢林，

我忙於把發酵的血釀成愛的汁液。

直到有一天我死去，

像尾魚睡眠於微笑的池沼，

我才會熄燈休息，

我，才有個美好的完成，

如一冊詩集；

而那覆蓋著我的大地，

就是那詩集的封皮。

我是忙碌的，

我是忙碌的。

──〈我是忙碌的〉

生活、工作、追求理想，至死方休，楊喚是愈挫愈堅的。

「像反抗暗夜的向日葵，我們永遠朝向真理的太陽。」〈號角、火把、槍〉「車的輪，馬的蹄，閃爍的號角，狩獵的旗，不疲憊的意志是向前的。」〈路〉「從夜的檻裡醒來，把夢的黑貓叱開，聽滾響的雷為我報告晴朗的消息。」〈期待〉「當鳳凰正飛進那熊熊的烈火，為什麼，我還要睡在十字架的綠蔭裡乘涼？」〈夏季〉「梵蒂崗的地窖裡囚不死我的信仰。」上面這些句子不但造語美妙，而且予人一針振奮的「強心劑」！

（三）童話詩

童話詩是楊喚對中國詩壇很重要的獻禮，他有一首致安徒生的〈感謝〉，肯定了安氏兒童文學作品的價值：

在那北風嗚嗚地吹著大喇叭的冬夜，

我不會寂寞，更不覺得冷，

因為溫暖著我的有你的書的爐火，

坐在身旁的是那個賣火柴的小姑娘。

…………

感謝你給我以你的童話的教室。

感謝你給我以你的心的蜜糖。

感謝你給我以愛情和營養。

今天，我要在我詩的小城裡完成一座偉大的建築，

那就是立起你這丹麥老人的銅像。

在他的詩集裡，童話詩有 18 首，中以〈童話裡的王國〉、〈家〉、〈水果們的晚會〉、〈小紙船〉、〈森林的詩〉、〈小蝸牛〉、〈小蟋蟀〉、〈眼睛〉幾首較佳，舉〈小蟋蟀〉如下：

克利利！克利利！

媽媽的故事真好聽，

克利利！克利利！

洋娃娃的眼睛真好看。

克利利！克利利！

誰讓你的小臉和小手黑又髒？

克利利！克利利！

不哭不鬧睡一覺，

我的歌兒唱到大天亮，

詩人模擬蟋蟀的口吻，像在唱一首催眠曲。限於篇幅，將幾首佳作節錄如次：

樹葉是小毛蟲的搖籃，

花朵是蝴蝶的眠床，

歌唱的鳥兒誰都有一個舒適的窩，

辛勤的螞蟻和蜜蜂都住著漂亮的大宿舍，

螃蟹和小魚的家在藍色的小河裡，

綠色無際的原野是蚱蜢和蜻蜓的家園。

——〈家〉

啄木鳥叔叔最被大家尊敬，

因為他是一位熱心腸的好醫生，

每天都是從早忙到晚，

還沒吃過早飯，

就被請走給老杉樹公公去看病，

不帶體溫計，

也沒有聽診器，

他仔細地給老杉樹檢查，

用他那長長的，又尖又快的大嘴巴。

——〈森林的詩〉

三、詩的評價

楊喚的詩，從篇幅上來說，都不算長，最短的是「詩的噴泉」十首，每首僅四行，寓意深遠，有點像絕句，最長的是〈童話裡的王國〉，也不過 62 行罷了；從風格來說，質樸自然，不事雕琢，但對偶和用典的句子也不少；從題材上來說，大部分和鄉村、童話有關。

至於特色是：以童話、軍事和新方面的知識入詩，由於他的作品不矯揉造作，又想爲兒童文學盡一份心力，所以他的童話詩是繼劉半農、綠原

以來，最有成就的，他的詩集分為《風景》和《童話》兩集，《童話》自不必說，即使在《風景》裡也有不少童詩的味道。由於他在報社和軍隊中工作過，所以在〈期待〉一詩裡有這樣美妙獨特的句子：「每一顆銀亮的雨點是一個跳動的字，那狂熱起來的閃電是一行行動人的標題。」又〈我是忙碌的〉也說：「我，才有個美好的完成，如一冊詩集；而那覆蓋著我的大地，就是那詩集的封皮。」職業還是會影響到作品的。而軍中的專業知識在他的作品裡也發揮了很大的作用，「我鄙棄瘖啞地歌泣著流浪的手風琴，我熱戀著我的槍。」〈我歌唱〉「向冬天出發，我們的鋼鐵般的隊伍，是春天的儀仗。」〈短章二〉「密集著的是甘蔗的隊伍。成熟著的是稻的彈粒。沉默著的是像地雷般的鳳梨。」〈犁〉

　　綜而言之，楊喚的抒情詩真摯，勵志詩具有戰鬥振奮的精神而不流於叫囂怒張，童話詩想像豐富，具有創意，開拓了兒童文學的領域。在政府遷臺初期的詩壇上，他確是是一位優秀的詩人。

——選自龔顯宗《現代文學研究論集——詩與小說》
高雄：前程出版社，1992 年 8 月

鍛接期臺灣新詩史

楊喚

◎楊宗翰[*]

　　本名楊森的楊喚有個不幸的童年：父親酗酒、生母早逝，繼母進門後竟又對他百般虐待。他曾在遺稿中說自己從小就是個「可憐的小東西」，一個挨打受罵、以痛苦作食糧、被眼淚給餵養大的小東西。童年期對他來說，宛如一個悠長而冰冷的世紀。小學畢業後，他考取初級農業職業學校畜牧科，在友情的撫慰與愛情的滋潤下開始寫作。畢業後楊喚離開故鄉遼寧，到青島的《青報》從事校對工作，後以不滿 20 歲之齡升任副刊編輯，並由青島文藝社出版了一本詩集。報社後因戰火不得不解散，楊喚遂從青島而廈門再撤退到臺灣，並像許多 1949 年前後來臺詩人一樣為餬口而加入軍隊。1954 年 3 月 7 日上午，詩人為趕赴勞軍電影《安徒生傳》[1]硬闖平交道而遭火車輾斃，享年不滿 25 歲。楊喚逝世後六個月，由現代詩社以《風景》為名出版了他的詩集。1985 年洪範書店委託詩人生前摯友歸人編選《楊喚全集》，收《風景》裡外所有詩、散文、童話、日記、書簡為一帙，允為定本。

　　《楊喚全集》共收錄了抒情詩 56 首及兒童詩 20 首（歸人將後者列為「兒歌」，不妥）[2]。楊喚無疑是臺灣兒童詩創作的先驅，也在臺灣兒童文

[*]發表文章時為佛光大學文學系博士生，現為秀威資訊出版公司總編輯、臺北教育大學語創系兼任講師。
[1]從《楊喚書簡》中可知安徒生對他影響很深，他並曾以〈感謝〉一詩致贈安徒生：「感謝你給我以你的童話的教室。／感謝你給我以你的心的蜜糖。／／感謝你給我以愛情和營養。／今天，我要在我詩的小城裡完成一座偉大的建築，／那就是立起你這丹麥老人的銅像。」不過，在楊喚生前著作中卻遍尋不著另一位「影響來源」綠原的名字。
[2]也有部分作家（如趙天儀、陳千武、林鍾隆）學習日本兒童文學界，將成人寫給兒童看的詩稱為

學史上占有重要地位。他從 1949 年到 1951 年間以另一筆名「金馬」於
《中央日報・兒童周刊》上發表許多兒童詩篇[3]，其中〈夏夜〉、〈小螞
蟻〉、〈家〉、〈小蝸牛〉、〈春天在哪裡啊？〉、〈眼睛〉自 1960 年代
後期起更被選入國中、小課本，讓楊喚成為臺灣最廣為人知的詩人之一。
可惜這些課本編輯常常妄改入選詩作，甚至換上不符作者原意的字句，早
逝的楊喚就是一個不幸的受害者。

　　或許是出於對凄苦童年的憑弔與補償，詩人很早就意識到該為孩童寫
詩，並批評當時部分兒童刊物為「騙錢的玩意」、「沒有人肯花功夫去給
孩子們寫東西」，不該忘了「孩子們也是有他們的鑑賞力的」[4]。他的兒童
詩創作有以下幾項特色：

　　1.重視童話精神，富有童話情趣

　　2.慣用擬人手法

　　3.擅長以語助詞控制節奏

　　4.充滿教化與叮嚀

　　5.多採哥哥、姊姊口吻進行敘述

　　其中以 4 與 5 兩點較為特殊。他雖然也用「童言童語」來表述，但並
未刻意模仿閱讀對象（兒童）口吻，而是以高出一輩的身分，親切地向對
象訴說、提醒或呼告。楊喚經歷過無人關愛的苦悶童年，他當然不希望孩
子們跟自己一樣。會如此殷勤叮嚀、多方提醒，想必應與此有關。楊喚的
兒童詩創作雖僅有 20 首，卻幾乎已成為臺灣同類創作的重要模本，不但廣
泛流傳且一再被品評討論。當然也存在不同的聲音：1986 年 4 月《笠》第
132 期刊出林鍾隆〈臺灣兒童詩的形成與現況〉，文中就批評楊喚的兒童

「少年詩」。

[3]《中央日報・兒童周刊》創辦於 1949 年 3 月 19 日，至第 25 期「金馬」方以〈童話裡的王國〉首
度躍上此一園地。當時可見的雜誌尚有《臺灣兒童月刊》、《時代兒童》、《小學生雜誌》、《兒童生
活》、《小學生畫刊》、《學友》及《東方少年》見林文寶，《楊喚與兒童文學》（臺北：萬卷樓圖書
公司，1996 年），頁 217～218。

[4] 歸人編，《楊喚全集Ⅱ》（臺北：洪範書局，1985 年），頁 357、361、362。

詩還在「習作」階段，甚至把兒童詩的僵化歸罪在楊喚身上[5]。有趣的是，雖然對其評價並不高，林鍾隆卻還是承認楊喚詩作在臺灣已被認定為「兒童詩的正常型態」。可見這些詩作已經進入臺灣兒童詩正典（canon）之列了。其實，「楊喚研究」（或「楊喚學」）在臺灣兒童文學界的累積成果相當豐碩，既有整體性的論述，亦見逐篇的細密解讀，說楊喚是臺灣兒童詩第一個「正典詩人」並不為過[6]。

從 1952 年開始，詩人改以楊喚為筆名在《新詩週刊》、《詩誌》、《現代詩》等園地上發表抒情詩。其題材則不出以下四者：

1.自勵自勉和昂揚的戰鬥精神

2.追憶故鄉及童年生活

3.對生命或遭遇的感歎

4.難以排解的寂寞與憂鬱

許多人都將楊喚定位為臺灣兒童詩創作的先驅，卻忽略了行伍出身的他其實也寫戰鬥詩。兩百多行的〈零下四十度〉以悲壯激昂見長，《楊喚全集》編者歸人讚譽此詩為他所讀過的最佳戰鬥詩篇[7]。戰鬥詩創作在臺灣新詩研究中，不是被有意無意貶低成詩人為賺取豐厚獎金的投機之作，就是被痛斥為「反共抗俄」口號或標語的疲倦複寫。難道這些數量眾多的戰鬥詩，每一首都是服膺政府政策下的「遵命」文學？大批詩人之所以願意耗費心力、執著苦吟，其動機就只是在爭奪一筆獎金？如果戰鬥真的讀來令人生厭，又為何曾經有這麼多人願意讀、願意寫？我們認為：戰鬥詩一詞的含義及其可能，不該被新詩研究者、文學史家們如此窄化。詩中昂揚

---

[5]林鍾隆此文引起許多討論，沙白、林武憲、林文寶都曾發表過與其相當不同的意見。
[6]整體性的論述可以林文寶《楊喚與兒童文學》為代表，逐篇的細密解讀可見吳當《楊喚童詩賞析》。楊喚逝世後，臺灣一直到 1960 年代中期才有第一本兒童詩集《童話城》出版，在屏東仙吉國小任教的黃基博也大約在此時開始指導兒童寫詩（按：《童話城》為蓉子接受臺灣省教育廳兒童讀物編輯小組所邀請，特地為小朋友所撰寫的詩集）。
[7]歸人甚至指〈零下四十度〉是「一首最富戰志的巨作。若論其藝術成就，當不讓社工部的『兵車行』專美於前；也不讓岳武穆的『滿江紅』獨步於後」。遺憾的是，迄今依然無人尋獲這首《全集》中的佚詩，我們亦無法進一步檢證歸人的評斷是否屬實。見歸人編，《楊喚全集》（臺北：洪範書局，1985 年），頁 9

的戰鬥精神，也不必然全數來自於政府政策的刻意「鼓勵」。部份戰鬥詩篇不但志不在應命或宣傳，反而是詩人在彼時嚴峻的時空環境下自勵自勉之作[8]——就像楊喚一樣，創作者透過書寫期許自己應該「為莊嚴的時代歌唱」、「為受傷者輸血，看護／為死者難者招魂，畫像。」（〈今天的歌〉）。擴大來看，連《全集》中難入戰鬥詩之列的〈雨中吟〉、〈詩人〉，甚至〈我是忙碌的〉等作，皆不妨視為此一精神與氣質的延續。

2、3 點應合而觀之。楊喚詩作中涉及故鄉及童年者有〈小時候〉、〈鄉愁〉、〈高粱啊〉、〈我喝得爛醉〉等。敘述者說自己「從落後的鄉村走出來，／又跌落在都市的霓虹的燈彩裡。」（〈小時候〉）；相較於從前那些收穫高粱和玉蜀黍的日子，如今「從流行歌曲和霓虹燈使我的思想貧血。／站在神經錯亂的街頭，／我不知道該走向哪裡。」（〈鄉愁〉）。可見敘述者對成長後所面對的環境難以適應，卻又一直找不出理想的解決辦法。這是生命的絕大痛苦，也頗符合楊喚自身遭遇，無怪乎其詩篇常常帶有濃厚的自傳味，譬如這首〈二十四歲〉：

> 白色小馬般的年齡。
> 綠髮的樹般的年齡。
> 微笑的果實般的年齡。
> 海燕的翅膀般的年齡。
>
> 可是啊，
> 小馬被飼以有毒的荊棘，
> 樹被施以無情的斧斤，
> 果實被害於昆蟲的口器，
> 海燕被射落在泥沼裡。
> Y.H！你在哪裡？

---

[8] 戰鬥詩的作／讀者，可藉由創作／閱讀行為來砥礪自己所遭遇的苦難。

Y. H！你在哪裡？

「Y．H」是楊喚英文名字的縮寫，此詩正在抒發作者對自己被損害、受創生命的感歎。首段以「白色小馬」喻其英姿煥發、以「綠髮的樹」喻其生氣勃勃，以「微笑的果實」喻其邁向成熟、以「海燕的翅膀」喻其志向遠大。只是萬丈雄心卻不敵外在社會環境的重重壓迫，徒留未酬之志對空喟歎：「Y．H！你在哪裡？／Y．H！你在哪裡？」。〈二十四歲〉雖然句式十分樸拙，結構設計也再簡單不過，卻勝在全篇比喻巧妙、形象生動，足證楊喚確有詩才。

寂寞與憂鬱，可能是《楊喚全集》中出現頻率最高的兩個詞[9]。之所以會如此，跟他蒼白的童年生活很有關係[10]。所幸寂寞與憂鬱雖對詩人百般折磨，卻未曾真正奪去他的生命，倒是引出了這首名作〈垂滅的星〉：

> 輕輕地，我想輕輕地
> 用一把銀色的裁紙刀
> 割斷那藍色的河流的靜脈，
> 讓那憂鬱和哀愁
> 憤怒地氾濫起來。
>
> 對著一顆垂滅的星，
> 我忘記了爬在臉上的淚。

---

[9] 可參考林文寶對《楊喚全集》中所有「寂寞」與「憂鬱」的詳盡整理。見林文寶，《楊喚與兒童文學》（臺北：萬卷樓圖書公司，1996 年），頁 113～123，134～139。

[10] 楊喚在致友人的信件裡寫道：「憂鬱和寂寞，從童年糾纏我直到現在，是以我的日子裡，很少有著絢麗璀璨的顏色，不是深灰，就是蒼白。我要的是薔薇和玫瑰，但毒刺的荊棘又偏偏向我投擲過來。這太多苦難的生命的旅程啊！」其中甚至還透露出自殺的念頭：「由於極端的苦悶不得解脫，我近來每每想到死」、「每當午夜夢回，從枕上醒來，我便聽到自己受難的靈魂在流血……這靈魂上的折磨真夠殘酷。我真要忍受不下去了」。同註 45，頁 333～334。

此詩爲楊喚在極端煩躁憂鬱中所作，原附於他寫給友人的信件內文，不但生前不曾發表，連題目〈垂滅的星〉應該都是歸人所定。詩分兩段，第一段中敘述者的「憂鬱和哀愁」累積已久、瀕臨爆發，似乎只剩用裁紙刀（暗示其作家身份）割斷藍色的河流（或指藍墨水）的靜脈一途。但這些畢竟不過是敘述者的想像而非真正自戕；或者可能是一位作家透過文學書寫來盡情發洩情緒，使之「憤怒地氾濫起來」。詩中「輕輕地」和「憤怒地氾濫」兩者間更形成了強烈對比，藉此凸顯憂鬱和哀愁確實已臻飽和，即將失控。本詩第一段在述說個人的痛苦，到了第二段卻急轉直下：敘述者在看見一顆垂滅的星（指大眾的苦難）後，體悟到應該忘記小我的憂愁，改爲去擁抱社會、直面現實。如果把敘述者視爲一名作家，第二段便在暗示他應該要昇華個人情感，來爲地球上所有的受苦難者代言[11]。本段除了「星」與「淚」外，尚有一個隱而不顯的重要意象「眼」（有它才能看見星、流出淚），三意象間相互搭配映照，創造出一個難以追步的獨特詩意空間。

英年早逝的楊喚，曾一度被視爲臺灣文學界的天才詩人。但隨著 1960 年斯泰斗在《幼獅文藝》上發表一篇〈天才詩人的解剖〉後，開始有人懷疑楊喚的創作深受大陸「七月」派詩人綠原（代表作爲《童話》影響，部分詩篇中句型或意念簡直和綠原「像到接近摹倣和抄襲的剃刀邊緣！」[12]。我們認爲：綠原的詩確實替楊喚提供了豐沛奶水，斯泰斗對照式的「解剖」亦有其價值，應予肯定；不過，如果可以再給楊喚一些時間，怎知他沒有主動斷奶的一日？何況他在寫作這些詩時，僅是個二十歲左右的少年——正是瘂弦所說「感染力最敏銳、摹倣性最強、而排斥外來影響能力最

---

[11]張漢良對這首詩提供了完全不同的解釋，很值得參考：「這首詩在意象發展、邏輯結構和語意上，有內設的晦澀，其晦澀卻又不是意在言外。也許我們祇能說敘述者是一個浪漫主義的反英雄，其特徵除了包括棄世的死亡意志（Death wish）外，更包括語言表達的障礙」同註 37，頁 138。
[12]瘂弦，《中國新詩研究》，（臺北：洪範書局，1987 年第 3 版），頁 95。

弱」的年齡[13]。無論如何，真正能替一個詩人的存在價值辯護的，唯有他自己的詩。請看兩行一節、兩節一首、十首一輯的「詩的噴泉」，無論譬喻、用典、造境都相當特殊，其發展又豈是綠原這位前輩詩人可以「想像」[14]！

　　　壁上的米勒的晚鐘被我的沉默敲響了，
　　　騎驢到耶路撒冷去的聖者還沒有回來。

　　　不要理會那盞燈的狡猾的眼色，
　　　請告訴我：是誰燃起第一根火柴？

　　　　　　　　　　　　　　　　　——〈黃昏〉（詩的噴泉之一）

　　　昨天，曇。關起靈魂的窄門，
　　　夜宴席勒的強盜，尼采的超人。
　　　今天，晴。擦亮照相機的眼睛，
　　　拍攝梵‧古訶的向日葵，羅丹的春。

　　　　　　　　　　　　　　　　　——〈日記〉（詩的噴泉之七）

　　　　　　　　　　　　——選自《臺灣詩學學刊》第 5 期，2005 年 6 月

---

[13]同前註，頁 96。
[14]〈詩的噴泉〉原發表於《新詩週刊》第 89、70 期（1953 年 8 月 10、17 日），為楊喚生前力作。〈黃昏——詩的噴泉之一〉曾被斯泰斗暗指有模仿綠原〈憂鬱〉之嫌。〈憂鬱〉中確有「晚鐘被十字架底影子敲響了」、「耶穌騎著驢子回到耶路撒冷去」兩句；但這與「壁上的米勒的晚被我的沉默敲響了，／騎驢到耶路撒冷去的聖者還沒有回來。」間的關係不應稱為模仿或因襲，反而比較近晚出者對前輩詩句的成功轉化。見斯泰斗：〈天才詩人的解剖〉，《幼獅文藝》，第 12 卷 2、3 期合刊（1960 年），頁 26～27。

新詩導讀
〈二十四歲〉

◎蕭蕭*

白色小馬般的年齡。

綠髮的樹般的年齡。

微笑的果實般的年齡。

海燕的翅膀般的年齡。

可是啊，

小馬被飼以有毒的荊棘，

樹被施以無情的斧斤，

果實被害於昆蟲的口器，

海燕被射落在泥沼裡。

Y.H！你在哪裡？

Y.H！你在哪裡？

導讀：

　　楊喚是一個早慧詩人，不幸的，也是一個英年而逝的詩人，純粹受到1930 年代文學影響，不爲臺灣當時詩壇所習染，因此能保持清新的面貌，童稚的詩心，是現實詩壇輕快的一支短笛。

本名蕭水順。發表文章時爲東吳大學兼任講師，現爲明道大學中國文學系副教授。

　　「詩的噴泉」是楊喚的短詩，也可以說是詩的金句，靈光一閃的智慧結晶，表現了楊喚做爲一個詩人的才氣。「兒童詩」則爲楊喚仁心的體現，最早注視「兒童需要詩」這一事實，是兒童詩的開創者。兩者相乘，楊喚自有其不可磨滅的歷史地位。

　　〈二十四歲〉是楊喚的名作，與鄭愁予「錯誤」，同樣是年青人最易朗朗上口的詩。

　　這首詩的表現十分樸拙，像一個不曾打扮的村姑，還留有一股村野之氣。第一段出現四個意象，呈露 24 歲的年紀應該有的衝力與歡笑，「白色小馬」是一種英挺與豪邁，「綠髮的樹」則具有青春的野氣，「微笑的果實」是步向成熟的智慧的內斂，「海燕的翅膀」展放大志雄心。四個意象分別爲動植物兩類，鮮明生動，具體可感，24 歲的年青人印象彷彿就立在眼前。當然，稚拙的地方是「……般的年齡」這種不變的句式，顯得直接而又滯澀，如果是今天技巧純熟的詩人，也許就不會用四個同類的暗喻去形容一件事物。

　　情境的轉變也只用「可是啊」三字去承接，非常突兀，爲什麼會這樣呢？其間沒有脈絡可尋，但在情緒的呼喚上頗能引起共鳴，換句話說，青年人情緒的不滿也許並不需要理智性的分析，不滿就是不滿，反抗就爲了反抗，我是一匹白色的小馬，社會不了解我，不重視我，以有毒的荊棘飼養我，以無情的斧斤砍伐我，青年人對自我誇大的幻想，對無形壓力的敵對，都可以從第二段去透視「壯志未酬」的悲痛。就青年心理的描述，情緒的發洩而言，這兩段卻是成功的。

　　因而可以導致最後兩句口號式的呼喚，唯有這單純的呼喚，才足以宣洩被創的心靈。

　　〈二十四歲〉的藝術技巧，在今日看來，或許偏於情緒的發洩，但仍有他真摯感人的一面，簡短完整，較之今日矯枉過正的淡描無味之作，白色小馬仍然是令人懷念的。

——選自《中華文藝》第 101 期，1979 年 7 月

談楊喚的〈美麗島〉

◎莫渝*

有藍色的吐著白色的唾沫的海
小心地忠實地守衛著
寒冷的冰雪永遠也不敢到這裡來。

有綠色的伸著大手掌的椰子樹
緊緊地拉住親愛的春天,
美麗的花朵永遠成群結隊地開。

在這裡
小朋友們都能像健康的小牛一樣地健康,
在這裡
小朋友們都像快樂的雲雀一樣地快樂。

你來看
小妹妹是夢見香蕉和鳳梨在街上跳舞了吧?
要不怎麼睡在媽媽懷裡
還是不停地在微笑?

你知道這裡是什麼地方嗎?
告訴你,她的名字叫臺灣,
是甜蜜的糖的王國,
是童話一樣美麗的,美麗的寶島。

---

*本名林良雅。發表文章時為臺北縣板橋市新埔國小教師,現為《笠》詩刊主編。

作者簡介：

　　楊喚（1930～1954），本名楊森，遼寧興城人。早慧，1948 年即擔任《青島日報》文藝副刊編輯。1949 年到臺灣，1954 年 3 月 7 日慘死於臺北西門町中華路火車平交道。遺著《風景》詩集於 1954 年 9 月出版。以後陸續出版《楊喚詩集》（1964 年）、《楊喚書簡》（1969、1975 年）、《楊喚全集》（1985 年）。

欣賞導讀：

　　這是一首寫實的童詩，分作六段十八行。全詩富有色彩，深具童趣，洋溢著楊喚詩作中慣有的歡笑與輕快的氣氛。楊喚雖然沒有快樂的童年，但他懂得讓孩子快樂，他在詩中或書簡中隱藏自己的不幸，把無邪的笛聲快樂地放播給孩子們。本詩也是他這方面的成果之一。

　　前二段各三行，分別寫實紀錄美麗島的外觀：那是沒有嚴冬的長春島。這六行也有類似神話中蓬萊仙島的描述：詩人用海的守衛拒絕冰雪侵襲，點明外在環境；其次用椰子樹的綠色大手掌拉住春天，表現人所言鳥語花香的內部景色。這六行童稚氣很濃，作者多次使用形容詞與副詞，達到了表現語氣的效果。其次，「不敢」、「拉住」二詞不僅童趣猶然而生，連帶造成意象經營的完美。

　　三段四行，作者以對稱手法點明此島小朋友歡樂的一面：健康的身體與快樂的歌聲。而且，讓「健康」與「快樂」二詞重複使用，深具加強效果意味。

　　四段四行，則延續前段意象。

　　五段單獨一行，由 14 行的介紹描述，引出令人嚮往的地方的謎。

　　末段三行，揭曉謎面，但仍冠上明喻的形容詞，這些形容詞無非強化臺灣島的原有特色。

　　全詩用語明朗，句子平實，節奏和諧自然。

　　30 年來生於此島長於此島的同胞，似乎對自己的幸福不知珍惜、掌握，反而一味在詩中喊著虛無，要求貴族，要求現代，甚至演變成今日牙刷主義的地步。我們回顧 30 來有關臺灣的詩篇，如吳瀛濤的〈美麗島〉[1]作於 1963 年，他從歷史背景與地理位置綜論臺灣，詩質較弱，很多句子只是撥弄名詞而已；上官予的《寶島頌》[2]採遊記性質，結尾則流露出心懷祖國，氣勢雄壯，篇幅卻長達百餘行，無法予人畫龍點睛的明確感；陳秀喜的〈臺灣〉[3]一詩，語言晴朗，表達平實，詩篇的長短與內涵近於楊喚此詩。

　　我們很高興楊喚到臺灣沒幾年，就留下這麼一首親切可愛的小詩，也期望這首小詩能引更多人接近與擁抱這塊自己的鄉土。

——選自《布穀鳥兒童詩學季刊》第 1 期，1980 年 4 月

---

[1]見吳瀛濤詩集《瞑想詩集》（1965 年 10 月），另據詩人全集《吳瀛濤詩集》（1970 年 1 月） 第 134 頁詩題改為〈美麗島〉。

[2]《寶島頌》（1968 年 6 月），臺灣省政府新聞處編印，省政文藝叢書之二十。

[3]見陳秀喜詩集《樹的哀樂》（1974 年 12 月 15 日），此詩經梁景峰改寫更題為〈美麗島〉，李雙澤譜曲。

釋析楊喚的〈雨中吟〉

◎岩上[*]

雨呀，密密地落著像森林
我呀，匆匆地走著像獵人。

雨，不疲倦地落著，
我，不休息地走著。
踏著雨的音樂的節拍，
我追逐著那在召喚著我名字的
歷史的嚴肅的聲音。

——楊喚〈雨中吟〉

〈雨中吟〉一詩錄自民國 53 年光啓社出版的楊喚詩集。關於楊喚的生平，該詩集裡覃子豪、葉泥、歸人、李莎、紀弦等人的文章有詳細的說明，本文的重點只在於析釋他一首詩，所以關於他的生平僅錄民國 46 年 1 月由墨人、彭邦楨所編的《中國詩選》裡的作者介紹，作爲參考：

楊喚，遼寧興城縣人。民國 19 年 9 月 7 日出生。童年生活即受藍天碧海的洗禮，思野遼闊，熱情澎湃。楊喚是天才，是將要成熟結實的一個天才。想是「好人不長命」，或是「天才都是短命的」，如普式庚、拜倫、雪萊、濟慈……。楊喚確實將待要成熟而被死神（或是魔鬼）將他摘去。死於 43 年 3 月 7 日上午 8 時 40 分臺北中華路平交道第二道鐵軌

[*]本名嚴振興。發表文章時爲《詩脈季刊》主編，現專事寫作。

　　北上火車輪下，愛他的人都為他痛哭。」

　　民國 43 年臺灣的詩壇尚屬於起步階段，當時的詩人大多數仍保留著淡泊和純真的心態。楊喚以他短短 25 年就結束性命，實在可歎！但夭折使他能免於二十多年來詩壇一次又一次的鏖戰，讓我們對他保有一份純情的懷念，這不也是不幸中一點可喜的安慰嗎？

　　〈雨中吟〉一詩，整首只有短短七行，分三個小節。在詩的形態上來說是屬於小品短詩型的作品。短詩的寫法一般來說都集中表現一個「著點」，「雨」詩也是這樣，雨只是詩的布局背景，其旨意並非在敘景，而是藉雨以及有關雨的轉換聯想的意象，來表現作者對現實的挑戰與一種屬於不可及的追尋自慰的意念。

　　有的詩人一生不管寫多少作品都只繞著一個主題；有的詩人心域較大，其詩的引發點較多，且常因生活的體驗殊異而有不同的主題；也有的詩人其詩作品雖時時遞變但蘊藏在詩中伏流的意識，卻始終一貫的，這一脈伏流就像生命的律動潛伏在詩人的命數之中，楊喚的詩應該是屬於這一類型。

　　詩是與詩人的生命連在一起的，亦即詩是詩人生命的煥發，因此沒有生命的詩就不是詩；而生命浮現用諸詩的型態表達時，也是與詩人的生活經驗不能分離的，亦即詩人詩作品所沁入的生命函數是由生活的經驗中體驗且錘鍊出它的乳汁的。

　　就詩來說，楊喚是一個優秀的詩人；但就自然人來說，他只是一位在軍中服役的文書上士，且他自小命運坎坷，以他 25 歲青春的年華就不幸夭折，他該是一個悲劇性濃烈的人物吧！這一點悲劇成分使他的詩都或多或少流露出一種哀愁的悲情，而難能可貴的是楊喚並不因生活的艱苦與不幸而流於傷感、頹喪或作情緒的宣洩，他仍保有一份做為詩人的純真與對生命的熱愛。〈雨中吟〉一詩所抒發的詩的動力，就是那種在無奈的生活哀愁中，不斷邁進與期望追求的積極性，這種精神是楊喚最可貴的地方。

　　雨是景，也是意象。楊喚用森林來比喻雨；用獵人來比喻自己，雖然用的是「像」的直喻法，但並不覺得詩意輕薄，因爲：森林的靜與獵人的動是一對比；森林的繁雜、龐大與獵人的單一、孤獨又是一強烈的對比——這是一組很契合的架構。

　　雖然森林、獵人都是實景、實體，但因用「像」的明喻，所以第一節的情景給我們的感覺是虛象，而非實景。而第二節：雨，不疲倦地落著／我，不休息地走著。無疑的是實景實象的感覺。我們知道在第一節裡面的「雨」不是真正的「森林」；「我」也非「獵人」，只是藉用「森林」和「獵人」的形相來襯托詩境的進展。

　　第二節除去了「雨」和「我」的喻意，讓「雨」和「我」純然演出，所以第二節是實象，實景實物。

　　第三節：「踏著雨的音樂的節拍」、「追逐」、「歷史的嚴肅的聲音」則是實至虛的過程，而其至終仍是虛象。

　　所以全篇詩思的動向是虛——實——虛。

　　而其詩的架構則是「雨落」——直；「我走」——橫的交錯與「森林」、「獵人」的溶共關係。

　　作者把雨落著喻爲森林之景象，除爲了以物喻物之實體化外，主要目的乃契合「我」成爲「獵人」之假托。我想楊喚把自己喻爲獵人是重要的。既然我是獵人，則雨必用森林來比喻才有力量，所以「森林」與「獵人」是相對又相扣的關係，也是本詩實體化最有力且最重要的形相。

　　詩想秩序動向從第一節進入第二節時意象已經變形，則雨是森林，森林也是雨；獵人與我也同樣是一體的。那麼在落雨的森林裡，一個獵人不休息且匆匆地走著，其目的何在？無疑地乃爲了狩獵，但下雨的森林各種飛禽走獸必然因雨而藏匿，所以這次打獵註定要空手而歸了！但是「我，不休息地走著」，詩思也不斷地向前推進。

　　第一節和第二節的詩思進展對全詩來說只是必然的過場而已，詩的力量是到了第三節的時候才放射出來的。

　　一般來說，下雨的森林是淒涼又落寞的，獵人必感到失望懊喪而停步或迅速的返回，可是楊喚卻把森林裡的雨，視爲「音樂的節拍」而繼續前進，爲的是「追逐著那在召喚著我的名字的／歷史的嚴肅的聲音。」詩思至此，明眼人即知，楊喚在此詩的用意，非止於敘景記事，而是把詩的意旨提升到嚴肅的歷史的課題，亦即人生的課程，一種做爲詩人的不斷探求的歷史的使命感。而欣賞者讀詩至此，亦不難產生回溯作用，而發現到所謂密密而又不疲倦地下雨的森林，不也就是人生種種錯綜複雜的境遇嗎？而楊喚的「獵人」匆匆又不休息地走著，不也就是一段不懼艱難的繼續奮鬥的人生歷程的寫照嗎？

　　這種不計得失奮鬥而積極的精神令我們敬佩，而現實本態的無情如落雨的森林，所給我們的人生的淒涼感，所帶給我們的悲劇成份卻深深地震盪著我們的心靈呀！

──《詩脈季刊》第 6 期，1977 年 10 月 25 日

──選自岩上《詩的存在：現代詩評論集》
高雄：派色文化出版社，1996 年 8 月

賞析楊喚的四首詩

〈鳥〉、「詩的噴泉」:〈日記〉、〈黃昏〉、
〈我是忙碌的〉

◎張芬齡*

一、鳥（詩的噴泉之六）

> 飛進印度老詩人的詩集，跳上波斯女王的手掌。
>
> 我呢？沉默一如啞者，愚蠢而無翅膀。
>
> 阿里斯多芬曾把他的憧憬攜入劇場，
>
> 法郎士的企鵝的國度卻沒有我泊岸的港。

賞析

　　楊喚的組詩〈詩的噴泉〉，在形式上類似波斯詩人奧瑪開儼的《魯拜集》，以及印度詩人泰戈爾的短詩。一如中國的唐詩與日本的俳句，凝鍊、清新、意象麗潔是它們的特色。在這首只有四行的〈鳥〉裡，楊喚雖然連連用典，但由於能藉著意象，技巧地、具體地將它們表現出來，我們在閱讀的時候便不會為了頻繁的地名、人名而感覺茫然了。

　　鳥在這首詩裡是靈感或詩神的化身，它飛進印度老詩人的詩集（泰戈爾有《漂鳥集》），跳上波斯女王的手掌，讓他們寫出許多詩來。但楊喚抱怨自己不受詩神照顧，因此寫不出好詩，「愚蠢而無翅膀」。

　　鳥是詩人用來飛達想像的王國的媒介。西元前五世紀的希臘喜劇家阿里斯多芬曾經寫過一個幻想劇《鳥》，描述兩個雅典人，因為對雅典失

望，出發找尋一個更好的國度，他們與鳥類（原始的造物主）聯合，在空中建立了一個新的城市——杜鵑雲城（Cloudcuckooland），他們很快地統治了人類，並且迫使天神宙斯讓出王位跟情婦。

法郎士則是法國的小說家（1844～1924），他的《企鵝島》是模擬從神話時代一直到 20 世紀法國歷史的一本諷刺小說，書末並對未來的社會做了預言。書名「企鵝島」是因為那個島上的人原來是由企鵝變過來的。

這兩個故事對整首詩的了解並不很重要。對楊喚而言，阿里斯多芬的劇場與法郎士的「企鵝島」都只是他所渴望，但卻不能進入的想像王國、文學王國的象徵。

類似的情景出現在另一首詩〈詩〉裡：

> …………
> 詩，是一隻能言鳥，
> 要能唱出永遠活在人們心裡的聲音。
>
> 可是，真慚愧啊！
> 那些被我移到紙上的
> 只是字的黑色的屍體，
> 詩的蒼白的標本。

啊，楊喚的詩真的是一隻蒼白、愚蠢的鳥嗎？

二、日記（詩的噴泉之七）

> 昨天，曇。關起靈魂的窄門，
> 夜宴席勒的強盜，尼采的超人。
>
> 今天，晴。擦亮照相機的眼睛，

> 拍攝梵·谷訶的向日葵，羅丹的春。

賞析

以天氣或時令來營造氣氛，是詩人、小說家或劇作家愛用的手法之一。他們或以季節來強化氣氛（如俄國劇作家柴可夫的《櫻桃園》，幕啟於春天，象徵希望，幕落於秋天，象徵古老傳統的沒落），或以天氣造成殘酷的反諷（如艾略特的〈荒原〉以 4 月為背景，4 月在傳統上是萬物復甦充滿活力的月份，然而這個月份對生活在荒原上的人們是最殘酷不過的了，因為它並無法把他們自頹唐、僵死的生活提升，只是徒然加深痛苦無望的回憶）。

楊喚在〈日記〉這首詩裡所使用的手法是屬於前者——以天氣強化氣氛，用陰晴來象徵心境。

在這短短的四行詩裡，楊喚用意象的堆砌來傳達他的思想。每一個意象的背後，都存有典故，而且都有它特別的涵義，找出開啟這些意象的鑰匙，才能探入這首詩的核心。

我們如果暫且不去管意象背後的涵義，只就表層意義來看的話，這篇日記記載著昨天和今天的行事：昨天天氣陰霾，無法外出，只好關起房門閱讀席勒的劇本《強盜》以及尼采的超人學說；今天天氣放晴了，於是出外觀賞大自然的景色，甚至拿起照相機拍些美麗的鏡頭。

但是從另一個角度來看此詩或許更有意義。我們可以把「昨天」和「今天」引申為「過去」和「現在」的濃縮。曇和晴，這兩種截然不同的天氣正代表著兩種截然不同的心境。昨天的詩中人物（或許是詩人本身）生活在與外界隔絕的狀態（「關起靈魂的窄門」），從他所看的書籍的性質，我們可以看出他對傳統價值抱持懷疑的態度，但是對人類社會新體系的建立存有幾分關注：關心正義公理之伸張（席勒的《強盜》裡的主角卡爾因為弟弟的陰險心計而無法安享家庭之樂，因而促使他憤世嫉俗，加入強盜的行列，仗義復仇，痛懲土豪劣紳的不仁。這強盜代表著紛亂時代中

新秩序的誕生），關心人類之前途（尼采在「超人學說」裡，企圖於倒塌的傳統價值之外爲世界指出一條新路——建立一個沒有高超目標或意義的純粹世界以及能夠在幻象消失後繼續生存的新人類）。

但他只能算是象牙塔裡的知識分子，陷入思維的網中，缺乏對生活的體認，烏雲密布正象徵其內心的陰影、疑惑或不足。而今天，或許經過了一番調整或突破，他走出了「靈魂的窄門」，好比雨過天晴，陽光驅走了烏雲，他以嶄新的姿態投入生活，「擦亮照相機的眼睛」去攝取一些光明的鏡頭（「向日葵」和「春」是希望和朝氣的象徵）。

這首詩可說是詩人的心路歷程，由知性的探索到感性的體驗，由閉塞的心境到開朗的心境。楊喚未明確暗示讀者這些意象的涵義，只是原本地呈現給讀者幾個鏡頭，我們在讀這首詩時可有多層面的詮釋。

三、黃昏（詩的噴泉之一）

> 壁上的米勒的晚鐘被我的沉默敲響了，
> 騎驢到耶路撒冷去的聖者還沒有回來。
>
> 不要理會那盞燈的狡猾的眼色，
> 請告訴我：是誰燃起第一根火柴？

覃子豪在〈論楊喚的詩〉一文裡，以爲楊喚表現思想最著的詩是「詩的噴泉」，幾乎每一段都有著楊喚思想的註腳，幾乎每一首詩，都用了典故。「這些典故」覃子豪說：「都有一個平凡的故事，楊喚引用這些典故，是爲顯示這些故事中存在的真理。這些典故，不僅未減少詩的自然性，卻推進了詩人真實的情感。」我們以爲「詩的噴泉」的好處並不在於那些思想，而是在楊喚遣詞鍊句，鎔鑄意象的驚人能力。楊喚把讀者們並不一定都知道的死的典故化作鮮活的意象，寫進詩裡。如果在閱讀的時候，我們找不到太多覃子豪所說的思想的話，至少我們已經感覺到他詩句

的優美了。

　　〈黃昏〉這首詩用了兩個典故。《晚鐘》是 19 世紀法國畫家米勒的名畫：黃昏的田野上，兩個農民停下他們的工作，專注地傾聽著遠方傳來的晚禱的鐘聲。

　　這是一幅虔誠、肅穆、有所期盼的畫面：

　　　壁上的米勒的晚鐘被我的沉默敲響了

　　楊喚的這句詩極為人所稱道。分析起來，它的魔力原來來自「似是而非的修飾法」（"Oxymoron"）以及「感覺交鳴」（"Synesthesia"）這兩種技巧的使用。沈默被敲響是似是而非；以米勒的晚鐘（視覺）被沉默敲響（聽覺），是感覺的混生。第二句詩用到耶路撒冷禮拜初生聖嬰的東方三賢士的故事。到聖地尚未全歸，這說的也是期盼、禱望的情境。

　　第二段詩似乎比較難懂，基本上它維持了前面期待的主題：在昏暗的黃昏期盼光的出現。但為什麼那盞燈的眼色是狡猾的呢？我知道楊喚等待的不是不可靠的燈之亮起，他所期盼的是真實之光：虔誠、專注而純粹，即使在開始只是一根火柴。

　　這首詩在意象的統攝，氣氛的釀造上，實在是十首「詩的噴泉」裡最感人，最成功的詩。

四、我是忙碌的

　　　我是忙碌的。
　　　我是忙碌的。

　　　我忙於搖醒火把，
　　　我忙於雕塑自己；

我忙於擂動行進的鼓鈸，

我忙於吹響迎春的蘆笛；

我忙於拍發幸福的預報，

我忙於採訪真理的消息；

我忙於把生命的樹移植於戰鬥的叢林，

我忙於把發酵的血釀成愛的汁液。

直到有一天我死去，

像尾魚睡眠於微笑的池沼，

我才會熄燈休息，

我，才有個美好的完成，

如一冊詩集；

而那覆蓋著我的大地，

就是那詩集的封皮。

我是忙碌的。

我是忙碌的。

　　楊喚，民國 1930 年 9 月 7 日降生於遼寧省興城縣所屬菊花島上。民國 1954 年 3 月 7 日，為趕一場勞軍電影，在臺北西門町的平交道上不幸被火車輾死。在楊喚有限的 24 個生年裡，他寫了一些極親切、生動，並且充滿愛心的抒情短詩跟童詩。這首〈我是忙碌的〉可以說是短命詩人楊喚最好的自畫像。

　　一開始，「我是忙碌的」一句複沓而來，予人一種時間的壓迫感。如果我們仔細聆聽的話，我們甚至可以聽到沿著鐵軌「忙碌」、「忙碌」逐漸接近的火車輪的聲音。接著長長的一列火車來了。詩人用明確有力的字句描繪出他在世上的使命。從「我忙於搖醒火把」到「我忙於把發酵的血釀成愛的汁液」，我們清楚地看到為幸福、真理，為詩、為愛戰鬥不懈的生

之舞踊，彷彿一隊熱鬧的遊行隊伍，帶著火把、鼓鈸、蘆笛……擁簇而過。

　　歡笑的氣氛、明快的節奏在第三節詩裡突然慢了下來。原本兩行一組整齊的對句，在這裡曲折起來。死亡的陰影來了。但死亡對於詩人並不是可怕的東西，死亡是甜美的，是安靜的。死亡是「微笑的池沼」，是覆蓋著他的「詩集的封皮」。楊喚用喻之靈巧在這一節裡表現無遺，特別是在把自己的一生比做一冊詩集這個點。

　　而車輪的聲音馬上又響起來了：

　　　我是忙碌的。

　　　我是忙碌的。

　　這一次我們彷彿真的預見到衝向鐵道，擁抱火車的詩人楊喚——以「忙碌」、「忙碌」開始的，亦以「忙碌」、「忙碌」做結。

　　這首詩真是神乎其神，印諸楊喚的際遇，我們不知道到底是先有其詩呢？還是先有其人？

　　　　　　　　　　　　　　　　　　——選自張芬齡《現代詩啟示錄》

　　　　　　　　　　　　　　　　　　臺北：書林出版公司，1992 年 6 月

輯五◎
研究評論資料目錄

作家生平、作品評論專書與學位論文

專書

1. 吳　當　楊喚童詩賞析　臺北　國語日報社　1992 年 12 月　143 頁

本書爲詮釋楊喚童詩論述的集結，每篇童詩後附有「寫作分析」與「欣賞」。全書
共評 20 首：1.〈春天在哪兒呀〉；2.〈下雨了〉；3.〈七彩的虹〉；4.〈花〉；5.
〈家〉；6.〈眼睛〉；7.〈夏夜〉；8.〈美麗島〉；9.〈童話裡的王國〉；10.〈森林
的詩〉；11.〈水果們的晚會〉；12.〈小紙船〉；13.〈毛毛是個好孩子〉；14.〈肥
皂之歌〉；15.〈給你寫一封信〉；16.〈快上學去吧〉；17.〈小蝸牛〉；18.〈小蟋
蟀〉；19.〈小螞蟻〉；20.〈小蜘蛛〉。正文前有歸人〈序〉、林文寶〈楊喚的「兒
童詩」〉，正文後有吳當〈跋〉。

2. 林文寶　楊喚與兒童文學　臺北　萬卷樓圖書公司　1996 年 7 月　387 頁

本書全面性地探討楊喚的兒童文學及其生平經歷對作品造成的影響。全書共 7 章：1.
緒論；2.楊喚的生平；3.楊喚的著作；4.楊喚的寂寞與愛；5.楊喚的「童話城」；6.楊
喚對兒童文學的見解；7.楊喚的兒童詩。

3. 蕭寶玲　楊喚兒童詩中的圖畫情境研究　臺中　臺中教育大學　2008 年 7 月
61 頁

本書從楊喚個人、詩作及畫作探討其兒童詩的特色。全書共 5 章：1.詩人楊喚；2.楊
喚的藝術家特質；3.楊喚寫詩作畫的動機；4.楊喚兒童詩中的繪畫性；5.結論與後
記。正文前有〈緒論〉，正文後附錄〈楊喚的兒童詩〉、〈附有圖畫的楊喚兒童詩
出版品〉。

學位論文

4. 余翠如　楊喚其人其詩研究　臺灣師範大學國文學系　碩士論文　王熙元教
授指導　1990 年　200 頁

本論文以楊喚其人其詩爲研究主題，探討楊喚生平及其作品之關聯，析論其詩作，
進而闡明楊喚詩作之價值，肯定其地位。全文共 6 章：1.緒論；2.詩人小傳；3.楊喚
諸貌；4.楊喚的詩學世界；5.文書上士到詩人楊喚；6.結論。

5. 宋伊霈　楊喚童詩研究　東吳大學中國文學系　碩士論文　沈謙教授指導
2004 年 10 月　223 頁

本論文研究方向有二：一為楊喚童詩的形式，二為應用皮亞傑「認知發展理論」及艾里克森「社會心理理論」發現楊喚童詩的特色與技巧。全文共 7 章：1.緒論；2.楊喚生平；3.楊喚的兒童文學觀；4.楊喚童詩的內容；5.楊喚童詩的形式探討；6.兒童心理學與楊喚童詩；7.結論。

6. 梁詠琪　　楊喚的兒童詩　暨南大學中國現當代文學所　碩士論文　姚新勇教授指導　2006 年 6 月　69 頁

本論文探究楊喚 20 首兒童詩作，認為其童年時期的心靈蒼白為楊喚創作兒童詩的動力，亦以此奠立其於臺灣兒童文學史上的地位。全文共 6 章：1.緒論；2.詩人小傳；3.創作兒童文學理念；4.童詩的內容；5.童詩的形式；6.總結。

7. 鐘姿雯　　楊喚詩歌研究　臺中教育大學語文教育學系　碩士論文　董淑玲教授指導　2006 年　180 頁

本論文探討楊喚現代詩、兒童詩的內涵及其詩歌表現手法。全文共 6 章：1.緒論；2.楊喚生平及其創作；3.楊喚現代詩內涵；4.楊喚兒童詩內涵；5.楊喚詩歌表現手法；6.結論。正文後附錄〈楊喚現代詩內涵分類〉。

8. 蘇姿芳　　楊喚抒情詩研究　銘傳大學應用中國文學系　碩士論文　江惜美教授指導　2008 年 6 月　313 頁

本論文從楊喚的生平及抒情詩入手，探討其抒情詩的內容主題、意象經營及創作手法，對其抒情詩做一統整且宏觀的研究。除肯定其童詩的價值外，也歸納出楊喚抒情詩的特色，以及他在現代詩發展中的地位與價值。全文共 6 章：1.緒論；2.楊喚的詩作歷程；3.楊喚抒情詩之主題分析；4.楊喚抒情詩之意象分析；5.楊喚抒情詩之修辭藝術；6.結論。

9. 陳應祥　　楊喚詩語言風格研究　臺北市立教育大學中國語文學系碩士班　碩士論文　葉鍵得教授指導　2008 年 6 月　187 頁

本論文分析並歸納楊喚於詩中所運用的語言、音韻、詞彙、句法的形式，加以論述其風格特色。全文共 6 章：1.緒論；2.語言風格學概述；3.楊喚詩的音韻風格；4.楊喚詩的詞彙風格；5.楊喚詩的句法風格；6.結論。正文後附錄〈楊喚現代詩作品〉、〈楊喚兒童詩作品〉。

10. 楊雅惠　　楊喚詩歌之音韻風格研究　彰化師範大學國文學系　碩士論文　張慧美教授指導　2009 年 3 月　200 頁

本論文觀察詩中韻腳、頭韻以及頂真修辭、雙聲疊韻詞的運用，分析楊喚詩歌之音

韻風格，以探討其創作理論的實踐。全文共 7 章：1.緒論；2.楊喚生平及語言風格學簡介；3.從韻腳形式看楊喚詩歌之音韻風格；4.從聲音的頂真現象看楊喚詩歌之音韻風格；5.從雙聲疊韻詞看楊喚詩歌之音韻風格；6.從頭韻的安排看楊喚詩歌之音韻風格；7.結論。

11. **楊曉君　　楊喚詩及其修辭研究　臺南大學國語文學系碩士班　碩士論文　汪中文教授指導　2010 年 6 月　121 頁**

本論文以楊喚生平爲論述詩作內容的基礎，歸納出懷鄉、抒情言志以及童詩 3 類，再分析詩中的意象與修辭以闡論其藝術成就。全文共 6 章：1.緒論；2.楊喚生平行誼及其創作；3.楊喚詩之創作表現；4.楊喚詩表意方法的修辭運用技巧；5.楊喚詩優美形式修辭之運用技巧；6.結論。

12. **楊郁君　　楊喚童詩接受史研究　臺東大學兒童文學研究所　碩士論文　林文寶教授指導　2011 年 7 月　147 頁**

本論文使用「接受理論」，分析讀者對楊喚童詩的審美反應。全文共 6 章：1.緒論；2.楊喚童詩與其接受史的建構；3.1954—1979 年監楊喚童詩之接受；4.1980—1994 年間楊喚童詩之接受；5.1995—2001 年間楊喚童詩之接受；6.結論。

作家生平資料篇目

他述

13. 吳自甦　　無聲的悲悼——憶青年詩人楊喚　人生（香港）　第 7 卷第 10 期　1954 年 4 月 15 日　頁 22

14. 吳自甦　　無聲的悲悼——憶青年詩人楊喚　人文學社與文化復興　臺北　臺灣商務印書館　1969 年 1 月　頁 125—127

15. 墨　人　　生死之間——追悼詩人楊喚特輯　現代詩　第 6 期　1954 年 5 月　頁 46

16. 季　薇　　只見過一面的朋友——追悼詩人楊喚特輯　現代詩　第 6 期　1954 年 5 月　頁 46—47

17. 李春生　　悼楊喚——追悼詩人楊喚特輯　現代詩　第 6 期　1954 年 5 月　頁 47

18. 李　莎　　火車又長鳴而過——追悼詩人楊喚特輯　現代詩　第 6 期　1954 年

5 月　頁 48

19. 孫家駿　哭楊喚——追悼詩人楊喚特輯　現代詩　第 6 期　1954 年 5 月　頁 48

20. 黃　童　你在哪裡？悼楊喚　藍星週刊　第 4 期　1954 年 7 月 8 日　6 版

21. 歸人〔黎芹〕　憶詩人楊喚[1]　晨光　第 2 卷第 5 期　1954 年 7 月　頁 6—8

22. 歸　人　憶詩人楊喚　風景　臺北　現代詩社　1954 年 9 月　頁 103—106

23. 歸　人　悼楊喚　懷念集　臺中　光啓出版社　1958 年 9 月　頁 87—96

24. 歸　人　憶詩人楊喚　楊喚詩集　臺中　光啓出版社　1978 年 11 月　頁 144—154

25. 歸　人　憶詩人楊喚　和英之友《楊喚童詩專刊》：真摯的想像・兒童詩先驅——楊喚　新竹　和英出版社　2004 年 5 月　頁 3—5

26. 歸　人　憶詩人楊喚　楊喚詩集　臺北　洪範書店　2005 年 8 月　頁 197—206

27. 葉　泥　楊喚的生平　風景　臺北　現代詩社　1954 年 9 月　頁 96—107

28. 葉　泥　楊喚的生平　楊喚書簡集　臺中　曾文出版社　1977 年 6 月　頁 1—14

29. 葉　泥　楊喚的生平　楊喚詩集　臺中　光啓出版社　1978 年 11 月　頁 128—143

30. 葉　泥　楊喚的生平　楊喚全集 2　臺北　洪範書店　1985 年 5 月　頁 515—528

31. 葉　泥　楊喚的生平　楊喚詩集　臺北　洪範書店　2005 年 8 月　頁 183—196

32. 葉　泥　楊喚的生平　楊喚全集 2　臺北　洪範書店　2009 年 4 月　頁 232—245

33. 紀　弦　祭詩人楊喚文　新詩論集　高雄　大業書店　1954 年 10 月　頁 125—126

---

[1]本文後改篇名為〈悼楊喚〉。

34. 紀　弦　　祭詩人楊喚文　終南山下　臺北　臺灣商務印書館　1973 年 9 月　頁 189—190

35. 張　放　　哀悼詩人楊喚　軍中文藝　第 11 期　1954 年 11 月　頁 26

36. 張自英　　揮淚悼楊喚　軍中文藝　第 11 期　1954 年 11 月　頁 32—33

37. 〔彭邦楨，墨人主編〕　楊喚簡介　中國詩選　高雄　大業書店　1957 年 1 月　頁 91

38. 紀　弦　　楊喚逝世十週年祭　現代詩　第 45 期　1964 年 2 月　頁 11

39. 魏子雲　　三月的懷念——懷逝去的詩人楊喚　偏愛與偏見　臺北　皇冠出版社　1965 年 8 月　頁 183—189

40. 葉　泥　　三月的懷念——紀念詩人楊喚逝世六週年[2]　偏愛與偏見　臺北　皇冠出版社　1965 年 8 月　頁 189—191

41. 林　良　　童話詩人：楊喚　兒童讀物研究 2——童話研究　臺北　小學生雜誌畫刊社　1966 年 5 月　頁 211—240

42. 周伯乃　　夭折的天才詩人楊喚　自由青年　第 41 卷第 4 期　1969 年 4 月 1 日　頁 99—103

43. 王　璞　　遲來的輓歌——寫在楊喚逝世十五週年　幼獅文藝　第 187 期　1969 年 7 月　頁 153—157

44. 王　璞　　遲來的輓歌——寫在楊喚逝世十五週年　楊喚書簡　臺中　光啓出版社　1979 年 12 月　頁 231—237

45. 張　放　　楊喚是個電影迷　青年戰士報　1971 年 8 月 24 日　7 版

46. 林煥彰　　三月，你在哪裡？——悼楊喚　楊喚書簡　臺中　光啓出版社　1976 年 1 月　頁 238—240

47. 林煥彰　　三月，你在哪裡？——悼楊喚　楊喚全集 2　臺北　洪範書店　1985 年 5 月　頁 539—541

48. 林煥彰　　三月，你在哪裡？——悼楊喚　楊喚全集 2　臺北　洪範書店　2009 年 4 月　頁 255—257

---

[2]本文爲〈三月的懷念——懷逝去的詩人楊喚〉的附錄文章。

49. 瘂　弦　　唇——紀念 Y・H　楊喚書簡　臺中　光啓出版社　1976 年 1 月　頁 241—243

50. 瘂　弦　　唇——紀念 Y・H　楊喚全集 2　臺北　洪範書店　1985 年 5 月　頁 543—545

51. 瘂　弦　　唇——紀念 Y・H　楊喚全集 2　臺北　洪範書店　2009 年 4 月　頁 258—260

52. 憶　明　　愛者和戰士　青年戰士報　1976 年 3 月 22 日　8 版

53. 林　良　　《水果們的晚會》的序[3]　國語日報　1976 年 12 月 26 日　3 版

54. 林　良　　楊叔叔的詩　水果們的晚會　臺北　純文學出版社　1981 年 3 月　〔2〕頁

55. 林　良　　楊叔叔的詩——《水果們的晚會》序　耕耘者的果樹園：林良先生序文選集　臺北　業強出版社　1993 年 10 月　頁 87—89

56. 丘榮襄　　給楊喚短命詩人——追思　臺灣新聞報　1977 年 10 月 28 日　12 版

57. 紀　弦　　序　楊喚詩集　臺中　光啓出版社　1978 年 11 月　頁 3—5

58. 李　莎　　哀歌二章—深沉的愛　楊喚詩集　臺中　光啓出版社　1978 年 11 月　頁 155—156

59. 李　莎　　哀歌二章—不凋的花　楊喚詩集　臺中　光啓出版社　1978 年 11 月　頁 157

60. 歸　人　　楊喚的一個側影　新文藝　第 279 期　1979 年 6 月　頁 94—101

61. 黎　芹　　楊喚的一個側影　哥哥的照片　臺中　光啓出版社　1982 年 11 月　頁 112—124

62. 林煥彰　　三十年前楊喚播下的種子　新文藝　第 284 期　1979 年 11 月　頁 24—28

63. 劉龍勳　　楊喚　中國新詩賞析 1　臺北　長安出版社　1981 年 4 月　頁 279—280

---

[3] 本文後改篇名爲〈楊叔叔的詩〉及〈楊叔叔的詩——《水果們的晚會》序〉。

64. 林煥彰　　臺灣兒童詩的回顧——三十九年—七十一年——播種時期（三十九年——五十八年）〔楊喚部分〕　中外文學　第 10 卷第 12 期　1982 年 5 月　頁 59—61

65. 林佛兒　　Ｙ・Ｈ！你在哪裡？Ｙ・Ｈ！你在這裡！　臺灣詩季刊　第 2 期　1983 年 9 月　頁 46—50

66. 王　璞　　詩人楊喚的故事　聯合報　1984 年 3 月 6 日　8 版

67. 王　璞　　詩人楊喚的故事　中國語文　第 54 卷第 5 期　1984 年 5 月　頁 4—23

68. 林武憲　　念楊喚唱楊喚　中央日報　1984 年 3 月 20 日　10 版

69. 馮輝岳　　永遠的詩人　中央日報　1984 年 3 月 29 日　10 版

70. 麥　穗　　紀念楊喚詩二題　秋水　第 42 期　1984 年 4 月　頁 56—57

71. 歸人〔黃守誠〕　楊喚的生前與身後　洪範雜誌　第 21 期　1985 年 4 月　1 版

72. 歸　人　　前記——楊喚的生前與身後　楊喚全集 1　臺北　洪範書店　1985 年 5 月　頁 1—31

73. 黃守誠　　楊喚的生前與身後——《楊喚全集》前記　讀書與讀人　臺中　臺中市立文化中心　1997 年 5 月　頁 66—93

74. 歸　人　　前記——楊喚的生前與身後　楊喚全集 1　臺北　洪範書店　2006 年 4 月　頁 7—34

75. 李　莎　　哀歌二章——〈碑——獻給 Ｙ・Ｈ〉　楊喚全集 2　臺北　洪範書店　1985 年 5 月　頁 533—534

76. 李　莎　　哀歌二章——〈碑——獻給 Ｙ・Ｈ〉　楊喚全集 2　臺北　洪範書店　2009 年 4 月　頁 249—250

77. 李　莎　　哀歌二章——〈三月七日即事詩——爲楊喚逝世一週年而作〉　楊喚全集 2　臺北　洪範書店　1985 年 5 月　頁 534—537

78. 李　莎　　哀歌二章——〈三月七日即事詩——爲楊喚逝世一週年而作〉　楊喚全集 2　臺北　洪範書店　2009 年 4 月　頁 250—254

79. 葉石濤　五〇年代的臺灣文學——理想主義的挫折和頹廢——作家與作品〔楊喚部分〕　文學界　第 15 期　1985 年 8 月　頁 144

80. 葉石濤　五〇年代的臺灣文學——理想主義的挫折和頹廢——作家與作品〔楊喚部分〕　臺灣文學史綱　高雄　文學界雜誌社　1991 年 9 月　頁 103

81. 葉石濤　五〇年代的臺灣文學——理想主義的挫折和頹廢——作家與作品〔楊喚部分〕　葉石濤全集・評論卷 5　臺南，高雄　國立臺灣文學館，高雄市文化局　2008 年 3 月　頁 115

82. 朱沉冬　寶島四十年說從頭——詩壇趣事一籮筐（上、中、下）〔楊喚部分〕　臺灣新聞報　1985 年 11 月 8—10 日　8 版

83. 包文正　楊喚的苦惱　國語日報　1985 年 12 月 8 日　3 版

84. 〔陳子君，梁燕主編〕　楊喚　兒童文學辭典　成都　四川少年兒童出版社　1991 年 6 月　頁 263

85. 紀　弦　與楊喚論生死　千金之旅：紀弦半島文存　臺北　文史哲出版社　1996 年 12 月　頁 28—31

86. 〔姜耕玉選編〕　楊喚　20 世紀漢語詩選・第 3 卷　上海　上海教育出版社　1999 年 12 月　頁 332

87. 歸　人　楊喚與我是同性戀嗎？　聯合文學　第 188 期　2000 年 6 月　頁 62—64

88. 耕　雨　夭折的天才楊喚　臺灣新聞報　2000 年 9 月 15 日　B8 版

89. 徐錦成　臺灣兒童詩的播種期——1945—1970 年〔楊喚部分〕　臺灣兒童詩理論與批評發展之研究（1945—2000）　臺東師範學院兒童文學研究所　碩士論文　林文寶教授指導　2001 年 6 月　頁 9—10

90. 徐錦成　臺灣兒童詩的播種期（1945—1970）〔楊喚部分〕　臺灣兒童詩理論批評史　彰化　彰化縣文化局　2003 年 9 月　頁 39—40

91. 李懷，桂華　童詩王國中的夢想家——楊喚　文學臺灣人　臺北　遠流出版公司　2001 年 10 月　頁 163—164

92. 歸　人　　楊喚的一張「新」照片　聯合文學　第 213 期　2002 年 7 月　頁
　　　　　　178—179

93. 向　明　　詩，是一隻能言鳥——懷念楊喚　葡萄園　第 162 期　2004 年 5 月
　　　　　　頁 50—51

94. 向　明　　詩，是一隻能言鳥——懷念楊喚　和你輕鬆談詩：向明新詩話　臺
　　　　　　北　新藝文出版社　2004 年 12 月　頁 246—248

95. 歸　人　　一生若寄、一貧如洗——半世紀後憶故人楊喚及其〈零下四十度〉
　　　　　　詩　楊喚詩集　臺北　洪範書店　2005 年 8 月　頁 1—4

96. 歸　人　　一生若寄、一貧如洗——半世紀後憶故人楊喚及其〈零下四十度〉
　　　　　　詩　明道文藝　第 354 期　2005 年 9 月　頁 135—137

97. 歸　人　　一生若寄、一貧如洗——半世紀後憶故人楊喚及其〈零下四十度〉
　　　　　　詩　中國語文　第 98 卷第 1 期　2006 年 1 月　頁 97—101

98. 歸　人　　一生若寄，一貧如洗——半世紀後憶故人楊喚及其〈零下四十度〉
　　　　　　詩　楊喚全集 1　臺北　洪範書店　2006 年 4 月　頁 1—6

99. 〔封德屏主編〕　　楊喚　2007 臺灣作家作品目錄　臺南　國立臺灣文學館
　　　　　　2008 年 7 月　頁 1102—1103

100. 田立民　　白鬱夏陽——記楊喚與夏一夫　文訊　第 306 期　2011 年 4 月
　　　　　　頁 39—40

年表

101. 莊永明　　楊喚年表（1930—1954）　　文學臺灣人　臺北　遠流出版社
　　　　　　2001 年 10 月　頁 159

作品評論篇目

綜論

102. 覃子豪　　論楊喚的詩　藍星週刊　第 13 期　1954 年 9 月 9 日　6 版

103. 覃子豪　　論楊喚的詩　風景　臺北　現代詩社　1954 年 9 月　頁 93—95

104. 覃子豪　　論楊喚的詩　覃子豪全集（二）　臺北　覃子豪全集出版委員會

1968 年 5 月　頁 387—390

105. 覃子豪　論楊喚的詩　青年戰士報　1969 年 10 月 5 日　7 版

106. 覃子豪　論楊喚的詩　楊喚詩集　臺中　光啓出版社　1978 年 11 月　頁 121—127

107. 覃子豪　論楊喚的詩　楊喚全集 2　臺北　洪範書店　1985 年 5 月　頁 509 —514

108. 覃子豪　論楊喚的詩　洪範雜誌　第 23 期　1985 年 9 月 10 日　2 版

109. 覃子豪　論楊喚的詩　楊喚詩集　臺北　洪範書店　2005 年 8 月　頁 177 —182

110. 覃子豪　論楊喚的詩　楊喚全集 2　臺北　洪範書店　2009 年 4 月　頁 226 —231

111. 斯泰斗〔孫旗〕　天才詩人的解剖〔楊喚部分〕　幼獅文藝　第 64、65 期 合刊　1960 年 1 月　頁 120—123

112. 孫　旗　天才詩人的解剖〔楊喚部分〕　轉型期的沉思　臺北　黎明文化 公司　1989 年 1 月　頁 212—219

113. 林亨泰　笠下影——論楊喚　笠　第 7 期　1965 年 6 月　頁 8—11

114. 林亨泰　笠下影：楊喚　林亨泰全集・文學論述卷 3　彰化　彰化縣立文化 中心　1998 年 9 月 30 日　頁 123—132

115. 紀　弦　楊喚論——當代詩人論之一　南北笛　第 2 期　1967 年 6 月　頁 1—4

116. 李元貞　楊喚和他的詩　新潮　第 16 期　1967 年 12 月　頁 38—61

117. 李元貞　楊喚和他的詩[4]　文學論評——古典與現代　臺北　牧童出版社 1979 年 5 月　頁 66—101

118. 蘇兆元　楊喚與現代詩（上、下）　青年戰士報　1969 年 4 月 6，20 日　7 版

119. 黃守誠　楊喚的生活與文學　花蓮師專學報　第 1 期　1970 年 4 月　頁

---

[4]本文分析楊喚詩作的意象運用，探討其寫作手法所呈現的情感與精神。

109—116

120. 歸　人　楊喚的生活與文學——《楊喚書簡》再版序　幼獅文藝　第 200 期　1970 年 8 月　頁 121—135

121. 歸　人　楊喚的生活與文學　蹤跡　臺北　大林出版社　1979 年 7 月　頁 117—134

122. 歸　人　楊喚的生活與文學（代序）　楊喚書簡　臺中　光啓出版社　1979 年 12 月　頁 9—29

123. 柯慶明　簡介楊喚的詩　萌芽的觸鬚　臺北　雲天出版社　1970 年 12 月　頁 111—114

124. 高　準　論中國現代詩的流變與前途方向——不絕如縷的民族抒情詩風〔楊喚部分〕　大學雜誌　第 62 期　1973 年 2 月　頁 63—64

125. 高　準　論中國現代詩的流變與前途方向——不絕如縷的民族抒情詩風〔楊喚部分〕　文學與社會——一九七二——一九八一　臺北　文史哲出版社　1986 年 10 月　頁 95—98

126. 瘂　弦　濺了血的「童話」——綠原作品回顧〔楊喚部分〕　創世紀　第 32 期　1973 年 3 月　頁 102—106

127. 悅　玲　讀楊喚的兒童詩　國語日報　1974 年 11 月 24 日　3 版

128. 王志健　中國新詩的發展〔楊喚部分〕　傳統與現代之間　臺北　眾成出版社　1975 年 12 月　頁 17

129. 吳統雄　從楊喚詩研究新詩自然韻　新潮　第 31 期　1976 年 1 月　頁 88 —92

130. 黃守誠　楊喚的童話詩　文學初探　臺中　光啓出版社　1976 年 2 月　頁 166—176

131. 掌　杉　探討楊喚童詩裡的世界　詩人季刊　第 5 期　1976 年 5 月　頁 13 —15

132. 趙迺定　析楊喚童話詩　笠　第 74 期　1976 年 8 月　頁 69—72

133. 莊理子　天真的小詩人——楊喚　臺灣時報　1978 年 1 月 28 日　12 版

134.　楊昌年　　　現代名家名作抽象析介——楊喚[5]　新詩品賞　臺北　牧童出版社
　　　　　　　　　1978 年 9 月　頁 325—331

135.　楊昌年　　　楊喚　新詩賞析　臺北　文史哲出版社　1982 年 9 月　頁 390—
　　　　　　　　　396

136.　楊昌年　　　楊喚　現代詩的創作與欣賞　臺北　文史哲出版社　1991 年 9 月
　　　　　　　　　頁 321—325

137.　向　明　　　楊喚與米爾恩——中西兩位童詩能手比較　布穀鳥兒童詩學季刊
　　　　　　　　　第 1 期　1980 年 4 月　頁 38

138.　向　明　　　楊喚與米爾恩——中西兩位童詩能手比較　人間福報　2003 年 10
　　　　　　　　　月 2 日　11 版

139.　向　明　　　楊喚與米爾恩——中西兩位童詩能手　乾坤詩刊　第 30 期　2004
　　　　　　　　　年 4 月　頁 106—112

140.　向　明　　　楊喚與米爾恩——中西兩位童詩能手比較　我為詩狂　臺北　三
　　　　　　　　　民書局　2005 年 1 月　頁 38—43

141.　蕭　蕭　　　童話詩的先驅——楊喚　中學白話詩選　臺北　故鄉出版社
　　　　　　　　　1980 年 4 月　頁 158—161

142.　蕭蕭等[6]　　　把發酵的血釀成愛的汁液——楊喚逝世二十五週年紀念座談會
　　　　　　　　　幼獅文藝　第 320 期　1980 年 8 月　頁 84—110

143.　蕭蕭等　　　把發酵的血釀成愛的汁液——鑑賞楊喚作品　現代詩縱橫觀　臺
　　　　　　　　　北　文史哲出版社　1991 年 6 月　頁 327—349

144.　蕭　蕭　　　楊喚　現代詩入門　臺北　故鄉出版社　1982 年 2 月　頁 73—74

145.　龔顯宗　　　論楊喚的詩[7]　廿卅年代新詩論集　臺南　鳳凰城圖書公司　1982
　　　　　　　　　年 8 月　頁 265—282

146.　龔顯宗　　　論楊喚詩　現代文學研究論集——詩與小說　高雄　前程出版社

---

[5]本文後改篇名為〈楊喚〉。

[6]與會者：辛鬱、羅門、張默、洛夫、碧果、管管、周鼎、大荒、羊令野、張拓蕪、林煥彰、蕭
蕭。

[7]本文將楊喚詩作題材分為抒情、勵志、兒童 3 類，分析其詩作特色。全文共 3 小節：1.生平；2.詩
作析論；3.詩的評價。

1992 年 8 月　頁 165—181

147. 林鍾隆　臺灣兒童詩的路標　兒童詩觀察　臺北　益智書局　1982 年 9 月　頁 81—86

148. 舒　蘭　楊喚和他的詩　臺灣新聞報　1984 年 1 月 5 日　9 版

149. 張　健　自由中國時期——前期〔楊喚部分〕　中國現代詩　臺北　五南圖書公司　1984 年 1 月　頁 85—86

150. 馮輝岳　快樂的小雨點——賞析楊喚的童話詩　臺灣日報　1984 年 3 月 7 日　8 版

151. 林鍾隆　臺灣兒童詩的形成與現況〔楊喚部分〕　笠　第 132 期　1986 年 4 月　頁 94—95

152. 吳　當　閃亮的星　兒童文學的天空　臺東　自行出版　1987 年 12 月　頁 183—211

153. 林文寶　楊喚對兒童文學的見解[8]　國教之聲　第 21 卷第 3 期　1988 年 3 月　頁 1—3

154. 林文寶　楊喚對兒童文學的見解　臺灣文藝　第 113 期　1988 年 9 月　頁 8—16

155. 董忠司　童詩用韻研究示例——楊喚、林良、林武憲三家童詩用韻之研究[9]　兒童文學學術研討會論文集　臺北　臺灣省立臺東師範學院　1988 年 5 月　頁 123—153

156. 董忠司　童詩用韻研究示例——楊喚、林良、林武憲三家童詩用韻之研究　新竹師院學報　第 3 期　1990 年 6 月　頁 1—33

157. 向　明　重讀楊喚的詩　向明自選集　臺北　黎明文化公司　1988 年 5 月　頁 212—213

158. 向　明　重讀楊喚的詩　中華日報　1994 年 11 月 13 日　10 版

159. 王志健　楊喚　文學四論（上）　臺北　文史哲出版社　1988 年 7 月　頁

---

[8] 本文為〈楊喚研究〉（上、下）第 6 章。

[9] 本文以楊喚、林良、林武憲 3 人作品，說明童詩用韻的情形。全文共 6 小節：1.前言；2.童詩與現代詩；3.如何判定童詩的韻腳；4.三家童詩韻譜；5.三家用韻的統計；6.結論與建議。

253—254

160. 林文寶　楊喚研究（上、下）　臺東師院學報　第 2—3 期　1989 年 6 月，
1991 年 6 月　頁 307—410，61—110

161. 古繼堂　傳播大陸新詩現代主義的詩壇彗星楊喚　臺灣新詩發展史　臺北
文史哲出版社　1989 年 7 月　頁 94—99

162. 林文寶　楊喚的兒童詩[10]　幼獅學誌　第 20 卷第 4 期　1989 年 10 月　頁
122—173

163. 邱各容　童話詩人——楊喚　兒童文學史料初稿 1945—1989　臺北　富春
文化公司　1990 年 8 月　頁 171—173

164. 高大鵬　楊喚的呼喚　青年日報　1992 年 3 月 25 日　14 版

165. 高大鵬　楊喚的呼喚　吹不散的人影　臺北　三民書局　1995 年 3 月　頁
155—157

166. 林煥彰　不凋的花朵——讀楊喚的詩　善良的語言　宜蘭　宜蘭縣立文化
中心　1992 年 6 月　頁 137—143

167. 歸　人　一座巧妙的橋梁——序《楊喚童詩賞析》　國語日報　1992 年 12
月 20 日　3 版

168. 歸　人　序　楊喚童詩賞析　臺北　國語日報社　1992 年 12 月　〔4〕頁

169. 吳　當　跋　楊喚童詩賞析　臺北　國語日報社　1992 年 12 月　〔2〕頁

170. 林文寶　楊喚的「兒童詩」　楊喚童詩賞析　臺北　國語日報社　1992 年
12 月　頁 5—8

171. 劉登翰　楊喚、鍾鼎文等的詩歌創作　臺灣文學史（下）　福州　海峽文
藝出版社　1993 年 1 月　頁 67—70

172. 何笑梅　兒童文學和科幻小說——兒童文學〔楊喚部分〕　臺灣文學史
（下）　福州　海峽文藝出版社　1993 年 1 月　頁 717—718

173. 王志健　瀛臺詩人與播種者——楊喚　中國新詩淵藪（中）　臺北　正中
書局　1993 年 7 月　頁 1573—1592

---

[10]本文為〈楊喚研究〉（上、下）第 7 章。

174. 劉登翰　楊喚論[11]　臺灣文學隔海觀——文學香火的傳承與變異　臺北　風雲時代出版社　1995 年 3 月　頁 230—233

175. 劉登翰　這詩的噴泉源自痛苦的尼羅——楊喚論　彼岸的繆斯——臺灣詩歌論　南昌　百花洲文藝出版社　1996 年 12 月　頁 230—233

176. 沈　謙　楊喚是一隻能言鳥　中央日報　1995 年 8 月 18 日　19 版

177. 邱燮友　戰鬥詩與現代詩——藍星詩社和它的詩人們〔楊喚部分〕　二十世紀中國新文學史　臺北　駱駝出版社　1997 年 10 月　頁 291

178. 荻　宜　楊喚的那兩大箱文學書——專訪歸人先生　文訊雜誌　第 149 期　1998 年 3 月　頁 71—74

179. 郭子妃　臺灣兒童詩的緣起——楊喚與他的兒童詩　《布穀鳥兒童詩學季刊》與兒童「詩教育」　臺東師範學院兒童文學研究所　碩士論文　林文寶教授指導　1998 年 6 月　頁 11—14

180. 舒　蘭　50 年代詩人詩作——楊喚　中國新詩史話（三）　臺北　渤海堂文化出版社　1998 年 10 月　頁 278—280

181. 陳全得　臺灣《現代詩》的主要作家及作品分析（下）——楊喚其人及其詩作之分析　臺灣《現代詩》研究　政治大學中國文學系　博士論文　尉天驄，張雙英教授指導　1999 年 7 月　頁 81—89

182. 徐守濤　楊喚童詩中的幻想世界及其文字運用　第 5 屆兒童文學與兒童語言學術研討會　臺中　靜宜大學文學院暨臺灣省兒童文學協會主辦　2000 年 5 月 4—5 日

183. 徐守濤　楊喚童詩中的幻想世界及其文字運用　第五屆「兒童文學與兒童語言」學術研討會論文集　臺北　富春文化公司　2001 年 5 月　頁 225—240

184. 褚乃瑛　一隻能言鳥，唱出人們心裡的聲音——談楊喚的童話詩　國語日報　2000 年 5 月 29 日　6 版

185. 鄭慧如　鮫人之淚——想像的精靈楊喚　聯合文學　第 197 期　2001 年 3

---

[11] 本文後改篇名為〈這詩的噴泉源自痛苦的尼羅——楊喚論〉。

月　頁 96—101

186. 王景山　　楊喚　臺港澳暨海外華文作家辭典　北京　人民文學出版社
　　　　　　　2003 年 7 月　頁 705—706

187. 宋伊霈　　論楊喚童詩的物我交融[12]　東方人文學誌　第 3 卷第 1 期　2004
　　　　　　　年 3 月　頁 177—199

188. 林文寶　　楊喚與兒童文學[13]　和英之友《楊喚童詩專刊》：真摯的想像・兒
　　　　　　　童詩先驅——楊喚　新竹　和英出版社　2004 年 5 月　頁 6—10

189. 林文寶　　楊喚童詩的特色[14]　和英之友《楊喚童詩專刊》：真摯的想像・兒
　　　　　　　童詩先驅——楊喚　新竹　和英出版社　2004 年 5 月　頁 11—14

190. 黃吟如　　論楊喚詩中優美的質素　國教世紀　第 215 期　2005 年 4 月　頁
　　　　　　　73—78

191. 楊宗翰　　鍛接期臺灣新詩史——楊喚　臺灣詩學學刊　第 5 期　2005 年 6
　　　　　　　月　頁 60—67

192. 胡珮琪　　捕追楊喚童詩中「風」的影子　中國語文　第 99 卷第 2 期　2006
　　　　　　　年 8 月　頁 85—90

193. 周惠玲　　能言鳥飛入圖畫書——以楊喚童詩創作為圖畫書時的語言轉換[15]
　　　　　　　兒童文學學刊　第 16 期　2006 年 11 月　頁 29—57

194. 梁敏兒　　兒童文學的母愛想像〔楊喚部分〕　重慶社會科學　2006 年第 7
　　　　　　　期　2006 年　頁 45—49

195. 古遠清　　其他重要詩人——楊喚：年輕生命的煥發與夭折　臺灣當代新詩
　　　　　　　史　臺北　文津出版社　2008 年 1 月　頁 261—263

196. 解昆樺　　大眾性：論白萩、楊喚所聚焦的論題　傳統、國族、公眾領域—

---

[12]本文以物我交融的擬人化特色切入，探討楊喚的童詩，並闡發其童詩之價值。全文共 5 小節：1.
前言；2.楊喚童詩與擬人角色；3.擬人角色的分類；4.物我交融在楊喚童詩中的效用；5.結語。
[13]本文節選自〈楊喚的兒童詩〉一文修改而成。
[14]本文節選自〈楊喚的兒童詩〉一文修改而成。
[15]本文討論現今以楊喚童詩為主題的圖畫書，能否使更多讀者理解其詩歌，並論及圖畫書是否完整
的詮釋其詩。全文共 5 小節：1.前言；2.楊喚童詩與圖畫書；3.童詩語言 VS.圖畫書語言；4.圖畫
書的獨立生命；5.結語：圖畫書開展了童詩抑或限制了它？。

　　　　　　　　—臺灣一九七〇年代新興詩社研究　臺灣師範大學國文學系　博

　　　　　　　　士論文　楊昌年，李瑞騰教授指導　2008 年 6 月　頁 217—225

197. 莫　云　　如流星劃過　秋水詩刊　第 138 期　2008 年 7 月　頁 14

198. 黃淑靜　　類疊修辭——以楊喚兒童詩爲例[16]　清雲教學卓越期刊　第 3 卷第

　　　　　　　　1 期　2009 年 7 月　頁 161—177

199. 蕭寶玲　　圖畫詩人楊喚的童話王國　美育　第 176 期　2010 年 7 月　頁 30

　　　　　　　　—41

200. 蕭寶玲　　從楊喚的寫景詩觀看 50 年代的臺北城　臺北文獻直字　第 174 期

　　　　　　　　2010 年 12 月　頁 37—74

分論

◆單行本作品

詩

《風景》

201. 鍾鼎文　　彩虹的影子——讀楊喚遺著《風景》詩集　中央日報　1954 年 10

　　　　　　　　月 9 日　6 版

202. 紀　弦　　楊喚的遺著：《風景》[17]　新詩論集　高雄　大業書店　1956 年 1

　　　　　　　　月　頁 116—126

203. 紀　弦　　從楊喚逝世到《風景》出版　楊喚詩集　臺中　光啓出版社

　　　　　　　　1978 年 11 月　頁 158—160

204. 紀　弦　　楊喚的《風景》　楊喚全集 2　臺北　洪範書店　1985 年 5 月

　　　　　　　　頁 529—531

205. 紀　弦　　楊喚的《風景》　楊喚詩集　臺北　洪範書店　2005 年 8 月　頁

　　　　　　　　207—209

206. 紀　弦　　楊喚的《風景》　楊喚全集 2　臺北　洪範書店　2009 年 4 月

---

[16] 本文論述楊喚如何運用類疊修辭，增加其詩歌的感染力。全文共 5 小節：1.前言；2.類疊修辭的
　　定義與原則；3.類疊修辭的種類；4.楊喚童詩類疊修辭整理；5.結語。
[17] 本文從想像力的豐富、人生觀的正確、安徒生的影響及質與形的一致探討楊喚詩作特色，正文後
　　附錄〈祭詩人楊喚文〉。後改篇名爲〈從楊喚逝世到《風景》出版〉、〈楊喚的《風景》〉。

頁 529—531

207. 司徒衛　楊喚的《風景》　書評續集　臺北　幼獅文化公司　1960 年 6 月
頁 17—22

208. 司徒衛　楊喚的《風景》　五十年代文學論評　臺北　成文出版社　1979
年 7 月　頁 33—38

209. 司徒衛　楊喚的《風景》　當代中國新文學大系・文學論評集　臺北　天
視出版公司　1980 年 2 月　頁 287—292

210. 彭邦楨　詩人之死——楊喚逝世十六週年遺著《風景》讀後　青年戰士報
1970 年 3 月 7 日　8 版

211. 彭邦楨　詩人之死　心靈札記　臺中　藍燈文化出版公司　1980 年 4 月
頁 74—80

《楊喚詩集》

212. 柳文哲〔趙天儀〕　詩壇散步——《楊喚詩集》　笠　第 4 期　1964 年 12
月　頁 28—29

213. 趙天儀　詩壇散步——《楊喚詩集》　裸體的國王　臺北　香草山出版公
司　1976 年 6 月　頁 104—105

214. 夏　秋　評《楊喚詩集》　中國一周　第 869 期　1966 年 12 日　頁 26

215. 張敏英　熱烈的生命、燦爛的文學——我讀《楊喚詩集》　更生日報
1969 年 6 月 9 日　7 版

216. 蓉　子　少年書房——《楊喚詩集》　幼獅少年　第 50 期　1980 年 12 月
頁 7—9

217. 展甦〔苦苓〕　《楊喚詩集》　改變中學生的書　臺北　前衛出版社
1984 年 1 月　頁 155—158

218. 苦　苓　《楊喚詩集》　老師，有問題　臺中　晨星出版社　1986 年 10 月
頁 159—162

219. 簡政珍　瞬間和軌跡——《楊喚詩集》賞析　聯合文學　第 81 期　1991 年
7 月 1 日　頁 72—74

220. 孟　樊　　《楊喚詩集》　明道文藝　第 199 期　1992 年 1 月　頁 154—155
221. 孟　樊　　《楊喚詩集》　文學星空　臺北　國家文藝基金管理委員會　1992 年 9 月　頁 220—221
222.〔文藝作品調查研究小組編〕　《楊喚詩集》　書林風采　臺北　國家文藝基金管理委員會　1992 年 6 月　頁 11—12
223.〔文藝作品調查研究小組編〕　《楊喚詩集》評介　中國語文　第 71 卷第 1 期　1992 年 7 月　頁 103—104
224. 盧先志　《楊喚詩集》　翰海觀潮　臺北　行政院文建會　1997 年 5 月　頁 194—196

散文

《楊喚書簡》

225. 易利利　《楊喚書簡》　現代學苑　第 7 卷第 12 期　1970 年 12 月　頁 44
226. 黎　芹　楊喚的書簡藝術　臺灣詩季刊　第 2 期　1983 年 9 月　頁 44—45

兒童文學

《水果們的晚會》

227. 趙天儀　楊喚的兒童詩——談楊喚兒童詩集《水果們的晚會》[18]　幼獅文藝　第 287 期　1977 年 11 月　頁 72—77
228. 趙天儀　楊喚的《水果們的晚會》　商工日報　1983 年 7 月 16 日　9 版
229. 趙天儀　楊喚的兒童詩　風簷展書讀　臺北　純文學出版社　1985 年 1 月　頁 583—587
230. 趙天儀　楊喚的童詩　和英之友《楊喚童詩專刊》：真摯的想像・兒童詩先驅——楊喚　新竹　和英出版社　2004 年 5 月　頁 16—17
231. 林煥彰　《水果們的晚會》　臺灣兒童文學 100（1945—1998）　臺北　行政院文化建設委員會　2000 年 3 月　頁 142—143

《夏夜》

---

[18]本文後改篇名為〈楊喚的《水果們的晚會》〉、〈楊喚的兒童詩〉，2004 年內容稍加修改後又改篇名為〈楊喚的童詩〉。

232. 洪志明　　懷念昔日的田野[19]　中國時報　2005 年 7 月 10 日　B2 版

文集

《楊喚全集》

233. 陳信元　　《楊喚全集（1、2）》　洪範雜誌　第 25 期　1986 年 2 月 5 日　3
　　　　　　　版

234. 孟　樊　　夏日炎炎書解悶——好書推薦——現代詩書單——歸人編《楊喚
　　　　　　　全集 1》　國文天地　第 39 期　1988 年 8 月　頁 29

235. 林煥彰　　文學類——《楊喚全集》推薦理由　百人百書百緣——百位名家
　　　　　　　推薦百本好書　臺北　賴國洲書房　1997 年 9 月　頁 44

◆多部作品

《楊喚詩集》、《楊喚書簡》

236. 李師鄭　　讀《楊喚詩集》與《楊喚書簡》後感——一位獻身兒童的詩人
　　　　　　　臺灣新生報　1975 年 6 月 10 日　10 版

單篇作品

237. 李魁賢　　現代詩的欣賞〔〈椰子樹〉部分〕　現代學苑　第 46 期　1968 年
　　　　　　　1 月　頁 19

238. 李魁賢　　現代詩的欣賞〔〈椰子樹〉部分〕　李魁賢文集 3　臺北　行政院
　　　　　　　文建會　2002 年 10 月　頁 132—133

239. 覃子豪　　飽和點〔〈二十四歲〉部分〕　覃子豪全集（二）　臺北　覃子
　　　　　　　豪全集出版委員會　1968 年 5 月　頁 251—253

240. 覃子豪　　詩的藝術——飽和點〔〈二十四歲〉部分〕　論現代詩　臺中
　　　　　　　普天出版社　1976 年 9 月　頁 57—58

241. 覃子豪　　略談詩的觀念及楊喚的〈二十四歲〉　覃子豪全集（二）　臺北
　　　　　　　覃子豪全集出版委員會　1968 年 5 月　頁 479—481

242. 蕭　蕭　　新詩導讀——〈二十四歲〉　中華文藝　第 101 期　1979 年 7 月
　　　　　　　頁 123—125

---

[19]本文主要評論和英出版社出版的《夏夜》。

243. 蕭　蕭　〈二十四歲〉導讀　現代詩導讀（導讀篇一）　臺北　故鄉出版社　1979 年 11 月　頁 133—135

244. 蕭　蕭　現代詩導讀——〈二十四歲〉　臺灣新聞報　1980 年 2 月 26 日　12 版

245. 古遠清　〈二十四歲〉賞析　臺港現代詩賞析　鄭州　河南人民出版社　1991 年 3 月　頁 80—81

246. 張孟三　關於楊喚的〈夏夜〉　國語日報　1974 年 3 月 3 日　3 版

247. 張孟三　關於楊喚的〈夏夜〉　陋室手記　臺北　采風出版社　1988 年 10 月　頁 139—140

248. 黎　亮　談詩的色彩與音響〔〈夏夜〉部分〕　臺灣新聞報　1976 年 11 月 3 日　12 版

249. 文曉村　評析國中國文教科書中的四首新詩〔〈夏夜〉部分〕　葡萄園詩刊　第 69 期　1980 年 1 月　頁 38—40

250. 蕭　蕭　楊喚：〈夏夜〉　中學白話詩選　臺北　故鄉出版社　1980 年 4 月　頁 331—358

251. 蕭　蕭　〈夏夜〉　青少年詩話　臺北　爾雅出版社　1980 年 4 月　頁 89—98

252. 蕭　蕭　〈夏夜〉　青少年詩話　臺北　爾雅出版社　2007 年 2 月　頁 89—97

253. 文曉村　〈夏夜〉評析　寫給青少年的新詩評析一百首（下）　臺北　布穀出版社　1980 年 8 月　頁 400—404

254. 文曉村　〈夏夜〉評析　新詩評析一百首（下）　臺北　黎明文化公司　1981 年 3 月　頁 441—444

255. 吳正吉　〈夏夜〉　活用修辭　高雄　復文出版社　1984 年 6 月　頁 330—338

256. 吳正吉　〈夏夜〉賞析　國語日報　1984 年 10 月 14 日　6 版

257. 吳正吉　〈夏夜〉　文章賞析　臺北　文津出版社　1987 年 6 月　頁 6—

10

258. 吳正吉　〈夏夜〉　和英之友《楊喚童詩專刊》：真摯的想像・兒童詩先驅
——楊喚　新竹　和英出版社　2004 年 5 月　頁 28—29

259. 楊鴻銘　〈夏夜〉　國中國文課文析評（第一冊）　臺北　文史哲出版社
1985 年 1 月　頁 15—22

260. 楊如晶　楊喚〈夏夜〉詩的賞析　國文天地　第 10 期　1986 年 3 月　頁
89—91

261. 朱錦娥　如何引導青少年走進新詩的園地〔〈夏夜〉部分〕　國文天地
第 28 期　1987 年 9 月　頁 88—89

262. 邱嘉男　〈夏夜〉評析　中國語文　第 63 卷第 4 期　1988 年 10 月　頁 36
—42

263. 吳　當　楊喚童詩析賞——〈夏夜〉　國文天地　第 51 期　1989 年 8 月
頁 78—81

264. 吳　當　〈夏夜〉　楊喚童詩賞析　臺北　國語日報社　1992 年 12 月　頁
41—48

265. 吳　當　〈夏夜〉　和英之友《楊喚童詩專刊》：真摯的想像・兒童詩先驅
——楊喚　新竹　和英出版社　2004 年 5 月　頁 25—27

266. 趙毓玲　國中課程操作——楊喚〈夏夜〉　新詩情境教學研究　高雄師範
大學國文系　碩士論文　楊文雄教授指導　2001 年 12 月　頁 201
—204

267. 蘇　蘭　〈夏夜〉詩情・聲情　讓詩飛揚起來　臺北　幼獅文化公司
2003 年 8 月　頁 209—210

268. 陳錦慧　國中現代詩課文分析——被選文次數最多者：楊喚的〈夏夜〉
國民中學現代詩選文之鑑賞教學研究　彰化師範大學國文學系
碩士論文　耿志堅教授指導　2005 年　頁 143—153

269. 許俊雅　楊喚〈夏夜〉　我心中的歌：現代文學星空　臺北　文史哲出版
社　2006 年 6 月　頁 17—22

270. 歸　人　　從楊喚〈花〉談起　中華文藝　第 39 期　1974 年 5 月　頁 74—75

271. 吳當　　〈花〉　楊喚童詩賞析　臺北　國語日報社　1992 年 12 月　頁 21—26

272. 辛　鬱　　楊喚的〈垂滅的星〉　青年戰士報　1975 年 8 月 15 日　8 版

273. 辛　鬱　　楊喚的〈垂滅的星〉　找鑰匙　臺北　文史哲出版社　2003 年 7 月　頁 115—119

274. 羅　青　　楊喚的〈垂滅的星〉　大華晚報　1978 年 5 月 21 日　7 版

275. 羅　青　　楊喚的〈垂滅的星〉　從徐志摩到余光中　臺北　爾雅出版社　1978 年 12 月　頁 123—128

276. 羅　青　　楊喚的〈垂滅的星〉　從徐志摩到余光中　臺北　爾雅出版社　2003 年 3 月　頁 123—128

277. 張漢良　　〈垂滅的星〉導讀　現代詩導讀（導讀篇一）　臺北　故鄉出版社　1979 年 11 月　頁 136—138

278. 落　蒂　　憂鬱與哀愁──析楊喚〈垂滅的星〉　詩的播種者　臺北　爾雅出版社　2003 年 2 月　頁 59—61

279. 歸　人　　談楊喚的〈三封半信〉　中華文藝　第 58 期　1975 年 12 月　頁 63—73

280. 張　默　　淺談現代詩的欣賞〔「詩的噴泉」──〈日記〉部分〕　文藝月刊　第 99 期　1977 年 9 月　頁 70—72

281. 張　默　　淺談現代詩的欣賞〔「詩的噴泉」──〈日記〉部分〕　無塵的鏡子　臺北　東大圖書公司　1981 年 9 月　頁 10—11

282. 古遠清　　〈日記〉賞析　臺港現代詩賞析　鄭州　河南人民出版社　1991 年 3 月　頁 81—82

283. 楊　然　　讀楊喚〈日記〉　名作欣賞　2006 年第 9 期　2006 年 5 月　頁 26

284. 楊　然　　讀楊喚〈日記〉　名作欣賞　2007 年第 2 期　2007 年 2 月　頁 106

285. 嚴堂紘〔岩上〕　釋析楊喚的〈雨中吟〉　詩脈季刊　第 6 期　1977 年 10 月　頁 54—56

286. 岩　上　釋析楊喚的〈雨中吟〉　詩的存在：現代詩評論集　高雄　派色文化出版社　1996 年 8 月　頁 229—234

287. 陳　黎　楊喚〈黃昏〉　掌門詩刊　第 3 期　1979 年 7 月　頁 33—35

288. 張　默　從〈眼睛〉到〈厭倦〉——「四行詩」讀後筆記〔「詩的噴泉」——〈黃昏〉部分〕　小詩·牀頭書　臺北　爾雅出版社　2007 年 3 月　頁 106

289. 莫　渝　談楊喚的〈美麗島〉　布穀鳥兒童詩學季刊　第 1 期　1980 年 4 月　頁 29—31

290. 莫　渝　〈美麗島〉　新詩隨筆　臺北　臺北縣文化局　2001 年 12 月　頁 142—146

291. 吳　當　楊喚童詩析賞——〈美麗島〉　國文天地　第 41 期　1988 年 10 月　頁 40—42

292. 吳　當　〈美麗島〉　楊喚童詩賞析　臺北　國語日報社　1992 年 12 月　頁 49—56

293. 向　陽　〈美麗島〉作品導讀　青少年臺灣文庫 2——新詩讀本 2：太平洋的風　臺北　國立編譯館　2008 年 12 月　頁 5

294. 徐守濤　欣賞楊喚的〈毛毛是個好孩子〉　布穀鳥兒童詩學季刊　第 2 期　1980 年 7 月 7 日　頁 154—155

295. 吳　當　〈毛毛是個好孩子〉　楊喚童詩賞析　臺北　國語日報社　1992 年 12 月　頁 93—102

296. 文曉村　〈檳榔樹〉評析　寫給青少年的新詩評析一百首（上）　臺北　布穀出版社　1980 年 8 月　頁 130—131

297. 文曉村　〈檳榔樹〉評析　新詩評析一百首（上）　臺北　黎明文化公司　1981 年 3 月　頁 147—148

298. 程衛中　〈檳榔樹〉賞析　世界華人詩歌鑑賞大辭典　太原　書海出版社

1993 年 3 月　頁 233—234

299. 洪志明　用聲音寫的詩——談楊喚的〈小蟋蟀〉　布穀鳥兒童詩學季刊　第 3 期　1980 年 10 月 4 日　頁 32—34

300. 麥　穗　克利利的溫馨——談楊喚的〈小蟋蟀〉　臺灣時報　1984 年 4 月 11 日　8 版

301. 吳　當　〈小蟋蟀〉　楊喚童詩賞析　臺北　國語日報社　1992 年 12 月　頁 129—134

302. 林仙龍　愛心、和諧、幸福——談楊喚的〈家〉　布穀鳥兒童詩學季刊　第 4 期　1981 年 1 月　頁 46—48

303. 林仙龍　愛心、和諧、幸福——談楊喚的〈家〉　和英之友《楊喚童詩專刊》：真摯的想像・兒童詩先驅——楊喚　新竹　和英出版社　2004 年 5 月　頁 33—34

304. 吳　當　楊喚童詩析賞——〈家〉　國文天地　第 38 期　1988 年 7 月　頁 78—79

305. 吳　當　〈家〉　楊喚童詩賞析　臺北　國語日報社　1992 年 12 月　頁 27—32

306. 吳　當　〈家〉　和英之友《楊喚童詩專刊》：真摯的想像・兒童詩先驅——楊喚　新竹　和英出版社　2004 年 5 月　頁 31—32

307. 黃雲生　〈家〉評析　兒童文學教程　杭州　杭州大學出版社　1996 年 12 月　頁 302—303

308. 董祥忠　楊喚〈家〉賞讀　語文天地　2009 年第 16 期　2009 年 8 月　頁 11

309. 向　明　談楊喚的〈春天在哪兒呀〉——兼論形象在童詩中的重要性[20]　布穀鳥兒童詩學季刊　第 5 期　1981 年 4 月 4 日　頁 51—54

310. 向　明　談楊喚的〈春天在哪兒呀？〉　和英之友《楊喚童詩專刊》：真摯的想像・兒童詩先驅——楊喚　新竹　和英出版社　2004 年 5 月

---

[20]本文後改篇名為〈春天在我心裡燃燒——談〈春天在哪兒呀〉兼論形象在童詩中的重要性〉。

　　　　　　頁 21—22

311. 向　明　春天在我心裡燃燒——談〈春天在哪兒呀〉兼論形象在童詩中的
　　　　　　重要性　詩中天地寬　臺北　臺灣商務印書館　2006 年 3 月　頁
　　　　　　143—147

312. 吳正吉　〈春天在哪兒呀〉　活用修辭　高雄　復文出版社　1984 年 6 月
　　　　　　頁 306—308

313. 吳正吉　談楊喚的〈春天在哪兒呀？〉　和英之友《楊喚童詩專刊》：真摯
　　　　　　的想像・兒童詩先驅——楊喚　新竹　和英出版社　2004 年 5 月
　　　　　　頁 23

314. 吳　當　〈春天在哪兒呀〉——楊喚童詩析賞　國文天地　第 35 期　1988
　　　　　　年 4 月　頁 86—87

315. 吳　當　〈春天在哪兒呀〉　楊喚童詩賞析　臺北　國語日報社　1992 年
　　　　　　12 月　頁 1—8

316. 吳　當　〈春天在哪兒呀？〉　和英之友《楊喚童詩專刊》：真摯的想像・
　　　　　　兒童詩先驅——楊喚　新竹　和英出版社　2004 年 5 月　頁 19—
　　　　　　20

317. 謝四海　〈春天在哪兒呀〉——楊喚童詩析賞　國中國文輔助文選　臺北
　　　　　　開拓出版公司　1988 年 11 月　頁 20—24

318. 蘇　蘭　〈春天在哪兒呀〉詩情・聲情　讓詩飛揚起來　臺北　幼獅文化
　　　　　　公司　2003 年 8 月　頁 205—206

319. 林加春　從楊喚的心態談〈水果們的晚會〉　布穀鳥兒童詩學季刊　第 6
　　　　　　期　1981 年 7 月 7 日　頁 57—60

320. 林加春　從楊喚的心態談〈水果們的晚會〉　和英之友《楊喚童詩專刊》：
　　　　　　真摯的想像・兒童詩先驅——楊喚　新竹　和英出版社　2004 年
　　　　　　5 月　頁 37

321. 吳　當　〈水果們的晚會〉——楊喚童詩析賞　國文天地　第 66 期　1990
　　　　　　年 11 月　頁 92—95

322. 吳　　當　　〈水果們的晚會〉　楊喚童詩賞析　臺北　國語日報社　1992 年 12 月　頁 79—84

323. 吳　　當　　〈水果們的晚會〉　和英之友《楊喚童詩專刊》：真摯的想像・兒童詩先驅——楊喚　新竹　和英出版社　2004 年 5 月　頁 38—39

324. 岩　　上　　詩是童話王國的貢品——〈水果們的晚會〉　詩的存在：現代詩評論集　高雄　派色文化出版社　1996 年 8 月　頁 325—329

325. 呂嘉紋　　我讀〈水果們的晚會〉　國語日報　2000 年 5 月 29 日　6 版

326. 宋　　熹　　快樂、安詳、幸福的森林樂園——談楊喚〈森林的詩〉　布穀鳥兒童詩學季刊　第 7 期　1981 年 10 月　頁 51—53

327. 吳　　當　　〈森林的詩〉　楊喚童詩賞析　臺北　國語日報社　1992 年 12 月　頁 69—78

328. 吳　　當　　楊喚童詩析賞——〈森林的詩〉　國文天地　第 101 期　1993 年 10 月　頁 24—26

329. 黃智溶　　從兩首鄉愁詩中論「隔離意識」的內容與形式〔〈鄉愁〉部分〕　文藝月刊　第 171 期　1983 年 9 月　頁 104—105，108

330. 張香華　　張香華揭開現代詩的奧秘〔〈我是忙碌的〉部分〕　星湖散記　臺北　學英文化公司　1983 年 11 月　頁 251—254

331. 蕭　　蕭　　〈我是忙碌的〉鑑賞　中學生現代詩手冊　臺南　翰林出版公司　1999 年 9 月　頁 143—147

332. 〔文鵬、姜凌主編〕　　楊喚〈我是忙碌的〉　中國現代名詩三百首　北京　北京出版社　2000 年 1 月　頁 520—521

333. 李翠瑛　　以「重複」為基礎的修辭技巧論新詩的節奏變化〔〈我是忙碌的〉部分〕　國文天地　第 230 期　2004 年 7 月　頁 67

334. 李瑞騰　　楊喚的〈小螞蟻〉　中央日報　1984 年 1 月 21 日　10 版

335. 李瑞騰　　楊喚的〈小螞蟻〉　洪範雜誌　第 32 期　1987 年 8 月 10 日　3 版

336. 李瑞騰　　楊喚的〈小螞蟻〉　新詩學　臺北　駱駝出版社　1997 年 3 月

頁 188—193

337. 吳　　當　　〈小螞蟻〉　楊喚童詩賞析　臺北　國語日報社　1992 年 12 月　頁 135—138

338. 陳冠華　　析楊喚的〈失眠夜〉　商工日報　1985 年 2 月 19 日　9 版

339. 楊華銘　　名詩金句〔〈失眠夜〉〕　青年日報　1996 年 6 月 17 日　15 版

340. 舒　　蘭　　讀楊喚〈給你寫一封信〉　商工日報　1985 年 3 月 7 日　8 版

341. 吳　　當　　〈給你寫一封信〉　楊喚童詩賞析　臺北　國語日報社　1992 年 12 月　頁 107—116

342. 歸　　人　　〈月宮裡底憂鬱〉附註　楊喚全集 1　臺北　洪範書店　1985 年 5 月　頁 250—251

343. 歸　　人　　〈月宮裡底憂鬱〉附註　楊喚全集 1　臺北　洪範書店　2006 年 4 月　頁 229—230

344. 歸　　人　　〈牧羊女和提燈的人〉附註　楊喚全集 1　臺北　洪範書店　1985 年 5 月　頁 255—256

345. 歸　　人　　〈牧羊女和提燈的人〉附註　楊喚全集 1　臺北　洪範書店　2006 年 4 月　頁 233—234

346. 歸　　人　　〈山羊咩偵探〉附註　楊喚全集 1　臺北　洪範書店　1985 年 5 月　頁 259—261

347. 歸　　人　　〈山羊咩偵探〉附註　楊喚全集 1　臺北　洪範書店　2006 年 4 月　頁 237—238

348. 吳　　當　　楊喚童詩析賞——〈下雨了〉　國文天地　第 39 期　1988 年 8 月　頁 46—47

349. 吳　　當　　〈下雨了〉　楊喚童詩賞析　臺北　國語日報社　1992 年 12 月　頁 9—14

350. 吳　　當　　楊喚童詩析賞——〈眼睛〉　國文天地　第 47 期　1989 年 4 月　頁 98—99

351. 吳　　當　　〈眼睛〉　楊喚童詩賞析　臺北　國語日報社　1992 年 12 月　頁

33—40

352. 吳　當　　楊喚童詩析賞——〈七彩的虹〉　國文天地　第 44 期　1989 年
　　　　　　　10 月　頁 96—97

353. 吳　當　　〈七彩的虹〉　楊喚童詩賞析　臺北　國語日報社　1992 年 12 月
　　　　　　　頁 15—20

354. 吳　當　　楊喚童詩〈小紙船〉評析　中國語文　第 74 卷第 3 期　1991 年 9
　　　　　　　月　頁 86—89

355. 吳　當　　〈小紙船〉　楊喚童詩賞析　臺北　國語日報社　1992 年 12 月
　　　　　　　頁 85—92

356. 蘇　蘭　　〈小紙船〉詩情・聲情　讓詩飛揚起來　臺北　幼獅文化公司
　　　　　　　2003 年 8 月　頁 214—215

357. 徐錦成　　可看亦可讀——評楊喚〈小紙船〉[21]　笠　第 238 期　2003 年 12
　　　　　　　月　頁 118—120

358. 徐錦成　　楊喚〈小紙船〉　跨國界詩想：世華新詩評析　臺北　唐山出版
　　　　　　　社　2003 年 12 月　頁 59—63

359. 吳　當　　〈童話裡的王國〉　楊喚童詩賞析　臺北　國語日報社　1992 年
　　　　　　　12 月　頁 57—68

360. 吳　當　　〈肥皂之歌〉　楊喚童詩賞析　臺北　國語日報社　1992 年 12 月
　　　　　　　頁 103—106

361. 吳　當　　〈小蜘蛛〉　楊喚童詩賞析　臺北　國語日報社　1992 年 12 月
　　　　　　　頁 139—143

362. 袁　遐　　〈貓〉賞析　世界華人詩歌鑑賞大辭典　太原　書海出版社
　　　　　　　1993 年 3 月　頁 218—219

363. 陳慧文　　童心未泯——楊喚〈貓〉　貓咪文學館　臺北　秀威資訊科技公
　　　　　　　司　2004 年 12 月　頁 20—21

364. 李春聲　　〈花與果實〉賞析　世界華人詩歌鑑賞大辭典　太原　書海出版

---

[21]本文後改篇名為〈楊喚〈小紙船〉〉。

社　1993 年 3 月　頁 222—223

365. 林文寶　〈春的訊息〉試析　楊喚與兒童文學　臺北　萬卷樓圖書公司　1996 年 7 月　頁 321—341

366. 莫　渝　〈期待〉　國語時報　1999 年 9 月 9 日　5 版

367. 莫　渝　〈期待〉賞讀簡析　愛情小詩選讀　臺北　鷹漢文化公司　2003 年 11 月　頁 77

368. 瘂　弦　「詩的噴泉」解析〔「詩的噴泉」——〈黃昏〉、〈鳥〉、〈日記〉、〈告白〉、〈淚〉〕　天下詩選 1：1923—1999 臺灣　臺北　天下遠見出版公司　1999 年 9 月　頁 37—41

369. 李敏勇　文學的臺灣，開啓青少年〔〈犁〉〕　自由時報　2006 年 3 月 19 日　A4 版

多篇作品

370. 吳瀛濤　詩的欣賞——〈二十四歲〉、〈小樓〉　笠　第 27 期　1968 年 1 月 1 日　頁 23—24

371. 覃子豪　現代中國新詩的特質〔〈二十四歲〉、「詩的噴泉」——〈期待〉、〈夏季〉、〈淚〉〕　覃子豪全集（二）　臺北　覃子豪全集出版委員會　1968 年 5 月　頁 337—339

372. 覃子豪　現代中國新詩的特質〔〈二十四歲〉、「詩的噴泉」——〈期待〉、〈夏季〉、〈淚〉〕　論現代詩　臺中　普天出版社　1971 年 11 月　頁 194—197

373. 覃子豪　現代中國新詩的特質〔〈二十四歲〉、「詩的噴泉」——〈期待〉、〈夏季〉、〈淚〉〕　論現代詩　臺中　普天出版社　1976 年 9 月　頁 194—197

374. 趙迺定　析楊喚詩三首〔〈鄉愁〉、〈懷劉妍〉、〈小時候〉〕　笠　第 77 期　1977 年 2 月　頁 68—70

375. 陳　黎　分析楊喚的三首詩〔〈我是忙碌的〉、「詩的噴泉」——〈鳥〉、〈黃昏〉〕　明道文藝　第 40 期　1979 年 7 月　頁 46—49

376. 蕭　蕭　　〈我是忙碌的〉、〈二十四歲〉解說　中學白話詩選　臺北　故鄉
出版社　1980 年 4 月　頁 162—165

377. 梁　濤　　〈二十四歲〉、〈我是忙碌的〉賞析　世界華人詩歌鑑賞大辭典
太原　書海出版社　1993 年 3 月　頁 218—222

378. 李元洛　　一支早夭的短笛〔〈我是忙碌的〉、〈二十四歲〉〕　評論十家
臺北　爾雅出版社　1993 年 12 月 20 日　頁 75—86

379. 〔張默，蕭蕭主編〕　　〈二十四歲〉、〈我是忙碌的〉鑑評　新詩三百首
（一九一七—一九九五）（上）　臺北　九歌出版公司　1995 年 9
月　頁 435—439

380. 劉龍勳　　〈小蜘蛛〉、〈失眠夜〉賞析　中國新詩賞析 1　臺北　長安出版社
1981 年 4 月　頁 281—285

381. 歸　人　　中國兒童文學的開路者——關於楊喚遺作（上、下）〔〈月宮裡
底憂鬱〉、〈牧羊女和提燈的人〉、〈山羊咩偵探〉、〈日記〉、〈致李
莎〉、〈我喝得爛醉——給愛我的朋友們〉〕　聯合報　1985 年 3
月 7—8 日　8 版

382. 吳　當　　童詩的教育性——兼談楊喚的兩首詩〔〈給你一封信〉、〈快上學
去吧〉〕　兒童文學的天空　臺東　自行出版　1987 年 12 月　頁
212—216

383. 吳　當　　楊喚童詩析賞〔〈春天在那兒呀〉、〈下雨了〉、〈家〉〕　臺東師
院實小研究報告　第 13 期　1988 年 3 月　頁 79—94

384. 張芬齡　　賞析楊喚的四首詩〔〈我是忙碌的〉、「詩的噴泉」——〈黃昏〉、
〈鳥〉、〈日記〉〕　現代詩啟示錄　臺北　書林出版公司　1992
年 6 月　頁 127—134

385. 吳　當　　〈快上學去吧〉、〈小蝸牛〉　楊喚童詩賞析　臺北　國語日報社
1992 年 12 月　頁 117—128

386. 陳義芝　　五十年代名家詩選注——楊喚詩選〔〈花與果實〉、〈小蝸牛〉〕
不盡長江滾滾來：中國新詩選注　臺北　幼獅文化公司　1993 年

6月 頁179—184

387. 陳幸蕙 〈花與果實〉、〈期待〉芬多精小棧 小詩森林：現代小詩選 1 臺
北 幼獅文化公司 2003 年 11 月 頁79—80

388. 陳玉金 說唱童詩——永遠的楊喚 民生報 2004 年 11 月 14 日 CS4 版

389.〔林瑞明選編〕 〈我是忙碌的〉、〈詩的噴泉〉、〈美麗島〉賞析 國民文
選・現代詩卷 1 臺北 玉山社出版公司 2005 年 2 月 頁313

390. 李敏勇 〈花與果實〉、〈犁〉、〈椰子樹〉作品導讀 青少年臺灣文庫——
新詩讀本 2：花與果實 臺北 五南圖書出版公司 2006 年 1 月
頁 10

391. 李敏勇 〈我是忙碌的〉、〈路〉作品導讀 青少年臺灣文庫 2——新詩讀本
4：我有一個夢 臺北 國立編譯館 2008 年 12 月 頁103—104

作品評論目錄、索引

392. 林文寶 楊喚研究資料初編（上、下） 中華民國兒童文學學會會訊 第 4
卷第 2—3 期 1988 年 4，6 月 頁22—23，39—40

393. 林文寶 楊喚研究資料初編 文訊雜誌 第 39 期 1988 年 12 月 頁 260
—265

394.〔張默編〕 作品評論引得 現代百家詩選 臺北 爾雅出版社 2003 年
6 月 頁 132

395. 徐錦成 臺灣兒童詩理論與批評的醞釀期（1965—1971）——楊喚研究的
濫觴 臺灣兒童詩理論批評史 彰化 彰化縣文化局 2003 年 9
月 頁70—72

396. 徐錦成 臺灣兒童詩理論與批評的蓬勃期（1982—1994）——「楊喚學」
的階段性總結 臺灣兒童詩理論批評史 彰化 彰化縣文化局
2003 年 9 月 頁140—143

國家圖書館出版品預行編目資料

臺灣現當代作家研究資料彙編. 25, 楊喚 / 須文蔚編
選. -- 初版. -- 臺南市：臺灣文學館, 2012.03
　　面；　　公分
ISBN 978-986-03-2111-1(平裝)

1.楊喚　2.傳記　3.文學評論

863.4　　　　　　　　　　　　　　　　101005014

【臺灣現當代作家研究資料彙編】25

楊喚

發 行 人／　李瑞騰
指導單位／　行政院文化建設委員會
出版單位／　國立台灣文學館
　　　　　　地址／70041 台南市中西區中正路 1 號
　　　　　　電話／06-2217201　　　　傳真／06-2218952
　　　　　　網址／www.nmtl.gov.tw　　電子信箱／pba@nmtl.gov.tw

總 策 畫／　封德屏
顧　　問／　林淇瀁　張恆豪　許俊雅　陳信元　陳義芝　須文蔚　應鳳凰
工作小組／　王雅嫺　杜秀卿　翁智琦　陳欣怡　陳恬逸
　　　　　　黃寁婷　詹宇霈　羅巧琳
編　　選／　須文蔚
責任編輯／　黃寁婷
校　　對／　陳逸凡　黃敏琪　黃寁婷　趙慶華　潘佳君
計畫團隊／　財團法人台灣文學發展基金會
美術設計／　翁國鈞・不倒翁視覺創意
印　　刷／　松霖彩色印刷事業有限公司

著作財產權人／國立台灣文學館

經銷展售／　國家書店松江門市（02-25180207）
　　　　　　國立台灣文學館－雪芙瑞文學咖啡坊（06-2214632）
　　　　　　文建會員工消費合作社（02-23434168）
　　　　　　南天書局（02-23620190）　　　唐山出版社（02-23633072）
　　　　　　府城舊冊店（06-2763093）　　　台灣的店（02-23625799）
　　　　　　啓發文化（02-29586713）　　　三民書局（02-23617511）
　　　　　　草祭二手書店（06-2216872）　　五南文化廣場（04-22260330）

初版一刷／2012 年 3 月
定　　價／新臺幣 350 元整
　　　　　　第一階段 15 冊新臺幣 5500 元整　第二階段 12 冊新臺幣 4500 元整
GPN／1010100539（單本）
　　　　1010000407（套）
ISBN／978-986-03-2111-1（單本）
　　　　978-986-02-7266-6（套）

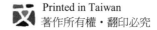

Printed in Taiwan
著作所有權・翻印必究